AF647382

बिरसा मुंडा

तुहिन ए. सिन्हा की पिछली
पुस्तकों की प्रशंसा

मिशन शेंगज़ेन

'महामारी पर लिखा गया एक दुर्लभ भूराजनैतिक थ्रिलर।'

—लेफ्टि. जनरल सैयद अता हसनैन
पीवीएसएम, यूवाईएसएम, एवीएसएम, एसएम, वीएसएम, बीएआर
इंडियन आर्मी (सेवानिवृत्त)

'*मिशन शेंगज़ेन* एक शोधपरक और तीव्र गति वाला थ्रिलर है। यह पाठक को इस विषय में सटीक जानकारी देता है कि चीन किस तरह पूरे संसार को अपने अधीन करने की योजना रखता है, जिसे विशेषज्ञों ने "अनरिस्ट्रिक्टिड वारफ़ेयर" की संज्ञा दी है। यह एक उपन्यास है, जिसे कोविड के समय में निश्चित रूप से पढ़ा जाना चाहिए, क्योंकि यह सच भी हो सकता है!'

—मारूफ़ रज़ा
लेखक और स्ट्रेटेजिक अफ़ेयर्स ऐनलिस्ट

द एज ऑफ़ डिज़ायर

'*द एज ऑफ़ डिज़ायर* निश्चित रूप से पढ़ने योग्य है ताकि भाग्य के उतार-चढ़ाव, राजनीति के दांव-पेंचों को जाना जा सके और देखा जा सके कि ये दोनों मिल कर कैसा विस्फोटक मेल बना सकते हैं।'

—द *हिंदू*

'यह किताब बहुत ही रोचक है, जो इस बात का सटीक विवरण देती है कि भारतीय राजनीति में किस तरह दीवानावार बदलाव आते हैं, जहाँ पलक झपकने के दौरान ही

लोगों के जीवन बदल जाते हैं। सिन्हा ने श्रुति के राजनीतिक और निजी जीवन के बीच जीवन की वास्तविक घटनाओं का बहुत सुंदर इस्तेमाल किया है।'

—आईबीएनलाइव.कॉम

ऑफ़ लव ऐंड पॉलिटिक्स

'बेशक, वर्तमान युग के एकपदीय वाक्यों तथा व्याकरण की दृष्टि से भयंकर एसएमएस-लिंगो के बीच, सिन्हा जैसे लेखक का होना एक उपलब्धि है, जो अपने लेखन में शशि थरूर जैसा आत्मविश्वास रखते हुए, शेक्सपीयर काल की उक्तियों का ताना-बाना बुनने में सफल रहे हैं।'

—द हिंदू

'यह किताब भारत के राजनीतिक इतिहास में बहुत ही शोधपरक और अल्पज्ञात तथ्यों को सामने लाती है। तुहिन उन युवा भारतीय लेखकों की पीढ़ी का प्रतिनिधित्व करते हैं, जो अपनी जड़ों के लिए सजग हैं और अपने आसपास राजनीतिक परिदृश्य पर नज़र रखते हैं।'

—डेकन हेराल्ड

दैट थिंग कॉल्ड लव

'विविध परिदृश्यों के बीच खोज की एक यात्रा, तुहिन एक आम शहरी भारतीय युवक के सामने आने वाले चयनों को प्रकट करते हैं और जो एक अलग तरह से ऐसा नाता जोड़ते हैं, जिनसे बचा नहीं जा सकता।'

—द संडे इंडियन

'एक ऐसा विषय, जिस पर हाल ही में फ़िल्मों में काम हुआ और इसके साथ ही प्रवाहमयी भाषा का प्रयोग मिलकर किताब को एक रोचक उपन्यास बनाते हैं।'

—द आफ़्टरनून डिस्पैच ऐंड कूरियर, मुंबई

भारत माता का वीर पुत्र

बिरसा मुंडा

तुहिन ए. सिन्हा

अंकिता वर्मा

अनुवाद : रचना भोला 'यामिनी'

MANJUL

मंजुल पब्लिशिंग हाउस

MANJUL

मंजुल पब्लिशिंग हाउस

कॉरपोरेट एवं संपादकीय कार्यालय

• द्वितीय तल, उषा प्रीत कॉम्प्लेक्स, 42 मालवीय नगर, भोपाल-462 003

विक्रय एवं विपणन कार्यालय

• सी-16, सेक्टर 3, नोएडा, उत्तर प्रदेश, 201301

वेबसाइट : www.manjulindia.com

वितरण केन्द्र

अहमदाबाद, बेंगलुरू, कोच्चि, कोलकाता, चेन्नई,
हैदराबाद, मुम्बई, नई दिल्ली, पुणे

कॉपीराइट © तुहिन ए. सिन्हा और अंकिता वर्मा, 2022
सर्वाधिकार सुरक्षित

तुहिन ए. सिन्हा और अंकिता वर्मा द्वारा लिखित *द लेजेन्ड ऑफ़ बिरसा मुंडा* का
हिन्दी अनुवाद मंजुल पब्लिशिंग हाउस प्रा. लि. द्वारा 2022 में प्रकाशित

The Legend of Birsa Munda
by *Tuhin A Sinha* and *Ankita Verma* - Hindi Edition

यह संस्करण 2022 में पहली बार प्रकाशित
द्वितीय आवृत्ति 2025

ISBN 978-93-90924-49-3

अनुवाद : रचना भोला 'यामिनी'
आवरण कृति : मीशा ओबेरॉय

मुद्रण व जिल्दसाज़ी : रेप्रो इंडिया लिमिटेड

तुहिन ए. सिन्हा और अंकिता वर्मा इस पुस्तक
के लेखक होने की नैतिक ज़िम्मेदारी वहन करते हैं

यह पुस्तक इस शर्त पर विक्रय की जा रही है कि प्रकाशक की लिखित
पूर्वानुमति के बिना इसे या इसके किसी भी हिस्से को न तो पुनः प्रकाशित किया जा
सकता है और न ही किसी भी अन्य तरीक़े से, किसी भी रूप में इसका व्यावसायिक
उपयोग किया जा सकता है। यदि कोई व्यक्ति ऐसा करता है तो उसके
विरुद्ध कानूनी कार्रवाई की जाएगी।

मेरी माँ स्व. श्रीमती समीरा सिन्हा के लिए,

उनसे बात करने का बहुत मन करता है, परंतु उनकी उपस्थिति पहले से अधिक अनुभव होती है,

जो निरंतर मेरे प्रयासों को प्रेरित करती हैं।

और

झारखंड के 3.9 करोड़ लोगों के लिए।

यह राज्य आकांक्षाओं से पूर्ण है और इसका श्रेष्ठ अभी सामने आना बाक़ी है।

अनुक्रम

आभार

बिरसा मुंडा जैसी महान कृति के लिए आभार ज्ञापन भी अपने-आप में एक बड़ी ज़िम्मेदारी का काम है। किसी लेखक के जीवन में प्रायः ऐसे अवसर बार-बार नहीं आते कि उसे इतनी भव्य और महान पुस्तक रचना के लिए आभार प्रकट करना होगा।

मैं कहाँ से आरंभ करूँ? ग्यारह क़िताबें लिखने के बाद मैं रचनात्मक थकान से जूझ रहा था। मेरे भीतर आकर्षक विचारों से भरे किस्सों की कमी नहीं थी, परंतु समानांतर राजनीतिक करियर में शामिल होने के साथ-साथ अपने लेखन के साथ न्याय करना थोड़ा कठिन हो रहा था। मार्च, 2020 में हुआ राष्ट्रव्यापी लॉकडाउन मेरे लिए किसी वरदान से कम नहीं रहा और इसने मुझे पुस्तक लेखन जैसे गंभीर काम को दोबारा हाथ में लेने का अवसर दिया, जिसका विचार लंबे समय से मेरे दिमाग़ में था।

मैं अपनी सह-लेखिका, अंकिता वर्मा का हार्दिक आभार प्रकट करता हूँ, जिन्होंने इस विषय पर अपना भरोसा जताया और बहुत कम समय में, पूरे जुनून से क़िताब का पहला ड्राफ़्ट तैयार किया। शहर के लेखकों के लिए स्वयं को उन्नीसवीं सदी के आदिवासी गाँव में ले जाना कभी आसान नहीं रहा। अंकिता अपनी मेहनत के बल पर इस बाधा को दूर करने में सफल रहीं।

मैं मंजुल पब्लिशिंग हाउस की प्रबंध निदेशक तथा पुरानी दोस्त रश्मि मेनन का आभारी हूँ। उन्होंने पहले दिन से इस विषय पर अपना विश्वास बनाए रखा। उनका शांत और अडिग संकल्प ही हमें पुनःलेखन और संपादन की चुनौतीपूर्ण अवस्थाओं को उत्साह व आशा से पूरा करने में सहायक रहा। समकालीन संपादकों में उनके

जैसी वचनबद्धता, धैर्य और कुशाग्रता कम ही देखने में आती है। उनकी सलाह और मेहनत ने इस किताब को निखारने में अमूल्य योगदान दिया है।

मैं विकास रखेजा जी का धन्यवाद करता हूँ, जिन्होंने इस पुस्तक पर भरोसा जताया और इसे विविध भाषाओं में प्रकाशित करने के लिए हामी भरी। मैं मंजुल पब्लिशिंग हाउस में संपादकीय निदेशक मनोज कुलकर्णी और मैनेजर कार्पोरेट कम्युनिकेशन अंकिता मेघवानी का आभारी हूँ। प्रकाशन गृह की पूरी टीम ने सहज भाव से अपना सहयोग दिया। आप सबका आभार, जो इस पुस्तक को साकार करने की यात्रा में हमारे सहभागी बने।

मीशा ओबेरॉय को विशेष धन्यवाद, जिन्होंने किताब का आवरण चित्र तैयार किया। उनके आवरणों में एक विशेष प्रकार की गरिमा के साथ-साथ जनसाधारण को मोहने की कला भी दिखाई देती है। उन्होंने किताब के लिए जो आवरण तैयार किया, वह उसी आवरण छवि का सुंदर और संशोधित संस्करण है, जो मेरे दिमाग़ में था।

मैं प्रिय मित्र अशोक शरण जी का आभारी हूँ, जिन्होंने बिरसा मुंडा पर एक फ़िल्म निर्देशित की है। उनसे बातचीत के दौरान मुझे बिरसा मुंडा के जीवन के विषय में बहुत सारी अनमोल जानकारी प्राप्त करने का अवसर मिला।

मेरे मित्र अनिरुद्ध लिमये के प्रति आभार, वे एक वित्तीय पेशेवर हैं, जो एक दुर्लभ विश्लेषक दिमाग़ के साथ, संघर्षकारी स्थितियों में *भगवद् गीता* की शिक्षाओं से संपर्क रखने की योग्यता रखते हैं। इस कहानी में एक उल्लेखनीय मोड़ पर दो प्रमुख पात्रों के बीच होने वाली बातचीत के लिए उनकी राय बहुत ही उपयोगी रही।

मैं भूतपूर्व रेलवे मंत्री और ऋषिहुड विश्वविद्यालय के चांसलर श्री सुरेश प्रभु, भाजपा के राष्ट्रीय महासचिव श्री तरुण चुग और मेरे प्रिय मित्रों, शहज़ाद पूनावाला और प्रदीप भंडारी का आभारी हूँ, जिनके कारण मुझे किताब के लिए दो सफल ऑनलाइन इवेंट मिल सके। पहला इवेंट 14 मार्च, 2021 को हुआ, जब हमने पुस्तक का आवरण चित्र प्रकाशित किया। दूसरा 14 नवंबर, 2021 को हुआ, जो एक पैनल डिस्कशन था, इसे बिरसा मुंडा की वर्षगाँठ से एक शाम पहले आयोजित किया गया।

इस पुस्तक लेखन के दौरान, मैंने बिरसा मुंडा के विषय में अनेक ऑनलाइन आलेखों तथा कुछ किताबों की मदद ली और इसके साथ उस इलाके में रहने वाले जानकारों और दोस्तों से हुई बातचीत को आधार बनाया, जो बिरसा के इतिहास से परिचित थे। प्रामाणिक जानकारी के लिए दो किताबें विशेष रूप से काम आईं; के. एस. सिंह की *बिरसा मुंडा ऐंड हिज़ मूवमेंट* तथा गोपी कृष्ण कुंवर की *द लाइफ़ ऐंड टाइम्स ऑफ़ बिरसा मुंडा।* दोनों लेखकों के लिए मेरा विनम्र आभार, इन किताबों ने मुझे विश्वसनीय संदर्भ आधार प्रदान किया।

मैं पंद्रह वर्षों और ग्यारह पुस्तकों के दौरान मेरे साथ चलती आ रही पाठकों की विरासत को धन्यवाद देना चाहूँगा। मैं अपने पाठकों के अटूट विश्वास का आभारी हूँ कि उन्होंने मुझे अलग-अलग विधाओं में प्रयोग करने की अनुमति दी।

मैं अपनी पत्नी कोरल का धन्यवाद करता हूँ, जो सदा मेरे विचारों को धीरज से सुनती आई है; मेरा बेटा नीव तनिश, आशा करता हूँ कि मैं उसके लिए एक अनूठी विरासत बना रहा हूँ; मेरे पिता, जो सदा ही एक अच्छे श्रोता रहे हैं और मेरे परिवार के सभी आत्मीय सदस्य; आप सबका आभार!

प्रस्तावना

फ़रवरी, 1832

'अबुआ दिशोम रे! अबुआ राज!' 'यह हमारा देश है! हम इस पर शासन करेंगे!'

राँची की सीमा पर, सिलागैन गाँव के बाहर, लगभग पचास आदिवासी पुरुष एक गोल दायरा बनाए बैठे थे। वे सभी धनुष-बाण और भालों से लैस थे। वे उस शीतलहर का सामना करते हुए अंग्रेज़ सरकार के ख़िलाफ़ नारेबाज़ी कर रहे थे। सर्दी के मोटे कोहरे की चादर ने सब ढँक रखा था। अगर वे नारे ना लगा रहे होते तो शायद कोई पास से निकलने वाला भी उन्हें देखने से चूक जाता। इन दायरे के बीच खड़ा था बुधु भगत, वह उस इलाक़े के आदिवासियों का नेतृत्व कर रहा था, जो निर्दयी अंग्रेज़ सरकार और उसके स्थानीय चापलूसों, ज़मींदारों, व्यापारियों और महाजनों के विरुद्ध लड़ रहे थे। बुधु लगभग चालीस की आयु का गठीला आदमी था और अपने बल के लिए जाना जाता था। वह वर्षों से चुपचाप, बड़े ही धैर्य से काम करता आ रहा था, उसने इस विद्रोह के लिए ज़मीन तैयार की और अपने लोगों को शोषक प्रशासन से लड़ने का प्रशिक्षण दिया, जिसके अधीन रहने के लिए उन्हें विवश किया गया था। आरंभ में उसने केवल मुट्ठी भर लोगों के साथ शुरुआत की थी, जो उसकी मुहिम में विश्वास रखते थे। अब उसके पास पाँच सौ से अधिक साथी थे, जो पंद्रह गाँवों में फैले हुए थे। वे उसका पूरा साथ देते थे और उसके साथ लड़ने को तैयार थे।

बुधु अक्सर छिप कर ही रहता। वह रात को अंधेरे में वेश बदल कर एक से दूसरे गाँव में जाता और विद्रोह की चिंगारी सुलगाने में लगा रहता। पर जब भी किसी ज़मींदार या स्थानीय पुलिस अधिकारी की अति असहनीय हो जाती, तो वह

अपने दल के साथ सामने आ कर उस आदमी पर हमला कर देता। वे मार-मार उस आदमी को अधमरा करते, उसका सब कुछ तहस-नहस कर देते, सारा पैसा लूटते और ओझल हो जाते। उसके बाद, वे सारा पैसा निर्धन आदिवासियों के बीच बाँट देते।

'भाइयो! आप सभी उस लड़ाई के बारे में जानते हैं, जो राँची के जेल निरीक्षक बॉब मेयर्स ने हमारे लोगों के साथ छेड़ रखी है। वह हमारे लोगों को चुन-चुन कर जेल में भर रहा है और यह सब अंग्रेज़ राज के निष्ठुर क़ानूनों के अधीन हो रहा है। हम लंबे अरसे से उसकी निर्दयता को सहन करते आ रहे हैं। अब और नहीं सहेंगे! बिलकुल नहीं सहेंगे! हम कल रात, मेयर्स के बंगले पर धावा बोलेंगे, उसे बंदी बनाएँगे और दशम झरने के पास स्थित जंगलों में ले जाएँगे। हम उसे बंधक बना कर, प्रशासन पर दबाव डालेंगे कि हमारे उन आदिवासी भाइयों को रिहा किया जाए, जो जेल में सड़ रहे हैं और हर रोज़ पुलिस के हाथों यातना का शिकार होते हैं। हमें अब लड़ना ही होगा! हमें अपने अधिकारों के लिए लड़ना होगा! हमारी धरती! हमारी जीवनशैली!'

'अबुआ दिशोम रे! अबुआ राज!'

'अबुआ दिशोम रे! अबुआ राज!'

उसके लोगों ने अभिनंदन किया तो बुधु के बेटे हलधर और गिरिधर आने वाले सात दिनों के लिए विस्तृत योजना बताने के लिए आगे आ गए। वे अपने बाबा के साथ काम करते हुए उस मुक़ाम तक आ गए थे कि अब वे अंग्रेज़ों के ख़िलाफ़ कार्रवाई कर सकते थे। उनकी योजना इतनी कमाल थी कि उस जगह मौजूद प्रत्येक व्यक्ति को अच्छी तरह पता था कि आने वाले सात दिनों में या किसी भी समय में क्या किया जाना है।

जब वे दोनों योजना के हर पहलू को विस्तार से बताते हुए, लोगों के प्रश्नों का उत्तर देते हुए संदेहों का निराकरण कर रहे थे, तो बुधु ने उन्हें गर्व से देखते हुए सोचा, 'मैंने इन्हें अच्छी तरह प्रशिक्षित किया है। ये मेरे जाने के बाद भी इस ध्येय को धूमिल नहीं होने देंगे।' बुधु जानता था कि उसके जाने के बाद, लोगों को अंग्रेज़ों के ज़ालिम पंजे से आज़ाद कराने के आंदोलन के लिए मज़बूत नेताओं की आवश्यकता होगी। उसने अपने बेटों में इस संभावना को पा लिया था। यह एक विचित्र और अटपटा-सा संयोग था, जिसके बारे में बुधु को भी नहीं पता था। पिछले कुछ माह के दौरान मेयर्स ने पूरे इलाक़े में आदिवासी मर्द, औरतों और बच्चों पर जो भी ज़ुल्म और अत्याचार किए, उससे उनके आंदोलन में तेज़ी आ गई थी। अधिक से अधिक विद्रोही उनका साथ देना चाहते थे। बुधु ने कभी नहीं सोचा था कि वे ऐसा करने के क़ाबिल हो सकते हैं।

'आओ, सभी शिव मंदिर चलें और कल के अभियान को चालू करने से पहले महादेव का आशीर्वाद लें।' बुधु ने अपने लोगों से कहा।

वे सभी उठ खड़े हुए और उसके पीछे क़तार बना कर चलने लगे। वे पूरी ख़ामोशी के बीच, जंगल में राह बनाते, राँची की ओर चल दिए, वहीं वह प्राचीन शिव मंदिर स्थित था। उन सबका यही मानना था कि किसी नए कार्य के आरंभ से पूर्व प्रार्थना करना शुभ होता है।

जब वे सभी मंदिर प्रांगण में पहुँचे तो पाया कि मंदिर भीतर से बंद था। मंदिर के पुजारी का भी कोई अता-पता नहीं था। सब कुछ पूरी तरह से शांत था। तब तक सुबह हो चुकी थी, आमतौर पर पुजारी सुबह की पूजा के लिए आ जाता था।

बुधु को लगा कि ज़रूर कुछ गड़बड़ है, उसने अपने बेटे हलधर से कहा कि वह सावधानी से हर ओर निगरानी रखे। हलधर ने हामी भरी और चुपके से मंदिर की ओर चला। वह अभी पाँच क़दम ही चला होगा कि अचानक भड़ाम से दरवाज़ा खुला और गोली चली। देखते ही देखते हलधर धरती पर गिरा और उसके पूरे कपड़े लहू से सन गए।

बुधु और उसके आदमी सन्न खड़े थे, मंदिर से अचानक बीस पुलिसवाले बाहर निकल आए, उन्होंने आदिवासियों पर बंदूकें तान दीं।

'हथियार डाल दो, वरना यहीं मार देंगे।' उस दल का नेतृत्व कर रहे जॉन राइट ने चिल्ला कर कहा।

इससे पहले के आदिवासियों का नेता कोई विचार करता, उसके दल से एक युवा आदिवासी लड़के ने झट से तीर निकाला और पुलिसवाले पर चला दिया, वह वहीं मारा गया।

'हमला।' इंस्पेक्टर चिल्लाया, वह पुलिसवाले की मौत से भड़क गया था।

लगभग चालीस पुलिसवाले आसपास की घनी झाड़ियों से निकल आए, जो मंदिर के आसपास क़रीब पचास मीटर तक फैली थीं। बुधु और उनकी आदिवासी सेना ऐसे हमले के लिए तैयार नहीं थे। जब पुलिसवाले पास आने लगे तो बुधु को लगा कि उन्हें आत्मसमर्पण का दिखावा करना चाहिए। वे जानते थे कि ऐसा करने से अंग्रेज़ अपने हथियार नीचे कर लेंगे और फिर वे लोग सही मौक़ा देख अंग्रेज़ों को दंग कर देंगे। परंतु जहाँ उनकी युवा सेना में जोश और ऊर्जा का अभाव नहीं था, वहीं उनके पास स्वयं को ऐसी स्थिति से निक़ालने की परिपक्वता और धैर्य की कमी थी। बुधु ने उन्हें जंगल में पीछे की ओर जाने का संकेत किया, परंतु इसके बावजूद उन्होंने दो और पुलिसवालों को मार गिराया। अगले ही क्षण पुलिसवाले अंधाधुंध गोलियाँ बरसाने लगे और चारों ओर अफरा-तफरी मच गई।

यह बिलकुल ही ग़ैर-बराबरी का युद्ध था, जो लगभग एक घंटे तक जारी रहा। आदिवासी पुलिसवालों को जंगल में भीतर की ओर उस इलाके की तरफ़ खींच रहे थे, जिसे वे अच्छी तरह जानते थे। भले ही आदिवासी कितनी बहादुरी से लड़े पर वे धनुष-बाण और भालों से लैस थे और बंदूकों के आगे बेबस थे। युद्ध समाप्त हुआ तो बुधु और उनके दोनों बेटे और अन्य बारह लोग मारे जा चुके थे और शेष आदिवासी सेना को बंधक बना लिया गया था।

जब बुधु ने आख़िरी साँस ली तो देह दस गोलियों से छलनी थी, उन्होंने मुस्कराते हुए विजयी चेहरे वाले इंस्पेक्टर को देखकर चेतावनी दी, जो आने वाले समय में भविष्यवाणी की तरह सच हुई। 'आज, तुम जीते हो। पर यह तो शुरुआत भर है। एक दिन, हमारा *उलगुलान,* हमारी क्रांति ही तुम्हें इस धरती से बाहर पटक देगी।'

बुधु भगत का यह विद्रोह, उन आंदोलनों की शृंखला में पहला था, जिन्होंने छोटा नागपुर पठार के इलाके को हिला कर रख दिया और एक दशक से अधिक समय तक चला। इसने कहीं बड़े *उलगुलान* के बीज बोए, जिसने सदी के अगले हिस्से में सारे इलाके में तहलका मचा दिया।

भाग - एक

1

उलिहातू गाँव, बंगाल प्रेज़ीडेंसी
15 नवंबर, 1875

राँची के दक्षिण-पूर्व में क़रीब साठ किलोमीटर, उलिहातू नाम का एक सुदूर गाँव था, जो मुंडा जनजाति का अंतिम मूल गढ़ था। सुगना मुंडा की छोटी-सी झोपड़ी में पसरे तनाव को एक नवजात के रोने के स्वर ने तोड़ा। भोर अभी हुई ही थी और जाने क्यों सुगना को लगा कि धरती नवजात के क्रंदन से गूँज उठी थी। मानो धरती के गर्भ से प्रतिरोध के विचित्र स्वर उठ रहे हों। वह अपनी झोपड़ी के बाहर तेज़ी से चक्कर काटने लगा। उसकी पत्नी करमी प्रसव वेदना में थी और वह अपनी पत्नी और बच्चे को देखने के लिए तरस रहा था। उसे अभी बताया गया कि करमी ने एक पुत्र को जन्म दिया था। परंतु वह जानता था कि उसे इंतज़ार करना ही होगा। झोपड़ी के भीतर स्त्रियों को माँ और बच्चे की साफ़-सफ़ाई और शुद्धि का काम पूरा करना था। उसके बाद ही कोई माँ और बच्चे से मिल सकता था।

'तुम उसका नाम क्या रखोगे?' सुगना के दोस्त बबुआ ने पूछा। वे दोनों बहुत पुराने मित्र थे और करमी के इस लंबे और कठिन प्रसव के घंटों के दौरान, बबुआ सुगना के साथ ही था।

'पता नहीं... पहले उसे देख तो लेने दो!' सुगना ने कहा। वह फिर से घर के बाहर पेड़ तले जा बैठा और उलिहातू की सारी मुंडा जनजाति के बारे में सोचने लगा, यह सब इक्का-दुक्का नौजवानों की देन थी जो घुमक्कड़ थे।

किंवदंती के अनुसार, कुछ सौ साल पहले, चुटू हरम और नागू नामक दो भाई, अपने घर बनाने के लिए जगह खोजने निकले। जब वे डोमतमारा नदी के पास पहुँचे तो नदी के दूसरी ओर का सौंदर्य देख कर मंत्रमुग्ध हो गए। यह तो उनके परिवारों के लिए जैसे कोई आदर्श स्थल था। परंतु नदी पार करके दूसरी ओर जाना बड़ी चुनौती थी। भारी वर्षा के कारण नदी में उफान था और पानी बहुत गहरा था। वे लोग उसे तैर कर पार नहीं कर सकते थे, क्योंकि नदी का प्रवाह तीव्र और ज़बर्दस्त था। जब वे मिलकर कोई उपाय सोच रहे थे, तो चुटू को किनारे के पास ही लकड़ी का बड़ा-सा लट्ठा दिखाई दिया। उसने झट से उस लट्ठे को पकड़ा और पानी में उतर गया। दूसरों ने भी यही किया और लट्ठे की मदद से प्रवाह से जूझने लगे। भारी संघर्ष के बाद, वे किसी तरह दूसरी ओर पहुँचे, जब वे बुरी तरह से भीगे हुए, लट्ठे को अपने साथ घसीटते हुए किनारे से ऊपर की ओर जाने लगे तो उन्हें उसके एक छेद में से चूहा निकलता दिखाई दिया। दोस्तों ने हैरान हो कर एक-दूसरे को देखा, क्योंकि चूहे की मौजूदगी शुभ मानी जाती थी। चूहे को भगवान गणेश का वाहन माना जाता है, मुंडाओं के लिए भी इसका उतना ही महत्त्व है। हालाँकि मुंडा सूर्य उपासक थे, जिन्हें वे भगवान सिंगाबोंगा के नाम से पुकारते थे पर इस इलाके में उनकी ओर से अच्छे निवास की खोजबीन से पता चलता है कि उन पर शैव या वैष्णव प्रभाव नहीं था, जो उस इलाके में फैला हुआ था। ये प्रभाव कहीं न कहीं, मुंडाओं के सांस्कृतिक और धार्मिक रिवाजों में झलकते हैं। लकड़ी के लट्ठे में चूहे की उपस्थिति ने दोनों भाइयों को यकीन दिला दिया कि वह भूमि दिव्य थी, जिसे ईश्वर ने स्वयं उनके लिए चुना था और इस तरह से पूरी आशा के साथ उस इलाके में आ बसे।

सुगना ने आह भरी। हालाँकि उसके पूर्वजों की यह कहानी सुनाने के लिए अच्छी थी, परंतु सच तो यही था कि उस इलाके के मुंडाओं के लिए चीज़ें बहुत बदल गई थीं। आरंभ में, वे उन जंगलों में राजाओं की तरह रहते आए थे, परंतु समय बीतने पर, शक्तिशाली बलों के कठिन जाल ने उन्हें गुलाम बना कर छोड़ दिया था। उन्हें उनके उस दयनीय जीवन में हर दिन, अकल्पनीय रूप से शोषण और बुरे बर्ताव का सामना करना पड़ता था।

उन्नीसवीं सदी के मध्य में, मुंडा समुदाय के अस्तित्व पर गंभीर संकट के पहले लक्षण दिखाई देने लगे थे। जहाँ तक सुगना का संबंध था, सारी समस्याओं की जड़ अंग्रेज़ सरकार थी।

ब्रिटिश ईस्ट इंडिया कंपनी, एक तानाशाह व्यापारिक इकाई थी, जो अंग्रेज़ सरकार का चेहरा थी और अठारहवीं सदी के आरंभ से ही एक स्वतंत्र सत्ता के रूप में काम करने लगी थी। जबकि वह अंग्रेज़ राज की एजेंट मात्र थी। हालाँकि कंपनी ने मज़बूत व्यापारिक एजेंडा के साथ काम चालू किया था पर अब इसका

राजनीतिक एजेंडा भी साफ़ दिखने लगा था। यह स्थानीय राजनीति में दख़ल रखने लगी और जितना अधिक हो सके, प्रांतीय राज्यों को अपने बस में करना आरंभ कर दिया। सुगना को बृहत्तर राजनीतिक परिदृश्य का कुछ पता नहीं था, परंतु उसे कंपनी की ओर से होने वाले उन हमलों की चिंता थी, जो वह उनकी जीवनशैली पर निरंतर करने लगी थी।

उनकी धरती पर कंपनी का शासन दमन और शोषण का दूसरा नाम बन रहा था, उसने अपनी दुष्ट योजनाओं को पूरा करने के लिए स्थानीय ज़मींदारों को भी साथ मिला लिया था। जहाँ सुगना जैसे आदिवासी आज भी खेती-बाड़ी के पुराने तौर-तरीके ही इस्तेमाल कर रहे हैं, जैसे झूम खेती। उससे उनकी उत्पादकता बढ़ नहीं पा रही थी और कंपनी उनसे और अधिक कर पाना चाहती थी। जब आदिवासी करों की बढ़ती माँगों को पूरा नहीं कर सके तो ज़मींदारों ने बाहरी लोगों को लाकर मुंडाओं की धरती पर बसा दिया, जो कर दे सकते थे। मुंडा ज़मींदारों के हाथों अपनी ज़मीनें खोने लगे और उनमें से अधिकतर भूमिहीन मज़दूर हो गए। वे उन्हीं ज़मीनों पर मेहनत करते जो कभी उनकी हुआ करती थीं। उन्हें बहुत ही दयनीय वेतन दिया जाता जिसका अधिकतर हिस्सा नाना बहानों से वापस ले लिया जाता। मुंडाओं के पास ना तो अपनी धरती रही और ना ही कंपनी के कर चुकाने को पैसे थे, उन्हें अक्सर भारी ब्याज दर पर महाजनों से पैसा उधार लेना पड़ता। मुंडा इन्हें 'दिकू' कहते थे, वे लोग इस बात को स्वीकार नहीं करते थे कि वे जिस भूमि से पैसा कमा रहे थे, उस पर इन मुंडाओं का ही अधिकार था। हालांकि मुंडा केवल यह आर्थिक संकट ही नहीं झेल रहे थे।

अंग्रेज़ सरकार भी विदेशी मिशनरियों पर बल दे रही थी, जो देश में अपने एक अभियान के साथ आए थे[1] उन्हें अधिक से अधिक संख्या में असभ्य और आदिम भारतीयों को ईसाई धर्म में शामिल करना था। कहना ना होगा, आदिवासी इनके पहले निशाने पर थे। मिशनरी उन्हें झूठे वादों से लुभाते कि वे ईसाई धर्म को अपना कर अपना जीवन संवार सकते थे। परंतु ये वादे खोखले थे और इस तरह आदिवासी साम्राज्य की मशीनरी के और भी गुलाम बनते चले गए।

मुंडा आदिवासी स्थानीय ज़मींदारों और उनके आदमियों के हाथों आर्थिक शोषण झेल रहे थे और मिशनरी उन्हें अपने धर्म की ओर खींच कर निरंतर संस्कृति

---

[1] उस इलाके में 1845 के आस-पास प्रवेश करने वाले पहले मिशनरी गॉसनर एवेंजीलिकल लूथरन मिशन से संबंधित थे। इसे जर्मन या लूथरन मिशन भी कहा जाता था, इसने वर्ष 1851 में पहली बार मुंडाओं को ईसाई धर्म का हिस्सा बनाया। 1860 तक, यह एक हज़ार मुंडाओं का ईसाई धर्म में धर्मांतरण कर चुका था और 1868 तक, यह संख्या ग्यारह हज़ार तक आ गई थी।

पर प्रहार कर रहे थे। इसके अलावा दिकू भी आदिवासियों की जीवनशैली पर हानिकारक प्रभाव डाल रहे थे। औरतों को अक्सर बहला-फुसला कर उनके घर और परिवार से दूर कर दिया जाता और फिर वे यौन दासता की ओर धकेल दी जातीं। दरअसल, सुगना ने तो यहाँ तक सुना था कि चलकड़ की साप्ताहिक हाट औरतों के लिए बहुत ही ख़तरनाक हो गई थी। खूँटी और तमाड़ के दिकू मुंडा औरतों को पैसे का लालच दे कर अपने साथ ले जाते थे। कुछ मामले तो यह भी सुनने में आए कि गुमराह मुंडा पुरुष नशे की लत में पड़कर अपने ही परिवार की स्त्रियों को बेच रहे थे ताकि उनके लिए शराब पीने का प्रबंध हो सके।

मुंडाओं के जीवन पर हर ओर से होने वाले ये प्रहार उन्हें निर्धनता और गुलामी की ओर धकेल रहे थे। वे असहाय हो कर विनाशक बलों को अपने सामाजिक, सांस्कृतिक, नैतिक और धार्मिक ताने-बाने पर हमला करते देख रहे थे। जो धरती कभी देवताओं की ओर चुनी गई दिव्य भूमि थी, वही अब उनके प्रतिकूल हो गई थी। आदिवासी छोटे दलों में विभक्त हो कर, इलाके के अलग-अलग गाँवों में रह रहे थे। उन्हें जिस जगह अपने लिए पेट भर रोटी के जुगाड़ की व्यवस्था दिखती, वे वहीं चले जाते।

सुगना उठ बैठा और अपना सिर झटका, मानो दिमाग़ से ये बेतुकी बातें निकाल देना चाहता हो। 'यह इस तरह की बातें सोचने का समय नहीं' उसने हौले से खुद से कहा। तभी, बच्चे के प्रसव के लिए करमी की मदद करने वाली एक औरत झोपड़ी से बाहर आई। उसने मुलायम कपड़ों में लिपटी एक छोटी-सी पोटली गोद में उठा रखी थी। सुगना उठा और जल्दी से उस पोटली को बाँहों में भर लिया। लड़के के जन्म को लगभग एक घंटा हो गया था। सुगना अपने नवजात को गोद में उठा कर रोमांचित हो गया। जब सर्दियों के सूरज की प्रारंभिक किरणें बच्चे के चेहरे पर पड़ीं, तो सुगना ने देखा कि उसमें कुछ ख़ास था। उस नन्हे से चेहरे पर एक अजीब-सी आश्वस्ति, शांति और आभा थी जिसे केवल दिव्य ही कह सकते थे।

'इसके चेहरे पर आस लिखी है।' बबुआ ने बच्चे की ओर ताकते हुए कहा।

सुगना ने कोई जवाब नहीं दिया। सुगना ने तय किया कि वह अपनी सोच को इधर-उधर भटकने नहीं देगा। मानो भगवान खुद धरती पर आ चुके थे। उसने एलान किया, 'बिरसा। मैं इसका नाम बिरसा मुंडा रखता हूँ।'

2

उलिहातू
फ़रवरी, 1876

फ़रवरी के महीने की एक सर्द सुबह, सुगना और करमी प्राचीन शिव मंदिर की ओर जा रहे थे, जो गाँव से लगभग दस कि.मी. दूर, घने वन में स्थित था। वे पिछले एक घंटे से चल रहे थे और हवा में ठंडक के बावजूद करमी को गर्मी-सी लगने लगी। उसका सिर चकरा रहा था। चेहरे पर पसीना चमक रहा था और साँस उखड़ी जा रही थी। चढ़ाई करना मुश्किल हो रहा था।

'और कितना दूर है?' उसने कुनमुनाते बच्चे को गोद में सँभालते हुए, सुगना से पूछा।

'हम ज़्यादा दूर नहीं हैं। क्या मैं इसे गोद में ले लूँ?' सुगना ने आराम से पूछा।

'नहीं, नहीं मैं ठीक हूँ।' करमी ने झट से पति को दिलासा दिया। 'बस चढ़ाई थोड़ी भारी पड़ रही है।'

'भगवान शिव तुम्हारी परीक्षा ले रहे हैं, करमी। यह लड़का हमारे लिए किसी वरदान से कम नहीं। हमें उन्हें दिखाना है कि हम उनके इस उपहार के हक़दार हैं।' सुगना ने कहा। उसने अपने हाथों में बाँस का बना बर्तन उठा रखा था, जिसमें थोड़ा पानी था। करमी ने उससे बर्तन लिया और गटागट पानी पी गई। वे कुछ देर वहीं खड़े रहे और उसने अपनी उखड़ती साँसों को साधा। उसने उलिहातू की कच्ची झोपड़ियों की ओर देखा तो उसे अहसास हुआ कि वे वाकई छोटे खिलौनों जैसी दिख रही थीं।

'इस जगह से गाँव कितना शांत और ठहरा हुआ दिखता है, है ना?' वह बोली।

सुगना ने कुछ नहीं कहा, क्योंकि यह बात सच से कोसों दूर थी। गाँव में उनका जीवन ना तो शांत था और ना ही ठहरा हुआ। वह एक ग़रीब खेतिहर के रूप में, सुबह से शाम तक खेतों में मेहनत करता, फ़सल तैयार होते ही ज़मींदार उसे औने-पौने दामों में ख़रीद लेता। उसके हाथ में जो थोड़ा-बहुत बचता था, उससे ना केवल बाबुओं को कर देना पड़ता, बल्कि परिवार के रोटी-कपड़े का जुगाड़ भी करना होता था। ज़िंदगी आसान नहीं थी और उन्हें पिछले चार बरस के दौरान, कम से कम तीन बार, आसपास के गाँवों में जाना पड़ा ताकि पेट भरने को कोई काम मिल सके। इतना ही बहुत नहीं था, पिछली बार करमी का पैर भारी हुआ तो हालत बिगड़ी हुई थी। वह महीनों बिस्तर पर रही जिससे उनकी रोजी-रोटी पर और असर हुआ।

बच्चे के जन्म के तुरंत बाद ही कड़ाके की सर्दी पड़ी। सुगना और करमी बच्चे को अधिकतर झोपड़ी में ही रखते थे, जबकि उनके यहाँ रिवाज था कि बच्चे को जन्म के बाद शिव मंदिर में माथा टेकने ले जाया जाता था। जब सर्दी का ज़ोर कुछ घटा तो सुगना और करमी ने तय किया कि वे शिवरात्रि के मौक़े पर बिरसा को मंदिर ले जाएँगे।

जब सुगना और करमी आपस में मग्न, शिव मंदिर की ओर बढ़े जा रहे थे तो उनके दिलों में आस का दीपक जग रहा था। बच्चे में ही कुछ ऐसा था, जो उन्हें ताक़त दे रहा था, यक़ीन दिला रहा था कि आने वाले वर्ष उनके लिए बेहतर होंगे।

आख़िर में चढ़ाई ख़त्म हुई और उन्हें मैदानी इलाक़े में आने के बाद मंदिर की ओर जाने वाली ऊबड़-खाबड़ सीढ़ियाँ दिखने लगीं। सीढ़ियों के नीचे भक्तों का पूरा जत्था, मंदिर की ओर जाने की तैयारी में था। सुगना ने शिव का नाम जपा और करमी को बैठने का इशारा किया ताकि वह मंदिर तक जाने वाली दो सौ सीढ़ियों को चढ़ने से पहले सुस्ता सके।

सुगना ने भीड़ में देखा तो उसे अपना दोस्त बबुआ दिखाई दिया। 'जोहार बबुआ, अभी आए हो या दर्शन करके लौट रहे हो?'

'जोहार, सुगना। हम थोड़ी देर पहले ही आए पर आज तो कुछ ज़्यादा ही भीड़ दिख रही है। मैंने तो पहले कभी इतनी भीड़ नहीं देखी।' बबुआ ने भी चिल्ला कर कहा। दोनों औरतें बच्चे से खेलने लगीं और मर्द आपस में बतियाने लगे।

अचानक ही सारे भीड़-भाड़ के बीच उन्हें अपनी ओर आते घोड़े के खुरों की टाप सुनाई दी। हवा में चारों ओर धूल का गुबार था। लोग आपस में बात करना बंद कर, उस विशाल घोड़े को देखने लगे, जिसने बीच में आ कर उन सबको तितर-बितर कर दिया था। गाँव को चलाने वाले पुलिस थाने का दारोगा, भीमा सिंह

घोड़े से उतरा। उसकी चाल में एक अलग ही रौब था, सभी एक क़दम पीछे हट गए और नज़रें झुका लीं। दारोगा का आना कभी अच्छी ख़बर नहीं होता था।

'तुम सारे पीछे खड़े हो जाओ! ज़मींदार साहब की सवारी आ रही है।' भीमा सिंह गरजा और गाँव वाले भीतर ही भीतर और सिकुड़ गए। 'जब तक ज़मींदार साहब और उनकी पत्नी मंदिर से दर्शन करके बाहर नहीं आ जाएँ, कोई भीतर नहीं जाएगा। समझे तुम?' भीमा चिल्लाया।

वे सब लोग भीमा के स्वभाव को जानते थे। उसे दूसरों को सताने में बहुत आनंद आता था। वे जानते थे कि उसके आगे कुछ कहने का सवाल ही नहीं पैदा होता था, ख़ासतौर पर तब, जब उसका हाथ कमर पर लटक रहे चमड़े के मोटे कोड़े पर हो और आँखें अपना अगला शिकार खोज रही हों।

'ओह, अंधेरे से पहले गाँव वापस जाने की तो कोई उम्मीद नहीं रही।' बबुआ ने हौले से कहा, सगुना ने उसे टहोका दे कर चुप करवा दिया।

कुछ ही मिनट बाद, ज़मींदार त्रिभुवन सिंह दिखाई दिया। वह एक सुंदर से सफ़ेद घोड़े पर सवार था, जो भीड़ भरी पहाड़ी ढलान से आ रहा था। त्रिभुवन सिंह ने मंदिर की सीढ़ियों के पास आ कर घोड़े को लगाम लगाई। उस जगह जमा हुए गाँव वालों को देखा, वे सभी बड़े ही आदर से सिर झुकाए खड़े थे। ज़मींदार के साथ ही दो लोग थे, जिन्होंने उनकी पत्नी की पालकी उठा रखी थी। पालकी के साथ ज़मींदार के तीन प्यादे दौड़े आ रहे थे। उनमें से सबसे ख़ास और घिनौना आदमी था, बच्चू महतो। वह ना केवल अपने हिंसक स्वभाव के लिए जाना जाता था, बल्कि गाँव की औरतों पर भी बुरी नज़र रखता था, जो उसे भा जाती थी, उसे छेड़ने से बाज़ नहीं आता था।

'क्या पूजा की तैयारी पूरी है?' त्रिभुवन सिंह ने दारोगा से पूछा।

'जी साहब। आप मंदिर जा सकते हैं।' भीमा सिंह इज़्ज़त से सिर झुका कर बोला।

'पक्का यक़ीन है? मुझे इंतज़ार पसंद नहीं है।'

'जी, साहब, तैयारी पूरी है।'

ज़मींदार त्रिभुवन लंबी-चौड़ी क़द-काठी का तीस वर्ष का युवक था, जिसे अपनी सुदंरता की बड़ी परवाह रहती थी। उसकी पत्नी चैताली सुंदर-सी छोटे क़द की महिला थी। जब कभी गाँव में आती तो आदिवासी औरतें उसका गोरा रंग, चमकती हुई त्वचा और लंबे बाल देख कर मंत्रमुग्ध हो जातीं। सच है, निर्धन आदिवासियों के लिए ज़मींदार और उसकी पत्नी दिव्य रूप से सुंदर जोड़ा माने जाते थे, पर वे यह भी जानते थे कि उनके बीच कुछ तो अधूरा था। ज़मींदार हमेशा अपनी पत्नी

से एक दूरी बना कर रखता और कभी उसकी मौजूदगी पर ध्यान नहीं देता था। कुछ समय से चैताली के बाँझ होने की अफवाह चारों ओर सुनाई देने लगी थी पर कोई नहीं जानता था कि अफवाहें कौन फैला रहा था या फिर वह सच भी थी या नहीं। पर शायद अफवाह में कुछ तो सच्चाई रही होगी, वे लोग शादी के पाँच साल बाद भी निःसंतान थे।

ज़मींदार सीढ़ियों से चढ़ने लगा तो पत्नी ने झट से उनके पीछे क़दम बढ़ाए। गाँव वाले धीरे-धीरे भुनभुनाने लगे, वे जान गए थे कि अब ज़मींदार के लौटने तक घंटों इंतज़ार करना होगा।

'बस यहीं बैठो और इंतज़ार करो। इनके लिए मंदिर में ख़ास पूजा होगी और हम शाम तक यहीं बैठे अँगूठे चटकाते रहेंगे।' एक गाँव वाले ने पास बैठे आदमी से शिकायत की। अगले ही पल, दारोगा की छड़ी उसकी पीठ पर पड़ी और वह मारे दर्द के चिल्ला उठा।

इस देरी को स्वीकार कर, गाँव वाले ओने-कोने में उकडूँ बैठकर समय बिताने की सोचने लगे। सुगना ने बीबी को देख कर बेबसी से कंधे झटके और उसके पास बैठ गया। उनके पास इंतज़ार करने के सिवा कोई चारा नहीं था।

जब सूरज की धूप चेहरों पर पड़ने लगी तो सुगना ने करमी को चिंता भरी निगाहों से देखा। वह अब भी तीन महीने पहले प्रसव की कमज़ोरी से जूझ रही थी। वह सोच रहा था कि क्या उन्हें वापस चले जाना चाहिए। मंदिर तो दोबारा भी आ सकते हैं। पर करमी अड़ी रही।

'यह शिव जी की इच्छा थी कि हम आज के शुभ दिन इस जगह हों। सुगना, यह हमारे बारे में नहीं। हमारे बेटे बिरसा के लिए है। वह इस तरह मंदिर के बाहर से वापस नहीं जा सकता। यह तो बदशगुनी होगी।'

तभी नन्हा बिरसा भूख के मारे रोने लगा। उसने सुबह से कुछ नहीं पिया था। करमी उठी और पेड़ों के झुरमुट की ओर बढ़ी ताकि सबकी नज़र बचा कर उसे दूध पिला सके। जब वह उस ओर चली तो ज़मींदार का आदमी बच्चू महतो उसे गंदी-सी मुस्कान लिए देख रहा था। तभी बबुआ ने उसे देख लिया। वह ठीक उसके और करमी के बीच आ गया ताकि वह करमी को देख नहीं सके। बच्चू को बहुत गुस्सा आया और उसने भिंचे दाँतों से बबुआ को कोसा, पर साहब वहीं थे इसलिए शांत रहना ही ठीक समझा।

अगले दो घंटों तक त्रिभुवन और चैताली पूजा-अनुष्ठान में मग्न रहे। पुजारी उनसे पूजा की विधि पूरी करवा रहा था। उन्होंने ग्यारह बकरियों की बलि दी और पुजारी को भारी दक्षिणा दी गई। इस दौरान चैताली के चेहरे पर भक्ति-भाव और आस्था देखी जा सकती थी, परंतु त्रिभुवन को देख कर लगता था कि उसकी पूजा में

कोई दिलचस्पी नहीं थी और वह खानापूर्ति करके जल्दी से वापस जाना चाहता था।

दोपहर बाद, गाँव वालों के लिए मंदिर के दरवाज़े खुले। जब सुगना और करमी को भगवान शिव के आगे जाने का अवसर मिला तो उन्होंने माथा नवाते हुए अपनी संतान के लिए मंगल-कामना की और पुजारी की ओर मुड़े। सत्तर वर्षीय पुजारी को कई लोग भविष्यवक्ता भी मानते थे। ज्यों ही उन्होंने तीन महीने के बिरसा को गोद में ले कर उसके हाथ और चेहरे को ध्यान से देखा, तो सुगना और करमी बड़ी आस से उन्हें ताकने लगे।

'यह एक ख़ास बच्चा है।' पुजारी धीरे से बोले। 'यह सबसे अधिक बुद्धिमान होगा... बड़ा नाम होगा और लोग पीछे चलेंगे, पर...' पुजारी अपनी बात पूरी करने से पहले ठिठके।

'पण्डितजी, मेहरबानी करके बोलिए।' करमी ने कहा, चेहरे पर पसीना छलक आया था।

और तब पण्डितजी ने कुछ ऐसा कहा, जिसने सुगना और करमी को पूरी तरह से दहला दिया।

'यह बच्चा ख़ास है और नाम कमाएगा, पर...' उन्होंने गोद में लिए बालक को खेद से देखा। 'पर, धरती पर इसकी आयु बहुत नहीं लिखी।'

3

उलिहातू
1876

आदिवासियों के नए साल की शुरुआत, *सरहुल* का दिन था, जब साल वृक्ष की पूजा की जाती है। करमी सावधानी से फूल अलग कर रही थी, जिन्हें वह सुबह ही जंगल से तोड़ लाई थी। वह उनमें से कुछ फूलों से घर सजाना चाहती थी और कुछ शाम को होने वाली पूजा में काम आ जाते। बसंत का उजला और खिला हुआ दिन था। आसपास का जंगल जैसे पक्षियों की चहचहाहट से जीवंत हो उठा था। उनकी झोपड़ी से, माटी से बने चूल्हे में जलती लकड़ी की गंध आ रही थी, करमी को बहुत सुख महसूस हुआ। पिछले कुछ सप्ताह उसके और सुगना के लिए भारी रहे थे। पण्डितजी ने बिरसा के लिए जो कहा, उसे सुनकर तो वे निराशा के सागर में डूब गए थे। जो भी हो, त्योहार का दिन था और करमी उसे अपने परिवार का सबसे बेहतर दिन बनाना चाहती थी। उन्हें खुश होने की कोई वजह चाहिए थी, कुछ ऐसा जो आने वाले कल की आस रखता हो। उसने थोड़ा हाथ खोलते हुए, कबीले के रक्षक देवता सिंगाबोंगा की पूजा के बाद भात, शकरकंदी और दाल का विशेष भोजन तैयार करने के लिए भी सोच रखा था।

करमी उठकर बालक बिरसा को देखने गई। सुगना ने झोपड़ी के बाहर दो पेड़ों के बीच एक कपड़ा बाँध दिया था। बिरसा उसमें ही आराम से सो रहा था। करमी ने उसे देखा और लाड़ से गाल को छुआ। बिरसा ने नींद में ही मुस्कराकर किलकारी भरी। बालक के चेहरे पर आब थी। या फिर करमी के मन की उपज, वह समझ नहीं पाई। वह सोचने लगी, 'शायद माँ हूँ इसलिए ऐसा लगता है।' उसने खुद को

चिढ़ाया और फिर झूले को हिलोरा दे कर, जंगल से लाए फूलों की माला बनाने बैठ गई। वह अपनी ही सोच में इतनी खोई थी कि पता भी नहीं चला कि कब सुगना पास आ कर बैठ गया। कुछ देर तक सुगना उसे ताकता रहा, वह कितनी सुघड़ता से फूलों को माला में पिरो रही थी। फिर उसने एक दहकता पलाश उठाया और उसके कान के पीछे खोंस दिया। करमी ने चौंक कर, चेहरे पर उलझन के साथ उसे देखा।

'आप कब आए?' उसने पूछा

सुगना दबी हँसी हँसा, 'अभी तो आया। पूजा की तैयारी ज़ोरों पर है।'

'हम्म, हमेशा की तरह। आपसे किसी मदद की उम्मीद नहीं है!' करमी ने मुँह बनाकर उलाहना दिया।

'मेरी प्यारी, जानती तो हो कि खेत से जान छुड़ा करके आया हूँ। वैसे तुम्हारे लिए अच्छी ख़बर है।'

करमी ने पति को सवालिया नज़रों से देखा।

'मैंने ज़मीन का वह टुकड़ा साफ़ कर लिया, जिसे एक महीने पहले खोदना चालू किया था। और ठेकेदार भी मुझे भला मानस ही लग रहा है।'

'शुक्र है! सुनकर अच्छा लगा।'

'और पता है? कल, मैं पिछली फ़सल से बचे बीज बो दूँगा। खेत की माटी नरम और भुरभुरी है।'

'ओह, सुगना। यह तो अच्छी ख़बर है और कितने शुभ दिन मिली है।'

'करमी, यह फ़सल अच्छी होनी ही चाहिए।' सुगना ने कहा। 'सिंगाबोगा के आगे हाथ जोड़ कर कहना आज। मुझे यक़ीन है, वे तुम्हारी विनती ज़रूर सुनेंगे।' वह मुड़ा और अपनी पत्नी की आँखों में देखते हुए बोला, 'उम्मीद करते हैं कि यह बालक हमारे लिए अच्छी क़िस्मत का संदेश लाया हो।'

करमी ने हामी भरी। उसका ध्यान भटक गया था। उसकी नज़र अपने बड़े लड़के कोमता पर पड़ी, जो उनकी झोपड़ी के पिछले हिस्से से झाँकते हुए, बिरसा के बारे में उनकी कही बातें सुन रहा था। वह चारों बच्चों में से सबसे संकोची और लजीला था। पर सात साल की उम्र में भी बहुत संवेदनशील था। धीरे-धीरे वह और उदास रहने लगा था।

उसने बेटे को प्यार से पुकारा।

'कोमता बेटा, तुम इधर क्यों नहीं आते?'

कोमता झोपड़ी के पीछे से उनके पास आ कर बैठ गया। वह वहीं खड़ा माँ को फूलों की माला बनाते देखता रहा।

'अच्छे हैं ना?' माँ ने पूछा।

कोमता चुप रहा। उसके चेहरे पर अजीब-सा हठ था।

'पता है कोमता, मैंने आज तुम्हारा मनपसंद खाना बनाया है।' करमी ने उसे उसकी चुप्पी से बाहर लाना चाहा।

जब बच्चे ने जवाब नहीं दिया तो सुगना ने बीच में पड़ते हुए कहा, 'कोमता, क्या हुआ बच्चे, गुस्सा हो क्या?'

बच्चे ने सिर हिलाया और नीचे देखते हुए पैर के अँगूठे से माटी खुरचने लगा।

'माई, अब मुझसे प्यार नहीं करती। जब से बिरसा आया, बस उसी से प्यार करती है।'

सुगना और करमी ने हैरानी से एक-दूसरे को देखा।

'नहीं कोमता, माई तुझे बहुत प्यार करती है।' सुगना ने उसे प्यार से दुलारा। 'तुमसे यह बात किसने कही?'

'वो हमेशा उसको ही लोरी सुनाती है, मुझे नहीं सुनाती।'

'ओह, तो यह बात है। है ना? तो मैं तुम्हें भी लोरी सुनाया करूँगी पर वह सब खाना होगा, जो आज तुम्हारे लिए बनाया है।' करमी ने मुस्कराकर उसे गले से लगा लिया। 'चलो अब, चंपा और कनु को बुला लो, हमें पूजा के लिए तैयार होना है।'

कोमता उसके आलिंगन से बाहर निकल आया, अब चेहरे पर ख़ुशी की चमक थी। वह अपने भाई-बहनों को बुलाने जा ही रहा था कि उसने बबुआ काका को बरामदे में आते देखा। वे बुरी तरह से बौखलाए हुए थे और बेदम हो कर हाँफ रहे थे।

'सुगना! जल्दी चल। पंचायत ने चौपाल में सबको तुरंत मिलने को बुलाया है। ज़मींदार त्रिभुवन सिंह का हरकारा, अंग्रेज़ों की ओर से दिए गए आदेश का संदेश लाया है।'

सुगना ने करमी को चिंता भरी निगाहों से देखा और झट से कोमता को अपनी कमर पर लाद, बबुआ के साथ पंचायत की ओर चल दिया। पंचायत उसी साल के वृक्ष के नीचे लगी थी, जहाँ उन सबको शाम को पूजा करनी थी।

◆

सभी साल के पेड़ के नीचे बैठे थे और माहौल में तनाव पसरा हुआ था। सुगना को जाते ही एक अलग-सी मनहूसियत का अहसास हुआ। उसने देखा कि लोग कुछ ज़्यादा ही चुप थे, मानो खुद को भारी झटके के लिए तैयार कर रहे हों। सुगना ने

कोमता को कसकर छाती से लगाया और बबुआ के साथ एक कोने में जा बैठा। वे अभी बैठे ही थे कि उनके गाँव की पंचायत के सबसे सम्मानित सदस्य नागू मुंडा ने उस चुप्पी को तोड़ने का निर्णय किया।

'हमारा डर आज सच हो गया, दोस्तों।' उन्होंने एलान किया। 'इस नए क़ानून के अनुसार हम सब कुछ खो देंगे। हमारा वजूद, हमारी पहचान, यहाँ तक कि जान भी नहीं रहेगी।'

लोग बेचैनी से हिलने-डुलने लगे।

'कौन-सा नया क़ानून?' सुगना ने चौकस होकर पूछा।

'सरकार ने नया क़ानून बनाया है, जिसके हिसाब से हम गाँव के आसपास जंगल की ज़मीन पर खेती नहीं कर सकते या उसे अपना नहीं मान सकते।'

'क्या?'

'क्यों?'

'वे ऐसा कैसे कर सकते हैं?'

'वे अचानक ये सब क्यों कर रहे हैं?'

चारों ओर से गुस्से में भुनभुनाए स्वर तैरने लगे।

नागू मुंडा ने सबको चुप होने का संकेत किया। जब वे चुप हो गए, तो वे बोले, 'वे ऐसा इसलिए कर रहे हैं, क्योंकि हम खेत बनाने के लिए जंगल साफ़ कर रहे हैं, और यह क़ानून के ख़िलाफ़ है। वे चाहते हैं कि ज़मीन उन्हें दी जाए, जो उन्हें पूरा लाभ और वापसी दे सकें। उन्हें हमारे हक़ की परवाह नहीं है। उन्हें परवाह नहीं कि यह ज़मीन ही हमारी रोजी-रोटी है। उनके लिए यह सब पैसे का खेल है।'

'मतलब हमारे जंगल, हमारी ज़मीन, ये बाहरी लोगों के होने वाले हैं? दिकू लोगों के?' भीड़ में से किसी ने इस तरह पूछा मानो आख़िरी शब्द को चबाकर थूक रहा हो।

'हम्म और तुम जंगल में जानवर चराने भी नहीं ले जा सकते।' नागू मुंडा ने कहा।

'पर हम कैसे जिएँगे? यह ज़मीन तो हमारा पेट भरती है। हमारे पास यही तो बचा है।' उनमें से एक मायूसी से चिल्लाया।

'हम क्या खाएँगे? अपनी फसल कहाँ उगाएँगे?' दूसरे ने हाथ मलते हुए कहा और अविश्वास से आसपास देखने लगा।

सुगना को उस एक आवाज़ के सिवा कुछ सुनाई नहीं दे रहा था। वह कुछ देर सकते में रहा। बस उसे यही समझ आ रहा था कि कैसे उसने महीनों की मेहनत

से जंगल के कोने वाला हिस्सा साफ़ किया था। कैसे उसने अगली फ़सल की तैयारी के लिए मेहनत की थी जो उसके परिवार का पेट भरने वाली थी। और अब उसे कहा जा रहा था कि वह ज़मीन उसकी नहीं है? उसने जो ज़मीन तैयार की, वह सरकार की है?

'ज़मींदार साहब ने आदेश दिया है कि आज से सारी ज़मीन उनकी है और हम उनके बंधुआ मज़दूर की तरह काम करेंगे' नागू मुंडा ने कहा। उनका सुर काँप रहा था, वे आगे बोले, 'हमें इस ज़मीन पर रहने के लिए भी भाड़ा देना होगा।'

'यह तो नाजायज़ है।' एक नौजवान चिल्लाया। वह तमतमा कर उठा, चेहरा गुस्से से लाल हो गया था। 'हमें इस नाजायज़ कानून से लड़ना होगा।' उसने आसपास देखकर एलान किया। उसके दो दोस्त भी उठ गए।

'हम्म, हम उन्हें हरा सकते हैं।' वे सब एक साथ सुर मिला कर गरजे।

'हाँ, चलो चल कर, इन दिकुओं को ऐसा सबक़ सिखाएँ जो ये कभी नहीं भूलें।' दूसरे ने अपनी लाठी चमकाते हुए कहा। 'चलो, इन्हें बाहर खदेड़ दें!'

इस आक्रामकता को अविश्वास देखने वालों के बीच मौत जैसा सन्नाटा छाया था।

'चुप करो।' नागू मुंडा ने आदेश दिया, उनकी आवाज़ ने सबके सुर को दबा दिया। 'तुम लोग समझ नहीं रहे कि बोल क्या रहे हो। क्या चाहते हो कि हमारे गाँव पर ज़मींदार और सरकार की गाज गिरे? वे सब कुछ मिटा देंगे। एक-एक चीज़!'

'हम लड़ेंगे!'

'बहुत हुआ!' नागू ने उनके विरोध के स्वर को वहीं दबा दिया।

नौजवानों ने गाँव वालों की ओर आस से देखा पर कोई भी साथ नहीं आया। साफ़ दिख रहा था कि वे सब नागू के साथ थे। नौजवान गुस्से में भड़भड़ाते हुए सभा से निकल गए, बाक़ी सब एक हैरानी के बीच बैठे रहे।

'बाबा, बात हो गई? अब घर चलें क्या?'

कोमता की बात सुन कर सुगना अपनी तंद्रा से बाहर आया। उसने अपने बेटे को देखा। उसे समझ नहीं आ रहा था कि बच्चा बेचैन क्यों था। बच्चा कहाँ जानता था कि यह तो उस लड़ाई की शुरुआत भर थी जो उसके और उसके छोटे भाई बिरसा के लिए आजीवन चलने वाली थी।

एक शब्द कहे बिना, सुगना उठा, बच्चे का हाथ पकड़ा और घर की ओर चल दिया। बबुआ उसके पीछे था।

'अरे सुगना, इतना परेशान मत हो।' उसने सुगना के कंधे पर हाथ रखा। 'अब तक तो हम ऐसे जुल्म के आदी हो गए, है ना? ऐसी ही है हमारी ज़िंदगी...'

सुगना रुका और मुड़ कर दोस्त को देखा। 'क्या इस नरक से निकलने का कोई उपाय नहीं?' उसके स्वर से पीड़ा झलक रही थी।

'मतलब अब तक, हमें ज़मींदार के ही ज़ुल्म का सामना करना पड़ता था, पर अब? अब तो सब कुछ हाथ से गया! हमारी ज़मीन हमारी नहीं रही। हमारे जंगल हमारे नहीं रहे। हमारी औरतें सुरक्षित नहीं रहीं। मुझे बता, आज तक कितनी मुंडा औरतों के साथ बदसलूक़ी हुई और इज़्ज़त लूटी गई? बबुआ, हमारे पास जो भी पवित्र था, वह सब कुछ छिन गया। हमने अपना स्वाभिमान खो दिया, इज़्ज़त से जीने का हक़ खो दिया, इंसानों की तरह जीने का हक़ खो दिया। हमारे बच्चे जाने कैसे दो कौड़ी की दुनिया में जिएँगे? बता ज़रा!'

सुगना के बोलने के बाद बड़ी देर ख़ामोशी छाई रही, फिर बबुआ हिचकिचाते हुए बोला।

'मेरे दोस्त, एक उपाय है।'

'क्या?' सुगना ने अधीरता से पूछा।

'धर्म परिवर्तन। हममें से जो लोग धर्म बदल कर ईसाई हो गए हैं, वे दूसरे मुंडा लोगों से बेहतर तरीक़े से जी रहे हैं। पता है, सुगना। हमने ऐसा कई बार होते देखा है। अगर और कुछ ना भी हो तो बुरे हालात में मिशनरी अपने लोगों को कम से कम खाना और पैसा तो देते ही हैं। जब बच्चों का पेट भरने का भी उपाय नहीं हो तो ऐसे में इससे बेहतर तू क्या माँग सकता है।'

सुगना कुछ नहीं बोला। हाँ, उसने अपने बहुत सारे दोस्तों और क़बीले वालों को ईसाई धर्म को अपनाते देखा था क्योंकि मिशनरियों ने उन्हें भोजन, आसरे और बुरे समय में पैसे की मदद का भी वादा किया था। पर यह सब एक साज़िश थी, उनका असली मक़सद कुछ और ही था : वे ज़्यादा से ज़्यादा लोगों को ईसाई धर्म में शामिल करना चाहते थे। उनको अंग्रेज़ सरकार और स्थानीय ज़मींदारों का पूरा सहयोग था इसलिए मिशनरी माफ़िया की तरह काम करते हुए, आदिवासी लोगों को बहका कर, उनकी पारंपरिक जीवनशैली से दूर ले जा रहे थे।

सुगना अपनी झोपड़ी में जाते हुए यही सोच रहा था कि क्या परिवार को ज़िंदा और सलामत रखने के लिए उसे भी यही उपाय करना होगा। क्या उन्हें अपना वजूद और इतिहास भुला कर, ऐसा जीवन अपनाना होगा, जो उनसे पूरी तरह से अलग था?

4

उलिहातू – राँची
1879

दोपहर ढले, त्रिभुवन सिंह अपनी हवेली से निकला जो उलिहातू के बाहरी छोर पर स्थित थी। वह राँची में पुलिस कमिश्नर विलियम विटमैन से मिलने जा रहा था। त्रिभुवन की पत्नी, चैताली ने उसे भारी मन से जाते हुए देखा। वह अपने कमरे से जुड़े गलियारे में ही खड़ी थी। वह जानती थी कि उसके पति की जीवनशैली पूरी तरह से अलग थी, जिसमें उसके जैसी अधूरी औरत का कोई काम नहीं था। महीने के उन कुछ दिनों में जब त्रिभुवन एक पति के रूप में अपना शारीरिक कर्तव्य निभाता या फिर वंश बढ़ाने की ज़िम्मेदारी निभाने की कोशिश करता; उन दिनों के अलावा उनके बीच कभी बात तक नहीं होती थी। वह उसे देखना तक नहीं चाहता था। मानो वह कुछ भी करके उसे उस हवेली की ठंडी दीवारों में सदा के लिए ओझल कर देना चाहता हो।

◆

इस दौरान, राँची में, पुलिस कमिश्नर विलियम विटमैन, जो उस दिन जल्दी घर आ गया था, वह अपने महँगे और आलीशान बंगले की चंदोवा तनी छत से नीचे, अपने ख़ूबसूरत से बाग को देख रहा था। उसने अपने मालियों को काम करते हुए देखा - वे लॉन की छँटाई करते हुए पौधों को पानी दे रहे थे, फूलों की क्यारी में निराई करते हुए नए पौधे लगाने के लिए ज़मीन तैयार कर रहे थे। विक्टोरियन शैली

के बंगले के एक ओर कई एकड़ उपजाऊ भूमि थी, जो उसके शिकार अभियानों के काम आती थी। विलियम विटमैन ने छत से खड़े-खड़े अपने इलाक़े का निरीक्षण करते हुए, अपने भीतर से उठती ताक़त को महसूस किया। राँची में वह किसी शक्तिशाली देवता से कम नहीं था। पुलिस बल के वरिष्ठों ने सब कुछ उस पर ही छोड़ा हुआ था। बहुत लोग, उस मलेरिया की मार से जर्जर निर्धन इलाक़े में हर मैजेस्टी की सेवा नहीं करना चाहते थे; इसलिए उनके पास इसके सिवा कोई उपाय नहीं था कि वे सब कुछ उस पर ही छोड़ें और उसकी ज़्यादतियों को अनदेखा कर दें। उनका केवल इतना ही कहना था : 'सारे शोषक क़ानून लागू करो और उस जगह व लोगों से यथासंभव कर वसूल करो।'

'विलियम! कहाँ हो तुम?'

विलियम अपनी पत्नी की आवाज़ सुनकर तंद्रा से बाहर आया। वह मुड़ा तो देखा कि वह आवाज़ की दिशा से ही आ रही थी, उसके साथ आ रही नौकरानी के हाथ में ट्रे थी, उसमें चाय और नाश्ता सजा हुआ था।

'चाय पीना चाहेंगे?' कैथरीन चहकी। ज्यों ही नौकरानी ने चाय मेज़ पर रखी तो कैथरीन ने उसे वापस जाने का संकेत कर दिया।

विलियम ने कैथरीन को पूरी शिष्टता से बैठकर, अपनी पोशाक की सलवटों को सहेजते देखा। वह सीधा तन कर बैठी और चाय बनाने लगी। उसकी अँगुलियाँ बहुत पतली, लंबी और सुंदर थीं। उसने दूध व चीनी डाली और बड़ी नज़ाकत से चाँदी के चम्मच से प्याले में चाय हिलाने लगी। विलियम उसके हाथ देखता रहा। कैथरीन चीनी मिट्टी जैसी त्वचा और तीखे नैन-नक़्श वाली सुंदर युवती थी। उसके शिष्टाचार और शाही अंदाज़ को देखते हुए, वे दोनों ही जानते थे कि वह लंदन सोसायटी की डार्लिंग बनने के लिए जन्मी थी। उसका जन्म कोई ऐसी मेमसाहब बनने के लिए नहीं हुआ था, जो राँची की धूल और गर्मी के बीच ऐसे पति के साथ रहती हो, जो उसमें बिलकुल दिलचस्पी नहीं रखता था।

'आज शाम त्रिभुवन को मुझसे मिलने आना है।' विलियम ने कैथरीन के हाथ से चाय का प्याला लेते हुए कहा।

'ओह?' कैथरीन बोली, 'क्या वे डिनर के लिए भी रुकेंगे?' उसने अपना प्याला लेकर कुर्सी की टेक लगा ली।

'मेरे हिसाब से तो यही ठीक होगा कि हम उन्हें डिनर का न्यौता भी दें' क्यों डियर, क्या ख़याल है?

'हम्म।' कैथरीन ने पति को देखने से पहले अपने प्याले से एक घूँट भरा। उसके चेहरे पर एक विनम्र-सी मुस्कान के सिवा कोई भाव नहीं था। 'फिर ठीक है,

मैं सारी व्यवस्था देख लूँगी और रसोइए को बोल कर कुछ अच्छा भी बनवा लेती हूँ। मुझे भी करने को काम मिल जाएगा। मैं वैसे भी इस जगह बुरी तरह से ऊब गई हूँ।' यह कहकर कैथरीन चल दी। चाय का प्याला अब भी उसके हाथ में था।

विलियम ने उसे जाते देखा तो माथे पर बल आ गए। उससे यह बात छिपी नहीं थी कि त्रिभुवन का नाम आते ही उसकी पत्नी की आँखें कैसे चमक उठी थीं।

हालाँकि वह हमेशा शांत और तटस्थ दिखने की कोशिश करती पर त्रिभुवन के लिए उसका आकर्षण और खिंचाव, विलियम जैसे तेज़ नज़र वाले आदमी से छिपना मुश्किल था।

विलियम ने सिगार निकालकर जला लिया। उसने गहरा क़श लिया और धीरे-धीरे धुआँ उगलने लगा। कैथरीन और उसकी शादी, यॉर्कशायर में चार साल पहले बड़ी धूमधाम से हुई थी। यह एक अरेंज्ड मैरिज थी। दोनों परिवारों के पुराने जानकारों ने मिलकर रिश्ता तय किया था। जब वे पहली बार उन्हीं के घर डिनर पर मिले तो विलियम को उम्मीद थी कि कैथरीन की मादक सुंदरता और अदाएँ उसकी वासना को पूरा कर सकेंगी।

पर ऐसा नहीं हो सका। शादी के पहले कुछ महीनों तक तो सब ठीक रहा, क्योंकि विलियम पूरा सप्ताह आसपास के देहाती इलाक़ों में घूमता और केवल सप्ताह के अंत में ही घर आता था। वह उसके साथ और समय बिताने का जोखिम नहीं उठा सकता था। पर उसके भारत में तबादले ने सब कुछ बदल दिया। वे राँची जैसी आदिम और बेजान जगह फँस गए, कैथरीन उसके समय और ध्यान की ज़्यादा माँग करने लगी। वैसे भी, वह चाहने पर भी कैथरीन के साथ रोमानी नहीं हो पाता था, उसके लिए यौन रूप से आकर्षित होना तो बहुत दूर रहा। और धीरे-धीरे शादी के एक साल के अंदर ही, वे ऐसे सभ्य जोड़े में बदल गए थे, जो सबके बीच आपस में प्रेम का दिखावा करते पर रात को सोने के अलग-अलग कमरों में विरक्त तलाक़शुदा की तरह रहते। कैथरीन सारा समय पढ़ने और कढ़ाई करने में बिता देती। उसने उस तरह की नीरस गतिविधियों में हिस्सा लेने से इंकार कर दिया था, जो दूसरे अंग्रेज़ अधिकारियों की ऊबी हुई बीबियाँ पतियों की ग़ैर-मौजूदगी में करती रहती थीं। जब तक त्रिभुवन नहीं आया था, तब तक उसका जीवन इसी तरह सुस्त गति से आगे बढ़ रहा था, पर उसने तो आते ही कैथरीन के पैरों तले से जैसे ज़मीन ही छीन ली। वह सुंदर, आकर्षक और दूसरों की ओर ध्यान देने वाला था। इसके अलावा अंग्रेज़ी गद्य और पद्य पर अच्छी पकड़ रखता था। जब उसने कैथरीन पर अपना जादू चलाया तो वह उसकी दीवानी हो गई।

विलियम ने बेमन से सिगार ख़त्म किया और क्रिस्टल से बनी ऐशट्रे में ठूँस दिया। हालाँकि उसे अपनी पत्नी और त्रिभुवन के इस चक्कर के बारे में पता था पर

उसने तय किया कि वह बीच में दख़ल नहीं देगा। कैथरीन का ध्यान उस आदमी की ओर था, कम से कम उसकी जान तो बची हुई थी। जहाँ तक त्रिभुवन का सवाल था, वह विलियम का ख़ास आदमी था। विलियम को अपने इलाक़े के लोगों को बस में रखने के लिए त्रिभुवन की ज़रूरत थी। हालाँकि आदिवासी सरल स्वभाव के थे पर उनका अक्खड़पन चीज़ों को थोड़ा मुश्किल बना देता था। त्रिभुवन को पता था कि लोगों को कैसे क़ाबू करना है। वह जानता था कि उन्हें कैसे और कहाँ चोट देनी है और उन्हें ताज के लिए कैसे विनम्र, अधीन और आज्ञाकारी बना देना है। और विलियम उसके हुनर का पूरा फ़ायदा लेना चाहता था।

◆

डिनर की सारी तैयारी के बाद, कैथरीन शाम के लिए ख़ास शराब चुनने के लिए चल दी। उसे लोगों का मन बहलाना और एक मेज़बान के रूप में अपना कौशल दिखना पसंद था। पर राँची में दिलचस्प मेहमान और रसीली बातें, दोनों की ही कमी थी।

उसने शराब की बोतल बर्फ़ से भरी बाल्टी में रखी ही थी कि किसी के आने की आहट हुई। उसने अपना गाउन ठीक करते हुए बालों में हाथ फिराया और झट से डाइनिंग हॉल से बाहर आ गई। और त्रिभुवन खड़ा दिखाई दिया; सफ़ेद शेरवानी में लंबा और गठीला! गले में मोतियों की माला झूल रही थी। वह पूरी तरह से कोई भारतीय राजुकमार लग रहा था और कैथरीन का दिल जैसे धड़कना ही भूल गया।

'आह! क्या नज़ारा!' त्रिभुवन ने उसे देख कर कहा। वह उसके पास आया और उसका हाथ अपने हाथों में ले कर चूमते हुए कैथरीन का दिल ले लिया। 'मिसेज विटमैन, आप प्यारी लग रही हैं।'

'क्या सचमुच?' कैथरीन ने और तारीफ़ सुनने के लिहाज़ से पूछा, त्रिभवन की छुअन ने पूरी देह में सनसनी-सी पैदा कर दी थी।

'नहीं, आप नहीं लग रहीं। मैं तो मज़ाक़ कर रहा था।' त्रिभुवन ने उसे चिढ़ाया।

'जो है, सो है। आप भी कम कमाल नहीं लग रहे।' कैथरीन ने आगे बढ़ कर त्रिभुवन को छुआ।

'ये शेरवानी, आप पर फ़बती है।'

'मिसेज़ विटमैन, आप बहुत दयालु हैं।' त्रिभुवन ने दिल पर हाथ रखकर कहा। 'विलियम कहाँ है?' उसने आसपास देखा।

'वे स्टडी में हैं। आपका इंतज़ार कर रहे हैं। क्या आप अंदर जाने से पहले एक ठंडा पेय पदार्थ लेना चाहेंगे?'

'बिलकुल सही रहेगा, हालाँकि मेरा स्वागत बहुत बढ़िया रहा। आप भी स्टडी में आ जाओ। विलियम को बुरा नहीं लगेगा।'

'बेशक़, मैं भी वहीं आती हूँ पर पहले आप दोनों काम की बातें कर लें। आप लोग कर, क़ानून और नियम की बातें करते हैं तो मुझे ऊब होने लगती है।' फिर कैथरीन ने बटलर को संकेत किया कि वह त्रिभुवन को विलियम के पास स्टडी में ले जाए और वह ड्रिंक तैयार करने लगी।

◆

स्टडी में पहले विलियम ने त्रिभुवन को सिगार जलाकर दिया और फिर अपने लिए जला लिया। यह क्यूबन सिगारों की आख़िरी खेप थी और वह जानता था कि उसे इंग्लैंड से और मँगवाने के लिए महीनों प्रतीक्षा करनी होगी। उसने त्रिभुवन को शराब का दूसरा जाम पीते हुए देखा। बेशक, वह आदमी बहुत सँभलकर पीने वालों में से था। इधर विलियम चार बार गिलास में शराब डाल चुका था और दिमाग़ हल्का चकराने के बावजूद अभी सब नियंत्रित था। वह जानता था कि उसे धीरे-धीरे, ज़िंदगी की ख़ूबसूरत चीज़ों का आनंद लेना नहीं आता था। उसे इंतज़ार करना नहीं आता था, उसे हर चीज़ में तत्काल आनंद चाहिए था।

'हम्म... तुम्हारे पास हमेशा बढ़िया माल होता है, विलियम।' त्रिभुवन ने कहा। वह अपनी कुर्सी में आराम से बैठा और सिगार से गहरा कश खींचा।

'हा!!!' विलियम चिहुँका। क्या यह नीच सिगार की ही बात कर रहा है।

विलियम ने त्रिभुवन का गिलास दोबारा भरते हुए कहा, 'नहीं दोस्त। तुम्हें तो पता है, मैं उन लोगों में से हूँ, जो आसानी से संतुष्ट हो जाते हैं। बेहतर चीज़ें तो अभी आनी बाक़ी हैं और मैं अपनी अगली पदोन्नित तक रुकने वाला नहीं हूँ।'

'और परवान चढ़ो दोस्त!' त्रिभुवन मुस्कराया और जाम उठाकर टोस्ट किया।

'पर त्रिभुवन, ये तुम्हारी मदद के बिना नहीं हो सकता। हमें इलाक़े से कर की वसूली बढ़ानी होगी। हमारा राजस्व बढ़ाना होगा और ऐसा करने के लिए सारी जगह अंग्रेज़ों के क़ानून अच्छी तरह से लागू करने होंगे। भारत में महारानी का शासन पूरी तरह से मज़बूत और अटल होना चाहिए। ऐसा कोई मर्द, औरत, बच्चा या ज़मीन का अंश नहीं हो जो ताज के तहत शासन में नहीं आता हो।'

त्रिभुवन ने शराब का घूँट भरा, चेहरे पर गहरी सोच के भाव दिखाई दिए। 'अगर अब बात हो ही रही है तो हमें नए जंगल क़ानूनों की बात करनी होगी। वे आदिवासियों के बीच हलचल पैदा कर रहे हैं। मुझे तो यह ख़बर भी मिली है कि

उनमें से कुछ बग़ावत करना चाहते हैं। ज़रा सोचो! मुट्ठी भर आदिवासी ब्रिटिश ताज के ख़िलाफ़ खड़े हों!'

विलियम अपनी कुर्सी से उठ गया।

'और क्या तुम्हें लगता है कि यह कोई बड़ी मुसीबत है?'

'हुँह!!' त्रिभुवन ने हाथ के संकेत से इंकार किया। 'वे बस इतना चाहते हैं कि हम ये क़ानून रद्द कर दें और हमें मजबूर करने के लिए, दूसरों को उकसा रहे हैं कि वे भी कर नहीं दें। विलियम, ऐसा कुछ नहीं जो हम मिल कर हल नहीं कर सकें पर हाँ, इस मामले में बाग़ियों के सिर उठाने से पहले ही इन्हें कुचलना होगा ताकि ये दूसरे लोगों तक आग नहीं फैला सकें। कई बार चिंगारी को ही बुझा देना ठीक होता है।'

विलियम ने अपनी चिबुक सहलाते हुए पूछा, 'मुझसे क्या चाहते हो?'

'कुछ ख़ास नहीं। बस उनमें से कुछ को, कुछ दिन के लिए राँची जेल में नज़रबंद कर दो। ज़रा कड़ाई से पेश आओ, तुम तो जानते हो कि धमकाया कैसे जाता है, बस इतना ही!'

'उन्हें बंदी बनाना है, किस जुर्म के लिए? ऐसा क़दम उठाने से पहले सबूत चाहिए। अदालतें वैसे भी आजकल ज़रा ज़्यादा ही नियम-क़ानून झाड़ने लगी हैं।'

'ओह विलियम! आदिवासियों को बंदी बनाने के लिए तुमसे ज़्यादा अच्छे उपाय किसके पास होंगे? मुझे यक़ीन है, थोड़ी बहुत डोरियाँ तो तुम नचा ही लोगे।' त्रिभुवन धूर्तता से मुस्कराया। 'वैसे भी यह मामला हम दोनों की भलाई का है, है ना?'

विलियम ने तत्काल उत्तर नहीं दिया। उसे त्रिभुवन जैसे आदमी के साथ इतनी घनिष्ठता रखना नापसंद था पर स्थानीय आबादी को बस में करने और लोगों से काम निकलवाने में त्रिभुवन का कोई सानी नहीं था।

'ठीक है।' विलियम ने हामी भर दी।

'क्वीन की जय हो! प्यारे दोस्त, चिंता मत करो। अंग्रेज़ प्रशासन तमाम जंगल ज़मीन बाहर के लोगों को आराम दे सकेगा।'

'ठीक है, अगर ऐसा हुआ तो तुम्हें तुम्हारी कोशिशों के लिए इनाम मिलेगा।'

दोनों चुप हो गए। त्रिभुवन हाथ में गिलास घुमाते हुए, आगे आने वाली रात के ख़याल में मग्न था।

'तुम सब सोच लिया है, है ना?' विलियम ने सन्नाटे को तोड़ते हुए पूछा।

'बेशक़।'

'और, उम्म। उस आग्रह का क्या, जो मैंने पिछली बार किया था?'

'अरे हाँ! काश तुम्हारी माँगें सीधी होतीं। कई बार तो मुझे बड़ी मेहनत करनी पड़ जाती है।' त्रिभुवन ने कहा।

विलियम कुर्सी में असहजता से पलटा और थोड़ा शर्मिंदा दिखा। 'सचमुच,' उसने अपने हाथ में पकड़े गिलास को देखते हुए पूछा।

'नहीं, चिंता मत करो। हमेशा की तरह, मैं पूरा ध्यान रखूँगा। मेरे पास और कोई चारा है?' त्रिभुवन ने विलियम पर तंज कसा। उसे चिंता यही थी कि शाम लंबी होती जा रही थी। अब वह बेचैन हो रहा था। वह चाहता था कि नशे में धुत्त विलियम ऊँघने लगे, जैसा कि वह अक्सर करता था, ताकि वह बेहतर संगति में जा सके।

◆

सुगना की झोपड़ी के निकट अलाव के आसपास छह लोग माटी की मटकी में ताड़ी पी रहे थे, वे बारी-बारी से एक-दूसरे को मटकी थमा देते। वे सभी सुगना के दोस्त थे, वे लोग अक्सर अपना ग़म ग़लत करने के लिए एक साथ इस तरह पीने बैठ जाया करते थे। पिछले कुछ महीने उन सबके लिए बेहद मुश्किल रहे। उन्हें ज़मीन पर काम करके जो चार पैसे मिलते थे, वे सरकारी लगान में निकल रहे थे। इधर-उधर काम करके चार पैसे कमाने का ज़रिया भी नहीं रहा, सर्दी बहुत कड़ाके की पड़ रही थी। पर अब मौसम थोड़ा बदल रहा था, इसलिए लगता था कि हालात सँभलेंगे। उनकी बातचीत का विषय अचानक एक संवेदनशील मसले पर आ गया; उनके दल के दो लोगों ने ईसाई धर्म को अपनाना तय कर लिया था।

'क्या तुम्हें लगता है कि तुम सही कर रहे हो? तुम ईसाई धर्म के बारे में कुछ नहीं जानते?' सुगना ने उनमें से एक, बग्गू से पूछा।

'सुगना भैया, कौन जाने आने वाले कल में क्या छिपा है? मुझे तो इतना पता है कि हम कुछ ग़लत ही कर रहे होंगे कि हमें इतना कष्ट उठाना पड़ रहा है। हम इतनी सदियों से जिस प्रभु की पूजा करते आ रहे हैं, वह इतना निर्दयी कैसे हो सकता है? इतना बेरहम? जब मेरे बच्चे भूख से मर रहे थे तो मेरा भगवान किधर था? नहीं, सुगना भैया, पता नहीं कि यह सही है या ग़लत? पर फ़ादर ने वादा किया है कि मेरे परिवार को पेट भर खाना मिलेगा। मैं अपने परिवार को ऐसी निष्ठुर सर्दी से बचाना चाहता हूँ। हो सकता है कि अब ईसा मसीह हमारी मदद करना चाहते हों...' बग्गू के शब्द सुन कर वे सब आत्म-संदेह और अनिश्चितता में गोते लगाने लगे। कई लोगों को यह किसी जोखिम से कम नहीं लग रहा था। वे चुपचाप बैठे दारू के नशे में अपने दुख को भुलाने की कोशिश करते रहे। फिर उनमें से

एक आदमी गीत गुनगुनाने लगा। एक-एक कर, दूसरों ने भी सुर मिला दिया। मानो यह गीत उन्हें उनकी चिंताओं और परेशानियों के बीच थोड़ी राहत देने आया हो। दुख और अंतहीन कष्टों से भरे जीवन में, मनुष्य अपने लिए इससे अधिक कुछ नहीं कर सकते थे।

◆

आधी रात हो चुकी थी। रात होने के साथ-साथ विटमैन का बंगला भी शांत होता गया। परंतु बंगले के मेहमान वाले शयनकक्ष से लैंप की हल्की पीली रोशनी आती देखी जा सकती थी। कमरे की हवा फूलों वाले परफ़्यूम और इत्र की महक से भारी हो रही थी। एक औरत और मर्द के वस्त्र पगडंडी-सी बनाते हुए, दरवाज़े से विशाल विक्टोरियन पलंग तक फैले हुए थे, जो कमरे के बीच में रखा था। और उस पलंग पर लेटी थी कैथरीन, उसके ऊपर लेटा आदमी उसकी नाज़ुक चमड़ी के पोर-पोर को चूम रहा था और वह मारे आनंद के दोहरी हुई जा रही थी। वह उसे सता और चिढ़ा रहा था और वह उसे और अधिक पाने को तरस उठी थी। कैथरीन उसे अपने और पास पाना चाहती थी, वह उसकी ओर खिसक आई और उसे देर तक ज़ोर से चूमा, अब वह भी खुद को वश में नहीं रख सका। कैथरीन ने अपने ऊपर दिखाई दे रहे सुंदर से चेहरे को देख कर हौले से कहा, 'मैं तुमसे बहुत प्यार करती हूँ त्रिभु!'

'मैं भी तुमसे बहुत प्यार करता हूँ, मेरी प्यारी कैथरीन!'

5

उलिहातू – चलकड़

1879

मुश्किल वक़्त में जैसे समय भी थम-थम कर चलता है। पर सुगना के लिए, मानो उसका सारा वजूद ही कमरतोड़ काम के अंतहीन घंटों के बुरे सपनों में कहीं उलझ कर रह गया था, जिसने उसे अपने परिवार से दूर रखा। पूरे दिन में केवल एक बार उबले हुए कंद-मूल खाने को मिलते और हर रात कुछ घंटों की बेचैनी से भरी नींद। अक्सर बच्चे भूखे रह जाते पर करमी ने कभी उलाहना नहीं दिया। वह भी तो ऐसी ही सब्र वाली थी, किसी जंगली झाड़ी-सी लचीली।

हमेशा की तरह, उस शाम भी सुगना ने अपनी वापसी पर उसे इंतज़ार करते हुए पाया। वह रोज़ के समय से भी देर से आया था और बच्चे सो चुके थे। परंतु बिरसा जाग रहा था, वह माँ के साथ बैठा सुगना की प्रतीक्षा में था।

'बिरसा बड़ा लंबा निकलेगा!' सुगना ने भीतर आते हुए कहा और बिरसा भाग कर उसकी ओर लपका। सुगना ने उसे गोद में लिया और गुदगुदाने लगा। बच्चे की खिलखिलाहट सुनकर सुगना अपना दुखता हुआ शरीर भूल गया। चार साल की उम्र के हिसाब से बिरसा की क़द-काठी अच्छी निकल रही थी।

'बेशक, बड़ा क़द होगा।' करमी ने कहा और पति के पास आई। 'भगवान सिंगाबोंगा और माँ सरना की किरपा है, हमारी काली के पास अब भी हमारे बिरसा के लिए दूध है।'

'ख़ैर कह नहीं सकता कि काली को कब तक रख सकेंगे। अगर हमारे जानवर जंगल में चरते मिले तो ज़मींदार के आदमी ज़ब्त कर लेंगे। हमें काली को घर पर ही चारा देना होगा।'

'हम्म।' करमी ने कुछ सोचते हुए आह भरी और अपनी काली बकरी को देखा, जो झोपड़ी के दरवाज़े के पास बँधी खंभा चबा रही थी। 'हमें कोमता के लिए भी ज़ल्दी काम खोजना होगा। वह ग्यारह बरस का हुआ।'

'अभी तो छोटा है, करमी!' सुगना ने कहा।

'सुगना, मेरा भी मन करता है कि वह पढ़े और खेले, पर हालात बदतर होते जा रहे हैं। चार पैसे कमाएगा तो तुम्हारा ही बोझ घटेगा।'

'जैसे तुम चाहो।' सुगना ने हथियार डाल दिए। उसने बिरसा को सरकंडे की चटाई पर लिटाया और बालों में हाथ फिराने लगा।

'सुगना, तुम्हारी चिंता सताती है। कितना बोझ उठा रहे हो। कोमता थोड़ा भार हल्का करेगा।' करमी ने सलाह दी। वैसे तो वह शांत ही रहती थी पर उस रात सुगना को भी उसके स्वर में बेचैनी दिखाई दी।

'ठीक है।' वह कुछ देर बाद बोला। 'मैं कल इस बारे में मुंशीजी से बात करता हूँ। वे हमारी हालत समझते हैं... वे नहीं होते तो रोज़ की मज़दूरी भी नहीं मिलती। अगर कोई कोमता के लिए काम खोज सकता है तो वे वही हैं।'

'ज़मींदार के आदमियों में से वही हैं, जिन्हें मैं झेल सकती हूँ।' करमी को दूसरे आदमियों का ध्यान आया तो उसकी रूह काँप गई।

'क्या बच्चों ने कुछ खाया था?' सुगना ने थोड़ी देर बाद हौले से पूछा। बिरसा की आँखों में नींद उतर आई थी और सुगना बच्चे के चेहरे पर छाई शांति को सराहता रहा।

'हमेशा की तरह भात का मांड और उबले हुए जंगली कंद।'

सुगना ने सिर हिलाया। वह कहता भी क्या। कितनी भी मेहनत क्यों नहीं कर ले पर इतना भी नहीं बचता कि परिवार के लिए एक थैली नमक ही जुटा ले।

'क्या तबीयत ठीक नहीं, बेचैन-से दिखते हो?' करमी ने पति की परेशानी भाँप ली।

'नहीं, कुछ ख़ास नहीं। बस पीठ में थोड़ा दर्द है।' फिर करमी की ओर नम निगाहों से देख कर बोला, 'पर मन ज़्यादा दुखी है।'

'क्या हुआ?' वह भाग कर उसके पास आई। वह डर गई थी।

'आज, मुझे उसी ज़मीन पर काम करना पड़ा जिसे कई महीनों तक साफ़ करके अपने परिवार के लिए तैयार किया था। उस पर तो मेरा हक़ था, कितनी आसानी

से सब छीन लिया। उस पर ऊगी फसल में से हमारा कुछ नहीं होगा, करमी। पर फिर भी मैं उसी जगह पर ख़ून-पसीना एक कर रहा हूँ।' सुगना ने किसी तरह सुबकी रोकी।

'ओह, सुगना!' करमी ने अपने हाथों में उसका चेहरा थाम लिया और उसे अपनी ओर करते हुए बोली, 'अपने पर भरोसा रखो।' उसकी आवाज़ में दृढ़ता थी। 'हमारा समय बदलेगा। हमारी ज़िंदगी बदलेगी। तुम इतने ताकतवर हो, ऐसे कैसे हिम्मत हार सकते हो? जब तक हम साथ हैं, सब ठीक ही होगा।'

सुगना ने तो रो कर मन हल्का कर लिया पर करमी भी डरी हुई थी। वह उसे बताना नहीं चाहती थी। वह उसे नहीं बताना चाहती थी कि हर दिन किसी संघर्ष से कम नहीं था। उसे भी घर का काम चलाने और खुद भूखे रहकर बच्चों का पेट भरने को कितनी मेहनत करनी पड़ती थी।

जब तक सुगना की सुबकियाँ नहीं थमीं, करमी ने उसे गले से लगाए रखा। कुछ देर बाद, सुगना पीछे हटा और आँसू पोंछे। इस बार जब उसने करमी को देखा तो उसे उसकी आँखों में एक नई आग-सी जलती हुई दिखी।

'करमी, चाहे जो हो जाए, मैं अपने बिरसा को हमारी तरह दुख नहीं पाने दूँगा।' सुगना ने वादा किया। 'मैं उसे एक अच्छी ज़िंदगी देने के लिए अपनी ओर से कोई कसर नहीं रखूँगा।'

उस रात, करमी के सोने के बाद सुगना उठा और चुपके से झोपड़ी के बाहर आ गया। वह तब से बेचैन होकर करवटें बदल रहा था, बग्गू के शब्द उसका पीछा कर रहे थे। वह बाहर बैठकर बहुत देर तक चंद्रमा को ताकता रहा, कुछ समझ नहीं आ रहा था। पर अचानक ही शांति से सोते बिरसा का चेहरा दिखने लगा। उसे देखते ही सुगना जान गया कि समय आने पर उसे क्या करना होगा।

◆

मुंशी हरि राम ने अपना छाता बंद किया और त्रिभुवन सिंह की हवेली में जाने से पहले, उसे बरामदे में कोने में रख दिया। कोमता उसके साथ था। उसने झट से आँगन पार किया और हवेली के उस हिस्से में आ गया, जिसमें औरतें रहती थीं। ज़मींदारिन अपने सामने खड़ी बाग में काम करवा रही थी। उसने कह रखा था कि बाग में काम करने के लिए किसी सहायक की आवश्यकता है ताकि अगले मौसम के लिए बाग तैयार हो सके। सुगना मुंडा उन्हीं दिनों अपने बेटे के लिए काम खोज रहा था, इसलिए मुंशी उसके बेटे को ही ले आया। ग्यारह वर्षीय बालक पिता के साथ खेतों में काम करता आया था, इसलिए उसके लिए बाग में काम करना बड़ी

बात नहीं थी। मुंशी ने उसे एक नज़र देख कर सोचा कि वह बहुत ही सरल और भोला लगता था, ज़मींदारिन उसे काम पर रख ही लेगी।

चैताली गुलाब के पौधे छाँट रही थी, जो उसके कहने पर त्रिभुवन ने कलकत्ता से मँगवा कर दिए थे। वह अपने काम में इतना मग्न थी कि मुंशी के आने का भी पता नहीं चला। हरि राम ने गला खंखारकर अपने आने की ख़बर दी।

'जोहार, माँ साहब!' उसने हाथ जोड़े और सिर झुका कर कहा।

'जोहार, मुंशी जी! आइए बैठिए।' चैताली ने पौधे एक ओर रखे और मुंशी के साथ आए छोकरे को देखने लगी।

'क्या यही लड़का है?' उसने पूछा।

'जी, माँ साहब! मिट्टी में काम करना जानता है, पौधों की समझ रखता है पर आपको इसे गुलाबों के बारे में सिखाना होगा। इन जंगलों में तो यह फूल नहीं उगता।' मुंशी ने दबी हँसी से कहा।

'ठीक है, मुंशी जी। यह भी सीख लेगा।' चैताली ने मुड़कर कोमता को देखा। उसने कोमलता से पुकारा, 'इधर आओ, बच्चे। नाम क्या है तुम्हारा?'

'यह कोमता है। सुगना मुंडा का बेटा, वह हमारे खेतों में काम करता है।' मुंशी जी ने झट से ज़वाब दिया।

'मुंशी जी, आपसे नहीं, लड़के से बात हो रही है।' चैताली ने टोका।

कोमता जल्दी से आगे आया और अपनी मालकिन के सामने खड़ा हो गया। उसने आदर से सिर झुकाया हुआ था।

'कोमता, क्या कुछ खाया था?'

'नहीं,' उसने ज़वाब दिया और यह सवाल सुनकर सकते में आ गया।

'हम्म, चलो पहले तुम्हारी पेट पूजा हो जाए।' चैताली ने मुंशी की ओर मुड़ते हुए कहा, 'कोमता दिन में पाँच घंटे काम करेगा। दोपहर का भोजन यहीं लेगा और आप इसे सूरज ढलने से पहले इसके पिताजी के पास छोड़ देंगे।'

'जैसा आप कहें, माँ साहब।'

'चलो कोमता।' चैताली ने उससे कहा, 'पहले मेरे साथ रसोई में चलो। फिर दिखाती हूँ कि तुम्हें क्या काम करना होगा।'

मुंशी राम ने भी हवेली की ओर राह ली। वह कड़कती धूप में छाता खोलने ही वाला था कि मालिक की बग्घी की आवाज़ सुनाई दी।

'हैरानी की बात है।' उसने मन में कहा। सब जानते थे कि ज़मींदार घर में ख़ाली समय नहीं बिताता था। वह सुबह जल्दी निकलता और रात देर से लौटता

और बाक़ी समय अपने अध्ययन-कक्ष में बिताता, उसमें उसकी पत्नी सहित, किसी के भी आने की मनाही थी। वहीं वह अपने मेहमानों से मिलता और लड़कियाँ भी निजी प्रदर्शन के लिए वहीं जातीं। ऐसा बहुत कम होता था कि वह दोपहर को घर में हो, तब वह दोपहर का खाना खा कर झपकी लेता। पर आज तो दोपहर भी नहीं हुई थी तो आज मालिक घर में कैसे? जब बग्घी पास आई तो मुंशी सिर झुका कर खड़ा हो गया।

'हरि राम, मेरे कमरे में आना!' त्रिभुवन ने हवेली में क़दम रखते हुए कहा। 'कोई ज़रूरी बात करनी है।'

मुंशी हरि राम कुछ देर वहीं जड़ खड़ा रहा, दिल दहल गया था। क्या उसे क़र्ज़ याद दिलाया जाएगा, जो उसने छोटी बेटी के ब्याह में लिया था? वह पैसा चुका ही नहीं पा रहा था। उसके हाथ काँपने लगे। ज़मींदार के निजी कक्ष की ओर जाते हुए वह यह मना रहा था कि काश! कोई और बात निकले। पता चला कि वास्तव में बात कुछ और थी।

'याद है, तुम्हें अगले सप्ताह के अंत में यह करना है। तुम्हें पता है कि तुम्हें क्या करना है। और ध्यान रखना कि पुलिस कमिश्नर की ओर से इस बार कोई परेशानी नहीं हो। मैं कोई हो-हल्ला या परेशानी नहीं चाहता, जिसे बाद में समेटना पड़े। समझे?' इसके साथ ही ज़मींदार ने मुंशी को जाने का संकेत किया। उसने सारी ज़िम्मेदारी मुंशी के सिर पर डाली और शराब का बड़ा-सा जाम ढाल लिया। वह कुर्सी पर बैठ कर सोचने लगा कि काश! उसे इस तरह के मामलों में नहीं उलझना पड़ता पर ऐसा संभव नहीं था। विलियम विटमैन की विकृत अय्याशी को पूरा करने की उसकी योग्यता ही, तो और अधिक ताक़त पाने का टिकट थी।

6

उलिहातू
1879

साल से भी ज़्यादा समय के बाद, पहली बार सुगना और उसके परिवार को उस दिन सुबह का पूरा भोजन मिला। कोमता के काम से मिलने वाले पैसों से हालात में बदलाव आया था और घर की आमदनी बढ़ गई थी। इतना ही नहीं, ज़मींदारिन कोमता को बहुत दुलार देती थी। वह अक्सर उसके साथ परिवार के लिए बचा हुआ खाना भी दे दिया करती।

सुगना ने झोपड़ी के बाहर बैठे-बैठे चावल और सब्ज़ी को ख़त्म किया और बोला, 'कोमता कहाँ है? क्या उसने खाना नहीं खाया। उसे जल्दी खाना खिलाओ वरना हवेली के लिए निकलने में देर होगी।'

'शायद तैयार हो रहा है। अब उसे सुबह का खाना इधर नहीं रुचता। उसका कहना है कि ज़मींदारिन अच्छा खाना खिलाती है। अभी उसे लेकर आती हूँ।' करमी ने हँसते हुए कहा।

कुछ ही देर में, सुगना को झोपड़ी में से कराह सुनाई दी। करमी कोमता के पास बैठी थी। उसका माथा बुखार से तप रहा था।

'ओह इतना तेज़ बुखार।'

'मैं गाँव के वैद्य को लेकर आता हूँ।'

कोमता ने सुना तो किसी तरह उठने की कोशिश की। वह हौले से बोला, 'मुझे हवेली जाना है। ज़मींदारिन इंतज़ार कर रही होगी। गुलाब सूख सकते हैं।'

'नहीं, तुम इस हाल में हवेली नहीं जा सकते।' करमी ने उसके बाल सहलाते हुए उसे फिर से लिटा दिया।

तभी घर में बबुआ ने क़दम रखा। 'सुगना, क्या हुआ छोरे को?' उसने झट से पूछा।

'अरे, तेज़ बुखार है और काम पर जाने की ज़िद कर रहा है।' सुगना ने सिर हिलाया।

बबुआ ने उसका माथा छू कर देखा और बोला, 'तुम इस हाल में कहीं नहीं जा सकते।' फिर उसने सुगना से कहा, 'सुगना, मैं वैद्य को लेकर आता हूँ। तुम कोमता के पास ही रहना।'

'नहीं! नहीं! नहीं! मुझे काम पर जाना है।' बच्चे ने विरोध जताया। 'मैं यह काम नहीं छोड़ सकता।'

'ओहो, बच्चे, चिंता मत कर।' बबुआ ने उसे बहलाया। 'अगले कुछ दिन, तेरी जगह कृसना काम पर चला जाएगा, ठीक।'

बच्चे ने धीरे से हामी भर दी।

एक बार फिर, क़िस्मत का पहिया उन सबके ख़िलाफ़ घूमने वाला था। और बबुआ को क्या पता था कि अपने दोस्त सुगना की मदद करना, उसे और उसके परिवार को कितना भारी पड़ने वाला था।

◆

जब तक बच्चा बुखार में था, तब तक कृसना काम पर जाएगा। यह सुनकर सबने चैन की साँस ली। इस तरह कोमता की नौकरी बच सकती थी। यही नौकरी, उनके जीवन और परिवार का आने वाला कल सँवार सकती थी।

कोमता का बुखार उतर गया, पाँचवें दिन शनिवार को शरीर में थोड़ी जान आई तो उसने तय किया कि वह हवेली जाएगा और फिर शाम को कृसना के साथ वापस आ जाएगा। करमी के मना करने पर भी वह नहीं माना। वह अपने दोस्त से मिलने के लिए पैदल चलने को भी तैयार था। झोपड़ी में पड़े-पड़े मन उकता गया था। वैसे भी वह कृसना के काम का आख़िरी दिन था।

'पर माई, हम तो सूरज ढलने से पहले ही आ जाएँगे। आज शनिवार है और उसका काम ज़ल्द ख़त्म हो जाएगा।' उसने करमी से कहा।

'नहीं, तेरे बाबा खेत पर गए हैं। मुझे घर में इतना काम पड़ा है।' तुझे अकेले नहीं भेज सकती। करमी अपनी ज़िद पर अड़ी थी।

'माई, अगर अभी निकला तो समय पर पहुँच जाऊँगा। फिर हम दोनों आराम से बातें करते हुए वापस आ सकते हैं।'

करमी ने बेटे को देखा। कल रात से बुखार तो नहीं हुआ था। शायद थोड़ा पैदल चलने से नुक़सान नहीं हो।

'ठीक है,' उसने हथियार डाल दिए। 'पर दोनों शाम को सीधे घर वापस आना। इधर-उधर भटकने मत लगना।' उसने कहा।

इससे पहले कि वह बात पूरी करती कोमता, ख़ुशी से झूमते हुए बाहर जा चुका था।

वह हमेशा बाबा के साथ ही हवेली आया करता था। उस जल्दी ही अहसास हो गया कि रास्ता थोड़ा मुश्क़िल था और पूरी तरह से याद नहीं था। जंगल के रास्ते एक से दिखते थे। वह कई बार पगडंडी भी भूला। जब तक हवेली आई, दोपहर के तीन बज गए थे और उस दिन के लिए बड़ा दरवाज़ा बंद कर दिया गया था।

कोमता लोहे के बड़े से फाटक के बाहर खड़ा रहा और दूर से हवेली को देखते हुए सोचने लगा कि अब उसे क्या करना चाहिए। क्या कृसना हवेली से ज़ल्दी निकल गया था? क्या दोस्त के बगैर वापस जाना चाहिए? वह अभी सोच ही रहा था कि गेट की ओर से मुंशीजी आते दिखे।

'मुंशी जी!' उसने पुकारा।

'कोमता यहाँ क्या कर रहा है?' उन्होंने उसकी ओर आते हुए पूछा। 'तुझे तो कल से काम पर आना है? अभी इधर क्यों भटक रहा है?' मुंशीजी ने लगभग इल्ज़ाम-सा लगाते हुए कहा।

'मैं...मैं... मैं।' वह कुछ कहने से पहले हकला-सा गया। 'मैं तो कृसना को लेने आया था, मुंशीजी।'

'वो तो कब का चला गया। अब दफ़ा हो इधर से।' मुंशी जी ने उसे धकेला और आगे चल दिए।

कोमता कुछ देर वहीं दंग-सा खड़ा रहा। आँखें नम हो गई थीं। मुंशी जी तो हमेशा अच्छी तरह पेश आते थे। फिर आज इस तरह बर्ताव क्यों किया? वह सिर झुकाए वापस जाने ही वाला था कि एक नौकर उनकी ओर भागता आया।

'मुंशी जी! मुंशी जी। ठहरिए।'

'वह लड़का, जो अभी तांगे में गया, वह अपना थैला हवेली में भूल गया था। इसका क्या करना है?' नौकर ने कपड़े का थैला मुंशीजी के आगे कर दिया।

'यह मुझसे क्यों पूछ रहा है?' वे गुस्से से तमतमाए। 'जो जी में आए कर, फेंक दे कहीं। घर ले जा। मुझे परवाह नहीं है।' मुंशी जी धम-धम करते आगे चल दिए।

कोमता ने थैले को देखते ही पहचान लिया। 'यह तो मेरे दोस्त कृसना का है।'

'कोमता, दफ़ा हो इधर से। चल भाग।'

'पर ये कृसना का थैला है।' उसने कहा।

'कृसना वापस नहीं आ रहा।' उसने कहा।

'उसे भूल जा, इसमें ही भलाई है।' अगले ही पल उसने तेज़ आवाज़ के साथ हवेली का बड़ा दरवाज़ा बंद कर दिया और थैला उसके हाथ में झूल रहा था। कोमता कुछ देर वहीं सहमा हुआ खड़ा रहा। कृसना कहाँ चला गया था?

◆

उस दिन उलिहातू गाँव में कृसना के वापस नहीं आने पर हो-हल्ला मचा हुआ था। पहले तो बबुआ ने पत्नी की बात पर कान नहीं दिया। उसे लगा कि छोकरा जंगल की सैर करके आप ही वापस जा जाएगा। पर जब कोमता वापस आया तो बहुत परेशान और मुरझाया हुआ दिखा। उसने अपने घर में बताया कि उस जगह क्या हुआ था, सारे गाँव में जैसे अफरा-तफरी मच गई। लोग खोजी दल बनाकर जंगल की ओर निकले, पर कृसना का कोई पता नहीं मिला। वे उसके बारे में पूछने के लिए हवेली भी गए पर दरबान ने अंदर ही नहीं जाने दिया और उन्हें कहा गया कि उस दिन वह लड़का काम पर ही नहीं आया था। वे कैसे बता सकते थे कि वह कहाँ गया। बबुआ और उसकी बीबी मारे दुख के पगला से गए, सभी असहाय होकर देख रहे थे। बबुआ हर जगह अपने बेटे की खोज करता घूम रहा था। वह कुछ खाए-पिए बिना कई दिन तक हवेली के बाहर भी बैठा रहा पर हार कर, वह गाँव वापस आ गया। दारोगा के हाथों पिटा और अपमानित हुआ और फिर वे उसे उसकी झोपड़ी के बाहर पटक गए।

आने वाले समय में, सारे गाँव में एक अजीब-सी बेचैनी पसरी हुई थी। पड़ोस वाले गाँव से भी एक लड़के की ऐसे ही रहस्यमयी तरीक़े से खोने की अफ़वाह सुनाई दी पर कोई कुछ यक़ीन से नहीं कह सकता था। लोगों ने तो बालक को देखने की आस ही छोड़ दी थी। पर उसके ओझल होने के चार सप्ताह बाद, पास वाले गाँव में नदी के पास एक लड़के को घूमता पाया गया, लोगों ने कहा कि वह कृसना जैसा लगता था। उसका दिमाग़ घूम गया था और बोलने में भी हकलाहट आ चुकी थी। ऐसा लगता था किसी सदमे ने उसकी यह हालत कर दी थी। कुछ लोगों ने उसे पहचान लिया। वह कृसना ही था। बबुआ और उसकी बीबी और गाँव के कुछ लोग उसे वापस लाने गए पर जो लड़का वापस आया, वह कृसना का प्रेत ही था। हर समय डरा और सहमा हुआ रहता। अपने बाबा और सुगना के सिवा किसी दूसरे

मर्द को देखते ही झोपड़ी में जाकर, किसी अंधेरे कोने में बैठ कर काँपने लगता। लंगड़ा कर चलता था, खाना बहुत कम खाने लगा था और अक्सर रात को चीख़ें मारते हुए उठ जाता। वह माई के साथ ही घूमता रहता और गाँव के दूसरे बच्चों और दोस्तों के साथ भी कभी नहीं खेला।

उलिहातू के लोग उस बच्चे को सदमे की मार झेलते देख दुखी थे, उन्हें अपने वजूद की सच्चाई का इतना गहरा आभास, इससे पहले कभी नहीं हुआ था। हर बीतते दिन के साथ उनका अहसास मज़बूत होता जा रहा था, उनके बच्चों के लिए कोई जगह नहीं है।

7

उलिहातू–बंबा
1880

कृसना के आने के बाद, उलिहातू जैसे अलग ही जगह हो गई थी। हालाँकि बाक़ी सब लोग रोज़मर्रा के कामों में लग गए थे पर भय और पीड़ा बने रहे। अब बच्चों को गाँव की सीमा के बाहर या दूर खेलने नहीं जाने दिया जाता था। औरतें उन पर नज़र रखतीं। वे अपने घर के अंदर रहते या झोपड़ी के बाहर खेलते। शाम को मर्द यथासंभव ज़ल्दी वापस आ जाते वे नहीं चाहते थे कि रात के अंधेरे में उनके परिवार असुरक्षित रहें। अब वे काम के बाद, अलाव के पास बैठकर, सुख-दुख नहीं बाँटते थे। हर आदमी को घर लौटने की जल्दी होती ताकि अगले कुछ घंटों के लिए परिवार को अपने सामने देखते हुए चैन से साँस ले सके।

ये बेचैनी और आतंक ही काफ़ी नहीं था, कृसना के वापस आने के छह सप्ताह बाद, एक और घटना से पूरा गाँव दहल गया। उस सुबह, करमी ने सोचा कि अपनी बेटी चंपा और बेटे बिरसा को साथ ले जाकर, जंगल वाले ताल में कपड़े धो आएगी, वह अक्सर उस जगह कपड़े धोने जाती थी। बच्चे भी घर में दुबके-दुबके उकता गए थे। करमी को लगा कि वह जगह गाँव से बहुत दूर नहीं थी, इसलिए सुरक्षित ही होगी। कोमता सुगना के साथ खेत में काम करने गया था। उसे किसी बच्चे को घर में अकेला छोड़ने की चिंता भी नहीं थी।

उसने कपड़े समेटे और अपनी पुरानी धोती में लपेट कर पोटली बना ली। फिर बच्चों को लेकर जंगल वाले ताल की ओर चल दी। जब वे उस जगह गए तो उसे सुनसान वीरान देखकर करमी चौंकी। अक्सर कोई न कोई कपड़े धोते या पानी

भरते मिल ही जाता था। वह जंगल के सूनेपन से थोड़ा घबरा-सा गई पर उसने खुद से कहा, 'अब आ ही गई तो झट से काम पूरा कर लूँ।'

करमी ने मैले कपड़े वहीं रखे और साड़ी समेट कर, उकडूँ बैठ गई। बच्चे वहीं बैठे थे। उसने उन्हें हिलने की भी मनाही कर दी थी। गाँव से कोई नहीं दिख रहा था इसलिए वह चाहती थी कि फटाफट काम निपटा कर वापस चले। बीस मिनट बाद, उसने धुले कपड़े उठाए और चलने को तैयार हुई। जब वह मुड़ी तो देखा कि कुछ ही फ़ीट की दूरी पर खड़ा बच्चू महतो उसे बेशर्मी से ताक रहा था। उसके पीछे उसका एक नौकर था।

'करमी! करमी! करमी!' बच्चू मुस्कराया और उसकी ओर बढ़ा। 'यक़ीन नहीं आता कि आज तू अकेली मिल गई।'

करमी ने चंपा और बिरसा को अपनी ओट में कर लिया।

'क्या चाहता है?' उसने कड़क और तेज़ सुर में पूछा।

'क्या चाहता हूँ? हुँह!!' बच्चू ने तेज़ नज़रों से उसकी देह का ऐसा मुआयना किया कि करमी अपने ही भीतर सिकुड़ गई। 'मैंने तो आज तक तुझसी कंटीली औरत ना देखी।'

करमी बच्चू से दूर हटी। वह जल्दी से निकलना चाहती थी पर बच्चू ने उसे दबोच लिया।

'तू जा कहाँ रही है?' उसने उसकी कलाई उमेठते हुए कहा।

'छोड़ मुझे।' करमी झपटी। वह खुद को छुड़वाने की कोशिश में थी।

'करमी, मेरे घर चल। तेरी ज़िंदगी बदल दूँगा।'

'दफ़ा हो जा सूअर!' करमी फुफकारी। अगले ही पल उसने पोटली नीचे गिराई और बच्चे को पीछे धकेलते हुए, उसकी जकड़ से छूट गई।

उसने बच्चों को पकड़ कर तेज़ी से निकलना चाहा पर बच्चू ने झट से चंपा को अपनी ओर खींच लिया। नन्ही बच्ची मारे डर के रोने लगी। वह छूटने को छटपटा रही थी पर बच्चू ने उसे छोड़ा नहीं।

'तू मेरे साथ चल वरना तेरी बेटी ले जाऊँगा।' बच्चू ने आराम से कहा पर उसके सुर में छिपी चेतावनी साफ़ सुनाई दे रही थी।

शायद बच्चू ने केवल उसे धमकाया होता तो वह इस तरह पेश नहीं आती पर अपनी बेटी पर ख़तरा आते देख करमी का माथा फिर गया। उसने एक बड़ा नुकीला पत्थर उठाया और बच्चू के माथे पर निशाना तान दिया।

'फेंक इसे परे, परे फेंक।' वह चिल्लाया और चंपा उससे छूटकर इस ओर आ गई।

'मेरी बेटी को ले जाएगा, हैं?' करमी चिल्लाई और अगले ही पल पत्थर का टुकड़ा उसे दे मारा। बच्चू ने दोनों हाथों से सिर का बचाव किया और ऐन मौके पर झुक गया। वह भारी पत्थर उसके नौकर के कंधे पर जा लगा और वह मारे दर्द के चिल्लाया।

तब तक करमी और बच्चों की चिल्लाने की आवाज़ कुछ मुंडाओं ने सुनी जो अपने काम से वापस आ रहे थे। ख़तरा भाँप कर वे ताल की ओर भागे। बच्चू को देखते ही वे समझ गए कि उस जगह क्या हुआ होगा। वे उस जगह दौड़े आए और करमी और बच्चू के बीच अपने भाले और तलवारों की तरह तान कर खड़े हो गए। किसी ने कुछ नहीं कहा। बच्चू उन्हें खड़ा ताकता रहा और सोचने लगा कि क्या उनसे लड़ाई मोल ली जा सकती थी पर उन लोगों की आँखों से टपकते गुस्से को देखकर उसे यही लगा कि खिसकने में ही भलाई है। बच्चू एक भी शब्द कहे बिना मुड़ा और चल दिया, उसका घायल नौकर भी पीछे चला गया।

◆

सुगना को उस रात चंपा को सुलाने में बहुत समय लगा। बच्ची घबरा गई थी। उसने बाबा का हाथ छोड़ने और सोने से मना कर दिया था, जबकि सुगना ने उससे वादा किया वह सारी रात उसके पास ही रहेगा। जब बच्ची सो गई तो वह करमी के पास गया। वह सारी शाम से शांत थी पर जब सुगना ने पास जा कर उसे बाँहों में भरा तो वह उसके कंधे से लगकर मन ही मन रोने लगी। उसका शरीर काँप रहा था; उसका डर और बेचारगी जैसे एक साथ बाहर आ रहे थे।

जब करमी शांत हुई, तो उसने अपने चारों बच्चों को सोते हुए देखा और काँप गई। उसने सुगना को देखा, उसके चेहरे पर भय के साए लहरा रहे थे। 'अब इस जगह हमारे लिए कोई भविष्य नहीं रहा।' उसने सुगना से कहा, 'और अब यह सब ख़तरनाक और डरावना होता जा रहा है... सारी शाम मैं यही सोचती रही कि आज क्या हो सकता था। बिरसा को चोट आ सकती थी। और वह राक्षस... वह आसानी से चंपा को ले जा सकता था!' करमी के चेहरे पर अपनी बच्ची को देखकर आँसू बहने लगे। वह नींद में भी डर के मारे कुनमुना रही थी। 'और जो कृसना के साथ हुआ, अगर हमारे बच्चों के साथ हो गया तो? सुगना, हमारे बच्चे इतने डर के बीच बड़े नहीं होंगे। चलो, कहीं और चलें, इस जगह से कहीं बहुत दूर, मेहरबानी करो मुझ पर!'

सुगना ने हामी भरी और उसे गले से लगा लिया। करमी के एक-एक शब्द में सच्चाई थी। अब उन शिकारियों के बीच उसका परिवार सुरक्षित नहीं था। उसने तय किया कि वे वह जगह छोड़ देंगे। और आधी रात को ही सुगना और करमी अपना सामान समेटने लगे, जो बहुत अधिक नहीं था। तब तक भोर हो गई और बच्चे भी

जाग गए। वे चलने को तैयार थे। करमी ने बच्चों को तैयार किया और रास्ते के लिए खाना पकाने लगी। इस दौरान सुगना बबुआ की झोपड़ी तक हो आया और उसे सब बताया। जब उनके जाने की ख़बर फैल गई तो सारे जानकार झोपड़ी के बाहर जमा होने लगे। कुछ औरतों ने करमी को खाना तैयार करने में मदद की और कुछ मर्द सुगना से पूछने लगे कि वह किस जगह जाना चाहता था। पर किसी ने भी उन्हें जाने से रोकने की कोशिश नहीं की। यही उनके अस्तित्व का सबसे कड़वा सच था।

◆

वे लोग क़रीब तीन दिन तक चलते रहे, उन्होंने कई खेत और घने जंगल पार किए और उलिहातू से लगभग ढाई सौ कि.मी. मी दूरी पर स्थित बंबा गाँव की ओर बढ़े। वे हर रोज़ अंधेरा होने तक चलते और फिर कहीं ठहर कर आराम करते और रोशनी होते ही दोबारा चलने लगते। बच्चे तो थकान के मारे सो जाते। करमी और सुगना रात को बारी-बारी से जाग कर सबकी रखवाली करते। यह एक कड़ा सफ़र था और बेशक़ जब सारा परिवार करमी के रिश्ते की बहन के पास बंबा पहुँचा तो सबने चैन की साँस ली। मानो वे उलिहातू में जिस डर और आशंका के बीच जी रहे थे, उससे दूर होने के लिए इतनी दूरी तय करना जैसे ज़रूरी था। सुगना ने यह जगह चुनी, क्योंकि उसने करमी की बहन से इस जगह के बारे में बहुत सुना था। उन्हें लगने लगा कि बंबा में हालात सुधर रहे थे। स्थानीय ज़मींदार श्रीकांत चौधरी और उसके आदमी, उस इलाक़े के दूसरे ज़मींदारों की तरह निर्दयी और ज़ालिम नहीं था। इसके उलट, ज़मींदार पचासेक साल का रहा होगा, वह धार्मिक स्वभाव का आदमी था, जिसका अधिकतर समय पूजा-पाठ में बीतता। वह अपनी ताक़त का ग़लत इस्तेमाल नहीं करता था। जब भी कभी ज़मींदारी करने का समय आता तो वह पूरी समझ और हमदर्दी से पेश आता। वह ज़रूरतमंदों की मदद करता और अपने पास काम करने वालों को कठोर सज़ा नहीं देता था। शायद यह सब इस वजह से था, क्योंकि इसका इकलौता बेटा महेश मानसिक रूप से विकलांग था और कोई काम नहीं कर सकता था। ज़मींदार सबके साथ दयालुता का बर्ताव करता।

पर बंबा पर एक और विपदा थी - यह उस इलाक़े में ईसाई मिशनरियों का गढ़ बन चुका था। पूरे गाँव में इस मिशनरी अभियान को चलाने वाले पादरी फ़ादर हॉफ़मैन थे, जो युवा और सुंदर थे।

फ़ादर हॉफ़मैन ने ज़मींदार की इकलौती कमज़ोरी का फ़ायदा उठाया और उसके शुभचिंतक बन गए। वे रोज़ हवेली पर जाते, महेश के सारे नखरे और गुस्सा झेलते हुए, उसे बड़े सब्र से पढ़ना-लिखना सिखाते। उन्होंने ही आग्रह किया कि वे महेश के मानसिक विकास के लिए भी कुछ कक्षाएँ लेंगे। श्रीकांत चौधरी इसी बात से सम्मोहित

था कि फ़ादर उसके बेटे का कितना ख़याल रख रहे थे, इसलिए मिशनरी को उदारता से चंदा मिलने लगा। फ़ादर हॉफ़मैन उस पैसे का प्रयोग धर्मांतरण गतिविधियों के लिए करते थे। चौधरी हर तरह से, अपने इलाक़े में मिशनरी गतिविधियों को सहयोग देता। श्रीकांत चौधरी और फ़ादर हॉफ़मैन के बीच गहरी छनने लगी थी, जिसे देखते हुए अफवाह फैल रही थी कि ज़मींदार स्वयं ईसाई धर्म को स्वीकार करने वाले थे। हालाँकि कोई कुछ नहीं बोला, क्योंकि हालात चाहे जो भी थे, लोग चैन से बसर कर रहे थे।

फ़ादर हॉफ़मैन ने इस दौरान एक प्राथमिक पाठशाला भी खोल ली थी। उस स्कूल में पढ़ने वाले बच्चों के लिए आवश्यक था कि वे दाख़िला लेने से पहले ईसाई धर्म में दीक्षित हों। फ़ादर हॉफ़मैन बड़ी ही चतुराई से छात्रों और उनके परिवारों पर दबाव बना देते और अंततः वे सभी ईसाई धर्म को स्वीकार कर लेते।

'मुझे लगता है कि कुछ ही समय में हम सभी ईसाई होंगे। ये मिशनरी हमारे आगे कोई चारा नहीं छोड़ेंगे।' एक रात सुगना ने करमी से कहा।

'पता है,' करमी बोली। 'हमें बंबा आए इतने महीने हो गए।' जब परिवार जम गया तो उन्हें लगने लगा कि उस गाँव में मिशनरियों की भूमिका कितनी बड़ी थी। 'इस गाँव में दिलदार ज़मींदार के कारण ही यह सब हो रहा है। मैंने सुना, कुछ औरतें बता रही थीं कि कुछ मुंडा पहले तो ईसाई बन गए पर जब उन्हें लगा कि वे ठगे गए हैं और मिशनरी उन्हें दबा रहे हैं तो वे फिर से अपने पुराने धर्म को अपनाने लगे हैं। मुंडा बच्चों को इनमें से कुछ मिशनरी स्कूलों में नहीं जाने देते, क्योंकि ज़मींदार और दूसरे ऊँची जात के लोग नहीं चाहते कि उनके बच्चे आदिवासी बच्चों के साथ पढ़ाई करें।'

'ठीक कहती हो। ये हमें मीठी बातों में बहला कर अपने धर्म की ओर खींचते हैं, पर एक बात कहो, अगर संसार के सुख के लिए अपनी संस्कृति और धर्म को ही त्याग दिया, तो ऐसे में जीने का अर्थ ही क्या रहा?'

'अंग्रेज़ सरकार हमें गुलाम बनाने के लिए यह सब कर रही है। मुझे नहीं लगता कि ये कभी हमारा देश छोड़कर जाएँगे, सुगना।'

करमी और सुगना दुविधा में थे। वे जानते थे कि बंबा में, उन हालात में ईसाई धर्म को अपनाने से उनकी बहुत सारी परेशानियों का हल मिल सकता था पर यह भी जानते थे कि धर्म बदलने से और बड़े संकट पैदा होंगे। उन्हें पूरी तरह से अलग सांस्कृतिक पहचान बनानी होगी। नए देवता को पूजना होगा। उन्हें उन लोगों का साथ देना होगा, जिन्होंने उन्हें गुलाम बनाया, उनकी ज़मीन छीनी और उन्हें उनके ही घरों से बेघर होने पर मज़बूर कर दिया। पर इस सवाल का बोझ अधिक बड़ा था : क्या ईसाई धर्म को अपनाने से उनकी संतानों को बेहतर भविष्य मिल सकता था?

8

बंबा
1881

सुगना और करमी अभी धर्मसंकट में ही थे पर सुगना ने छह साल के बिरसा को अपने धर्म और संस्कृति का ज्ञान देना चालू कर दिया था। वह उसे मुंडा लोगों के बारे में बताने की कोशिश करता। वह चाहता था कि बिरसा बचपन से ही अपनी विरासत और संस्कृति को जाने। वह रोज़ रात को सोने से पहले, बिरसा को उनके पुरखों, रीति-रिवाज और विश्वासों की कहानियाँ सुनाता। करमी अपनी ओर से, बच्चे को पारंपरिक व्यंजन बनाकर खिलाती और उसे अपनी बिरादरी में गाए जाने वाले गीत भी सिखाती। मानो, ईसाई धर्म में दीक्षित होने की आशंका से उन्होंने मुंडा विरासत को उसी तरह पकड़ लिया था, जैसे कोई डूबता हुआ इंसान लकड़ी का लट्ठा थाम लेता है।

उस बरस, क्रिसमस की पूर्व संध्या पर श्रीकांत चौधरी ने सार्वजनिक रूप से एलान कर दिया कि वह ईसाई धर्म को अपना रहा है। एक ख़ाली जगह पर इस अवसर पर प्रार्थना सभा का आयोजन हुआ। ज़मींदार ने वह जगह फ़ादर को गिरजा घर बनवाने के लिए दान कर दी थी। सभी लोगों को आदेश दिया गया था कि प्रार्थना सभा में आएँ। ज़मींदार ने हमेशा उनका साथ दिया था और उसे लगता था कि अंग्रेज़ों का साथ देने से सबका भला होगा, इसलिए गाँव वालों को उस प्रार्थना सभा में जाने से कोई परहेज़ नहीं था।

हैरानी की बात थी कि उस सभा में प्रार्थना से ज़्यादा ज़ोर फ़ादर हॉफ़मैन के लंबे प्रवचन पर रहा, जिसमें उन्होंने बताया कि किस तरह ईसाई धर्म पूरी दुनिया को बचाने वाला था। उनकी बातें सुन-सुन कर सुगना का मन और परेशान होता

गया। मिशनरी की सेवा भावना को नक़ारा नहीं जा सकता था और जब सुगना यह सब सुन रहा था तो उसके चेहरे के भावों से यह सब साफ़ पढ़ा जा सकता था।

उस रात, जब सुगना घर आ रहा था तो फ़ादर हॉफ़मैन और उनके दो आदमियों ने रोक लिया।

'सुगना!' फ़ादर हॉफ़मैन ने दोस्ताना तरीक़े से पुकारा। 'कैसे हो?'

सुगना एक क़दम पीछे हट गया। 'आप क्या चाहते हैं?' उसने चिंतित होते हुए पूछा।

'कुछ नहीं! कुछ नहीं।' फ़ादर ने उसे झट दिलासा दिया। 'बस तुम्हारा हाल पूछने आ गया था। तुम अभी बंबा में नए ही हो।'

सुगना ने कोई जवाब नहीं दिया। उसकी आँखें एक से दूसरे आदमी को देखने लगीं।

फ़ादर ने कोमल सुर में कहा, 'सुगना, तुम्हारा दुश्मन नहीं हूँ पर ये बताओ, तुम हक़ीक़त से बचने के लिए कब तक एक से दूसरे गाँव भागते रहोगे?'

जब सुगना ने तब भी जवाब नहीं दिया तो फ़ादर हॉफ़मैन धीरे से उसके पास आए। 'चलो, ज़रा तुम्हारा हाल-चाल सुनेंगे, चलोगे?' उन्होंने सुगना के कंधे पर हाथ रख दिया और मुस्कराए।

रात के अंधेरे का कमाल था या जाने उस पादरी के चेहरे में ही कुछ था। सुगना ने अपना सारा दर्द कह सुनाया। उसने अपने सारे दुख और बेचारगी का बयान कर दिया... पादरी के आगे जैसे दिल खोलकर रख दिया था।

'सुगना, तुम्हारा दुख समझ सकता हूँ।' फ़ादर हॉफ़मैन ने उसकी बात सुनकर कहा, 'पर हालात कितने भी क्यों नहीं सुधरें, तुम जैसे मेहनती आदिवासी कभी कुछ नहीं पा सकेंगे, जानते हो, क्यों? तुम्हारे हिंदू धर्म में असमानता पर बल है। इस इलाक़े में चारों ओर जाति प्रथा के कारण यही असमानता और विषमता दिखाई देती है। तुम और तुम्हारे लोग, ये सब तुम्हारे साथ गुलामों की तरह पेश आते रहेंगे। हिंदू कभी अनुमति नहीं देंगे कि तुम उनके मंदिरों में प्रवेश करो, उनके कुएँ से पानी लो या उनके साथ खाओ-पिओ। तुम्हारी औरतों के साथ ज़बरदस्ती होती रहेगी, बच्चों का शोषण होता रहेगा। और यह सब यूँ ही चलता रहेगा, क्योंकि तुम्हारे पास लड़ने की ताक़त और ज़ोर नहीं है।'

सुगना ने नम आँखों से फ़ादर की ओर देखा, क्योंकि उनका कहा एक-एक शब्द सच था।

'ईसा मसीह ही तुम्हें बचा सकते हैं और इस नरक से निकाल सकते हैं, सुगना। एक बार मसीह को अपना लो, जाति प्रथा के बोझ से छूट जाओगे। इससे

भी अहम बात यह है कि हमारे गॉड के लिए हम सभी एक समान हैं। हम सब उसके बच्चे हैं। मिशन में सबके साथ एक जैसा बर्ताव होता है और पता है, तुम्हें और तुम्हारे परिवार को आर्थिक या चिकित्सा संबंधी सहयोग की आवश्यकता हुई तो वह भी मिलेगा। जैसे ही तुम अपने बच्चों को हमारी देख-रेख में दोगे, उनका भविष्य हमेशा के लिए सुरक्षित हो जाएगा।'

'पर, फ़ादर... क्या मैं...' सुगना लड़खड़ा गया। 'क्या मैं ईसाई धर्म को अपनाने के बाद भी अपने रीति-रिवाज मना सकूँगा?'

'नहीं,' फ़ादर हॉफ़मैन ने मुस्कराकर सिर हिलाया। 'यह जीवन चुनावों से बना है। तुमने ऊँची जात के हिंदुओं की ग़ुलामी में जीवन बरबाद कर दिया। पर क्या अब बच्चों की ज़िंदगी भी बरबाद करना चाहते हो?'

फ़ादर हॉफ़मैन आत्मविश्वासी चाल से चल दिए। उन्हें पूरा यक़ीन था कि उन्होंने सुगना पर ठीक वहीं वार किया था, जहाँ उसे सबसे ज़्यादा दर्द होता था। किसी भी इंसान के लिए अपने बच्चों के भविष्य से बढ़कर कुछ नहीं होता और पादरी को यह बात अच्छी तरह पता थी।

आने वाले कई दिन तक पादरी के शब्द सुगना के कानों में गूँजते रहे। उसे कुछ और सूझता ही नहीं था। और सप्ताह के अंत तक सुगना ने ईसाई धर्म को अपना लिया। जब उसके धर्मांतरण की ख़बर करमी की बहन जानी और भाई सोहरई तक पहुँची तो वे भागे-भागे आए। हालाँकि अभी करमी और बच्चे ईसाई नहीं बने थे पर वे दोनों इस घटना से नाराज़ हुए।

'दीदी, क्या तुम सच में चाहती हो कि बिरसा गले में क्रॉस पहने और नए नाम से जाना जाए?' जानी ने बहन से पूछा। दोनों बहनें झोपड़ी के बाहर बैठीं, सुबह बटोरी गई जड़ी-बूटियाँ छाँट रही थीं।

'नहीं, जानी।' करमी ने कहा, उसके पति का निर्णय उस पर भी बोझ से कम नहीं था। पर वह जानती थी कि सुगना ने ऐसा क्यों किया। अपने बच्चों को ख़ाली पेट बिस्तर पर जाते देखने से बड़ा दुख कोई नहीं होता।

'पर एक बात बता, बहन। क्या हमारे पास और कोई उपाय है?' करमी ने उसे दुख भरी नज़रों से देखा।

जानी ने उस समय उत्तर नहीं दिया। ऐसा नहीं कि उसे अपनी बिरादरी के दुखों का अंदाज़ नहीं था। पर उसे यह यक़ीन नहीं था कि दूसरे धर्म को अपनाना ही इकलौता उपाय बचा है।

9

बंबा–अयुभातु–खटंगा

1881-1884

जानी और सोहरई कुछ सप्ताह तक करमी के साथ ही रहे। वे जानते थे कि सुगना को उस नए धर्म से दूर करना आसान नहीं था। उसे पूरा यक़ीन था कि मिशनरी उसके बच्चों की मदद करेंगे और दूसरे मिशनरी भी उसे इतनी आसानी से अपने धर्म में वापस नहीं आने देते। परिवार को इसके गंभीर नतीजे भुगतने पड़ सकते थे। जानी और सोहरई ने करमी को मनाया कि बिरसा को अपने मायके भेज दे, वह जगह अब भी मिशनरियों के प्रभाव से बची हुई थी। उस गाँव की सबसे बड़ी ख़ूबी यह थी कि उस जगह एक समर्पित बूढ़े अध्यापक, जयपाल नाग छोटा-सा स्कूल चलाते थे, जो केवल आदिवासी बच्चों को पढ़ाने के लिए ही खोला गया था।

और इस तरह, छह साल का बिरसा अयुभातु भेज दिया गया ताकि वह अपने नाना–नानी, मामा और मौसी के पास रह सके। वे चाहते थे कि वह अपनी पहचान और विरासत के साथ स्कूली पढ़ाई पूरी करे। जानी ने कुछ ही दिन में बिरसा का नाम पाठशाला में लिखवा दिया। बिरसा ने स्वयं को जीवन में पहली बार स्कूल में अलग-अलग चीज़ें सीखते हुए पाया, बल्कि एक ऐसे अध्यापक भी मिले जो बिना किसी पक्षपात के शिक्षा देते थे, वे बच्चों को आदिवासी समझकर उनके साथ उपेक्षा और उदासीनता से पेश नहीं आते थे। बिरसा हर सुबह स्कूल जाने की प्रतीक्षा करने लगा। सभी बच्चे अध्यापक जयपाल नाग का पढ़ाया अच्छी तरह याद नहीं करते थे और समय नष्ट करने में दिलचस्पी रखते थे पर बिरसा हर सिखाए गए शब्द को

ध्यान से सीखता। वह अक्सर हर पाठ के बाद जयपाल नाग से प्रश्न करता। मानो उसके भीतर का कौतूहल अब बाहर आने लगा था।

बिरसा को अंतिम कक्षा में सुनाई जाने वाली *रामायण* और *महाभारत* की कहानियाँ बहुत भाती थीं। वे किंवदंतियाँ और मिथक उसके मस्तिष्क को ताज़ा करते हुए कल्पना को और भी जाग्रत कर देते।

जयपाल की कक्षा में अंत में एक दिन बिरसा ने कहा, 'उलिहातू के ज़मींदार और अंग्रेज़ सरकार, रावण की तरह हैं।'

जयपाल नाग ने बिरसा को हैरानी से देखा। वे आरंभ से बिरसा की होशियारी देखकर दंग थे पर बच्चा किस तरह कक्षा में सुनी बातों और दैनिक जीवन के अनुभवों के बीच समानांतर बना रहा था, यह वाकई देखने लायक़ था। उन्होंने बिरसा को एक माह तक पढ़ाने के बाद जानी से कहा, 'यह कोई साधारण बालक नहीं है। यह कक्षा में हर पाठ ध्यान से पढ़ता है। इससे भी ख़ास बात यह है कि दूसरे बच्चों की तरह आँख मूँद कर मेरे कहे पर नहीं चलता, तुम्हारे बिरसा को हर चीज़ को सोचकर, स्वयं निष्कर्ष निकालना आता है। जानी, उसका दिमाग़ बहुत तेज़ है। बस ध्यान रहे कि कोई उसे बदलने की कोशिश नहीं करे। उसे उसके तरीक़े से बड़ा होने दो।'

जानी बिरसा को अपनी संतान की तरह प्यार करती थी। उसने जयपाल की बातें ध्यान से सुनीं और बिरसा का पहले से भी अच्छा ख़याल रखने लगी। वह अपनी ओर से उसके रख-रखाव में कमी नहीं आने देती थी। दो वर्ष बाद, जानी का विवाह हुआ तो वह आग्रह कर, बिरसा को खटंगा में अपने ससुराल ले गई पर अचानक नई जगह पर जाना बिरसा को नहीं सुहाया। कुछ ही समय में वह पहले उलिहातू से विदा हुआ, फिर बंबा और अब अयुभातु को भी छोड़ना पड़ा। उसे बार-बार सुरक्षित और जाना-पहचाना माहौल छोड़ना पड़ रहा था - उसका घर, दोस्त, परिवार। उस नए माहौल में बिरसा बहुत गुमसुम और अकेला-सा रहने लगा। वह खुद को खटंगा की लय में ढाल नहीं सका।

◆

बिरसा और जानी के गाँव में पहुँचने के कुछ महीने बाद, एक सुबह पर खटंगा के दो धर्मांतरित लोगों के साथ दो मिशनरी पादरी, जानी के ससुराल में आए। उस जगह कुछ ही समय पहले मिशनरी अपने पूरे प्रभाव के साथ सामने थे। बाहर से धर्मांतरण के लिए बहुत पैसा आ रहा था और अब वे खुलकर यह काम करने लगे। वे एक-एक घर में जा कर अपने परमात्मा का गुणगान करते। उस दिन, वे जानी के ससुराल में गए और अधेड़ जर्मन पादरी अपने प्रभु की महानता की बात करने लगा।

'ईसाई धर्म विशुद्ध जल की तरह है, जो बिलकुल स्वच्छ और पवित्र है, यह तुम्हारी आत्मा को आधे सच और झूठ से प्रदूषित नहीं करता। यह तुम्हारे मन को रीति-रिवाजों में नहीं उलझाता, जैसे तुम लोग करते हो, जो अंधविश्वास से अधिक नहीं है। तुम लोग भूत, प्रेत और जाने कैसी-कैसी बातों में विश्वास रखते हो। तुम लोग बेसिर-पैर के रिवाज और अनुष्ठान करते हो। जब तुम लोगों को और अंधकार में पड़ी तुम्हारी आत्मा को देखता हूँ, तो मेरा मन उदासी से भर जाता है कि तुम लोग कितने हीन और पिछड़े हुए हो। पर अब तुम्हें डरने की आवश्यकता नहीं है। उसने हम जैसे संदेशवाहकों को भेजा है ताकि तुम्हें इस अंधकार से निकाला जा सके।'

किसी ने कुछ नहीं कहा। सारा परिवार पादरी के घमंड और दर्प से मन ही मन चिढ़ रहा था पर किसी में उसे खुलकर चुनौती देने का साहस नहीं था। वे डर के मारे चुप नहीं थे। ज़मींदार के सहयोग और सत्ता के सहयोग के कारण मिशनरियों की ताक़त बहुत बढ़ गई थी।

'कोई धर्म या आस्था हीन नहीं होती।' एक बच्चे के स्वर ने सन्नाटे को चीरते हुए सबको हैरान कर दिया। वह बिरसा था। 'आप हमारे बारे में जानते ही कितना हैं?' उसने मिशनरियों से पूछा, 'क्या आप हमारे धर्म के बारे में जानते हैं?'

'बस बहुत हुआ,' जानी के ससुर ने उसे चुप करवाना चाहा। उसे भय था कि बच्चे के बुरे बर्ताव के कारण पूरे परिवार को मिशनरियों का गुस्सा नहीं झेलना पड़े।

'नहीं, नहीं। बच्चे को मत डपटो।' जर्मन पादरी ने आवाज़ में नरमी लाते हुए कहा, 'हम नहीं चाहते कि तुम अपनी आँखें बंद कर हमारे प्रभु को मानो। पहले उन पर भरोसा लाना होगा।'

पादरी ने अपनी नीली-नीली आँखों से बिरसा को देखते हुए कहा, 'पर मेरे बच्चे, शायद तुम्हें मिशन में आ कर अपने संदेह और प्रश्नों पर बात करनी चाहिए।'

जब बिरसा चुप रहा तो वे उसका कंधा थपथपा कर बोले, 'बेटा, मिशन के दरवाज़े तुम्हारे लिए हमेशा खुले हैं।'

जब सभी चले गए तो जानी के ससुर ने बिरसा को खरी-खरी सुनाई। 'बच्चों को इस तरह बड़ों के आगे नहीं बोलना चाहिए। क्या तुम्हारे माँ-बाबा ने कुछ नहीं सिखाया? तुमने इतने लोगों के साथ बदतमीज़ी करने की हिम्मत कैसे की? कल को यही मिशनरी हमारे माई-बाप हो सकते हैं। तुम उनके ही ख़िलाफ़ बात करोगे?'

इस घटना के बाद उस घर में बिरसा की मौजूदगी तनाव का कारण बनने लगी। हालाँकि जानी ने उसे प्यार देने और अपने सास-ससुर की निंदा से बचाने की बहुत कोशिश की, पर वे लगातार बिरसा को नीचा दिखाने और डपटने के बहाने खोजते रहते। बिरसा को स्कूल जाने के सिवा कुछ अच्छा नहीं लगता था। पर स्कूल

के बाद भी इतना समय बच जाता था कि उसे घर में बिताना पड़ता था। अब बिरसा अधिक से अधिक समय बाहर ही बिताने लगा, वह खेतों में भटकता और तालाब के किनारे बैठा रहता। यह सब भी बस कुछ समय तक ही चल सका। उसके बाद जानी का अपना बच्चा हो गया। वह हर समय व्यस्त रहने लगी और पहले की तरह बिरसा का ध्यान नहीं रख पाती थी। इस तरह बिरसा बड़ी आसानी से जानी के सास-ससुर की निंदा का कारण बनने लगा। एक बार बिरसा इतना अनमना था कि उसने दो बकरियों को ज़मीन के उस टुकड़े पर चरने दिया, जिस पर जानी के पति ने कुछ सब्ज़ियाँ उगा रखी थीं। वह अपने ही ख़यालों में, पेड़ के नीचे बैठा था और बकरियों ने सारे पौधे चबाकर, महीनों की मेहनत पर पानी फेर दिया। इस घटना के बाद जैसे बिरसा के भाग्य पर एक ताला लग गया। उसे अपने परिवार से लगभग चार वर्ष तक दूर रहने के बाद, वापस बंबा लौटना पड़ा। खटंगा में उसका समय पूरा हो गया था।

10

चाईबासा
1886

सुगना ने कहा, 'बिरसा डेविड। यह मेरे बेटे का नाम है और इसकी उम्र ग्यारह साल है।'

सुगना और बिरसा अधेड़ उम्र के पादरी फ़ादर लूथरन के आगे खड़े थे, जो चाईबासा में जर्मन मिशनरी चलाते थे। उनके पास ही फ़ादर कोल खड़े थे, जो उनके डिप्टी थे, वे अपने वरिष्ठ की तुलना में स्कूल पर कड़ी पकड़ रखते थे। फ़ादर कोल ही स्कूल के सारे अहम प्रशासनिक निर्णय करते।

'बिरसा डेविड, मेरे बच्चे, तुमने कितने समय पहले हमारे प्रभु को अपनाया?' फ़ादर कोल ने बिरसा की बैचेनी को पैनी निगाहों से देख कर पूछा।

'एक साल से थोड़ा कम।' बिरसा ने ज़वाब दिया। उसके दिमाग़ में उसके बपतिस्मा की याद पूरी तरह से ताज़ा थी।

यह उसके खटंगा से वापस आने के बाद हुआ। माई-बाबा ने उससे इस बारे में बात नहीं की थी। उसे कोई अंदाज़ नहीं था कि क्या होने वाला था। गर्मियों का एक दिन था। सुगना ने उसे जल्दी उठाया और घर के पास ही बहने वाली नदी पर ले गया। उन्होंने कमर तक डूब कर स्नान किया और सुगना ने हमेशा की तुलना में भगवान सिंगबोगा और देवी सरना को ज़्यादा देर तक याद किया। बिरसा भी देख कर चकित हुआ। जब उसकी पूजा पूरी हुई तो उसने बिरसा का चेहरा अपने हाथों में भरते हुए कहा, 'बेटा! जब तुम नए सफ़र पर निकल रहे हो, तो ऐसे में अतीत

को अपने मन में बसा कर रखना और भी अहम हो गया है। तुम्हारा अतीत ही आज तुम्हें इस जगह लेकर लाया है।'

'पर, क्या...'

'चुप।' सुगना ने बेटे को चुप करवा दिया। 'हो सकता है कि आज तुझे मेरी बात समझ नहीं आए पर बिरसा इन्हें याद रखना। चाहे जो भी हो, यह कभी नहीं भूलना कि तू कहाँ से आया है। अपना बीता हुआ कल याद रखना।'

उसके बाद बाबा उसे गिरजाघर ले गए ओर वहाँ सारे परिवार के सामने फ़ादर हॉफ़मैन ने बिरसा का बपतिस्मा किया।

'ईसा मसीह की इस तसवीर को देखते हुए, मेरे साथ दोहराओ...' पादरी ने निर्देश दिया और बिरसा ने वही किया, जो उसे कहा जा रहा था। वह उस क्षण में कुछ समझ नहीं पा रहा था। उसका मन जानता था कि बाबा ने ऐसा क्यों किया। ईसाई धर्म को अपनाने का मतलब था कि अब वह चाईबासा के मिशनरी स्कूल में पढ़ सकता था, जिसके बारे में उसके बाबा ने गाँव में अपने दोस्तों से बहुत-सी अच्छी बातें सुनी थीं।

पर उसे यह समझ नहीं आया कि बाबा ने उसे अपने अतीत को याद रखने को क्यों कहा। यदि उसे मुंडा विरासत से दूर ही करना था तो उन्होंने उसे सब कुछ याद रखने और सीखने को क्यों कहा था?

'और सुगना, तुम अपने बच्चे को इतनी दूर क्यों लाए?' फ़ादर ने सुगना से पूछा।

'हर पिता चाहता है कि उसकी संतान का जीवन उसके जीवन से बेहतर हो। बस मैं भी अपने बिरसा के लिए यही चाहता था, इसलिए इसे ले आया।' सुगना ने कहा।

'हम्म,' फिर फ़ादर कोल ने फ़ादर लूथरन को अर्थपूर्ण दृष्टि से देखा।

पर लूथरन चुप रहे। वे उस नोट को पढ़ रहे थे, जो अभी-अभी सुगना ने उन्हें दिया था। यह उस मिशनरी की ओर से पत्र था, जो बंबा मिशनरी स्कूल में पढ़ाते थे, बिरसा धर्म बदलने के बाद पहले वहीं पढ़ता रहा था।

उनके ऑफ़िस के कोने में रखी बड़ी-सी घड़ी से तीव्र आवाज़ हुई और कमरे का तनाव और बढ़ गया। बिरसा ने घबराकर इधर-उधर देखा और अपनी धोती को ठीक करने लगा। वह पहली बार किसी कार्यालय में आया था और दीवारों पर क़तार में लगी किताबें देखकर मग्न हो गया था। वह चाहता था कि उन मोटी-मोटी किताबों को खोलकर देखे कि उनमें क्या लिखा था।

'ऊँह-ऊँह!' फ़ादर कोल ने गला साफ़ किया ताकि फ़ादर लूथरन का ध्यान अपनी ओर खींच सकें। पर फ़ादर पत्र पढ़ने के बाद से बिरसा को गौर से देख रहे थे और फिर पत्र को देखने लगे।

'दरअसल, स्कूल में सीटें भर गई हैं।' कोल ने एलान किया।

'पर, पर हम... हम तो उम्मीद लेकर आए थे, फ़ादर।' सुगना का रंग पीला पड़ गया। फिर वह फ़ादर लूथरन से गिड़गिड़ाने लगा। 'बिरसा बड़ा होनहार है। आप इसे एक मौक़ा देकर देखें।'

फ़ादर लूथरन ने पत्र को एक ओर रखा और कुर्सी पर टेक लगा ली। उन्होंने फिर से बिरसा को देखा। 'तो बच्चे, तुम्हें क्या लगता है, तुम्हें इस स्कूल में दाख़िला क्यों मिलना चाहिए?'

बिरसा ने दो टूक शब्दों में कहा, 'पता नहीं, मैं इस लायक़ हूँ या नहीं पर मैं बहुत कुछ जानना और सीखना चाहता हूँ। और हर बच्चे को अच्छी शिक्षा मिलनी ही चाहिए।' उसने ऐसे आत्मविश्वास से जवाब दिया, जो उसकी उम्र और जीवन की हक़ीक़तों को झुठला रहा था।

'आह! तो क्या हमें तुम्हारी इस सोच और रवैए को देखते हुए, दाख़िला दे देना चाहिए?' फ़ादर कोल ने उसे चिढ़ाया।

'फ़ादर कोल!' फ़ादर लूथरन ने स्नेह से कहा। 'मैं बच्चे का आत्मविश्वास देख सकता हूँ। यह उसकी समझदारी या फिर उसके विद्रोही स्वभाव का नतीजा हो सकता है। किसी भी दशा में, यह स्कूल के दूसरे बच्चों से अलग है। शायद हमें इसे एक मौक़ा देना चाहिए। केवल इसलिए नकार नहीं सकते कि यह आपकी इच्छा के अनुसार विनम्र या आज्ञाकारी नहीं लगता।'

'पर -'

फ़ादर लूथरन ने, फ़ादर कोल के एतराज़ को अनदेखा किया और सुगना से बोले, 'तुम प्रशासनिक प्रबंधक के पास जाकर सारी काग़ज़ी कार्रवाई पूरी कर लो। बिरसा को अभी दाख़िला दिया जा रहा है। इसे दूसरे बच्चों के साथ होस्टल में रहना होगा। हम बच्चों को घर, भोजन, किताबें सब कुछ देते हैं। तुम्हें अपने बच्चे की पढ़ाई के ख़र्च की चिंता नहीं करनी होगी।'

सुगना फ़ादर लूथरन को देखता रह गया, उसे कुछ समझ नहीं आया था पर जब उसे सारी बात समझ आई तो वह बिलख उठा। उसकी खुशी की सीमा नहीं थी। उसने फ़ादर को लाख-लाख धन्यवाद दिए।

फ़ादर लूथरन ने कहा, 'बस, सुगना।' फिर वे फ़ादर कोल से बोले, 'मुझे कक्षा में जाना है। सुगना और उसके बेटे का बाक़ी काम आप पूरा करवा दें। सुगना के

जाने से पहले काग़ज़ी कार्रवाई पूरी हो जाए।' यह कहकर फ़ादर लूथरन कमरे से बाहर हो गए।

ज्यों ही वे दरवाज़े से बाहर गए, फ़ादर कोल ने गुस्से से कहा, 'सुनो, भले ही स्कूल में पढ़ाई के पैसे नहीं लगते पर तुम्हारे लड़के को अपने लिए जगह बनानी होगी। बस मुफ़्त का खाना और कपड़े लेने आ जाते हैं। स्कूल में हर बच्चा, स्कूल की देख-रेख करता है। बिरसा को रोज़ स्कूल के बाद कार्यालय कक्षों की सफ़ाई करनी होगी। समझ में आया?'

'जी-जी-जी फ़ादर।' सुगना ने हामी भरी।

'और तुम आज ही वापस चले जाओ। स्कूल में अजनबी नहीं रह सकते। कल सुबह से कक्षा लगेगी। काग़ज़ी कार्रवाई पूरी करके निकलो।'

सुगना ने सिर हिलाया। मन इतना भारी था कि कुछ कह नहीं सका।

फ़ादर कोल ने उन्हें दूसरे कमरे में चश्मे वाले पादरी के पास भेज दिया और बाहर से उसे कहा, 'नया दाख़िला है।'

सुगना और बिरसा वहीं खड़े रहे। उन्हें समझ नहीं आ रहा था कि अब क्या करना है। पर बूढ़ा पादरी दयालु था। उसने उन्हें पास बुलाया, फ़ाइल एक ओर रखते हुए आराम से समझा दिया कि अब उन्हें क्या करना था। सुगना को कुछ काग़ज़ों पर अँगूठा लगाना था और उनका काम पूरा हो गया। फिर पादरी ने उन्हें होस्टल जाने को कहा, जहाँ बिरसा को रहना था। होस्टल के गेट के पास पहुँच कर पिता और पुत्र को समझ आया कि अब क्या होने वाला था। जब सुगना ने बिरसा के साथ अंदर जाना चाहा तो दरबान ने रुखाई से बाहर धकेल दिया।

'तुम अंदर कहाँ चल दिए?' उसने गुस्से से घूरा। 'इसमें बस छात्र ही जा सकता है, उसका पूरा परिवार नहीं बसता। और बच्चा रविवार की दोपहर से सोमवार की सुबह तक बाहर जा सकता है, उसके लिए भी लिखवाकर लाना होगा। तुम अपने बेटे से मिल सकते हो। चलो फिर निकलो जल्दी से।'

बिरसा और सुगना जान गए कि विदा का वक़्त हो गया था। बिरसा सुगना से लिपटकर रोने लगा।

'बिरसा, मन लगा कर पढ़ना। हमारी चिंता नहीं करना। सब ठीक होगा।' सुगना ने बेटे को समझाया। 'यह ध्यान रहे कि इस जगह का पूरा लाभ लेना है। ऐसे मौक़े सबको नहीं मिलते।'

'बस बहुत हो गया।' दरबान चिल्लाया। वह तो रोज़ ही ऐसे सैकड़ों दृश्य देखता था। अब वह आँसुओं और भावात्मक दुख से उबर चुका था।

सुगना ने खुद को बिरसा से हौले से अलग किया और आँसू पोंछ दिए। उसने उसे कपड़ों की छोटी-सी पोटली दी और एक भी शब्द कहे बिना, बेटे का रोना अनदेखा करते हुए बाहर चला गया।

11

चाईबासा
1886

आने वाले दिनों में, बिरसा ने वियोग की पीड़ा को सहन करते हुए नई और अनजान दुनिया में क़दम रखा। एक मन घर के आराम को तरसता था और दूसरा बार-बार सुरक्षित और जाने-पहचाने माहौल से दूर होने का आदी हो गया था, वह अपने सामने दिख रही नई दुनिया को अपनाने लगा था।

एक औसत आदिवासी बच्चे के लिए शिक्षा किसी विशेष सुविधा से कम नहीं थी। अगर वे पढ़ना-लिखना चाहे तो उन्हें घर के काम-काज से समय चुराकर पढ़ना होता था। पर मिशनरी स्कूल में, बिरसा ने देखा कि शिक्षा को किस तरह पूरे दिन में हर गतिविधि के साथ जोड़ा गया था। वे जो भी काम करते, वह कुछ सीखने के लिए ही था।

होस्टल के मैस में, सुबह नाश्ते के साथ दिन का आरंभ होता। इसके बाद फ़ादर लूथरन के साथ असेंबली में प्रार्थना होती। फिर बच्चे अपनी कक्षा में जाकर तीन-तीन घंटे की पढ़ाई करते। जो तीन पाठों के लिए होती थी। पहला घंटा अंग्रेज़ी और व्याकरण के लिए था। दूसरा घंटा धर्म और नैतिक शिक्षा की पढ़ाई के लिए था और तीसरे घंटे में गणित और विज्ञान पढ़ाया जाता। इसके बाद बच्चों से उम्मीद की जाती थी कि वे पुस्तकालय में पढ़ें या फिर पादरियों के साथ, गाँव में दूसरी जगह किए जाने वाले समाज सेवा के कामों में मदद करें। इस अवकाश के बाद एक और कक्षा लगती थी, जिसमें बाइबल पढ़ाई जाती। इस आख़िरी कक्षा के बाद दोपहर का

भोजन होता और फिर बच्चों से उम्मीद की जाती कि वे स्कूल की सफ़ाई करें और उसके बगीचे की देख-रेख करें। जब उनका आख़िरी काम पूरा होता तो वे उसके बाद थोड़ा आराम कर सकते थे। शाम को, उन्हें दो घंटे खेलों में भाग लेना होता था। फिर वे कक्षा में आ कर दिन के सबक़ दोहराते और रात का खाना खाने मैस चले जाते। पूरे दिन में कुल मिला कर एक घंटे का समय होता था, जब वे अपने मन से कुछ कर सकते थे। सुबह से ले कर रात तक, वे सब किसी न किसी काम में मग्न रहते।

बिरसा को यह नई दुनिया रास आने लगी। वह अपने सबक़ उसी तरह लेता, जैसे मछली पानी को ग्रहण करती है और वह तरह की जानकारी को सँजोते हुए, अपना अधिकतर समय पुस्तकालय में बिताता। वे स्कूल के बाद जो शारीरिक श्रम और खेलों को समय देते, उससे मन शांत होता और बाक़ी बातों की ओर ध्यान नहीं जाता था। बिरसा को केवल धर्म वाली कक्षा में बेचैनी महसूस होती, जब वे ईसाई धर्म की बड़ाई करते और स्थानीय लोगों की धार्मिक मान्यताओं पर चोट करते। एक बार जब टीचर ने मुंडा मान्यताओं पर ताना कसा तो बिरसा ने आवाज़ उठाई पर उसे बुरी तरह से डाँट पड़ी और बाक़ी दिन कक्षा के बाहर खड़े हो कर बिताना पड़ा।

बिरसा को स्कूल में आए एक सप्ताह हो गया था। एक दिन वह फ़ादर कोल के कार्यालय के बाहर सफ़ाई कर रहा था। तभी उसने देखा कि एक बूढ़ा चपरासी खड़ा नहीं रह पा रहा था। उसे साँस लेने में दिक़्क़त हो रही थी। वह उस आदमी की मदद करने भागा और उसे अपने कंधे का सहारा दिया। उस आदमी ने किसी तरह बिरसा को बताया कि वह नौकरों के क्वार्टर में जा कर, उसके पलंग के पास रखा दवाओं का बॉक्स उठा लाए। बिरसा एक भी पल गँवाए बिना उस ओर भागा और दवाओं में से छाँट कर वही दवा आदमी को थमा दी जो वह बता रहा था। कुछ देर बाद, उस आदमी की तबीयत सँभली और उसकी साँस भी सामान्य रूप से चलने लगी।

'साल भर से ऐसा नहीं हुआ था।' उस आदमी ने बिरसा से कहा। उसका नाम सैम्युअल मुंडा था। 'मैं अच्छा-ख़ासा था कि अचानक ही दमे का दौरा पड़ गया। पिछले साल से तबीयत ठीक ही चल रही थी। अगर आज तुम समय पर मदद नहीं करते, बेटा। तो शायद मेरी जान नहीं बचती।'

बिरसा ने उसे देख कर गर्दन हिलाई।

'आज रात का खाना मेरे साथ खाओ ना! मैं फ़ादर लूथरन से अनुमति ले लूँगा, तुम इसकी चिंता मत करना।'

उस रात, सैम्युअल ने अपने हाथों से सादा पर स्वादिष्ट खाना तैयार किया और बिरसा को अपने घर की याद आ गई। उसे सैम्युअल के बारे में सब कुछ जानने का मौक़ा मिला।

सैम्युअल मुंडा को ईसाई धर्म को अपनाने से पहले सोमा मुंडा के नाम से जाना जाता था और वह मूल रूप से चक्रधरपुर इलाक़े के छोटे-से गाँव से था। उसके जीवन की कहानी भी काफ़ी हद तक बिरसा के परिवार जैसी ही थी। आजीवन कष्टों और अन्याय ने ही उसे ईसाई धर्म अपनाने पर विवश किया। उम्मीद तो यही थी कि हालात बेहतर होंगे पर जल्दी ही उसकी पत्नी, बेटा और बहू हैज़े के कारण मारे गए और सैम्युअल की छोटी पोती जीवित रह गई। सोमा ने अपने दुख को भुला कर, पूरे छह साल तक बच्ची को पाला-पोसा। फिर उसने उसे अपनी बेटी के घर भेज दिया जो मिशन स्कूल से पाँच किलोमीटर की दूरी पर था। 'मेरी बेटी मोइना का पूरा ध्यान रखती है, वह उसे घर का हर कामकाज सिखा रही और उसे हर मुसीबत से बचाती है। मैं कई बार रविवार को उनसे मिलने जाता हूँ।' उसने कहा।

वे भोजन करते हुए, अधिकतर समय तो चुप ही रहे।

'ये बैंगन सच में बड़ा स्वादिष्ट बना है।' बिरसा ने थोड़ी देर बाद अँगुलियाँ चाटते हुए कहा।

'अहा! तो तुम्हें भी बैंगन पसंद है।' सोमा के चेहरे पर खुशी थी। 'पर बिरसा, याद रखना, जब भी मन उदास हो या अकेलापन लगे तो तुम्हारा एक घर यह भी है। मेरे पास आना, तुम्हें तुम्हारी पसंद का खाना बना कर खिलाऊँगा।'

बिरसा ने सिर हिलाया। फिर वह एक मिनट बाद बोला, 'वैसे तो स्कूल पसंद है पर कई बार यह दुनिया बहुत सीमित और क़ैद जैसी लगती है। मैं तो स्कूल के बाहर की दुनिया भी देखना चाहता हूँ। क्या आप मुझे किसी रविवार को चाईबासा के आसपास घुमाएँगे?'

'बेशक!' सोमा ने उत्साह से कहा।

इस तरह एक साठ साल के बूढ़े और ग्यारह वर्षीय बच्चे के अजीब-सी दोस्ती की शुरुआत हुई, एक ऐसा बंधन जो उनकी जीवन यात्राओं के एक जैसा होने के कारण बना था। वे यात्राएँ, जिनके कारण उनकी नई पहचान बनी और इसके साथ ही वे अपनी विरासत पर गर्व करना भी नहीं भूले।

12

चाईबासा
1886-1888

बीतते समय के साथ, बिरसा अपनी नई दिनचर्या में शामिल होता गया। वह हर दिन कक्षा समाप्त होने की प्रतीक्षा में रहता ताकि स्कूल के पुस्तकालय में समय बिता सके। बाक़ी बच्चे मौक़ा मिलते ही कामचोरी करते, वह अपने बचे हुए थोड़े से समय में भी पुस्तकालय चला जाता। पुस्तकालय की अधिकतर पुस्तकें अभी उसकी समझ से बाहर थीं। फिर भी वह रोज़ काम समाप्त करने के बाद उन्हें देखने जाता। पुस्तकालय को चलाने वाले बूढ़े आलसी पादरी को बिरसा से कोई दिक़्क़त नहीं थी, बशर्ते वह उसके आराम में ख़लल नहीं दे। अधिकतर दोपहरें, बिरसा झपकी लेने के बजाए, पुस्तकालय के एक कोने में जा बैठता और उसके आसपास धूल भरी पुस्तकों का अंबार होता, जिनकी किसी को परवाह नहीं थी। उसे पक्षियों, पशुओं, जहाज़ों और जादू जैसी लगने वाली मशीनों और पर्वतों के चित्रों वाली किताबें पसंद थीं।

एक और किताब थी जिसने बिरसा को बहुत आकर्षित किया। वह जानता था कि वह एक लोकप्रिय और बहुत पढ़ी जाने वाली किताब थी। उस जगह उसकी बहुत सारी प्रतियाँ थीं और उनमें से ज़्यादातर बहुत पुरानी थीं। उसके पहले ही पन्ने पर एक दुबले, दाढ़ी वाले आदमी की तसवीर थी, जिसके लंबे लहराते बाल और दयालुता से भरी आँखें अपनी ओर खींचती थीं। उसने एक चोगा पहना हुआ था और चेहरे पर एक अद्भुत-सा तेज था। बिरसा के लिए वह चेहरा जाना-पहचाना था। उसने

बंबा और अयुभातु की मिशनरीज़ में भी वह चित्र देखा था। फ़ादर हॉफ़मैन ने उसके बपतिस्मा के समय, यही तसवीर हाथ में ले रखी थी। बिरसा ने अनुमान लगाया कि वे ज़ीसस ही थे, जिनकी मिशनरी पूजा करते थे। बिरसा अक्सर उसे अपने हाथों ले कर बैठता और एक-एक पन्ना इस तरह आदर से पलटता मानो उस व्यक्ति की कहानी समझने की कोशिश में हो। उस दिन भी बिरसा के पास वही किताब थी। आज वह चित्र सामने नहीं था। पन्ने पर एक चित्र बना था जिसमें उस व्यक्ति को लकड़ी की सलीब पर कीलों से लटकाया गया था। हाथों और पैरों से लहू टपक रहा था और सिर पर काँटों का ताज पहन रखा था। बिरसा का मन उस आदमी के दुख के बारे में सोच कर ही तड़प उठा।

'मैं देख रहा हूँ कि तुम यही किताब बार-बार पढ़ते रहते हो।' फ़ादर लूथरन ने अचानक पुस्तकालय की शांति भंग कर दी।

बिरसा ने हैरानी से मुड़ कर देखा।

'दिखाओ मुझे।' फ़ादर लूथरन ने हाथ आगे बढ़ाया।

बिरसा ने उन्हें देखा और हौले से किताब थमा दी। उसे पता ही नहीं चला कि फ़ादर लूथरन कब उसके पास आ गए। बिरसा सोचने लगा कि कहीं होस्टल के बजाए पुस्तकालय में आने के लिए डाँट नहीं पड़ने वाली हो।

फ़ादर लूथरन के चेहरे के भाव पढ़ना मुश्किल था। बिरसा को लगा कि उसे फ़ादर का गुस्सा झेलना होगा। उस पर इल्ज़ाम लग सकता था कि किताब के कोने उसने ही ख़राब किए थे।

फिर फ़ादर मुस्कराए और पूछा, 'क्या तुम इनकी कहानी जानते हो?'

बिरसा ने सिर हिलाया। 'ज़्यादा नहीं।'

'ये हमारे प्रभु हैं, ज़ीसस क्राइस्ट या ईसा मसीह।' फ़ादर लूथरन ने बड़ी श्रद्धा से कहा।

'ये ईसा मसीह हैं?'

'हम्म, ये परमेश्वर के पुत्र हैं और इन्हें स्वयं परमेश्वर ने अपने लोगों को प्रेम, क्षमा और विश्वास का पाठ पढ़ाने भेजा था।'

'पर फ़ादर, इनके हाथों से ख़ून क्यों आ रहा है? इन्हें किसने मारा?'

'उनके अपने लोगों ने उन्हें मारा।' फ़ादर का चेहरा उदास हो गया था। उन्होंने आह भरी।

'क्यों? क्या उन्होंने कुछ ग़लत किया था? या वे उन्हें समझ नहीं सके।' बिरसा ने मासूमियत से पूछा।

'बच्चे, ये एक लंबी कहानी है। पर अगर तुम इनके बारे में और जानना चाहो, तो तुम्हें रविवार सुबह गिरजाघर आना चाहिए। वही मैं अपने सारे शिष्यों को यह कहानी सुनाता हूँ।' यह कह कर फ़ादर लूथरन वापस जाने को मुड़े और फिर रुक कर बोले, 'और बिरसा, तुम यह किताब रख सकते हो। मैं ब्रदर पॉल से कह दूँगा कि वे तुम्हें इसे अपने साथ ले जाने दें।'

उस शाम बिरसा पुस्तकालय से बाहर आया तो बाइबल का संक्षिप्त संस्करण उसके पास था। पूरी शाम, किताब के चित्र और फ़ादर से हुई बात, उसके दिमाग़ में गूँजती रही। उन चित्रों ने उसका ध्यान अपनी ओर खींचा। वह ईसा मसीह के बारे में और जानना चाहता था पर उसे अब भी यक़ीन था कि उसके भगवान सिंगाबोंगा ही थे।

बच्चों में कौतूहल का भाव बहुत अधिक होता है। बिरसा ने अगले दो सप्ताह तक रविवार को गिरजे की प्रार्थना सभा में हिस्सा लिया। उसने फ़ादर लूथरन की बातों को गौर से सुना जो ईसा मसीह के जीवन के बारे में बताते थे। उसने सुना कि प्रभु को किस तरह झूठ और कपट का सामना करना पड़ा और उन्होंने कौन से करिश्मे दिखाए। पर हर सत्र के बाद, जब सभी मिल कर ईसा मसीह की प्रार्थना करते, तो बिरसा केवल होंठ हिलाता। वह मन ही मन वही प्रार्थना करता था जो उसके भगवान सिंगाबोंगा के लिए थी।

◆

एक रविवार, जब प्रार्थना सभा पूरी हुई तो सोमा बिरसा को अपने साथ अपनी बेटी के घर ले गया।

'बिरसा, आज माघी परब है।' उसने नगर से जंगल की ओर जाते हुए कहा। जंगल के उस पर ही उसकी बेटी का घर था।

'तभी ये लोग त्योहार मना रहे हैं?' बिरसा ने आसपास देख कर पूछा।

'हम्म, पता है ना, आज हमारे भगवान सिंगाबोंगा ने लुकु कोला को रचा था?'

'लुकु कोला क्या है?'

'क्या, नहीं कौन?' सोमा हँस दिया।

'लुकु कोला, इस धरती का पहला जीवित प्राणी था।' सोमा ने बिरसा को बताया। वे चाईबासा के प्रमुख मार्ग से निकल रहे थे। वह बिरसा को सारी कहानी बताने ही वाला था कि उसने देखा कि बच्चे का ध्यान आसपास के माहौल पर चला गया था।

चाईबासा में चारों ओर चहल-पहल थी। बिरसा बड़े उत्साह से सब देख रहा था। बड़े चौराहे पर सिंगाबोंगा के आगे फल, फूल, चावल और मिठाई का भोग लग

रहा था। इसके बाद वे सब घेरा बना कर बैठ गए और पारंपरिक गीत गाने लगे, चारों ओर उनका सामूहिक स्वर गूँज रहा था।

'मैं देखना चाहता हूँ।' बिरसा ने कहा। उसकी आँखें चमक रही थीं।

सोमा ने सिर हिलाया और वे भीड़ में ऐसी जगह खड़े हो गए, जहाँ से सब कुछ अच्छी तरह देखा जा सकता था। क़रीब आधे सेकेंड के बाद उसने कहा, 'आओ,' और उसने बिरसा का हाथ पकड़कर ऐसा खींचा कि वह भीड़ में सबसे आगे आ गया और वे दोनों अपने लिए खोजी गई जगह पर खड़े हो गए। वे ठीक समय पर नीचे बैठ गए उनके बैठने के अगले क्षण में प्रार्थना समाप्त हुई और परंपरागत नृत्य शुरू हो गया।

उनके प्रमुख नर्तक ने कपड़े और लकड़ी से बना मुखौटा पहन रखा था जो गाढ़े पीले और संतरी रंग से रंगा था और सूर्य का प्रतीक लगता था। वह ढोल की थाप पर बहुत ही मर्यादित नृत्य कर रहा था और औरतें भगवान सिंगाबोंगा की रहस्यमयी यात्रा का वर्णन कर रही थीं। बिरसा मंत्रमुग्ध-सा वहीं बैठा रहा। वह नर्तक के नृत्य और गीत के सम्मोहन में था। कुछ देर बाद, सोमा ने अचानक ही बिरसा के हाथों में बाँसुरी थमा दी और उसके चेहरे का विस्मित भाव देख कर हँसने लगा।

'बजाओ!' उसने बिरसा को उन लोगों की ओर धकेल दिया। 'जाओ, अपना संगीत बजाओ!'

बिरसा ने उठ कर इधर-उधर देखा। वह समझ नहीं पा रहा था कि उसे दूसरों के बीच जा कर बाँसुरी बजानी चाहिए थी या नहीं। यह तो सच है कि उसे बाँसुरी बजाना पसंद था और अक्सर ख़ाली समय में अभ्यास भी करता था पर वह खुद को बाँसुरीवादक नहीं मानता था। अगले ही क्षण में मुखौटे वाले नर्तक ने उसकी दुविधा दूर कर दी। वह उसे खींच कर दल के बीच ले गया और बाँसुरी को उसके होंठों से लगा दिया। बिरसा भी उस माहौल में रम गया। वह बेझिझक अपनी बाँसुरी बजाने लगा और उसके संगीत ने उन क्षणों के जादू को कई गुना कर दिया। वह एक के बाद एक धुनें सुनाता रहा और उसे समय का भी भान नहीं रहा। किसी ने भीड़ में देसी शराब की बोतल खोल ली थी। सभी बारी-बारी से घूँट भर रहे थे। लोग जोश में आ चुके थे। कईयों ने कहा कि बिरसा को कंधों पर बिठा लिया जाए। बिरसा के मना करने पर भी वे नहीं माने। वे उसे उठाने ही वाले थे कि सोमा अचानक आगे आया और बिरसा को हाथ पकड़ कर अपने पास घसीट लिया।

'सोमा काका,' बिरसा सदमे में था। 'क्या हुआ काका, आप ऐसे क्यों कर रहे हो?'

सोमा ने जवाब देने के बजाए उसे भीड़ के रेले में छिपा दिया और वहीं रहने का संकेत किया। बिरसा रोष से भर गया।

सोमा ने उसके मन की बात समझते हुए कहा, 'बेटा, अभी स्कूल के दो जूनियर पादरियों को यहीं मँडराते देखा। अगर उन्होंने तुम्हें इस जगह अपने लोगों के बीच मौज करते देखा तो वे तुम्हारे लिए बवाल खड़ा कर देंगे।'

बिरसा ने कुछ नहीं कहा। सोमा ने उसे तब तक भीड़ में छिपाए रखा जब तक वे दोनों पादरी उस जगह से निकल नहीं गए।

'वे चले गए। अब तुम बाहर आ सकते हो।' सोमा ने चैन की साँस लेते हुए कहा।

'सोमा काका, क्या ईसाई धर्म को मानने का मतलब है कि हम अपने रीति-रिवाज नहीं मना सकते?' बिरसा ने बाहर आ कर पूछा।

'नहीं, नहीं, ऐसा नहीं है।' सोमा ने उसे तसल्ली दी। तभी उसे शराब बेचने वाला दिखाई दिया। उसने झट से सिक्का दे कर छोटी बोतल ले ली। फिर एक घूँट भर कर बोला, 'पर कुछ मिशनरी दूसरों की तुलना में कुछ ज़्यादा ही कड़ा रवैया रखते हैं। ये हमारे लिए कहीं से भी मुसीबतों का पहाड़ ला सकते हैं और फिर हम जैसे धर्मांतरण करने वालों के लिए आफ़त हो जाती है।'

'पर क्या फ़ादर लूथरन इस मामले में समझदार नहीं हैं?'

'हम्म, वे तो सब समझते हैं... पर वे भी अंग्रेज़ बाबुओं और उनके जैसे पादरियों के दबाव में हैं। उन लोगों को पसंद नहीं कि फ़ादर लूथरन हमारे साथ दया से पेश आएँ। दरअसल, उनमें से कुछ तो इसी बात के लिए फ़ादर लूथरन से नफ़रत भी करते हैं।'

'हम्म,' बिरसा ने गहराई से सोचते हुए कहा।

'चलो, अब आगे चलें। माघ परब में बहुत समय लग गया।'

जब तक वे सोमा की बेटी के पास पहुँचे, शाम हो गई थी। सोमा ने झट से, उस परिवार से बिरसा को मिलवाया।

'तो तुम हो बिरसा।' सोमा की बेटी चहकी। 'बाबा पिछली बार तुम्हारी ही बात करते रहे। और शुक्र है, तुम नहीं होते तो बीमार बाबा की जान बचाना मुश्किल हो जाता।'

'नहीं, नहीं, ऐसा नहीं कहें।' बिरसा संकोच में कुछ नहीं कह सका।

'ओहो, अब लड़के को अकेला छोड़ दो, बदरी। और कुछ खिलाओ।' सोमा ने बिरसा को सहज करते हुए कहा। 'और मोइना कहाँ है?' सोमा अपनी पोती को देखने के लिए बेचैन था।

तभी एक किशोरी हाथ में मुर्गी लिए भीतर आई।

'मोइना!' सोमा ने उठ कर उसे गले से लगा लिया।

'मोइना को मुर्गियों से बहुत प्यार है।' बदरी ने बिरसा से कहा। 'ये हमारी दर्जन मुर्गियों का बहुत ध्यान रखती है। यही सुबह उन्हें बाड़े से बाहर निकालती है और शाम को उन्हें फिर उनके बाड़े में ले जाती हे। पर ये मुर्गी तो घर में मोइना के साथ ही रहती है और यहीं सोती है।' बदरी ने उस मुर्गी की ओर इशारा किया।

बिरसा मुस्कराया।

'मोइना बड़ी मेहनती बच्ची है।' बदरी ने आगे बताया। 'ये गाँव के स्कूल में पढ़ती और कक्षा में पहले स्थान पर आती है। घर के काम में भी मेरा हाथ बँटाती है।'

तभी सोमा ने बदरी को बुला लिया और इस तरह बात बीच में ही रह गई।

बिरसा ने अब तक मोइना को जितना जाना था, उस हिसाब से वह क़बीले की दूसरी लड़कियों से अलग लगी। वह सुंदर थी पर सुंदरता के अलावा उसमें कुछ ख़ास था जो उसे सबसे अलग दिखाता था। उसे उस शाम मोइना से बात करने का अवसर नहीं मिला। रात को खाने के बाद वह मोइना का हाथ बँटाने लगा।

'क्या तुम्हें नया स्कूल पसंद आ रहा है?' वे ज्यों ही यह सुनिश्चित करने झोपड़ी से बाहर निकले कि रात में बंद रखे जाने के लिए सारे जानवर बाड़े के भीतर हैं, मोइना ने उससे यह सवाल पूछा।

'हम्म, पसंद आ रहा है।' बिरसा यह देख कर हैरान रह गया कि मोइना किस तरह अपनेपन से सवाल कर रही है।

'फ़ादर कोल थोड़े कठोर हैं, है ना?' उसने पूछा।

बिरसा बोला, 'वह...'

'मुझे सब पता है कि तुम्हारे स्कूल में क्या होता है।' मोइना हँस दी। फिर वह बाड़े के जानवर गिनने लगी और बात बीच में ही रह गई।

'कुछ भी एक सा नहीं रहता। एक दिन, इन अंग्रेज़ों को हमारी ज़मीन से जाना होगा।'

'कब?' बिरसा उस लड़की के आगे बेबस हो चुका था। वह कितने आत्मविश्वास और निडरता से बात करती थी। उसने उससे भीतर ही भीतर मोइना से अपनापन महसूस किया।

'जब हम उनकी तुलना में ताक़तवर होंगे।'

◆

जीवन में एक ही चीज़ कभी नहीं बदलती कि यह बदलता रहता है। जीवन हर रोज़ बदलता है और लगातार बदलता जाता है। जिस तरह एक के बाद दूसरा मौसम आता है, उसी तरह बिरसा का जीवन भी चलता रहा। अब वह पहले जैसा दुबला बिरसा नहीं रह गया था जो अपने बाबा की हाँ में हाँ मिलाता जाता था। अब वह किशोर था जिसके पास अपनी बुद्धि थी, जो हर दिन एक जैसे सबक़ दोहराने के बजाए बाँसुरी बजाने और खेलने में अधिक रुचि लेने लगा था। वह ज़्यादा देर तक उस भ्रम में नहीं जी सका। दूसरे ही साल में बिरसा को अहसास होने लगा कि पादरी किस तरह यह साबित करने पर तुले थे कि ईसाई धर्म ही दुनिया भर की समस्याओं का एकमात्र समाधान था।

'अगर ईसाई धर्म वास्तव में हर समस्या का हल है तो अधिकतर मिशनरी इसे ले कर हमेशा इतना असुरक्षित क्यों महसूस करते हैं? उन्हें यह भय क्यों है कि कहीं हम अपनी परंपराओं को जीवित नहीं रखें?' एक बार बिरसा ने मोइना से पूछा।

उस पहली मुलाक़ात के बाद, हर सप्ताह बिरसा और मोइना की दोस्ती बढ़ती चली गई। बिरसा हर रविवार, सोमा को बदरी के घर घसीट ले जाता ताकि उसे मोइना के साथ समय बिताने का मौक़ा मिल सके। जब कभी सोमा नहीं जा पाता तो बिरसा अकेला ही बदरी के घर चला जाता। वे दोनों गाँव के तालाब के पास बड़े पीपल के पेड़ तले बैठे सारी दोपहर बिता देते। वे घंटों तालाब में कंकड़ डालते हुए बातें करते, पानी में उठती लहरें देखते रहते।

'पता है, मोइना। हर घटना का एक प्रभाव होता है।' बिरसा ने एक दिन कहा।

'कहना क्या चाहते हो?'

वह कुछ देर चुप रहा और बोला, 'मुझे लगता है कि हम बहुत समय से स्थिर माहौल में जी चुके हैं। अब किसी को पानी में कंकड़ मार कर हलचल पैदा करनी होगी जिससे चाईबासा की शांति भंग होगी और...'

'तुम कहना क्या चाहते हो?'

'बस ऐसे ही मन में आया था।' बिरसा ने अपने ही ख़यालों में मग्न जवाब दिया।

'क्या स्कूल में सब ठीक है?'

'शायद ठीक ही होगा। फ़ादर लूथरन भारी दबाव में दिखते हैं। वे स्कूल के पादरियों में से इकलौते हैं जो हमारे मुंडा रीति-रिवाजों का मज़ाक़ नहीं उड़ाते। वे कभी हमारे भगवानों के लिए अपशब्द का प्रयोग नहीं करते। मैंने तुम्हें उनके साथ अपनी बातचीत के बारे में बताया था, है ना?'

'हम्म, बताया तो था।'

'वे ना केवल ईसाई धर्म और ईसा मसीह के बारे में मेरे प्रश्नों के धीरज से उत्तर देते हैं बल्कि मेरे साथ हमेशा दयालुता से भी पेश आते हैं। वे मुझे हमेशा सोचने और सवाल करने के लिए प्रोत्साहित करते हैं। परंतु इन दिनों उनका व्यवहार थोड़ा बदला हुआ है। मैं जानता हूँ, स्कूल के दूसरे पादरी उन्हें बेवकूफ़ समझते हैं। उन्हें लगता है कि फ़ादर हमारे साथ बहुत नरमी से पेश आते हैं। शायद इसलिए उनमें भी बदलाव आ रहा है।'

'हम्म,' मोइना ने सिर हिलाया।

'मोइना, याद रखना। कुछ तो होने वाला है। कोई बड़ा धमाका होने वाला है।'

तालाब के उस ओर सूरज ढल रहा था। मोइना ने बिरसा को तसल्ली देने के लिए उसका हाथ थाम लिया। फिर उसने अपना सिर उसके कंधे पर टिका दिया। उनकी दोस्ती और भी गहरी होने लगी थी।

13

चाईबासा

1888-89

बिरसा और मोइना की बातचीत के लगभग दो माह बाद की घटना है। बिरसा दिन का आख़िरी पाठ पढ़ने के बाद पुस्तकालय की ओर जा रहा था। तभी उसने चार पादरियों को फ़ादर लूथरन के कार्यालय की ओर जाते देखा। उन्हें देख कर लगा कि वे गुस्से में थे। वह उनमें से एक पादरी को पहचान गया। वे फ़ादर हॉफ़मैन थे, जिन्होंने बंबा में उसका बपतिस्मा किया था। बिरसा खंभे की आड़ में हो गया ताकि वे उसे देख नहीं सकें। जब वे कार्यालय के भीतर चले गए तो वह एक खुली हुई खिड़की के पास झुक कर बैठ गया ताकि उन लोगों की बातचीत सुन सके।

फ़ादर लूथरन ने मेहमानों से पूछा, 'महोदय, आज आप सब किस प्रयोजन से आए हैं?'

'हम क्वीन का संदेश लाए हैं।' उनमें से एक पादरी ने कहा।

'ओह, उम्मीद है कि आप मेरे लिए कोई ख़ुशख़बरी लाए होंगे।' फ़ादर लूथरन बोले।

'फ़ादर लूथरन, दरअसल यह आपके लिए निर्देश है। आपके इलाक़े में काम तो अच्छा हो रहा है पर इस जगह ईसाई धर्म के प्रचार की और आवश्यकता है।'

'और अधिक प्रचार? आप कहना क्या चाहते हैं?' फ़ादर लूथरन बोले। 'चाईबासा के लगभग पचास प्रतिशत लोग हमारे धर्म को मानते हैं। आप आ कर संडे की सर्विस देखें। आप समझ सकेंगे कि मैं क्या कहना चाहता हूँ।'

'जो भी हो, यह सुनसान और वीरान-सी जगह ईसाई धर्म का सच्चा गढ़ बन सकती है और आप जानते हैं। इस जगह सौ प्रतिशत धर्मांतरण की संभावना है, बस आपको उनके साथ नरमी से पेश आना बंद करना होगा।'

'आप लोगों को विवश नहीं कर सकते।'

'फ़ादर लूथरन!' एक पादरी ने उनकी बात काटी। 'हम बचे हुए लोगों को भी धर्म में शामिल करने में मदद करने आए हैं। क्वीन के बनाए नए जंगल क़ानून हमें अधिक से अधिक लोगों को हमारे धर्म में शामिल करने में सहायक होंगे।'

'जंगल क़ानूनों का हमारे धर्म से क्या संबंध है?' फ़ादर लूथरन ने पूछा।

'नए क़ानून के अनुसार जो लोग ईसाई धर्म को अपना लेंगे, उन्हें उनकी ज़मीन रखने का हक़ दिया जाएगा।'

'और यदि वे ऐसा नहीं करें तो?'

'तो उस दशा में क्वीन ही उनकी ज़मीन की मालिक होंगी क्योंकि अब जंगल और ख़ाली ज़मीन क्वीन की ही संपत्ति मानी गई है।'

'परंतु यह भू-स्वामित्व के खुंटकट्टी तंत्र के ख़िलाफ़ है जिसका चाईबासा में आदिवासी पालन करते आए हैं।'

'हम्म, हमें अच्छी तरह पता है कि इसका क्या मतलब है। पर फ़ादर लूथरन, आपको अच्छी तरह पता है कि आदिवासी जिस कृषि व्यवस्था का प्रयोग करते हैं, वह आदिम और अनुत्पादक है, जैसे उनका विश्वास तंत्र।'

'मैं धार्मिक व्यक्ति हूँ और सरकार की बातों से मेरा कोई लेना-देना नहीं है। मेरा मानना है कि आप प्रेम से ही लोगों के दिल जीत सकते हैं, उनका दमन करके नहीं।'

'फ़ादर लूथरन, आपकी बातें सुनने में नेक हैं पर दुनिया का काम ऐसे नहीं चलता। मुझे डर है कि आपके पास इस नए क़ानून को मानने के सिवा कोई चारा नहीं है। अगर आप इसका ग़लत अर्थ ले रहे हैं तो इसका कारण यह है कि हमने अपनी पूरी बात स्पष्ट नहीं की। आज से ही, आपको चाईबासा में मिशन के काम में तेज़ी लानी होगी। आपको स्कूल के लिए और टीचर नियुक्त करने होंगे। आप इन देहाती लोगों के साथ थोड़ी कड़ाई से पेश आएँगे। और आपके लिए बिशप का राजनीतिक संदेश यह है कि आपको यह सब करने के लिए और अधिक अधिकार तथा धनराशि दी जा रही है।'

फिर ख़ामोशी के बाद, बिरसा ने काग़ज़ पलटने की आवाज़ सुनी। वह वहीं बैठा हालात को समझने की कोशिश करता रहा। उन नए क़ानूनों का उसके जैसे लोगों से क्या संबंध है? क्या हालात बेहतरी के लिए बदल रहे थे या और बदतर

होने वाले थे? अचानक ही बिरसा उठा और पुस्तकालय की ओर भागा, लंबी क़तारों के बीच अंधेरे में रखी क़िताबों ने उसे सुकून दिया।

◆

उन क्षणों के बाद से चाईबासा के हालात एकदम बदल गए। उस इलाक़े के मिशनरी और भी अधिक उत्साह से अपने काम में जुटे। वे जानते थे कि आदिवासी अपनी ज़मीन को माँ की तरह मानते हैं और वे उसकी रक्षा के लिए कुछ भी कर सकते थे। मिशनरी आसानी से उनकी इस भावात्मक दशा का लाभ उठा सकते थे। वे एक से दूसरे गाँव में जा कर उन परिवारों से बात करने लगे जिन्होंने आज तक ईसाई धर्म को नहीं अपनाया था। वे आदिवासियों से वादा करने लगे कि वे किसी भी हाल में शोषक ज़मींदारों से उनकी ज़मीन वापस दिलवाने की कोशिश करेंगे। आदिवासियों को बदले में केवल एक ही काम करना था। उन्हें ईसाई धर्म को अपनाना था। अधिकतर लोग उनकी बातों में आ गए और भारी संख्या में धर्मांतरण होने लगा। वहीं दूसरी ओर ज़मींदार ताव खाने लगे। उनका कहना था कि वे ब्रिटिश सरकार से भरपूर मुआवज़ा लिए बिना अपनी ज़मीनें नहीं देंगे। कुछ ताक़तवर ज़मींदारों ने आपस में तय किया कि वे मिशनरियों को आर्थिक सहायता देनी बंद कर देंगे। तब मिशनरी उन्हें मनाने लगे ताकि वे चर्च को दान देना बंद नहीं कर दें।

इसी कलह और अविश्वास के बीच, आदिवासियों को जल्दी ही समझ आ गया कि उनके लिए अपनी ज़मीन वापस लेना आसान नहीं था। उन्होंने पाया कि उन्हें भारी क़ानूनी दाँव-पेंचों और मुक़दमों के फेर में पड़ना होगा और वे ऐसा नहीं कर सकते थे। मिशनरियों ने वादा किया कि वे उनकी ज़मीनें वापस दिलवा देंगे पर उनके वादे झूठे निकले। ईसाई धर्म को अपनाने के बाद भी अधिकतर लोग अपने धर्म में वापस आना चाहते थे। वे जन्म, विवाह और मृत्यु से जुड़े पारंपरिक रिवाजों की ओर वापस जाना चाहते थे ताकि अपने इतिहास से जुड़ाव महसूस कर सके। परंतु कहना नहीं होगा कि मिशनरियों के पास ऐसा कोई इतिहास नहीं था।

तनाव बढ़ने लगा और अचानक बिरसा और उसके साथियों ने स्वयं को इस बढ़ते हुए उपद्रव के बीच पाया। स्कूल का माहौल बदल रहा था। बच्चे टीचरों के रूखे और घमंडी बर्ताव पर आवाज़ उठाने लगे थे। एक दिन सुबह की प्रार्थना सभा में एक घटना घटी। फ़ादर कोल प्रार्थना सभा के प्रमुख थे। वे अचानक ही आदिवासियों के लिए अनाप-शनाप बकने लगे।

'तुम आदिवासी गँवार, नाशुक्रे और देशद्रोही हो।' फ़ादर का चेहरा चुकंदर की तरह लाल था और मुँह के कोने से थूक निकल रहा था। 'हमने तुम्हारे जीवन को बदलने की कोशिश में शिक्षा प्रदान की, तुम्हें एक नए धर्म से मिलवाया जो सबको

एक समान मानता है। हम अपने घर और परिवार छोड़ कर इस नर्क में आए ताकि तुम्हें मुक्ति मिल सके और बदले में हमें क्या मिला? तुमने ज़हरीले साँपों की तरह हमें काट खाया। तुमने अपने बेहूदे भगवानों के साथ हमारे प्रभु का नाम ले कर उसका अनादर किया! तुम –'

'हम ग़द्दार नहीं हैं।' अचानक बिरसा चिल्लाया। 'आप लोग देशद्रोही हो।' वह उठ कर चिल्लाया और अवज्ञा भाव से फ़ादर को ताकने लगा।

हर किसी ने मुड़ कर उसे देखा और उसकी उद्दंडता देख कर दंग रह गया।

'हम मुंडा सच के लिए ही जीते और मरते आए हैं। आप जैसे कपटी मिशनरी ही झूठ बोलते हैं और चालें चलते हैं। आप लोग हमारा शोषण करते हैं, हमसे कपट करते हैं। आपने हमें धर्म परिवर्तन के नाम पर बड़े-बड़े वादे किए और फिर अपने वादों से मुकर गए, हमें हमारे दयनीय भाग्य पर छोड़ दिया। मुंडा सरदार ठीक कहते हैं। आप या तो अपना वादा निभाते हुए हमारी ज़मीनें वापस दिलवाएँ या हमें अकेला छोड़ दें।'

बिरसा के शब्द सुन कर दूसरे छात्रों को भी जोश आ गया।

'हमारी ज़मीनें वापस करो या भाड़ में जाओ!' उनमें से कई बिरसा के साथ चिल्लाए।

जब बहुत सारे छात्र एक साथ नारे लगाने लगे तो पादरी किसी तरह उन्हें शांत करने में लगे और उसी समय फ़ादर लूथरन आ गए। उन्होंने बिरसा को कड़ी नज़रों से देखा और मन ही मन सोचने लगे कि वे पहले उस लड़के के अंदर विद्रोह की चिंगारी क्यों नहीं देख सके।

14

चाईबासा

1888-89

उस रात बिरसा, मोइना और सोमा के साथ रात का खाना खाने के लिए उनके घर गया। सोमा कुछ दिन से ठीक नहीं था इसलिए मोइना उसका ध्यान रखने आई हुई थी। बिरसा अक्सर रात को उनके पास जाता और खाना भी वहीं खाता।

'बिरसा, तुम्हें अपने गुस्से को बस में रखना चाहिए था,' सोमा ने बिरसा से सारी घटना सुनने के बाद धीरे से कहा।

'बिरसा का क्या कसूर है। अगर तुम किसी को अपने स्वाभिमान को कुचलने की इज़ाज़त देते हो तुम्हारी सारी पढ़ाई-लिखाई बेकार है। वह कभी किसी काम नहीं आ सकती।' मोइना ने कहा।

बिरसा ने हामी भरी। वह जानता था कि मोइना उसे समझेगी। 'मैं वह मज़ाक़ और अपमान सह नहीं सका। आज तो फ़ादर कोल हद ही पार कर गए थे।'

तभी किसी ने दरवाज़े पर दस्तक दी। 'बिरसा! बिरसा!' वह आदमी ज़ोर से चिल्लाया।

बिरसा ने उठ कर दरवाज़ा खोला। उसका सहपाठी बाहर खड़ा था।

'फ़ादर लूथरन ने अभी अपने ऑफ़िस में बुलवाया है।' उसने हाँफते हुए कहा।

'अभी?' बिरसा ने पूछा। यह सुनते ही सोमा और मोइना के चेहरे पर चिंता की रेखाएँ आ गईं। बेवक़्त फादर का बुलावा किसी भारी मुसीबत का न्यौता लग रहा था।

'हम्म, अभी! जल्दी कर।'

बिरसा ने मोइना से कहा, 'मैं निकलता हूँ।' फिर वह जवाब सुने बिना ही फ़ादर के ऑफ़िस की ओर भागा। जब वे दो मिनट बाद नीम अंधेरे कमरे में पहुँचे तो देखा फ़ादर लूथरन बेचैन हो कर इधर से उधर चक्कर काट रहे थे।

'बिरसा, आज भारी दुविधा में हूँ।' उन्होंने बिरसा को खड़ा देख कर कहा। 'एक पादरी धरती पर प्रभु का संदेशवाहक होता है और उसका अपमान करके, तुमने उस धर्म का अपमान किया है जिसका तुम पालन करते हो।'

'मेरी क्या सज़ा है, फ़ादर?' बिरसा ने दो-टूक पूछा।

'सज़ा देना तो आसान है पर उससे हमेशा मक़सद पूरा नहीं होता। मैं चाहता हूँ कि कल की प्रार्थना सभा में सबके बीच फ़ादर कोल से माफ़ी माँगो। जिस तरह आज सबके बीच उनका अपमान किया था।'

'परंतु फ़ादर, माफ़ी तो तभी माँगनी चाहिए, जब कोई ग़लती की हो, है ना? आप ही बताओ? मैंने क्या ग़लत किया? उन्होंने हमें देशद्रोही कहा। क्या आपने ही नहीं कहा था कि हमें अपने हक़ में खड़ा होना चाहिए? फिर मैं हम मुंडाओं का अपमान और तिरस्कार करने वाले से माफ़ी क्यों माँगू?'

'ओह गॉड, बिरसा, तुम मुंडा नहीं हो।' फ़ादर लूथरन बुरी तरह से खीझ गए। 'तुम पहले मुंडा थे। पिछले चार साल से तुम ईसाई हो। हो सकता है कि तुम्हारा जन्म मुंडा परिवार में हुआ हो परंतु तुम एक ईसाई के रूप में मरोगे। और जितनी जल्दी इस हक़ीक़त को मान लोगे, उतना ही अच्छा होगा।'

'सॉरी फ़ादर।' बिरसा ने हौले से कहा और बोला, 'आपने सिखाया कि सोच और मान्यताओं की आज़ादी ही ईसाई धर्म का मूल है। आपने सिखाया था कि आत्मसम्मान और समानता क्या है। पुस्तकालय में जो भी पढ़ा, वह भी तो यही सब सिखाता था। फ़ादर कोल जैसे पादरी जिस ईसाई धर्म की शिक्षा दे रहे हैं, वह धर्म का सीमित और विकृत रूप है। बाइबल में ऐसे धर्म की बात नहीं की गई है। और फ़ादर, जो धर्म, दूसरे धर्मों का अनादर करता हो, दूसरे धर्मों की परंपराओं और संस्कृति को नहीं मानता हो, वह मुझे मंजूर नहीं है।'

फ़ादर लूथर को काटो तो ख़ून नहीं। बिरसा से इतने सालों की बातचीत के दौरान उन्होंने कभी भी नहीं सोचा था कि वह लड़का ऐसा विद्रोही होगा, वह भी ऐसा जो उनके धर्म की व्याख्या पर ही प्रश्न चिह्न लगा देगा।

'तुम स्कूल में पढ़ना चाहते हो या नहीं?' फ़ादर लूथरन ने साफ़ शब्दों में पूछा।

'फ़ादर, यह तो आप पर है पर अगर पढ़ना भी है तो अपने और अपने समुदाय के स्वाभिमान की क़ीमत पर नहीं पढ़ना।'

◆

उस रात बिरसा सो नहीं सका। वह घंटों करवटें बदलते हुए सोचता रहा कि आने वाला दिन उसके लिए क्या लाने वाला था। क्या फ़ादर लूथरन उसे बाहर निकाल देंगे? क्या उसे सुबह प्रार्थना सभा में फ़ादर कोल से माफ़ी माँग लेनी चाहिए? उसके मन में ऐसे हज़ारों सवाल उमड़ रहे थे। आख़िरकार सुबह के आसपास नींद आ गई और फिर कुछ घंटों बाद एक चपरासी ने उसे आ कर जगाया।

'क्या? क्या हुआ?' बिरसा ने उठ कर आँखें मलीं।

'सोमा, वह रात को सोते-सोते ही मर गया।' उसने गमगीन सुर में बताया।

◆

कुछ घंटों बाद, बहुत सारे गाँववाले, बदरी के घर के पास नदी किनारे जमा हुए ताकि सोमा का अंतिम संस्कार हो सके। उससे पहले मोइना बिरसा को बता चुकी थी कि सोमा चाहता था कि उसे ईसाई रीति से दफ़नाने के बजाए मुंडा रीति से उसके शव का दाहसंस्कार हो। जब सोमा की चिता बनाई जा रही थी तो बिरसा फूट-फूट कर रो दिया। वह अभी तक समझ नहीं पाया था कि आज उसने क्या खो दिया था। पर वह जानता था कि अगर सोमा का प्यार और अपनापन नहीं होता तो वह चाईबासा में इतने समय तक नहीं टिक पाता।

इसी दौरान मिशन के पादरियों को भी सोमा के दाह संस्कार की ख़बर लग गई।

'इन्होंने सोमा का अंतिम संस्कार करने से पहले किसकी अनुमति ली?' फ़ादर कोल ने पूछा। फ़ादर लूथरन के कार्यालय में पादरी जमा थे आदिवासियों को उनकी धृष्टता के लिए मज़ा चखाना चाहते थे। 'फ़ादर लूथरन, सब कुछ हमारे हाथ से छूट रहा है। अगर हमने मुंडाओं को मनमानी करने दी तो ये हमारे हाथों से बाहर हो जाएँगे।'

फ़ादर लूथरन चुप रहे। वे अपने हाथ में लिए पेन से खेलते रहे। फिर वे अचानक उठे, उन्होंने कमरे में मौजूद लोगों पर नज़र डाली और यह कहकर बाहर निकल गए, 'चलो।'

◆

जब फ़ादर लूथरन और पंद्रह पादरी नदी किनारे आए तो कुछ ही किलोमीटर की दूरी पर सोमा की लाश को जलाने ही वाले थे।

'ठहरो!' उन्होंने आदेश दिया। 'तुम लोग ऐसा नहीं कर सकते!'

यह सुन कर लोगों ने मुड़ कर देखा।

'सैम्युअल मुंडा का संस्कार ऐसे नहीं हो सकता। वह ईसाई था इसलिए ईसाई रीति से ही उसे दफ़नाया जाएगा।' फ़ादर कोल ने चिता की ओर बढ़ते हुए गुस्से से कहा।

'फ़ादर, यह सोमा की अंतिम इच्छा थी कि उसका संस्कार इसी तरह हो।' बिरसा ने भीड़ से आगे आ कर कहा। 'वे ईसाई बन कर प्रसन्न नहीं थे और अपने धर्म में वापस आना चाहते थे।'

'पीछे हटो, अज्ञानी लड़के। किसी भी ईसाई शव को दफ़नाए बिना नहीं छोड़ सकते। हमें उसकी आत्मा की शांति के लिए प्रार्थना करनी होगी। अब हटो।' फ़ादर कोल ने बिरसा को हटाना चाहा पर वह अपनी जगह से नहीं हिला।

उसने गुस्साए पादरी को देखते हुए कहा, 'आपने कहा कि वे ईसाई थे पर मैं आशा करता हूँ कि किसी भी ईसाई को कभी ऐसे नहीं जीना पड़े। सैम्युअल मुंडा, बहुत ही उदास और अकेले इंसान थे। कम से कम उन्हें चैन से सोमा मुंडा के रूप में जाने तो दें।'

'बहुत हुआ बिरसा।' फ़ादर लूथरन ने कहा। वे भी उसकी ढिठाई देख कर दंग थे। 'हम उसके शव का दाहसंस्कार नहीं होने दे सकते। यह बाइबल के ख़िलाफ़ है। देह जल गई तो आत्मा का उद्धार नहीं होगा। हटो, हमें इस शव को मिशन ले जाने दो। वहीं ईसाई रीति से इसे दफ़नाया जाएगा।' उन्होंने दूसरे पादरियों को संकेत किया कि वे चिता से शव को उठा लें।

'तो आपकी बाइबल ने यह नहीं सिखाया कि हमारे साथ बुरा बर्ताव नहीं करें और हमारा अपमान नहीं करें। आप हमें चैन से जीने नहीं देते। अब चैन से मरने भी नहीं देंगे?' बिरसा गुस्से से गरजा और पादरी झट से दो क़दम पीछे हो गए।

बिरसा के भाषण को सुन कर, सभी पादरियों के आगे आ कर दीवार की तरह डट गए और सोमा का शव देने से इंकार कर दिया।

'तुम मिशनरी हमारे जीवित शरीरों से जोंकों की तरह ख़ून चूसते हो और हमारे मरने पर ऐसे झपटते हो जैसे गिद्ध लाश की हड्डियों को नोचने के लिए तैयार हो।' उनमें से एक आदमी बोला।

'हमें तुम्हें सोमा का शव नहीं ले जाने देंगे!' दूसरे ने कहा।

'हाँ, हाँ, हम नहीं ले जाने देंगे।'

कुछ ही सेकेंड में, मिशनरियों ने स्वयं को गुस्साई भीड़ के बीच पाया जो थोड़ा-सा और भड़कने पर ही उन्हें मार सकते थे। बस बिरसा ही उन्हें सँभाले हुए था।

'फ़ादर लूथरन, ये लोग गुस्से में हैं।' बिरसा ने फ़ादर को चेतावनी दी। 'अगर आप वापस नहीं गए और सोमा का संस्कार नहीं करने दिया तो आपको हमेशा के लिए चाईबासा मिशन को बंद करना होगा।'

'क्यों, बिगड़ैल चूहे!' फ़ादर लूथरन गुस्से से चिल्लाए। 'तुम आज के बाद मिशन में क़दम नहीं रखोगे।' वे पैर पटकते हुए पादरियों के साथ लौट गए। उनका रोष आज किसी काम नहीं आया।

सोमा की लाश से उठता धुआँ आकाश तक जाने लगा तो मोइना के पास खड़े बिरसा ने महसूस किया कि सोमा की मौत उन सब लोगों के लिए मनुष्यों के रूप में एक छोटी जीत का कारण बनी थी। हालाँकि उन्हें इसका नतीजा भुगतना होगा पर उस दिन नदी किनारे, वे अपनी पहचान और विरासत के दावे को बचाने में सफल रहे। बिरसा यह भी जानता था कि अब चाईबासा में उसके दिन समाप्त हो गए थे। अब उसका जीवन फिर से बेतरतीब और बिखरा हुआ होने जा रहा था।

भाग - दो

1

चलकड़

1889-90

बिरसा उस पुराने साल तले खड़ा था, जो उसकी माई-बाबा के घर से कुछ ही दूरी पर उगा हुआ था। उसने छिप कर अपनी माई को, घर की दीवार के साथ लकड़ी रखते देखा। उसकी देह पहले से दुबला गई थी और वह काम के बीच हाँफने लगती। फिर उसने माई को ध्यान से देखा। उसके चेहरे पर थकान और बुढ़ापा झलकने लगा था। मानो किसी ने उसे भीतर से निचोड़ दिया हो। मानो बुढ़ापा समय से पहले ही आ गया था और सारी ऊर्जा व जोश खींच लिए थे।

बिरसा ने आँखें मलीं। क्या वह चीज़ों की कल्पना कर रहा था? वह पूरे दो दिन तक लगातार चलता आया था। रास्ते में एकाध जगह खाने के सिवा कहीं और नहीं रुका। वह जल्दी से जल्दी अपने घर आना चाहता था। हो सकता है कि थकान ही दिमाग़ पर हावी हो रही हो वरना माई ऐसी क्यों दिख रही थी?

वह चाहता तो कुछ दिन और चाईबासा में ठहर सकता था। बदरी ने कहा था कि वह उसके पास रह सकता था पर मिशनरी बहुत गुस्से में थे और वह नहीं चाहता था कि उसके कारण किसी और को नुकसान हो। उसके पास फिर से अपनी जड़ों से उखड़ने के सिवा कोई चारा नहीं था। और इस तरह उसने चलकड़ जाने की सोची, जहाँ उसका परिवार रहता था। एक साल पहले, सुगना ने बिरसा को संदेश भिजवाया था कि वे फिर चलकड़ जा रहे हैं। शायद उन्हें बबुआ ने बताया था कि ज़मींदार ने आसपास की ज़मीन और ली थी। उसे अपने पास काम करने के लिए

लोगों की ज़रूरत थी। उसने वादा किया था अपने पास काम करने वालों को मजूरी देगा और काम करने की दशा में भी सुधार होगा। सुगना को बंबा में आय का कोई स्थायी साधन नहीं मिल पा रहा था। वह किसी तरह छोटे-मोटे काम करके परिवार का पेट भर रहा था। पर बबुआ की बात सुनने के बाद, अपनी जानी-पहचानी जगह और काम के लालच ने उसे वापस चलकड़ पहुँचा दिया।

पर जिस चलकड़ ने बिरसा का स्वागत किया, यह तो वह नहीं था, जिसे वह बंबा जाते हुए छोड़ गया था। सब कुछ बहुत बदल गया था। वह गाँव भुतहा और वीरान लग रहा था। दोपहर बीत चुकी थी पर कोई दिखाई नहीं दे रहा था। जो लोग दिखे भी, उन्होंने उसकी ओर ध्यान नहीं दिया। किसी ने उससे बात नहीं की। किसी ने उसकी ओर देखा तक नहीं। वे सब नज़रें बचा कर निकल गए मानो किसी परेशानी से बच कर निकल रहे हों। उसे एक भी जाना-पहचाना चेहरा नहीं दिखा। क्या वे सभी जा चुके थे? उसे यह भी नहीं पता था कि उन दिनों उसका परिवार किस ओर रहता था। वह काफ़ी देर तक भटकता रहा और फिर एक आदमी ने उसे घर का रास्ता बताया।

बिरसा दूर से अपनी माई को देखते हुए सोच रहा था कि चलकड़ में इतना आतंक किस बात का था, उसका दिमाग़ इन बातों की गुत्थी सुलझाने में लगा था।

फिर करमी ने हाथ का काम पूरा किया और ज्यों ही उठी तो उसे अपने सामने बिरसा दिखाई दिया। वह उसे देखकर चौंकी।

'कौन है?' फिर उसने आँखें मिचमिचा कर उसकी ओर देखा। 'बिरसा?' वह हौले से बोली। 'क्या तू आ गया?' वह उस ओर एक क़दम बढ़ी और फिर अपने बेटे को पहचान कर चेहरे पर सदमा उभर आया।

'बिरसा!' वह हाथ का सामान पटक कर उसकी ओर भागी।

'माई!' बिरसा ने माई को गले से लगा लिया।

हलचल सुनकर सुगना भी बाहर आ गया। वह बिरसा और करमी को एक साथ देख रहा था।

'बिरसा! बेटा! इधर क्या कर रहा है?' सुगना ने पूछा। उसे अब भी समझ नहीं आ रहा था। उसने बिरसा को गले से लगाया और एक क़दम पीछे हो गया। 'इतनी जल्दी कैसे आ गया, अभी तो स्कूल के दो साल बाक़ी हैं ना?' अब उसकी खुशी में चिंता भी शामिल थी।

'पहले उसे कुछ खा-पी कर आराम करने दो। आते ही सवाल पर सवाल करने लगे।' करमी ने कहा।

'पर तुम इधर आए कैसे?' सुगना ने करमी की बात अनुसनी कर पूछा।

'माई बहुत भूख लगी है।' बिरसा बोला। वह अभी बाबा के सवालों के जवाब देने को तैयार नहीं था। वह झोपड़ी की ओर गया और अपना थैला दरवाज़े के पास ही धर दिया।

माई और बाबा वहीं खड़े थे। करमी की आँखों से गंगा-जमुना बह रही थी। बाबा ने उसे बाँहों का सहारा दे रखा था। बिरसा को किसी से कुछ जानने की ज़रूरत नहीं थी। उसकी माई की रसोई में भोजन नहीं था। उसने मन ही मन खुद को इतनी हड़बड़ाहट दिखाने के लिए कोसा। वह सीधा दनदनाते हुए घर आ गया और भूख-भूख चिल्लाने लगा। क्या परिवार से इतना समय दूर रहने पर उसे भूल गया था कि उनके हालात क्या थे? पर कोमता तो हर साल उससे मिलने चाईबासा आता था, उसने कभी बात तक नहीं की कि वे लोग कैसे जी रहे थे? सच कहा जाए तो उसने कभी इस बारे में पूछा भी नहीं।

'बेटा - ' करमी बोली। बिरसा की अपनी आँखें भीगी हुई थीं।

'नहीं, माई, कुछ मत कहना।' वह उठा और उसके पास गया। 'मैं ठीक हूँ।' वह धीरे से बोला और फिर उसे गले से लगा लिया।

तभी कोमता झोपड़ी में आया और अपने माई-बाबा की तरह वह भी बिरसा को देखकर चकित रह गया। फिर उसने जंगली जड़ों की पोटली करमी को दी और बिरसा को गले से लगा लिया।

'बिरसा, कितने दिन बाद मिलना हुआ।' करमी अपने दोनों बेटों को देख रही थी। उसने चेहरा पोंछा और उस पोटली को देखकर बोली, 'हमारे पास खाने को चावल नहीं पर मेरे पास नमक और कच्ची मिर्ची है। बिरसा मुँह-हाथ धो ले। हम आज यही खाएँगे।'

बिरसा ने हामी भरी। ज्यों ही माई बाबा परे हुए, उसने अपने भाई से पूछा, 'भइया, आपने कभी बताया क्यों नहीं कि घर की यह दशा थी?' उसका गला रुँधा हुआ था।

'भाई, क्या मेरे बताने से हमारी परेशानी ख़त्म हो जाती? उलटा, तेरी पढ़ाई का नुक़सान होता।' कोमता ने कहा, 'पर एक बात बता, तू स्कूल की पढ़ाई के बीच इधर कैसे आ गया?'

बिरसा ने कहा, 'मैं वापस आ गया हूँ।' फिर उसने मटके से पानी पी कर प्यास बुझानी चाही पर ख़ाली पेट पिया गया पानी किसी भारी पत्थर की तरह पेट में जा टकराया।

'वापस आ गया?' भाई ने हैरानी से देखा।

'इसी में भला था।' बिरसा कोमता से नज़रें नहीं मिला सका।

'नहीं, बिरसा। सच बता, कोई बेवकूफ़ी तो नहीं की।' कोमता ने थोड़ा गुस्से से पूछा।

इससे पहले कि बिरसा कुछ कहता कि एक बच्चे के रोने की आवाज़ से उनका ध्यान भंग हुआ। बिरसा और कोमता जल्दी से बाहर भागे और जाकर देखा कि दो आदमी जबरन एक मेमने को घसीट कर ले जा रहे थे और बच्चा उनके पीछे भागते हुए विनती कर रहा था कि वे जानवर को छोड़ दें। मेमना डर के मारे जितना शोर मचाता, बच्चा उतने ही ज़ोर से रोने लगता। उस बच्चे के माई-बाबा और दूसरे लोग लाचारगी से सब देख रहे थे। बिरसा बीच में आने ही वाला था कि कंधे पर भाई के हाथ की पकड़ महसूस हुई। उसने मुड़कर अपने भाई को देखा और जो उसे संकेत कर रहा था।

'चलो, अंदर चलें।' फिर वह बिरसा को अंदर घसीट ले गया।

'पर-'

'नहीं, बिरसा, अभी नहीं!'

बिरसा के भाई ने अंदर जाने के बाद ही हाथ छोड़ा। 'वे ज़मींदार के आदमी हैं और मुझे यह बताने की ज़रूरत नहीं कि हम उनसे पहले भी उलझ चुके हैं। अगर तेरे रहने के दौरान हालात बदतर थे तो अब उससे कई गुना और बदतर हो चुके हैं।'

'ये जानवर को क्यों ले जा रहे हैं? क्या यह क़र्ज़ अदा नहीं करने की वजह से है?'

'हुँह! काश! ये बातें इतनी आसान होतीं।'

बिरसा अपने भाई की उस कटुता को देखकर चौंका।

'बिरसा बेटा, चलकड़ में हालात बहुत बदल गए।' सुगना भी झोपड़ी के बाहर आकर बैठ गया। 'आ बैठ।' उसने बिरसा से पास पड़ी ख़ाली जगह पर बैठने को कहा। 'कोई भी इस जन्म में तो अपना क़र्ज़ नहीं चुका पाता। बस हम तो एक समय के बाद दूसरे वक़्त की रोटी के जुगाड़ में लगे रहते हैं। इधर तो हमारा कुछ भी नहीं है। हमारी देह तक हमारी नहीं है, दिन-रात ज़मींदारों और बाबुओं की ज़मीन पर काम करते हैं। मुझे लगा था कि जब हम वापस आए थे तो उसके बाद सब ठीक हो जाएगा, पर मैं भी कितना बेवकूफ़ था... पहले कुछ महीने बहुत अच्छे थे। पूरे दिन में कम से कम एक बार अच्छा भोजन मिल जाता था। हमें ज़मींदार के घर काम करने का पैसा भी मिलता था। यह एक बहकावा था। जब उसे अपने काम के लिए भरपूर लोग मिल गए तो उसने सब कुछ वापस छीन लिया। हमारे पास ना पैसा रहा और ना ही भोजन! हालात पहले से भी बुरे थे, क्योंकि अब हमारी डोर

अंग्रेज़ बाबुओं के हाथ में थी। वे जिस जानवर को ले गए या तो ज़मींदार के घर दावत होगी या शुक्रवार को देवी दुर्गा के मंदिर में बलि चढ़ानी होगी।'

'पर उन्हें अपने जश्न और बलि के लिए हमारे जानवर क्यों चाहिए?' बिरसा ने पूछा।

'तुम्हें नहीं लगता, हमारे जानवर हमसे बेहतर हैं।' कोमता ने अधीरता से कहा। 'अब बताओ कि चाईबासा में क्या हुआ? तुम इधर क्यों आए?'

'पहले खा तो लेने दो!' करमी ने पुकारा।

'नहीं माई। हमने पिछले बरसों में बहुत कुछ सहा ताकि बिरसा की पढ़ाई ठीक चलती रहे। एक बार भी उसे अपनी परेशानियों की भनक तक नहीं लगने दी। इसे नहीं पता कि हम रोज़ कितना अपमान और भूख झेलते हैं। अब हम इंतज़ार नहीं कर सकते कि यह पहले खाना खाए और फिर हमें बताए कि इसने चाईबासा क्यों छोड़ा।'

'कोमता बेटा –'

'माई!' बिरसा ने माई को रोक दिया। 'भइया सही कह रहे हैं। मैं कुछ नहीं जानता कि आप लोगों ने मुझे चाईबासा के स्कूल में पढ़ाने के लिए कितने बलिदान दिए हैं। पर मैं कम-से-कम आप लोगों को सच तो बता ही सकता हूँ कि मैं स्कूल छोड़कर क्यों आ गया...'

करमी ने सिर हिलाया। उसके चेहरे से आँसू टपक रहे थे।

बिरसा ने गहरी लंबी साँस लेने के बाद, चाईबासा में हुई घटना सुना दी। उसने उन्हें बताया कि उसने क्या सीखा, उसकी दिनचर्या और राह की अड़चनें। उसने सोमा के साथ अपनी दोस्ती के बारे में बताया। फ़ादर लूथरन से हुई बातचीत के बारे में बताया और फ़ादर कोल से हुई झड़पों की भी जानकारी दी। उसने उन्हें सोमा की मौत के बारे में बताया। यह भी बताया कि श्मशान घाट में क्या हुआ था। उसने बताया कि जब मिशनरी आदिवासियों की संस्कृति और इतिहास की निंदा करते थे तो उसे कितना गुस्सा आता था। उसे ईसा मसीह की पूजा करते हुए अंदर से कितना अधूरापन लगता था या हर रोज़ अपनी ही संस्कृति को नष्ट होते देख मन को कितना दुख होता था। उसकी सारी पीड़ा शब्दों में बाहर आ गई।

'बिरसा तुम्हें वहीं रहना चाहिए था। बस कुछ ही साल और पढ़ाई करनी थी।' भाई ने कहा।

'पर भैया, मैंने तो बस उसका साथ दिया, जो सही था। इसमें क्या बुराई है?'

'और देखो, आज तुम कहाँ हो?' कोमता चिल्लाया। 'बिरसा, तुम फिर से इस सड़ी हुई जगह वापस आ गए हो। क्या तुम्हें दिखता नहीं है? क्या तुम्हें दिखता

नहीं कि पढ़ाई के बीच वापस आकर, हमारी कई बरसों की मेहनत पर पानी फेर दिया?'

'पर भैया, वे चाहते हैं कि हम उनसे डर कर रहें। वे चाहते हैं कि हम दब्बू बनें और सब सहन करते रहें। और हम ऐसा नहीं होने दे सकते। यह हमारा जीवन है। यह हमारी माटी है। और वे हमसे इसे छीन नहीं सकते।' बिरसा ने विरोध प्रकट किया।

'जीवन हमारा है, माटी हमारी है पर अगर एक दिन में एक बार खाने को मिल सके और हम अगला दिन देखने तक ज़िंदा रहें। ख़ाली पेट सारी बातें खोखली लगती हैं।' यह कह कर कोमता दनदनाते हुए बाहर निकल गया।

सुगना ने बेटे को जाते हुए देखा। उसे नहीं पता था कि उसके मन में इतनी कड़वाहट और गुस्सा भरी थी पर उसे हैरानी भी नहीं हुई। वे जिस ज़ालिम दुनिया में जी रहे थे, उसमें एक बच्चे से उम्मीद भी क्या कर सकते थे। पर कोमता तो अब बच्चा नहीं था। उसके वजूद की सारी मासूमियत छीन ली गई थी।

सुगना ने मुड़कर बिरसा को देखा। वह अपने भाई जैसा नहीं था। ऐसा नहीं कि उसे अपने वजूद के कष्टों और दुखों का पता नहीं था पर उसने इस गुस्से को अपने दिल पर हावी नहीं होने दिया। सगुना को उसकी आँखों में एक अजीब-सी आज़ादी दिखी, जैसी उसने पहले कभी नहीं देखी थी। और उस आज़ादी में, उसे एक विलंबित क्रांति के बीज दिखाई दिए।

2

चलकड़

1889-90

'कोमता ने सही कहा था, बिरसा तुझे इधर नहीं आना चाहिए था।' करमी बाहर बैठी जंगली जड़ी-बूटी साफ़ कर रही थी, जिसे कल उसका बेटा लाया था। बिरसा उनके छोटे घर की चारदीवारी की मरम्मत कर रहा था।

'माई, ऐसा क्यों कह रही है?' बिरसा ने पूछा।

'बिरसा, तू समझता क्यों नहीं? तेरे लिए इस जगह कुछ नहीं है।' करमी के स्वर में भय और मायूसी छिपी थी।

'नहीं माई...' बिरसा माई के पास आया और घुटनों के बल बैठ गया। 'सब ठीक हो जाएगा। मैं तेरे साथ हूँ। मैं जल्द ही काम खोज लूँगा। अब तुम लोगों को इतना कष्ट नहीं सहना होगा...' बिरसा ने माई के कंधों को घेरकर दिलासा देना चाहा।

करमी ने सिर हिलाते हुए आह भरी, 'तुम्हारी बहन का बेटा एक बरस का हुआ। चंपा कल आ रही है। हम बच्चे का नामकरण तक नहीं कर सकते। वह करना तो दूर रहा, उसके और उसके बच्चे के लिए एक वक़्त की रोटी का भी जुगाड़ नहीं है। बता बिरसा, सब कुछ कैसे सही हो जाएगा।' करमी ने बिरसा का हाथ पीछे हटाया और आँसू पोंछने लगी।

एक पल के लिए बिरसा को भी कुछ नहीं सूझा। वह अपनी ओर से परिवार के संकट दूर करने के लिए कुछ करना चाहता था पर उसे पता था कि काम खोजना और चार पैसे कमाना इतना आसान भी नहीं था।

'माई! माई!' कोमता की आवाज़ ने उन दोनों को चौंका दिया। करमी और बिरसा ने देखा कि वह उन दोनों की ओर ही आ रहा था।

'कोमता!' करमी उठी और बोली, 'क्या हुआ? तुम ठीक तो हो?'

'हम्म, मैं ठीक हूँ।' कोमता हाँफ रहा था।

'बाबा तो ठीक हैं?' करमी ने घबरा कर पूछा।

कोमता ने सिर हिलाया, 'कनु काका की बहू। उसे कल रात अचानक तेज़ बुखार हो गया। देखकर लगता नहीं कि बचेगी। बाबा उनके घर ही हैं। तू जल्दी कर, माई।'

'नहीं, ऐसा नहीं हो सकता।' करमी बोली। वह मुश्किल से चौदह बरस की लड़की थी और उस घर में बहू बनकर आई थी। उसकी उम्र चंपा जितनी ही थी, करमी उसे देखते ही पसंद करने लगी थी।

'माई, हमें जल्दी चलना चाहिए।' कोमता ने कहा।

'हम्म, ज़रा मेरी जड़ी-बूटी उठाने दे।' करमी झोपड़ी की ओर चल दी। वह कुछ ही क्षणों में अपने हाथ की पोटली लेकर बाहर आ गई और वे तीनों भागे।

सब लोग कनु काका के घर जमा हो चुके थे। झोपड़ी के अंदर से औरतों की आवाज़ें आ रही थीं और बाहर खड़े लोगों के चेहरे देखकर वे समझ गए कि उन्हें आने में देर हो गई थी। सुगना भीड़ में कनु के पास खड़ा दिलासा दे रहा था। सुगना उनके पास आया तो करमी ने फुसफुसाते हुए पूछा, 'यह सब कब हुआ?'

'बस अभी, जब सुगना तुम्हें लिवाने गया।' सुगना ने अविश्वास से सिर हिलाया। 'कल तक तो ठीक थी, अचानक ही सुबह बुखार आया और कुछ ही घंटों में उसके प्राण ले लिए।'

'यकीन नहीं होता।' करमी की आँखें भर आईं। 'और इसके माँ-बाप?'

'कनु ने उन्हें लिवाने भेज दिया था। वे इसकी मौत के एक घंटा पहले आ चुके थे।'

कनु उनके पास आकर बोला, 'सुगना भाई, हमें जल्दी करनी चाहिए। कहीं फिर से बारिश नहीं होने लगे।' उसने आकाश में घिरे बादलों को देखकर कहा। 'बेहतर होगा कि उससे पहले काम निपटा लें।

सुगना ने सिर हिलाया और अपने बेटों से कहा, 'कोमता, बिरसा, जाओ जा कर देखो, दफ़नाने की तैयारी में कोई मदद चाहिए हो तो।'

बिरसा और कोमता बिना कुछ कहे, उस ओर चल दिए जहाँ मृतका को दफ़नाने की तैयारी चल रही थी।

'कोमता भैया, इसे दफ़ना क्यों रहे हैं? क्या इनका परिवार ईसाई धर्म को मानता है?' बिरसा ने हौले से पूछा।

कोमता ने केवल सिर हिला दिया।

बिरसा ने देखा कि उन्होंने बाँस की एक टिकटी बनाई थी, जिस पर लड़की को लिटा कर ले जाना था। लड़की को उस पर लिटा कर ले जाने लगे तो बिरसा ने देखा कि पूरा शरीर कफ़न से ढँका था। उसके बाएँ पैर का वह हिस्सा उसमें से दिख रहा था, जिसमें चाँदी की मोटी पायल पहनी हुई थी।

'कोमता भैया, क्या हमें ये पायल उतार देनी चाहिए?' बिरसा ने धीरे से बोलते हुए शव की ओर संकेत किया।

'हे भगवान! नहीं! कभी नहीं!' कोमता ने मना किया और इस सोच से ही काँप गया। 'हम किसी लाश से कुछ नहीं ले सकते।'

'पर इसे नष्ट करने से क्या लाभ?' बिरसा ने तर्क दिया। 'बाद में परिवार इसे बेच सकता है? यह पैसा उनके काम आएगा...'

'नहीं बिरसा, हमारी परंपरा के अनुसार यह पाप है। उसकी देह पर जो भी था, दूसरे लोक में जाते हुए वह सब रहना चाहिए। हम कुछ भी नहीं उतार सकते। भले ही कनु काका और उनका परिवार ईसाई धर्म को मानता हो पर वे अपनी कुछ परंपराओं का पालन अवश्य करेंगे।' कोमता की यह बात सुनने के बाद बिरसा शांत हो गया।

◆

उस रात सुगना, कोमता और बिरसा वापस आ गए। करमी मृतक लड़की की माई का ध्यान रखने के लिए वहीं रुकी। वह महिला सदमे में थी और करमी ने कहा कि वह उसकी देखरेख करेगी।

वे तीनों खाना पकाने के हाल में नहीं थे, इसलिए ख़ाली पेट ही सो गए। पर सारी रात नींद छलती रही। वे तीनों बड़ी देर तक बेचैनी से करवटें बदलते रहे और सुबह कहीं जाकर सुगना और कोमता की आँख लगी। वहीं दूसरी ओर, बिरसा लगातार जागता रहा और फिर झोपड़ी से बाहर आ गया। उसने बाहर जाकर मुँह धोया और साल के पेड़ के पास जाकर बैठ गया। वह सारा दिन परेशान रहा था। वह जानता था कि यह केवल उस लड़की की असमय मौत का बोझ नहीं था। दिन में माई के साथ हुई बात सारी शाम दिमाग़ में घूमती रही। क्या चाईबासा मिशनरी छोड़कर आने का फ़ैसला ग़लत था? क्या उसे चुप रहना चाहिए था? क्या उसे घर वापस नहीं आना चाहिए था? जब भोर होने लगी तो उसे अपनी बहन और उस

भांजे का ध्यान आया, जिसे उसने अभी देखा तक नहीं था। उसने फ़ादर लूथरन से विनती की थी कि बहन चंपा के विवाह में आने दें पर वे नहीं माने। बिरसा विवाह के बाद चंपा को पहली बार मिलने वाला था। उसे यक़ीन नहीं आता था कि उसकी शादी हो गई और अब तो वह माँ भी बन गई थी।

'मैं उसे भूखा कैसे रहने दे सकता हूँ?' बिरसा ने स्वयं से कहा, 'और मेरा भांजा? उसका क्या कसूर है कि वह हमारे जैसा जीवन लेकर जन्मा?'

बिरसा गुस्से और निराशा के बीच था और वह झोपड़ी के आसपास चक्कर लगाने लगा। उसे हालात को बेहतर बनाने के लिए कुछ तो करना ही होगा। कुछ...

3

चलकड़
1889-90

'क्या कोई केले के पत्ते ला कर देगा।' करमी ने बोलकर आह भरी और देखा कि किसी ने ज़वाब नहीं दिया। मेरी तो कोई सुनता ही नहीं। वह खीझ कर बुदबुदाई।

दोपहर होने को आई थी और उसके नाती के नामकरण में न्यौते गए मेहमान आ चुके थे। सच कहा जाए तो सारी तैयारी और उनके लिए खाना तैयार करने में थोड़ी देरी तो हो ही गई थी। उसने जल्दी से केले के पत्ते ज़मीन पर बिछाए और मन ही मन हिसाब लगाने लगी कि कहीं खाना कम तो नहीं रहेगा। चाहे खाना पकाने में देरी हुई पर उसने तैयारी बढ़िया कर ली थी - चावल, सब्ज़ी और गुड़ व नारियल से बनी मिठाई। अगर बिरसा नहीं होता तो यह सब कभी संभव नहीं होता। उसने जल्दी से खुद को याद दिलाया। परिवारवालों से कहना होगा कि वे बाद में ही खाएँ ताकि बाहर वालों के लिए खाना कम नहीं हो जाए।

सुगना ने करमी को केले के और पत्ते ला थमाए। वह बिरसा को पुकारने ही वाली थी, जो कोई काम नहीं करते हुए भांजे को पुचकारने में लगा था।

'कहाँ थे तुम?' करमी ने थोड़े रोष से पूछा।

'यहीं तो था। फूल और दूसरी चीज़ें सहेज रहा था।' उनसे कहा। फिर उसने इधर-उधर देख कर कहा, 'करमी, क्या हमें सचमुच इतना फैलाव करने की ज़रूरत थी? मतलब सारा पैसा इस तरह उड़ा देना।'

'ओह सुगना, कभी तो खुश रहा करो!' करमी ने उसे चिढ़ाया। 'हम कितना कुछ सह चुके हैं। बिरसा हमारे लिए कुछ करना चाहता था। तुम्हें तो उस पर गर्व होना चाहिए...'

'पर उसके पास इतना पैसा कहाँ से आया?' सुगना ने बिरसा को कनखियों से देखा।

'छोड़ो भी सुगना। उसने बता तो दिया है। उसने चाईबासा में थोड़ा-बहुत काम करके जोड़े थे।'

सुगना ने कुछ नहीं कहा पर माथे पर बल पड़े रहे। बिरसा ने पिछले दोपहर अचानक ही पैसे हाथ पर रख दिए और पूछने पर यही बताया कि चाईबासा में छोटे-मोटे काम करके जोड़े थे। हालाँकि सुगना को उसकी बात पर यक़ीन नहीं आ रहा था।

करमी उसके अविश्वास और निंदा को सह नहीं सकी और बोली, 'सुगना, तुम कहना क्या चाहते हो? मुझे इतना पता है कि हमारे पास इतना पैसा नहीं हो सकता कि हम चैन से जी सकें पर बच्चों को अपनी रोज़मर्रा की ज़िंदगी में थोड़ी-बहुत खुशी पाने का हक़ मिलना ही चाहिए। अब मुस्करा दो।' यह कह कर करमी दूसरे काम करने उठ गई।

इस दौरान, बिरसा ने अपने भांजे की आँखों में ताकते हुए, उन सबके सामने आने वाले कल के बारे में सोचा। कोमता को बड़ा मामा होने के कारण बच्चे का नाम रखना था। परंतु कोमता ने बिरसा से कहा कि उसे समझ नहीं आ रहा कि बच्चे का नाम क्या होना चाहिए। उसने बिरसा से मदद चाही पर उसे भी कुछ समझ नहीं आ रहा था।

'कौन हो तुम, नन्हे बच्चे? क्या नाम रखें तुम्हारा?' वह बच्चे के कान में हौले से बोला।

बच्चा उसकी आवाज़ सुनकर किलकारी भरने लगा जैसे उसकी दुविधा समझ गया हो।

'बिरसा, बच्चे को चंपा को दे दो। समय हो गया है।' करमी ने बिरसा से कहा।

बिरसा ने शिशु को उसकी माई को पकड़ा दिया। वह औरतों के बीच बैठी थी और उनके आस-पास पूजा का सामान बिखरा था। चंपा ने बच्चे को गोद में लिया और सारे मेहमान उनके आस-पास जमा हो गए।

जब पूजा आरंभ हुई तो बच्चे को मामा की गोद में बिठाया गया। वह बच्चे के माथे पर चंदन का लेप लगा रहा था कि अचानक भीड़ में पीछे हलचल सुनाई दी।

सुगना उठ गया। 'क्या हुआ?' उसने पूछा।

इससे पहले कि कोई जवाब देता। दारोगा भीम सिंह अपने दो आदमियों के साथ अंदर आ गया। हर कोई उसे देख कर हैरान हुआ और डर गया। दारोगा के आने का मतलब कोई बुरी ख़बर ही था।

सुगना ने ही किसी तरह हिम्मत बटोरी और दारोगा से पूछा।

'दारोगाजी, आप बहुत शुभ दिन हमारे घर आए। आइए, मेरे नाती का नाम रखा जा रहा है।'

'तुम्हारा लड़का किधर है, बिरसा?' दारोगा ने उसके न्यौते को अनुसना कर पूछा।

बिरसा उठ खड़ा हुआ। पुलिस को अचानक देख कर उसका कलेजा भी काँप गया था। क्या कल उसे किसी ने जंगल में देखा था? क्या कोई उसका पीछा कर रहा था? फिर बिरसा ने दारोगा के साथ खड़े एक आदमी को देखा। यह तो वही साहूकार था, जिसे उसने कल चाँदी की पायल बेची थी। यह क्या करने आया है? और तभी अचानक बिरसा को सब समझ आ गया। वे लोग सब जानते थे।

'अच्छा, तो तू है!' दारोगा भीम सिंह ने बिरसा को सिर से पैर तक देखा। 'तो तूने इन मासूमों को बताया कि तेरे पास पैसे कहाँ से आए?' उसने धीमे पर ख़तरनाक सुर में कहा।

'बिरसा, ये क्या कह रहे हैं?' करमी ने डरते हुए पूछा और उनके पास आ गई। 'अभी बता मुझे।' उसने बिरसा को झिंझोड़ दिया।

'अभी, अभी, अभी।' दारोगा बीच में बोला। 'परेशान मत हो। मैं बताता हूँ कि तेरा बेटा पैसा कहाँ से लाया।' वह मुस्कराया और फिर साहूकार के हाथ से चाँदी की पायल छीन कर सबके बीच दिखाकर बोला, 'इसने यह पायल उस लड़की की लाश से चुराई है, जिसे तुम लोग पिछले सप्ताह दफ़ना कर आए थे। और फिर उसने इस आदमी को पायल बेच दी।' साहूकार ने दारोगा की ओर इशारा किया। 'इतना ही नहीं, एक लड़के ने बिरसा को क़ब्र खोद कर लाश के पैर से पायल निकालते देखा भी था।'

लोग बुरी तरह से सकते में आ गए और एक-दूसरे को देखने लगे। क़ब्र से छेड़छाड़ तो ऐसा पाप था, जिसके बारे में कोई सोच तक नहीं सकता था।

'यह तुम लोगों का अंदरूनी मामला है।' दारोगा ने दरियादिली दिखाई। 'मैं इस लड़के के ख़िलाफ़ कोई कार्रवाई नहीं कर रहा पर ये जान लो कि मैं अपने इलाक़े में ऐसे लोगों को सहन नहीं करूँगा। सुगना, यह पायल क़ब्र में वापस रखवा दे और साहूकार को तीन दिन में उसके सारे पैसे वापस कर।' इतना कह कर वह मुड़ गया। चेहरे पर निर्दयी मुस्कान खेल रही थी। जो इस बात का सबूत थी कि उसे उस दिन के पूरे आयोजन को नष्ट करके बड़ा आनंद आ गया था।

अधिकतर गाँव वाले एक भी शब्द कहे बिना उस जगह से लौट गए। उनमें से कुछ लोग खुल कर परिवार का विरोध कर रहे थे और कइयों ने तो आँख तक मिलाने से इंकार कर दिया था। उनमें से मुट्ठी भर लोग बचे रहे जिन्होंने सुगना और करमी को फटकारा कि उन्होंने कितने दुष्ट बच्चे को पाला-पोसा। पर वे भी बहुत देर नहीं बैठे। चंपा रोते-रोते झोपड़ी में चली गई और अपने बिलखते बच्चे को चुप कराने लगी। इस दौरान करमी ताव खाकर उठी और सारा सामान समेटने लगी। केले के बिछे हुए पत्ते उठाकर बरामदे के कोने में रख दिए। परोसने के लिए जो बर्तन निकाले थे, उन्हें रसोई में रखा और सारा पका हुआ खाना ओसारे में रख दिया ताकि उसे कुत्ते खा लें। सुगना और कोमता कुछ देर उसे देखते रहे और फिर मदद करने आगे आए। दोपहर ढलने तक घर से शुभ काज के सारे निशान मिट चुके थे। इस दौरान बिरसा सुन्न और दंग रहा, अपने माई-बाप से एक शब्द नहीं कह सका। वह माँ को ख़ाली-ख़ाली नज़रों से ताकता रहा।

अंत में करमी उसके पास आई, उसके सुर में घिन और कड़वाहट एक साथ झलक रहे थे, 'बता ज़रा, एक क़ब्र खोद कर कैसा लगा था। मज़ा आया था तुझे?'

'माई! बस कर।' बिरसा ने कुछ कहना चाहा पर चुप कर गया। उसके पास ऐसा कोई तर्क नहीं था, जिससे वह अपनी उस हरक़त को जायज़ ठहरा पाता।

'यह सब मेरी ही भूल है।' करमी वहीं बैठकर, दोनों हाथों में सिर थाम कर रोने लगी। 'मैं उससे संतुष्ट नहीं थी, जो सिंगाबोगा ने दिया। मुझे और अधिक चाहिए था। मैं लालची थी।'

'नहीं माई, ऐसे मत बोलो।' बिरसा उसके सामने बैठकर विनती करने लगा। 'माई, यह तो मेरा कसूर है।'

पर करमी को शांत करना आसान नहीं था।

'हे भगवान, मैं ऐसे कायर को जन्म देने से पहले मर क्यों नहीं गई? इसके जैसी औलाद पैदा करने से तो मैं निपूती ही भली थी।'

'करमी, बस कर।' सुगना ने उसे दिलासा देना चाहा पर करमी ने उसे पीछे धकेल दिया।

'मेरे अपने ही बेटे ने साबित कर दिया कि हम लोग जानवरों से कम नहीं हैं। अगर ज़रूरत पड़ी तो हम अपने ही मुर्दों को भी खा लेंगे। हे भगवान सिंगाबोंगा, तुमने आज का दिन दिखाने से पहले मेरी जान क्यों नहीं ले ली?' करमी ऐसे बिलखने लगी जैसे आँसुओं को बाँध टूट पड़ा हो।

सुगना ने उसे बाँहों में भरा और आगे-पीछे झुलाने लगा और वह ज़ार-ज़ार रोती रही। जब वह थोड़ा शांत हुई तो उसने कोमता को संकेत किया कि वह उसे

अंदर ले जाए। जब वह और बिरसा अकेले रह गए तो उसने उसके कंधे पर हाथ रख कर कहा, 'बिरसा, तू हमेशा से अपनी माई के लिए ख़ास रहा है। वह तुझे सबसे ज़्यादा प्यार करती है। यही वजह है कि उसके दिल को सबसे ज़्यादा ठेस लगी। बेटा, उसकी बातें दिल से मत लगाना, इस समय वह बहुत दुख और गुस्से में है। और हाँ, तुमने दिल तोड़ा है, अपनी माई का और मेरा भी!'

बिरसा बाबा के जाने के बाद भी वहीं बुत की तरह बैठा रहा। वह ऐसे भावों के बीच उलझा था, जो उसे फाड़कर नोच रहे थे, जो साबित कर रहे थे कि वह एक दुर्बल मनुष्य ही था। क्या उसने इतनी बड़ी भूल की थी? वह तो बस इतना चाहता था कि उसकी बहन और भांजा भूखे नहीं रहें। उसने जो किया, परिवार के प्रेम में किया। और फिर भी वह ग़लत था, बहुत ग़लत।

जब अंधेरा हुआ और गाँव सो गया तो बिरसा चुपचाप घर से निकल गया। वह जो था, वह उसी क्षण मर गया था, जब उसने क़ब्र खोद कर पायल चुराने का निर्णय लिया था। और उसके कारण आज परिवार को जिस शर्मिंदगी और दुख का सामना करना पड़ा, वह उसके कारण उन्हें और कष्ट उठाते नहीं देख सकता था। यह साहस था या कायरता, यह तो समय ही बताने वाला था पर उस समय बिरसा ने वही किया जो उसे परिवार के लिए सही लगा।

4

चलकड़
1890

विलियम विटमैन अपने-आप को ज़बरदस्त सौदेबाज़ और जुगाड़ बैठा लेने वाला मानता था। पर जब उसने चलकड़ के डाक बंगले में अपने सामने बैठे त्रिभुवन सिंह को देखा तो उसे कुछ समझ नहीं आया कि बात कैसे शुरू करनी है। उस आदमी को एक दशक से जानने के बावजूद, विलियम अब भी उस शातिर ज़मींदार पर पूरी तरह से भरोसा नहीं कर सकता था। उस आदमी में ऐसा कुछ था कि उस पर एक रत्ती भर भी भरोसा करने को जी नहीं मानता था। उसके लिए अविश्वास की एक वजह यह भी थी कि पहले कभी त्रिभुवन का कैथरीन के साथ प्रेम प्रसंग रहा था, परंतु वह भी इकलौती वजह नहीं था। यह सच है, उनके बीच जब प्रेम पनपा तो विलियम ने उसे रोकने के लिए कुछ नहीं किया था - उसके कुछ किए बिना ही काम चल रहा था तो उसे बीच में आकर क्या लेना था? पर जब कैथरीन इस आदमी से गर्भवती हुई और तभी से सब कुछ बिखरता चला गया वह सब कुछ छोड़कर अपने प्रेमी के पास इस उम्मीद से गई थी कि वह उसका साथ देगा, पर ज़मींदार ने तो सारे मामले से ही हाथ धो लिए। कैथरीन इस धोखे की मार को सह नहीं सकी। उसने विलियम को सब कुछ बता दिया। विलियम को आज भी वह दृश्य पूरी तरह से याद है, जब कैथरीन उसकी स्टडी में आई तो वह किताब के कौन से पन्ने पर था और वह किस पोशाक में थी। वह कुछ भी तो नहीं भूला। उसने उसकी पूरी बात ध्यान से सुनी, बस वहीं टोका, जिस जगह कुछ समझ नहीं आया

और जब कैथरीन की बात पूरी हुई तो उसने कहा कि उसे जाकर कमरे में आराम करना चाहिए। वे लोग अगली सुबह तय करेंगे कि अब क्या करना है। वह सारी रात अपनी स्टडी में चहलक़दमी करता रहा और जब अगली सुबह कैथरीन नाश्ते की मेज़ पर आई तो वह बहुत थकी और मुरझाई हुई थी। विलियम ने तब तक तय कर लिया था कि उसे क्या करना है : वह कैथरीन को इंग्लैंड भेज देगा, जहाँ वह उसकी दूर की एक आंटी के साथ रहेगी जो सबकी नज़रों से दूर एक देहाती इलाक़े में अकेली रहती थी। कैथरीन को बच्चे को जन्म देने तक वहीं रहना था। बच्चे को जन्म देते ही उसे छोड़ना होगा। वह एक ऐसी जगह जानता था, जहाँ बच्चे को भेजा जा सकता था; वह सारा प्रबंध कर लेगा और उसके बाद कैथरीन स्वस्थ हो कर भारत वापस आ जाएगी और सब कुछ पहले जैसे होता रहेगा।

कैथरीन ने बिना कुछ कहे, सब कुछ माना और एक ही सप्ताह में रवाना हो गई। हालाँकि आख़िर में आकर हालात और बदल गए। कैथरीन के इंग्लैंड जाने के दो सप्ताह के अंदर ही अजन्मा शिशु चल बसा और आने वाले महीनों में वह अवसाद का इतना शिकार हो गई कि उसे बचाना मुश्क़िल हो गया। उसने विलियम के ख़तों का जवाब देने से मना कर दिया। जब वह उससे मिलने गया तो उसने धमकी दी कि अगर उसे दोबारा भारत ले जाया गया तो वह अपनी जान दे देगी। हार कर, विलियम ने कैथरीन को तलाक़ दिया और भारत वापस आ गया। यहाँ वापस आकर उसने अपनी ओर से पूरी कोशिश शुरू कर दी कि किसी तरह ज़मींदार के जीवन को नर्क बनाया जा सके। वह पिछले दो बरस से अपनी इसी मुहिम पर था। जब विलियम ने त्रिभुवन ज़मींदार को कर चोरी के इल्ज़ाम में बंदी बना लिया तो ज़मींदार ने उसे धमकी दी कि अगर उसे छोड़ा नहीं गया तो वह विलियम की विकृत यौन प्रवृत्तियों का सबके सामने उजागर कर देगा। दोनों के बीच एक असहज-सी संधि हुई, वे दोनों ही जानते थे कि वे एक-दूसरे के लिए उपयोगी थे। इस सारी घटना के कुछ माह बाद, विलियम को कलकत्ता भेज दिया गया था, जहाँ उसे एक के बाद एक पदोन्नित मिलती रही और अब वह डायरेक्टर जनरल ऑफ़ पुलिस हो गया था।

विलियम ने अपनी व्हिस्की पीते हुए त्रिभुवन सिंह को देखा और अपने-आप को जबरन रोका कि वह अतीत को मन में नहीं दोहराए। ऐसा पहली बार हुआ था, जब वे पिछले सात साल में पहली बार मिल रहे थे। त्रिभुवन के साथ कोई काम भी पड़ा तो उसका डिप्टी ही देख लेता था। हालाँकि राँची में ज़ेल की ज़मीन के मामले में विलियम को इस भेंट के लिए कलकत्ता से आना पड़ा।

'तो... क्या सोचा तुमने? हमें बीस एकड़ जगह चाहिए।' विलियम के स्वर में कमरे में छाई ख़ामोशी को तोड़ दिया। उस आदमी के लिए अपनी अरुचि को पीछे धकेल कर काम की बात करने के लिए बहुत संकल्प शक्ति की ज़रूरत थी।

'क्या उन्हें वह जगह पसंद नहीं आई जो मैंने दिखाई थी?' त्रिभुवन ने पूछा।

'नहीं।' विलियम ने सिर हलाया और अपने गिलास से एक घूँट भरा। 'वे लोग यही जगह चाहते हैं। उनका कहना है कि नई जेल के लिए यही जगह बेहतर होगी।'

'पर उस जगह तो बहुत सारी आदिवासी बस्तियाँ हैं। हालात बिगड़ सकते हैं... बहुत ज़्यादा बिगड़ सकते हैं।'

'तुम इसलिए ही तो हो, और तुम्हें किस काम के लिए रखा है?'

त्रिभुवन सिंह ने अपनी कुर्सी में पहलू बदला। विटमैन ने अपनी ओर सज्जनता का दिखावा छोड़ दिया था। उन दोनों के बीच सत्ता का जो रूप था, वह खुलकर सामने आ चुका था।

'ब्रिटिश सरकार जंगली लोगों के एक झुंड के लिए अपनी योजना नहीं बदल सकती, त्रिभुवन। हमें वही जगह चाहिए। कोई और नहीं।' विलियम की बात में पूरा असर दिख रहा था।

'यह आसान नहीं होगा। पर देखते हैं कि क्या कर सकते हैं...'

हार कर त्रिभुवन बोला। वह जानता था कि उसके पास कोई और चारा नहीं नहीं है।

'इसमें ही भलाई है। तुम क्वीन के शासन में जिन विशेष अधिकारों का प्रयोग करते आए हो, उनके बदले में इतना तो कर ही सकते हो।'

'विशेष अधिकार? कौन से विशेष अधिकार?' त्रिभुवन ने जानना चाहा। 'मुझे लगता है कि मैं राज के लिए पहले ही ज़रूरत से ज़्यादा कर चुका हूँ। और तुम्हारे लिए भी!' त्रिभुवन का धीरज समाप्त हो रहा था।

विलियम ज़मींदार को कुछ देर ताकता रहा। उसकी आँखों में एक ख़तरनाक चमक उभर आई थी। 'अब तुम जा सकते हो।' उसने बड़ी रुखाई और दुष्टता से कहा।

विलियम के इस सुर को सुनकर त्रिभुवन का पारा चढ़ गया पर उसने किसी तरह खुद को सँभाला और विलियम की ओर हल्की-सी गर्दन हिलाते हुए बाहर चला गया।

जब विलियम अकेला हुआ तो सोचने लगा कि शायद उसने पहले उस ज़मींदार को ज़रूरत से ज़्यादा छूट दे दी थी। वरना उस आदमी में इतनी अनुशासनहीनता नहीं आती। शायद अब लगाम कसने का समय आ गया था। जो भी हो, अब वह उससे कहीं ताक़तवर था। विलियम ने बची हुई शराब ज़ल्दी से गटकी और सोने जाने के लिए तैयार हो गया। फिर उसे लगा कि सोने जाने से पहले कुछ खाना बेहतर होगा। उसे अपने दिमाग़ को शांत करने के लिए कुछ चाहिए था। हालाँकि जब वह

रसोई में गया तो उसे खाने की सुध नहीं रह। रसोई के कोने में बैठा एक लड़का गुनगुना रहा था, उसकी उम्र दस बरस के क़रीब रही होगी। जब उसने विलियम को आते देखा तो मुँह उठाया और विलियम ने उसे देखकर मन ही मन आह भरी। वह लड़का किसी साँवले देवदूत जैसा दिख रहा था।

'नाम क्या है तुम्हारा?' विलियम ने उस बड़ी-बड़ी आँखों वाले लड़के से पूछा। उसने खुद को मन में टहोका दिया।

'भूरा,' लड़का मुस्करा कर बोला।

'भूरा, एक गिलास दूध और डबलरोटी मेरे कमरे में ले कर आओ।' विलियम ने उससे कहा। वह मुड़ा और बोला, 'और ज़रा ज़ल्दी करना।'

भूरा ने उत्साहित हो कर सिर हिलाया। वह अपनी माई की गैर-मौजूदगी में मदद करने को तैयार था, जो डाकबंगले में खाना पकाती थी। वह माली और दरबान को उनका खाना देने गई थी। जब वह वापस जाते हुए भूरा को रसोई से लेने आई तो बहुत देर हो चुकी थी।

5

बंदगाँव
1890

बिरसा घर छोड़ने के तीन दिन बाद तक, घने जंगलों में ऐसे ही भटकता रहा, मानो किसी जाल में उलझ गया हो और उसका दिमाग़ उन सभी सवालों और संदेहों से घिरा था जो उसने कहे, किए या जिन पर विश्वास किया। उसके भीतर की टूटन जैसे उसे ही निगल रही थी और उसे पूरी तरह से लील लेना चाहती थी। कई बार उसे लगता कि वही पूरी दुनिया में इकलौता जीवित प्राणी था, वह जो भी जानता, वह जाने कैसे धरती से ओझल हो गया था और उसे दंड के तौर पर अकेला छोड़ दिया गया था। वह कई घंटों तक उन पीड़ादायी स्मृतियों के बीच रहा, जब उस एक झूठ ने उसके जीवन में वह सब नष्ट कर दिया था, जिसे वह प्रिय मानता था। वह अकसर पागलों की तरह चीख़ने लगता और अपने साथ ही काल्पनिक सैकड़ों शैतानों से हुए वार्तालाप उसे मायूसी के भँवर में डुबो देते।

'मैंने घर और स्कूल में जो विश्वास किया, उसके लिए लड़ा। क्या मुझे इसके लिए सज़ा मिलनी चाहिए?'

'तुम जो कहते हो या करते हो या फिर बोले गए एक कड़वे सच के लिए भी तुम ही उत्तरदायी हो, अभी और हमेशा के लिए!'

'मैंने जानबूझ कर माई का दिल दुखाना नहीं चाहा। वह समझती क्यों नहीं, मैंने जो भी किया, उसे ख़ुश देखने के लिए था।'

'यदि वह तुमसे कहे कि तुमने उसका दिल दुखाया है, तो तुम तय नहीं कर सकते कि तुमने ऐसा नहीं किया।'

'मैंने अपना जीवन नहीं रचा। मैं अपने लिए यह जीवन नहीं चाहता। मेरे साथ जो भी हुआ, मैं उसके लिए क्या कर सकता हूँ। मुझे तो आज तक कभी कुछ चुनाव करने का भी अवसर नहीं मिला। मैं कहाँ रहूँ, क्या खाऊँ, क्या पहनूँ... कुछ भी नहीं, कुछ तो नहीं चुना मैंने। मैं अब किसी चीज़ की उम्मीद रख सकता हूँ?'

'यदि तुम विश्वास रखते हो कि भविष्य बेहतर हो सकता है, तो तुम उम्मीद रख सकते हो। तुम चुन सकते हो कि तुम क्या सोचते हो। आपके लिए कोई भी चुनाव नहीं कर सकता, भले ही वह तुम्हारे लिए जो भी कहे या सोचे...'

बिरसा कई दिन तक ऐसे ही धर्मसंकट के बीच रहा। मन के एक हिस्से को अंधेरे के सिवा कुछ नहीं सूझता था और दूसरा हिस्सा कहता था कि उसे सिर उठा कर आगे देखना चाहिए। परंतु इन सबके बावजूद, बिरसा उन उत्तरों के कहीं आस-पास भी नहीं था, जिन्हें वह तलाश रहा था।

वह अपने घर से दूर, बहुत दूर चलता जा रहा था। मानो अपने और घर के बीच दूरी बढ़ाते हुए, वह अपने दर्द और भ्रम को दूर कर सकता था। और इसी तरह भटकते हुए वह एक घाटी के पास पहुँचा, जिससे परे एक विशाल पर्वत दिखाई दे रहा था। बिरसा वहीं खड़े-खड़े आसपास का नज़ारा देखने लगा। उसे घाटी के बीच बसा एक गाँव दिख रहा था, जिसके आसपास खेत ही खेत थे। कुछ झोपड़ियों से धुआँ उठ रहा था, शायद दोपहर का भोजन तैयार हो रहा था। उसने खेतों में काम करते लोगों और चरने के लिए छोड़े गए बकरियों और गौओं के झुंड देखे।

वह जगह तो उसी बस्ती जैसी लगी, जिसे वह अपने पीछे छोड़ आया था। परंतु उसके मन की दशा ऐसी थी कि वह अभी किसी से मिलना नहीं चाहता था। वह किसी को बताना नहीं चाहता था कि वह किस गाँव से आया था, वह कौन था और वहाँ क्या कर रहा था। हालाँकि परेशानी यह थी कि वह घाटी को पार कर घने जंगलों में ओझल हो जाना चाहता था और वहाँ जाने का रास्ता गाँव से हो कर ही जाता था। वह किसी भी तरह गाँव वाले रास्ते को अनेदखा नहीं कर सकता था। पर शायद उस जगह से जाने के लिए वही बेहतर समय था। उस समय लोग काम में व्यस्त होंगे इसलिए किसी का ध्यान उस पर नहीं जाएगा। उसने मन बना लिया था। बिरसा के क़दम तेज़ी से उठने लगे और उसने घाटी में उतरने का अपना रास्ता बनाना शुरू कर दिया।

अभी वह आधा रास्ता ही पार कर पाया था कि उसे पोटली-सी दिखाई दी, जिसे पुराने और मैले कपड़े से बाँधा गया था, वह पोटली कँटीली झाड़ियों के बीच पड़ी थी। पहले मन में आया कि आगे बढ़ जाए, पर फिर उसने सोचा कि उसे देख

लेना चाहिए। बिरसा ने थोड़ी-सी उलझन के बीच पोटली को ध्यान से देखा। उसे डर था कि जाने उसमें क्या हो। अचानक वह हिली तो वह चौंक कर पीछे हट गया। अब तो उसे यक़ीन हो गया। पोटली में कुछ तो था। वह उसके और पास आया। कपड़ा किसी छोटे बच्चे के आसपास बँधा था। अगले ही पल, बिरसा तेज़ी से आगे आया और उस पोटली को खोल दिया। उसका डर सच निकला। उसमें एक बच्चा बमुश्किल साँस ले रहा था, उसके शरीर पर भारी खरोंचों और चाबुक की मार के निशान थे। उसके टखनों और कलाइयों को जूट की रस्सी से कस कर बाँधा गया था, जिनकी वजह से चमड़ी से ख़ून आ रहा था। बिरसा ने उसे जल्दी से खोला तो वह लड़का बेहोश हो कर उसकी बाँहों में झूल गया, बिरसा ने उसे ज़ोर से हिलाया। उसने चिल्ला कर उसे उठाना चाहा पर बच्चा नहीं उठा। अब बिरसा भी डर गया। वह मदद के लिए चिल्लाया पर उस जगह उसे मदद देने या उसकी आवाज़ सुनने के लिए कोई नहीं था। तभी उसे लड़के की हल्की-सी कराह सुनाई दी। वह अभी ज़िंदा था। बिरसा झट से उठा और कोई परवाह किए बिना बच्चे को उठाकर, नीचे गाँव की ओर भागने लगा।

◆

'क्या कोई आसपास है?' बिरसा चिल्लाया। वह झोपड़ियों के झुरमुट के पास खड़ा था। उसके बाजू बच्चे के भार से दुख रहे थे पर वह उसे एक क्षण के लिए भी नीचे नहीं लिटाना चाहता था। अगर वह उसे दोबारा नहीं उठा सका तो?

'कोई है? मदद चाहिए।' वह फिर से चिल्लाया।

उस ख़ामोशी में उसकी अपनी उखड़ी हुई साँसों और पक्षियों की चहचहाहट के सिवा कुछ सुनाई नहीं दे रहा था। माथे पर पसीने की बूँदें थीं और रीढ़ की हड्डी में कँपकँपी दौड़ गई। वह इस संभावना को सोचकर ही दहल गया कि उस जगह कोई वैद्य नहीं हुआ तो क्या होगा। वह वहाँ क्या करने जा रहा है?

'कोई मदद करो।' वह अपने शरीर की बची-खुची ताक़त बटोर कर चिल्लाया।

इस बार, एक झोपड़ी से खीझी हुई बुढ़िया बाहर आई। उसके चेहरे पर सवालिया निशान था। उसने बिरसा और उसकी बाँहों में झूल रहे लड़के को देखा तो उन्हें अपने पीछे आने का संकेत किया। वह अपने रास्ते से मुर्गियों को हटाते हुए और राह में आने वाले लोगों को अनदेखा करते हुए तेज़ी से आगे बढ़ी। बीच-बीच में मुड़कर देख लेती कि बिरसा पीछे आ रहा है या नहीं। आख़िर में वे एक घर के सामने रुके, जिसके बड़े से बरामदे पर छप्पर ताना हुआ था।

'जाओ! अंदर जाओ।' उसने बिरसा से कहा।

वह बिरसा को अंदर जाते हुए देखती रही। बिरसा ने बच्चे को वहीं लिटाया और दरवाज़े पर पागलों की तरह दस्तक देने लगा। फिर बुढ़िया वापस चली गई और बिरसा अपनी दुखती बाजुओं को हाथों से मलने लगा। अगर किसी ने दरवाज़ा नहीं खोला तो वह क्या करेगा? अगर वैद्य घर पर नहीं हुए तो? एक क्षण बाद, एक धोती-कुर्ते वाले सज्जन ने दरवाज़ा खोल कर बाहर झाँका।

'मेहरबानी करके मदद करें। शायद यह मरने वाला है!' बिरसा ने उन्हें तत्काल बताया और उसके स्वर की मायूसी से भी यही प्रकट हो रहा था।

वह आदमी झुककर लड़के की नाड़ी देखने लगा। उसने शरीर से कपड़ा हटा कर उन घावों को एक क्षण के लिए देखा। वह जिस आत्मविश्वास से बिरसा को देख रहा था, उससे ही स्पष्ट होता था कि वह एक वैद्य था।

'सिंगाबोंगा, तेरा शुक्र है।' बिरसा ने मन ही मन कहा और शरीर की कसी हुई मांसपेशियों को थोड़ा आराम आ गया।

उस आदमी ने बिरसा को देखा, 'चिंता मत करो। यह अभी मरा नहीं और ना ही मरने वाला है। यह बेहोश है और बहुत कमज़ोर है। किसी ने इसे बुरी तरह से पीटा है। तुम्हें कहाँ से मिला? क्या तुम इसे जानते हो?'

बिरसा ने सिर हिलाया और पहाड़ियों के पीछे जंगल की ओर इशारा कर दिया।

'तुम इतनी दूर से उसे मेरे पास उठाकर लाए हो?' उस आदमी ने हैरानी से पूछा।

'जी... मैं इसे अकेला छोड़कर मदद लेने नीचे नहीं आ सकता था।' बिरसा ने कहा।

'तुम इसे समय पर ले आए।' उस आदमी ने बच्चे को उठाया और वहीं कोने में रखे बिस्तर पर लिटा दिया।

'मेरी दवा से आराम आ जाएगा पर पूरी तरह से ठीक होने के लिए शरीर को आराम देना होगा। इसमें कुछ समय लग सकता है।'

यह सुनकर बिरसा ने हामी भरी और वापस जाने को मुड़ा।

'रुको!' उस आदमी ने कहा। 'तुम्हारा नाम क्या है?'

'बिरसा।'

'हम्म...' उस आदमी ने उसे गौर से देखा। अचानक उसे यह नाम जाना-पहचाना लगा। 'ओह बिरसा, तुम इसे अपने साथ लाए हो। यह तुम्हारी ज़िम्मेदारी है। मैं ज़रूरी दवा तो दे सकता हूँ पर मेरे पास इसकी देख-रेख करने का समय नहीं है... मुझे और काम भी करने होते हैं।'

बिरसा वहीं खड़ा ज़मीन को ताकता रहा। वह उस लड़के के बारे में कुछ नहीं जानता था और उसकी ज़िम्मेदारी लेने को तैयार नहीं था। वैसे भी, वह तो लगातार चलना चाहता था। किसी एक जगह रहने का अर्थ था कि फिर से अनचाहे प्रश्नों को न्यौता दिया जाए और वह उनके लिए तैयार नहीं था।

'तुम इसके ठीक होने तक इसी जगह रह सकते हो।' उस आदमी ने बिरसा की बेचैनी और परेशानी भाँप कर कहा।

कुछ देर बाद बिरसा ने हामी भर दी। वह जानता था कि उसे एक दिन गाँव छोड़ना ही होगा पर बेघर बंजारे को ऐसा करने की कोई जल्दी नहीं थी। उसके सामने खड़े आदमी में कुछ तो ख़ास था, जो बिरसा के मन को शांत कर रहा था। जी करता था कि उसे एकटक देखते ही रहें।

वह आदमी बोला, 'ठीक है। बंदगाँव में स्वागत है। मेरा नाम आनंद पाण्डेय है और मैं यह ध्यान रखूँगा कि तुम्हारा नन्हा दोस्त जल्दी से अच्छा हो जाए।'

6

बंदगाँव
1890

अगले छह दिन तक वह लड़का बेहोश होता रहा, होश में आता रहा। जब भी जागता तो पूरे शरीर में तेज़ दर्द होता, नींद में भी बार-बार बुरे सपने सताते रहते। वह चीख़ कर बिस्तर से उठने की कोशिश करता मानो किसी चीज़ से, किसी शैतानी आत्मा से बचकर भागना चाहता हो। बिरसा हमेशा उसके पास बना रहा। जब बच्चा बुरे सपनों से डर कर रोने लगता तो बिरसा उसके कान में प्यार से दिलासा देने वाले शब्द कहता। जब दर्द बहुत ज़्यादा होता तो वह अपनी बचकानी कहानियों और गीतों से बच्चे का ध्यान भटकाने की कोशिश करता। दिन और रात, वह लगातार बच्चे की सेवा में लगा रहा, पण्डित बाबा के बताए महलम और लेप लगाता रहा। वह आनंद पाण्डेय को स्नेह से पण्डित बाबा कहने लगा था, जिन्होंने उसकी मदद करने की हामी भरी थी। सातवें दिन जा कर बच्चा चैन की नींद सोया और बुरे सपने भी नहीं आए।

अगली सुबह, बिरसा हमेशा के समय से थोड़ा पहले उठ गया। वह पिछली रात से बच्चे की निगरानी कर रहा था। जब उसे यक़ीन हो गया कि वह गहरी नींद में है, तभी वह थोड़ी देर के लिए सोने गया। उसने उठकर बच्चे को देखा, जो अब भी गहरी नींद में था। बिरसा ने सोचा कि उसे मुँह-हाथ धोकर काढ़ा बना लेना चाहिए। पण्डित बाबा मंदिर से आते ही वह काढ़ा पीते थे। सुबह होने को थी और बिरसा जानता था कि बाबा मंदिर जा चुके होंगे। वह धीरे से उठा ताकि बच्चे की नींद ख़राब नहीं हो। फिर वह रसोई की ओर चल दिया। वह एक क्षण के लिए

बरामदे में ठहरा और उसका ध्यान कोने में बने दरवाज़े की ओर गया। दरवाज़े में ताला तो नहीं था पर उस पर इसी तरह कुंडी लगी रहती। बिरसा दिन में एकाध बार तो यह सोच ही लेता था कि भला उस कमरे में क्या होगा। उसने केवल एक बार पण्डित बाबा को उस कमरे से बाहर आते देखा था। उसके बाद वे सारा दिन अनमने से रहे।

'पता नहीं इसमें क्या होगा।' बिरसा यह सोचते हुए रसोई की ओर चला। उसने आग जलाई और पानी उबलने रख दिया। हालाँकि ध्यान फिर से उसी कमरे की ओर चला गया। पण्डित बाबा ने उसे कभी रोका नहीं था कि उस कमरे में नहीं जाना। पर उसे उनसे मिले और इस घर में रहते हुए एक सप्ताह हो गया था। बिरसा जानता था कि उसे ताका-झाँकी करने का कोई हक़ नहीं है। उसने मन ही मन आह भरी और सोचने लगा कि भला यह भी क्या तुक हुई, वह एक अजनबी की देख-रेख करने के लिए किसी दूसरे अजनबी के घर में रह रहा था। वह इन हालात के बारे में जितना सोचता, मन उतना ही दुखी और मायूस हो जाता। वह नहीं जानता था कि यह उसका कौतूहल था या अचानक ही उमड़ आई मायूसी थी कि वह चूल्हे पर उबलते पानी को भूल कर, तंद्रा में उस दरवाज़े की ओर बढ़ गया था। बिरसा ने सोचा कि अगर वह एक बार कमरे में देख लेगा तो इससे बाबा को कुछ बुरा नहीं लगेगा।

उसने धीरे से दरवाज़ा खोला जो किर्र की हल्की आवाज़ के साथ खुल गया। उसने झिझकते हुए क़दम रखा और जो दृश्य दिखाई दिया, उस पर वाकई यक़ीन करना मुश्किल था।

कमरे में सैकड़ों किताबें थीं, जिन्हें तरीक़े से दीवारों पर बनी ताकों पर सजाया गया था। उनकी क़तारें छत तक जा रही थीं। बिरसा जैसे एक बार फिर से चाईबासा के पुस्तकालय में पहुँच गया। उसने उस खुशनुमा जगह पर कितने घंटे बिताए थे। उसने कमरे में एक और क़दम रखा और दरवाज़े के पास रखी किताबों को ताकने लगा। उसने एक किताब निकाली पर उसके पन्नों पर किसी ऐसी भाषा में कुछ लिखा था, जो उसके पल्ले नहीं पड़ी। उसने एक और किताब उठाकर देखा और पन्ने पलटे, उसमें अजीब से प्रतीक बने थे और अनजान भाषा में जाने क्या लिखा था। वह पास में रखी दूसरी किताबों को उठाता रहा तो वे भी ऐसी ही थीं। बिरसा भाँप सकता था कि कमरे में रखी उन किताबों में सूचना और जानकारी का भंडार समाया था पर उसके लिए तब तक बेकार था, जब तक वह उनका अर्थ नहीं जान सकता था!

तभी दरवाज़ा खुला और आनंद पाण्डेय अंदर आए। अगर बिरसा रंगे हाथों पकड़े जाने पर दंग था, वहीं पण्डित बाबा भी उसे उस जगह देखकर उतने ही हैरान थे।

'कुछ अपनी पसंद का मिला?' अपनी हैरत से उबरते हुए ही उन्होंने पूछा।

'उम्म... इन्हें जिस भाषा में लिखा गया है, वह मुझे नहीं आती।' बिरसा ने अटपटे तरीक़े से कहा। फिर उसने किताब को झट से पीछे रख दिया।

'इन्हें संस्कृत में लिखा गया है। और इनमें से कुछ तो तीन हज़ार वर्ष पूर्व लिखी गई थीं!'

'तीन हज़ार साल!' बिरसा की आँखें फटी की फटी रह गईं।

'हम्म।' आनंद पाण्डेय उसके चेहरे के भाव देखकर दबी हँसी के साथ बोले, 'यहाँ *भगवद् गीता, रामायण, महाभारत* और *वेद* रखे गए हैं, जो हमें रोज़मर्रा की ज़िंदगी और बहुत-सी दूसरी चीज़ों के बारे में सिखाते हैं।' उन्होंने शेल्फ़ों की ओर संकेत किया।

'क्या मैं...' बिरसा झिझका। 'क्या मैं यह भाषा सीख सकता हूँ? क्या मैं समझ सकता हूँ कि इन किताबों में क्या लिखा है?'

'बिरसा, तुम बताओ, तुम वही हो ना, जो चाईबासा के पादरियों से बहस करने के बाद मिशनरी स्कूल छोड़ आए थे?' आनंद पाण्डेय ने पूछा।

यह सुनते ही बिरसा का चेहरा कुम्हला गया। वह फटकार सुनने के लिए तैयार हो ही रहा था कि आनंद पांडे खिलखिला दिए।

'आओ, चलो पहले नाश्ता करें। फिर हम बात करेंगे कि तुम्हें संस्कृत कैसे सिखाई जाए।' उन्होंने बिरसा का कंधा थपथपाया और उसे लेकर कमरे से बाहर आ गए। बिरसा ने बाहर आकर चैन की साँस ली। अनजाने में कब से दम साध रखा था।

उन्होंने नाश्ते में सत्तू के साथ दूध लिया और तभी भीतर से नन्हे लड़के के कराहने की आवाज़ सुनाई दी। वे भीतर गए तो देखा कि वह अपनी लंबी नींद से उठ बैठा था। बिरसा ने बच्चे को गले से लगा लिया। 'सब ठीक है, बच्चे। सब ठीक है, बच्चे। तुम डरो मत।' उसने उसे शांत करना चाहा। आनंद झट से पानी ले आए और बिरसा ने उसे बच्चे को पिलाया। 'तुम बिलकुल सुरक्षित हो। डरना बंद करो।' उसने बच्चे को दिलासा दिया। कुछ देर बाद, जब बच्चे ने डर से काँपना बंद किया तो बिरसा ने हौले से पूछा, 'क्या नाम है तुम्हारा?'

उस लड़के ने सिर उठाकर दोनों को देखा और अपने आसपास के माहौल को परख़ने लगा। फिर वह धीरे से बोला, 'भूरा।'

7

बंदगाँव
1890-91

भूरा की हालात और दयनीय दशा देखते हुए आनंद ने तय किया उसके पूरी तरह से ठीक होने तक उसका ध्यान रखना होगा। यह बिरसा के लिए भी ठीक था। उसे भी अपने लिए साथ मिल जाता। जल्दी ही भूरा को दवाओं से आराम आने लगा और उसकी हालत सुधरने लगी। आनंद और बिरसा बच्चे की सँभलती हालत देखकर खुश थे और उसके लिए कुछ भी करने को तैयार रहते।

भूरा ने काढ़े से भरा प्याला आनंद पण्डित के पास रखा और उनके पैर छुए। फिर वह मुस्करा कर बिरसा से बोला, 'भैया, क्या आपके लिए भी एक प्याला दूध ले आऊँ?'

बिरसा ने मुस्करा कर मना कर दिया और उसके बाल सहलाए, 'भूरा, तूने कुछ खाया?'

'जी!' भूरा ने पेट पर हाथ फिरा कर दिखाया और बरामदे में नन्हे बछड़े से खेलने लगा।

भूरा बहुत प्यारा बच्चा था, जिसे अपने आस-पास के लोगों की देख-रेख करने में आनंद आता था। आने वाले दिनों, उसकी सेहत में सुधार आने लगा। बिरसा के मना करने पर भी वह ज़िद करता कि उसे घर में करने के लिए कोई काम दिया जाए। आनंद पाण्डेय के बछड़े की देख-रेख करने से लेकर और बहुत सारे काम भूरा ने अपने सिर ले लिए। वह उनके साथ संतुष्ट था और सारा दिन

बिरसा के साथ रहता। भूरा के लिए बिरसा उसका मसीहा था, वह उस उस अंधेरी और दयनीय दुनिया से बाहर ले आया था, जिसमें वह हमेशा के लिए फँस कर दम तोड़ने वाला था। हैरानी की बात थी कि भूरा अपनी उस दशा के बारे में भूल चुका था पर बिरसा जब भी उसे लंगड़ा कर चलते देखता तो उसके मन को दुख होता था। उसे भूरा को जंगल से अधमरी अवस्था में वापस लाए कई सप्ताह हो चुके थे। पण्डित बाबा ने भूरा की चोटों के बारे में स्पष्ट रूप से कुछ नहीं कहा था पर जाने क्यों बिरसा को यह सब नया नहीं लगा। उसे भूरा को देखकर ऐसा ही कुछ याद आता था। भूरा की चोटें, उसके बुरे सपने, उसके चलने का तरीक़ा, यह सब उसे कृसना की याद दिला देता था।

'क्या आपको नहीं लगता कि हमें इसके गाँव और परिवार के बारे में पूछना चाहिए। वे इसे खोज रहे होंगे?' बिरसा ने पण्डित बाबा से पूछा और अपने दिमाग़ से कृसना की उन यादों को एक ओर कर दिया।

'मुझे नहीं लगता कि भूरा कभी वापस जाने को तैयार हो सकेगा, बिरसा। कई बार एक आदमी उन यादों का सामना नहीं कर सकता, जिन्हें वह दबा चुका हो।'

'उसमें ताक़त ही नहीं होती। वैसे भी, मुझे नहीं लगता कि वह वापस जा कर सुरक्षित रहेगा।' पण्डित बाबा ने सिर हिलाया।

बिरसा चुप रहा, उसके चेहरे पर चिंता के बादल थे।

'*त्वम् कुत्र असि?* तुम क्या सोच रहे थे?' आनंद पाण्डेय ने संस्कृत में पूछा। भाषा सीखने की दिशा में पण्डित बाबा ने बिरसा से संस्कृत में बात करना आरंभ कर दिया था।

'सोच रहा था कि इस अन्याय का अंत कब होगा।' बिरसा ने टूटी-फूटी संस्कृत भाषा में उत्तर दिया। 'क्या मुझे मेरे पापों का दंड मिल रहा है, पण्डित बाबा?'

'लोगों को अपने पापों के लिए नहीं, पापों द्वारा दंड मिलता है। बिरसा, तुमने पाप नहीं किया, बस तुम्हारे तरीक़े ग़लत थे।' आनंद बिरसा की कहानी जानते थे। उन्होंने कई बार उसे गुस्से और पछतावे से भरे आत्मालाप के बीच सुना था।

'तो मैं इतना उदास क्यों महसूस करता हूँ?'

'तुम उदास नहीं हो। तुम प्रसन्न होने की राह पर हो और यह ठीक है। हम सभी प्रसन्न होना चाहते हैं। है ना?'

'जी।'

'यदि तुम चाहते हो कि तुम्हारे भीतर हमेशा प्रसन्नता का वास रहे तो तुम्हें इसे अपने आसपास फैलाना होगा।'

'पर मुझे तो बस भूख, ग़रीबी, अन्याय और शोषण ही दिखता है, चाहे किसी भी दिशा में क्यों नहीं देखे।'

'तो तुम्हें इसे बदलना होगा।' आनंद पाण्डेय मुस्कराए। 'ऐसी कोई समस्या नहीं, जिसे ज्ञान और चिंतन के माध्यम से हल नहीं किया जा सके।'

'क्या आप मेरे गुरु बनेंगे?' बिरसा ने उन्हें देखकर पूछा।

'बिरसा, प्रश्न यह है कि क्या तुम वास्तव में तैयार हो? शिष्य होना आसान है, परंतु वास्तव में सीखना आसान नहीं है। तुम्हें मुक्त मन से परिश्रम करना होगा और संसार से मिले ज्ञान को सँजोना होगा।' आनंद पाण्डेय ने गहरी नज़रों से भेदते हुए पूछा।

'मैं तैयार हूँ।' बिरसा के स्वर में दृढ़ता थी।

आनंद पाण्डेय ने हामी भरी। 'फिर हम कल सुबह से आरंभ करेंगे। आज जल्दी सोना, कल हम भोर बेला में, नदी में स्नान करके दिन का आरंभ करेंगे।'

बिरसा सिर हिलाकर मुस्कराया। मानो भाग्य उसके पक्ष में काम करने लगा था।

8

बंदगाँव
1890-91

ओ३म् भूर्भुव स्वः तत्सवितुर्वरेण्यं।
भर्गो देवस्य धीमहि धियो यो नः प्रचोदयात्।।

बिरसा सुबह किए जाने वाले काम पूरे करते हुए शुद्ध उच्चारण के साथ गायत्री मंत्र का पाठ कर रहा था और उसका स्वर पूरे घर में गूँज रहा था। आनंद पाण्डेय के कुशल निर्देशन में अब उसके दिन पूरी तरह से परिभाषित थे। वे सुबह नदी में स्नान करने के बाद मंदिर में दर्शन करने जाते। इसके बाद सुबह का नाश्ता और घर का कामकाज निपटाया जाता। बिरसा की पढ़ाई सारा दिन चलती। हालाँकि आनंद पाण्डेय चाईबासा मिशनरी स्कूल के पादरियों की तरह अनुशासनप्रिय नहीं थे, परंतु उन्हें भी पढ़ाई में आलस या ढील पसंद नहीं थी। वे बिरसा को हमेशा काम में लगाए रखते। चाहे वह ग्रंथों का पठन-पाठन हो या फिर उनके द्वारा इलाज में इस्तेमाल होने वाली जड़ी-बूटियाँ। वे बिरसा को सोचने और सवाल करने की आज़ादी देते और उसे सिखाने के बाद छूट देते कि वह स्वयं अपने बाहरी और भीतरी संसार से संपर्क साध सके। वे असीम धैर्य और कोमलता के साथ भूरा से पेश आते। वह बच्चा अभी इतना बड़ा नहीं था कि उसे बिरसा की तरह पढ़ाया जाता पर उसे भी पढ़ाया जाता था। बिरसा अक्सर देखता कि बाबा भूरा को ऐसी कहानियाँ सुनाते जिनमें नैतिक शिक्षा दी जाती थी। बिरसा जानता था कि वह और भूरा, बहुत ही

भाग्यशाली थे कि उन्हें पण्डित बाबा मिले। उसे जीवन में मिले इस नए उद्देश्य से बहुत प्यार था, जो उसके प्रिय बाबा ने उसे सौंपा था।

'बिरसा, तुम तेज़ी से सीख रहे हो।' आनंद पाण्डेय ने अचानक एक दिन कहा। वे कई दिन से निरंतर कुछ लिख रहे थे। उन्होंने अपने एक मित्र को वचन दिया था कि वे वैदिक बुद्धिमत्ता पर एक ग्रंथ लिखेंगे और उसे भेजेंगे। सारा काम पूरा करने के बाद उन्होंने पन्ने समेटे और देखा कि बिरसा *उपनिषद* से सिखाए गए श्लोकों को दोहराते हुए आँगन बुहार रहा था। उन्होंने दो दिन पहले ही उसे वे श्लोक सिखाए थे। वह सचमुच सीखने की बहुत इच्छा रखता था।

बिरसा उन्हें देखकर मुस्कराया। 'क्या आपको भी ऐसा लगता है, पण्डित बाबा?'

'हाँ, पर याद रखो, तुम्हें परीक्षा भी देनी होगी।'

'क्या कोई परीक्षा भी होगी?' बिरसा हैरान रह गया। पहले तो कभी परीक्षा की बात नहीं की थी।

'हम्म, क्यों नहीं। छात्र की बुद्धि और ज्ञान को परखे बिना कोई भी पढ़ाई पूरी नहीं होती। पर मैं चेतावनी दे रहा हूँ, मैं तुम्हारी परीक्षा नहीं लेने वाला।'

'तो यह परीक्षा कौन लेगा?' बिरसा ने संदेह से पूछा।

'तुम जल्दी ही जान लोगे और यह भी जान लोगे कि क्या परीक्षा देनी है?'

बिरसा ने कुछ विचार कर अपने गुरु से कहा, 'मैं सारे ग्रंथ कंठस्थ कर चुका हूँ। पर अब और मेहनत करूँगा। मैं अपने परीक्षक को निराश नहीं कर सकता। मैं आपको वचन देता हूँ।'

'मुझे पूरा यक़ीन है, बिरसा। पर यह बात हमेशा याद रखना कि किसी चीज़ को जानना और उसे समझना, दोनों चीज़ों में भारी अंतर होता है।'

बिरसा फिर से जाकर आँगन बुहारने लगा। फिर वह अपने गुरु के पास आ कर बोला, 'पण्डित बाबा, क्या आपसे कुछ पूछ सकता हूँ?'

'अगर तुम्हारा कौतूहल शांत होता हो तो ज़रूर पूछो।' वे बोले।

'आप मंदिर के पुजारी से कहीं अधिक ज्ञानी हैं। आप कई भाषाओं के जानकार हैं। आप वह सब जानते हैं, जो जानने योग्य है। *गीता, रामायण, महाभारत, वेद* और *उपनिषद* और आपके पास कितनी सारी किताबें हैं। तो आप इस छोटे से गाँव में क्यों रहते हैं, जिसमें आपको कोई नहीं समझता?'

आनंद पाण्डेय ने तुरंत उत्तर नहीं दिया। उनके माथे पर बल आ गए और वे गहरे सोच में डूब गए।

बिरसा ने हौले से कहा, 'मुझे क्षमा कीजिए।' उसे लगा कि उसने गुरु को नाराज़ कर दिया।

'नहीं, क्षमा क्यों?' आनंद पाण्डेय उसकी ओर मुड़े। 'बिरसा, सवाल पूछने में कभी संकोच मत करना। केवल प्रश्न पूछ कर प्रगति के द्वार खोले जा सकते हैं।'

बिरसा ने हामी भरी।

आनंद ने कहा, 'तुम्हारे प्रश्न का उत्तर यह होगा कि मैं कहाँ रहता हूँ, यह बात कोई मायने नहीं रखती। जब अवसर आएगा तो मैं चला जाऊँगा। पर मैं इस गाँव में इसलिए आया, क्योंकि यहीं जन्मा था और यह मेरे पिता का घर था।'

'आप इससे पहले किस जगह थे?'

'मैं राँची में क़ानून की पढ़ाई करता था। फिर बंदगाँव में आकर ज़मींदार जगमोहन सिंह के मुंशी की तरह काम करने लगा। हालाँकि कुछ समय बाद, मेरा मन हमारे ग्रंथों में अधिक रमने लगा और ज़मींदार ने भी मुझे इस रास्ते पर चलने के लिए प्रोत्साहित किया।'

'आपने कानून की पढ़ाई क्यों की, पण्डित बाबा?'

'इसे बेहतर तरीक़े से समझने के लिए।'

'राँची में भी क़ानून व्यवस्था ऐसी ही होगी, जैसी इधर है, है ना?'

'नहीं बिरसा, क़ानून हमेशा समाज में व्यवस्था बनाए रखने के लिए बनाए जाते हैं। ये सबके लिए एक समान होते हैं।'

'परंतु यह सच नहीं हो सकता। बिरसा को यह बात सुनकर यक़ीन नहीं आया। 'हमारे गाँव में तो क़ानून केवल कुछ लोगों के ही काम आते हैं। आप जानते हैं।'

'ऐसा इसलिए है, क्योंकि तंत्र भ्रष्ट है। अंग्रेज़ सरकार को हमारे लोगों और क़ानून की रक्षा की परवाह नहीं है।'

बिरसा कुछ देर चुप रहा, जहाँ तक कानून व्यवस्था की बात थी, उसने हमेशा यही देखा कि यह बारंबार लोगों के कष्ट का ही कारण बनता आया था। वह उस क़ानून की कल्पना तक नहीं कर सकता था, जिसके बारे में पण्डित बाबा बता रहे थे और जो सबके लिए एक समान और न्यायी था।

'पण्डित बाबा, हम क्या कर सकते हैं।' बिरसा की आँखों में एक निराली ही चमक उभर आई थी। 'बाबा, हमारे पास कोई हक़ नहीं हैं। हम गुलामों की तरह जीते हैं।'

'हम सबके लिए एक ही उपाय है। बग़ावत। हमें विद्रोह करना होगा, बग़ावत करनी होगी।'

'आप कहना क्या चाहते हैं?'

'तुम्हें हर अन्याय का विरोध करना होगा। हर कोई स्वतंत्र ही जन्म लेता है और उसे इसी तरह दुनिया से विदा होना चाहिए। तुम्हें अपनी जन्मसिद्ध आज़ादी को अपनाना होगा।'

'और बग़ावत?' बिरसा ने पूछा।

'वह भी सही समय आने पर होगी। लोग एक होकर उठ खड़े होंगे। परंतु अपनी आज़ादी का दावा करने के लिए हमें अपने लोगों को अपने धर्म और सांस्कृतिक जड़ों के लिए खोए हुए विश्वास और गौरव को नए सिरे से जीवित करना होगा।'

'अंग्रेज़ों से आज़ादी?'

'हाँ, बिरसा।' आनंद पाण्डेय ने सिर हिलाया। 'राँची में एक विद्वान रहते हैं। वह जगह इधर से बहुत दूर है। मैं एक मित्र के साथ राँची गया था तो उनसे भेंट हुई थी। उनका कहना है कि हमें अपनी आज़ादी और स्वराज के लिए लड़ना होगा, क्योंकि यह हमारी धरती है और आज़ाद व स्वतंत्र होना हमारा जन्मसिद्ध अधिकार है।'

'क्या हम भी अपने गाँव में इस "स्वराज" को पा सकते हैं?'

आनंद पाण्डेय बिरसा को हैरानी से ताकने लगे। उन्होंने कभी बिरसा के साथ अपने समय के राजनीतिक सच के बारे में बात नहीं की थी, उन्हें लगता था कि अभी वह इन बातों को समझने के लिए तैयार नहीं था। पर बिरसा के प्रश्न सुन कर उन्हें अहसास हो गया कि लड़का आसपास के माहौल के लिए कितना सजग था। वे बिरसा की आँखों में एक चिंगारी देख सकते थे। वे जानते थे कि उसे बुझाना नामुमकिन होगा।

'हम्म, बिरसा तुम ऐसा कर सकते हो। यह तुम्हारी धरती है। परंतु अपने लोगों के लिए स्वराज लाने से पहले, तुम्हें पहले उन्हें उनकी जड़ों की ओर वापस लाना होगा।'

'मतलब उन्हें ईसा मसीह से वापस लाना होगा?'

'धर्म एक जीवन शैली है। तुम्हारे लोगों को अपने विश्वास, मान्यताओं और परंपराओं का आदर करना होगा। वे भटक गए हैं... तुम्हें उन्हें वापसी की राह दिखानी होगी।'

'परंतु कैसे?'

'तुम्हें यह काम अपने ज्ञान और विश्वास के बल पर करना है।' आनंद पाण्डेय ने उत्तर दिया।

बिरसा उठ कर सीधा बैठा और पण्डित बाबा की बात का उत्तर देने लगा।

'पण्डित बाबा, आपने कहा कि आप बुलावा आने पर चले जाएँगे। क्यों? आपको जाना क्यों पड़ेगा? आपको किस काम से जाना होगा?'

'यह स्वराज के लिए लड़ने का बुलावा होगा। मुझे अपने दोस्त के साथ कंधे से कंधा मिला कर लड़ना होगा।'

'हम्म।' बिरसा कुछ सोचने लगा। 'आप अपनी क्रांति में धनुष बाण से लड़ेंगे या तलवारों से?'

आनंद पाण्डेय मुस्कराए। 'पहले हम उनके आदर्शों और उसूलों से लड़ेंगे। पर ज़रूरत पड़ी तो तलवारें निकालने से भी नहीं झिझकेंगे।'

'उम्मीद करता हूँ कि आपके दोस्त आपको इतनी जल्दी बुलावा नहीं भेजेंगे।' बिरसा ने हौले से कहा। उसके सुर में चिंता का पुट था।

आंनद पाण्डेय खिलखिला उठे। 'नहीं, मेरे प्यारे बच्चे।' उन्होंने प्यार से बिरसा के बाल सहलाए। 'तुम चिंता मत करो। अभी इतनी जल्दी बुलावा नहीं आएगा। इस दौरान, हम तुम्हें लड़ाई के लिए तैयार करेंगे। पर अभी जाकर अपने काम पूरे करो। उसके बाद हम *गीता* पर अपनी चर्चा जारी रखेंगे।'

बिरसा के जाने के बाद, पण्डित बाबा बहुत देर तक सोच में गुम रहे। सारी बातचीत दिमाग़ में घूम रही थी। बिरसा के दिमाग़ को परिपक्वता से पोषित करना था। उन्हें सही समय आने पर आज़ादी की लड़ाई में हिस्सा लेना था। पर अभी, उन्हें एक और ज़िम्मेदारी निभानी होगी। उन्हें भारत के मध्य में एक और सिपाही को तैयार करना होगा।

9

बंदगाँव
1891

कुछ सप्ताह बाद, बंदगाँव को अचानक ही एक तूफ़ान ने घेर लिया। आकाश में काले मेघ छाए थे और अभी भोर होने में बहुत समय बाक़ी था। बिरसा पड़ोस के गाँव के हाट से सामान लेकर आ रहा था कि तेज़ बारिश होने लगी। यह कोई मामूली बरसात नहीं थी। यह ऐसी मूसलाधार बारिश थी जो शरीर पर पड़ती थी तो लगता था मानो किसी ने तेज़ाब छिड़क दिया हो। ऐसी बरसात जिसमें जान बचाना ही भारी पड़ जाए। बिरसा ने सब्ज़ियों से भरी पोटली सिर पर रख ली पर उससे कोई बचाव नहीं हो रहा था। वह बुरी तरह से भीग गया और हड्डियाँ ठंडी हवा से झनझनाने लगीं।

'मुझे पण्डित बाबा की बात मान कर आज हाट नहीं आना चाहिए था।' उसने चाल तेज़ करते हुए सोचा। वह जल्दी से जंगल पार कर उस रास्ते पर आना चाहता था जो गाँव की ओर जाता था।

तभी दूर कहीं बिजली कड़की और उसके बाद तूफ़ान की ऐसी गर्जना सुनाई दी कि जो चारों ओर ज़बर्दस्त गूँजी और बिरसा बुरी तरह से घबरा गया।

'क्या तूफ़ान के थमने तक जंगल में ही रहना चाहिए?' वह सोचने लगा और आसपास का मुआयना किया। वह अपने आसरे के लिए कोई पेड़ देख सकता था पर यह भी तो नहीं पता था कि तूफ़ान कब तक रुकने वाला था। उसने दाँत भींचे और चलने का ही निर्णय लिया। वह नहीं चाहता था कि अंधेरा होने के बाद जंगल

में रुका जाए। अभी कुछ क़दम ही गया होगा कि कानों में बारिश से अलग आवाज़ सुनाई दी। क्या कोई जानवर संकट में था? वह उसे अपने दिमाग़ की उपज मान कर ख़ारिज करने ही वाला था कि दोबारा वही आवाज़ सुनाई दी। इस बार कोई भूल नहीं थी, तूफ़ान की आवाज़ को चीर कर चीख़ने की आवाज़ सुनाई दी थी। उसके बाईं ओर, कहीं दूर पेड़ों के पीछे से यह चीख़ सुनाई दे रही थी। वह एक पल को झिझका पर फिर उस चीख़ को दोबारा सुनकर अपना सामान वहीं पटका और आवाज़ की दिशा में भाग लिया। उसने अपनी टाँगों के कंपन को भी पूरी तरह से अनेदखा कर दिया। जब वह घनी झाड़ियों से आगे गया तो एक अज़ीब ही नज़ारा दिखा। गुस्से से भरे दुष्ट लगने वाले मर्द एक औरत को घेरे खड़े थे, जिसके हाथ पीछे बँधे थे। वह बुरी तरह से बेतरतीब दिखी; बाल जंगलियों की तरह फैले हुए और धूल-पत्ती से भरे थे। कपड़े कई जगह से फटे हुए थे। तेज़ बारिश के बीच भी बिरसा उसकी देह पर लगे घावों से रिसता ख़ून देख सकता था। एक आदमी नीचे झुक कर उसकी आँखों पर हरा-सा लेप लगाने की कोशिश कर रहा था और वह खुद को यथासंभव बचा रही थी।

'अरे, तुम लोग क्या कर रहे हो?' बिरसा चिल्लाया।

एक आदमी मुड़ा और उसे देखकर हैरान हो गया। वह बिरसा की ओर मुड़ा।

'तू वही छोकरा है जो पण्डित साहब के घर में पढ़ता है?'

बिरसा ने हामी भरी। उसने पहचान लिया, वह आदमी गाँव का लुहार था।

'जा यहाँ से। इधर तेरा कोई काम नहीं।' उसने बिरसा को जाने का संकेत किया।

'पर इस औरत को क्यों मार रहे हो?' बिरसा ने उस औरत को लोगों के बीच सिकुड़ते और सिमटते देखा। वह आगे बढ़ा। 'इसे जाने दो।' पर दूसरे लोग भी लुहार के साथ आ गए ताकि बिरसा आगे नहीं आ सके।

'मदद करो!' वह औरत कराह रही थी।

'मैंने कहा ना कि जा इधर से।' लुहार ने बिरसा को पीछे धकेल दिया। फिर वह दूसरों की ओर मुड़कर बोला, 'चलो, अपना काम ख़त्म करें।'

औरत के साथ खड़े आदमी ने उसकी आँखों पर पट्टी बाँधना आरंभ कर दिया। वह औरत छूटने के लिए छटपटाती रही, हाथ-पैर मारती रही पर कुछ नहीं कर सकी।

'मेहरबानी करो, छोड़ दो, छोड़ दो उसे।' बिरसा ने विनती की। वह उस औरत की जान बचाना चाहता था। उसने उन लोगों को हटाना चाहा पर उन्होंने उसे दूर पटक दिया।

'छोकरे, तू क्या जानता है? ये डायन है, डायन। यह बोंगा है। उसकी बुरी नज़र ना केवल हमारे खेतों की उपज को खा जाती है, बल्कि यह लोगों को भी मार देती है। उसकी आँखों पर पिसी मिर्चों का लेप लगाकर पट्टी बाँधी जाएगी और फिर इसे पेड़ से लटका देंगे ताकि हमें इस बुरी आत्मा से मुक्ति मिल सके।'

'नहीं!' बिरसा हौले से बोला। वह इतना डर गया था कि केवल सिर ही हिला सका।

'अब जाता है या नहीं? हमें तेरा कोई दख़ल नहीं चाहिए।' लुहार बोला।

'पर तुम लोग यक़ीन से कैसे कह सकते हो कि यह डायन है।' बिरसा ने पूछा। वह मन ही मन उस औरत को बचाने का उपाय सोच रहा था। 'तुम इसे बिना वजह मार रहे हो। बेवजह। तुम्हें किसी की जान लेने के लिए सिंगाबोंगा को जवाब देना होगा।'

'हमें मत बता कि क्या करना चाहिए।' एक हट्टा-कट्टा दाढ़ी वाला आदमी आगे आ गया। वह बिरसा पर झपटा, 'हमें पता है कि हम क्या कर रहे हैं। और अगर हमसे उलझेगा तो तेरी भी आँखें निकाल कर इसके साथ ही पेड़ पर लटका देंगे।'

बिरसा उसके शब्द सुनकर काँप गया। वह जानता था कि उस आदमी को अपनी धमकी को सच में बदलने में समय नहीं लगेगा पर वह ऐसे कैसे हार मान सकता था। 'मैं सरपंच से शिकायत कर दूँगा और पण्डित बाबा को भी बता दूँगा।' वह बोला।

बिरसा की कमज़ोर धमकी से डरने के बजाए उस आदमी ने दो साथियों को इशारा किया और वे बिरसा को पकड़ कर उस ओर ले गए, जहाँ बाक़ी लोग अपना काम कर रहे थे। बिरसा ने छूटना चाहा पर वे लोग उससे बड़े और ताक़तवर थे। वह असहाय भाव से उस औरत को अपनी जान बचाने के लिए रोते देखता रहा। जब वह विनती कर रही थी तो उसे ठोकर मार कर बुरी तरह से पीटा गया। जब उन्होंने उसका एक पैर मोटी रस्सी में जकड़ा तो वह तब तक बेहोश हो चुकी थी। वे उसे घसीट कर बड़े पेड़ों के पास ले गए और एक शाखा पर रस्सी लटका कर उसे ऊपर खींचने लगे। बिरसा को पकड़ने वालों का ध्यान भी उसी ओर था। वह मौके का फ़ायदा उठाकर खिसक लिया। जब तक उन्हें पता चला तब तक बिरसा भाग गया। वह पीछे देखे बिना तीर की तरह छूटा। अगर पीछे आने वालों को देखता तो उसकी गति में कमी आ जाती। वह चाहता था कि ज़ल्दी से उस औरत के लिए मदद लेकर लौटे। हालाँकि यह कहना मुश्क़िल था कि उसके पास ऐसा करने के लिए पर्याप्त समय था या नहीं। वह लगातार भागता रहा, कई बार कीचड़ में फिसला और फिर उठकर भागने लगता। उसने गाँव पहुँच कर ही दम लिया और सीधा पण्डित

बाबा के पास पहुँचा। जब वह बुरी तरह से भीगा हुआ और बेदम होकर आनंद पाण्डेय के सामने गया तो वे से देखकर सकते में आ गए।

'बिरसा!' उन्होंने एक ही पल में बिरसा का पूरा मुआयना कर लिया।

'पण्डित बाबा!' बिरसा दोनों हाथ घुटनों पर रखे अपना दम साधने की कोशिश में था। 'मेहरबानी करो, उसे बचा लो। बचा लो उसे।'

'किसे बचाना है?' आनंद ने भाग कर बिरसा के पास आते हुए पूछा। 'आ इधर बैठ।' उन्होंने बिरसा को आँगन में रखी चारपाई दिखाते हुए कहा, 'बैठ कर बता कि क्या हुआ?'

बिरसा के शब्द हकलाहट के साथ निकल रहे थे। पर आनंद पाण्डेय समझ गए कि जंगल में क्या हुआ था। गाँव के लोग जादू-टोने में विश्वास रखते थे और वे अक्सर चुड़ैल और डायन कहलाने वाली संदिग्ध औरतों की खोज में रहते। उन्हें पहले भी ऐसे मामले सुनने को मिले थे पर उनके लिए इन मामलों में निजी रूप से हस्तक्षेप करना कठिन था। गाँववाले इसे अपने मामलों में दख़लंदाज़ी मानते थे। उन्होंने यही तय किया था कि वे चुपचाप अंधविश्वास से लड़ेंगे पर यह रास्ता आसान तो नहीं था।

'चलो, पण्डित बाबा।' बिरसा ने उनकी सोच को भंग करते हुए कहा।

'बिरसा, बेटा... बहुत देर हो गई।' आनंद पाण्डेय ने अपना सिर हिलाया।

'नहीं, नहीं! हम अब भी उसे बचा सकते हैं। पण्डित बाबा मेहरबानी करके चलिए!'

'बिरसा,' आनंद पाण्डेय उसके बाल सहलाते हुए बोले। 'अब तुम उस औरत के लिए कुछ नहीं कर सकते बेटा। जब तक हम पहुँचेंगे, सब ख़त्म हो चुका होगा।'

बिरसा ने ना में सिर हिलाया पर उसे भी पता था कि बाबा सही कह रहे थे। अब तक तो जंगल में वे लोग उस औरत की जान ले चुके होंगे। वह ज़ोर-ज़ोर से रोने लगा। इस अन्याय और बेरहमी को सोचकर उसका कलेजा फटने को आ गया था।

आनंद पाण्डेय ने उसे दिलासा देने के लिए कुछ नहीं किया। वे उसे बेबस देखते रहे।

'मैं लोगों की दुष्टता और बेरहमी देखकर थक गया हूँ। वे अपने ही लोगों पर अत्याचार करते हैं, मैं यह देखकर थक गया हूँ।' बिरसा ने किसी तरह कहा, 'मैं अब यह सब और नहीं चाहता।'

'तो तुम क्या करना चाहते हो? क्या तुम उन लोगों को मारना चाहते हो?' आनंद पाण्डेय ने पूछा।

'नहीं।' बिरसा उन्हें देखकर बोला। 'मैं उन्हें समझाना चाहता हूँ कि उन्होंने जो किया, वह ठीक नहीं था और मैं समझना चाहता हूँ कि वे इन चीज़ों में विश्वास क्यों रखते हैं? वे फ़सल और ज़मीन के लिए किसी दूसरे की जान क्यों लेना चाहते हैं?'

'तुमने कहा कि तुम उन्हें समझना चाहते हो पर फिर तुम पहले से ही क्यों हार रहे हो? इस तरह से क्यों रो रहे हो?'

'क्योंकि मुझे नहीं लगता कि मैं कुछ भी बदल सकता हूँ।'

'तुम क्या कर सकते हो और क्या नहीं कर सकते, इसका फ़ैसला वर्तमान परिस्थिति के अनुसार कभी मत करो।'

'मैंने सिंगाबोंगा से प्रार्थना की। मैंने आपसे सब कुछ सीखा। मैंने आपकी हर बात ध्यान से सुनी... पर कुछ भी काम नहीं आया।'

'अगर मदद चाहते हो तो वह तुम्हें केवल वह काम करने का अवसर देगा, जो तुम करना चाहते हो। पर अंत में अपनी मदद तो आप ही करनी होगी। अगर चमत्कार चाहते हो, तो स्वयं चमत्कार बनो।'

जब बिरसा ने जवाब में कुछ नहीं कहा तो आनंद पाण्डेय आगे बोले, 'क्या तुम्हें याद है कि *गीता* में धार्मिक रीति-रिवाजों के बारे में क्या लिखा है?' बिरसा के उत्तर की प्रतीक्षा किए बिना ही आनंद आगे बोले, 'इसमें लिखा है कि व्यक्ति को हर तरह के धार्मिक विधि-विधान और रीतियों को त्याग कर कृष्ण की शरण लेनी चाहिए, उसे भय नहीं करना चाहिए, क्योंकि कृष्ण ही हमें हमारे पापों से मुक्त करेंगे। कृष्ण ही परम सत्य हैं, बिरसा। हम विविध माध्यमों, विविध रीतियों और अनुष्ठानों से उन तक जाने की कोशिश करते हैं, परंतु हमारा परम लक्ष्य कृष्ण ही हैं। लोगों को धार्मिक अनुष्ठानों और रीतियों का दास नहीं होना चाहिए, क्योंकि वे तो केवल प्रभु तक जाने का मार्ग हैं। परंतु दुर्भाग्य से लोग इस सत्य को भुला चुके हैं। बरस-दर-बरस के अंधविश्वास ने सही और ग़लत के अंतर को मिटा दिया है, जो उन्हें ईश्वर के पास ले जाता था, अब वह उन्हें ईश्वर से दूर कर रहा है। तुम एक दिन में उनकी आस्था और अर्ध-सत्यों को नहीं बदल सकते, बिरसा। हालाँकि इसका मतलब यह भी नहीं कि तुम उन्हें बिलकुल नहीं बदल सकते। तुम्हारे लोगों को तुम्हारी ज़रूरत है। उन्हें तुम्हारा समय, तुम्हारी दयालुता और तुम्हारी असीम सूझ-बूझ चाहिए।'

'पर मैं यक़ीन से नहीं कह सकता कि मैं अभी इन सबके लिए तैयार हूँ या नहीं।'

'तुम पूरी तरह से तैयार हो।' आनंद पाण्डेय ने दिलासा दिया। 'बस वही करते रहना, जो तुम इस जगह करते रहे। लिखना और पढ़ना। अपने दिल और दिमाग़

को आसपास की दुनिया के लिए खोलकर रखना और कभी हार नहीं मानना। केवल तुम ही लोगों को भूत-पिशाच जैसे अंधविश्वासों से छुटकारा दिला सकते हो। मेरे बच्चे, मैंने तुम्हारे भीतर वह चिंगारी देखी है।'

बिरसा अपने बाबा की आँखों में देखता रहा और उन्हें देखकर हौले से मुस्कराया। संदेह के बादल छँटते ही जैसे सब साफ़ दिखने लगा था। बाहर बारिश थम गई थी और पक्षियों की चहचहाहट होने लगी थी। उनमें से कुछ दाने चुगने के लिए आँगन में भी आ गए। अभी के लिए बुरा मौसम टल चुका था।

10

बंदगाँव
1894

समय बीता, दिन महीनों में और महीने बरसों में बदले तो आनंद पाण्डेय के कुशल निर्देशन में बिरसा एक समझदार और संवेदनशील युवक के रूप में सामने था। *गीता* और *महाभारत* की जटिल व्याख्याओं पर आनंद पाण्डेय के साथ लंबी बहसों से लेकर, बाबा के मुख से वेद पाठ सुनने तक, बिरसा ज्ञान पाने के एक भी अवसर को छोड़ना नहीं चाहता था। जंगल वाली घटना के कई दिन बाद तक वह गुस्से और संदेह के दायरे में रहा पर हर बार बाबा के शब्द उसे बचा लेते। हालाँकि उसे बाबा के शब्दों के पीछे छिपे सच को समझने में समय लगता था पर अब उसे समझ आ गया था कि जब पण्डित बाबा ने कहा था कि लोगों को उसके समय और समझ की ज़रूरत है तो वे क्या कहना चाहते थे।

जब बिरसा पहली बार गाँव में आया तो लोग उस पर भरोसा नहीं रखते थे। उनका क्या कसूर था? वह भी तो अचानक उनके गाँव में जाने किधर से आ गया था। अब हालात बदल रहे थे। वह उन लोगों के साथ जितना वक़्त बिता रहा था, उनके भय और असुरक्षा को उतना ही बेहतर तरीक़े से समझ रहा था। आनंद पाण्डेय ने कहा था कि वह उन्हें रातों-रात नहीं बदल सकता और उन्होंने ग़लत नहीं कहा था। बदलाव हो सकता था पर इसके लिए उनका भरोसा और सम्मान जीतना था। उसने ठीक वही किया। वह गाँव में जा कर अपनी ओर से मदद की पूरी कोशिश करता। वह यजुर्वेद के ज्ञान और आरोग्य पद्धति के लिए सहज आकर्षण के मेल से लोगों की निःशुल्क चिकित्सा करने लगा। वह उनके घावों और चोटों को दूर

करता। उस ज्ञानी और जानकार लड़के का नाम चारों ओर फैलने लगा जो सर्पदंश और अचानक आने वाले बुखार को भी ठीक कर देता था। लोगों के बीच उसका आदर बढ़ने लगा। बेशक, भूरा भी अपनी ओर से पीछे नहीं हटता था। वह हमेशा लोगों को पूरी कहानी सुनाने को तैयार रहता कि किस तरह भैया ने उसकी जान बचाई थी, जब एक ज़हरीले साँप ने उसे काट लिया था।

कुल मिलाकर, बिरसा ने स्वयं को ऐसी स्थिति में पाया, जहाँ वह इतनी कम उम्र में भी लोगों को उनकी सोच और विश्वासों पर सोचने के लिए मज़बूर कर सकता था।

◆

लगभग चार वर्ष हो चुके थे, जब बिरसा पहली बार अचेत भूरा को गोद में लिए आनंद के दरवाज़े पर आया था। आनंद कई बार उसे देखते और उसकी तरक़्क़ी देखकर मुग्ध हो जाते। उस समय बिरसा उनके साथ में मंदिर में बरगद तले बैठा था। वह अन्न-दान से मुकरने वाले साहूकार से बहस कर रहा था। गाँव के भूखे, बेघर और बेरोज़गार लोगों का पेट भरने के लिए ही मंदिर में अनाज और नमक के दान की परंपरा चालू की गई थी।

'बस दस सेर,' बिरसा ने हैरानी से कहा। 'साहूकार जी, आप तो जानते हैं, इससे क्या बनेगा? एक रुत के लिए कम से कम पचास सेर अनाज चाहिए। यह तो नेक काम है, आप पीछे मत हटो।' बिरसा मुस्कराया।

'पता है, बिरसा भैया।' उस आदमी ने खीसें निपोरीं। 'कल दारोगा साहब आए थे। मुझे थोड़ा अनाज गिरजा घर भी भिजवाना है। इस समय तो यही अन्न-दान हो सकता है।'

'पर आपने गिरजे को जो दिया, वह कोई अन्न-दान थोड़े है। आप तो गिरजे को अपना कर चुका रहे हैं। यह फ़ीस आपके काम की हर बाधा दूर करने के लिए है।'

'पर वे भी तो इसे लेते हुए धर्म की बात करते हैं, करते हैं ना? जैसे अभी तुम कर रहे हो?' साहूकार ने कहा। वह भी कम शातिर नहीं था।

'हम्म, वे ऐसा करते हैं पर हम किसी को खाना खिलाने के बदले में धर्म बदलने, अपनी परंपरा और संस्कृति को छोड़ने के लिए नहीं कहते। हम भूखों को भोजन करवाने के बाद बदले में कुछ नहीं चाहते। जिस दिन गिरजे वाले भी दूसरों को ईसाई धर्म में शामिल होने के लिए दबाव देते हुए भोजन नहीं देंगे, उस दिन वे भी दान-धर्म कर रहे होंगे।'

'पर पचास सेर तो बहुत ज़्यादा है। मेरे पास इतना अनाज नहीं है।' साहूकार ने विरोध किया।

'ओह, मुझे यक़ीन है कि आपके पास होगा।' बिरसा ने उसकी बात हवा में उड़ा दी। 'दारोगा के साथ शराब का धंधा भी तो बढ़िया चल रहा है।' बिरसा चालाकी से मुस्कराया। 'दरअसल, आचार्यजी सोच रहे थे कि अगले सत्संग में मंदिर में आने वाले लोगों को शराब के सेवन से जुड़ी बुराइयों के बारे में कहेंगे। है ना आचार्य जी?' बिरसा ने इतना कह कर मंदिर के पुजारी की ओर देखा।

मंदिर के पुजारी ने भी हामी भर दी। जबकि ऐसा कोई विचार नहीं था पर बिरसा को देख कर वे समझ गए थे कि वह क्या कर रहा था। उन्हें साहूकार और बिरसा के बीच चलने वाला खेल समझ आ गया था। वे जानते थे कि साहूकार किसी भी हाल में अपने मुनाफ़े के धंधे पर असर नहीं आने देगा, ख़ासतौर पर जिसमें दारोगा भी शामिल हो।

'वे पूरी बिरादरी में शराब पीने की मनाही लागू करने वाले हैं।'

साहूकार का रंग ही फक्क हो गया। बिरसा ने मौक़े पर चौका मारा, 'पर साहूकार जी, यह सब आप पर निर्भर करता है। आप इन्हें मना सकते हो कि ये शराब पीने की मनाही नहीं करें।'

साहूकार ने कुछ देर तक बिरसा का चेहरा देखा और फिर खिलखिला दिया। 'बहुत अच्छा, बिरसा भैया, आप जीते, मैं हारा। मैं कल ही मंदिर में पचास सेर अनाज भिजवा दूँगा।'

'साहूकार जी आप बड़े दयालु हो।' बिरसा ने उन्हें धन्यवाद दिया।

वह आदमी उठा और एक छोकरे के हाथों मिली हार पर मुस्कराता हुआ चला गया। उसने जाने से पहले, मुड़कर आनंद पाण्डेय से कहा, 'पाण्डेय साहब, आपने अपने शिष्य को बढ़िया दुनियादारी सिखाई है। यह बड़ा ही चालाक है!'

मंदिर के पुजारी ने साहूकार के जाने के बाद कहा, 'मैं सहमत हूँ। आपका छोकरा तो पक्का सौदेबाज़ हो गया पण्डितजी। साहूकार से कुछ निकलवाना इतना आसान नहीं था।'

आनंद पाण्डेय पुजारी की बात सुनकर कुछ कहने ही वाले थे कि मंदिर के भीतर से एक बुढ़िया बाहर आई और बिरसा को ताकने लगी। सभी उस औरत को अचानक सामने देखकर अचकचा कर चुप हो गए।

'माई!' बिरसा ने उसे पुकारा। 'क्या कुछ चाहिए? पानी पीना है?' उसने कोमलता से पूछा।

बूढ़ी औरत शांत खड़ी रही। चेहरे पर झुर्रियों का जाल था, झक्क-सफ़ेद बाल जूड़े में बँधे थे। वह बड़ी देर बिरसा की आँखों में ताकती रही। उसकी नज़र इतनी गहरी थी कि बिरसा भी चिहुँक गया। फिर अचानक उसने बिरसा की कलाई थाम कर उसे चौंका दिया। बिरसा उसकी नज़रों से मंत्रमुग्ध-सा वहीं खड़ा रह गया। बुढ़िया की उम्र के बावजूद, उसके हाथों में ख़ूब ताक़त थी। बिरसा ने हाथ खींचना चाहा पर बुढ़िया ने कलाई को और भी कसकर थाम लिया और ध्यान रमाने लगी।

'माई?'

फिर उसने अचानक ही बिरसा का हाथ छोड़कर आँखें खोल दीं और आदर से बिरसा का माथा छुआ।

'इस माथे के लिए भविष्यवाणी करनी है। एक आध्यात्मिक भविष्यवाणी।' अगले ही पल उसका स्वर भारी हो गया। 'यह माथा किसी पैगंबर के माथे-सा चमकता है। एक करिश्माई वैद्य और उपदेशक।' लोग अवाक खड़े सुन रहे थे। वह आगे बोली, 'इसके माथे की लकीरें कहती हैं कि यह महान काम करेगा। अपने लोगों से किसी पैगंबर की तरह बात करेगा, किसी सितारे की तरह राह दिखाएगा। उन्हें मुक्ति की ओर ले जाएगा। पर सावधान! इसके दुश्मनों की भी कमी नहीं होगी।'

इतना कह कर वह मुड़ी और एक ओर जाने लगी। बिरसा ने उसे कई बार पुकारा पर उसने मुड़कर भी नहीं देखा।

मंदिर के पुजारी ने सन्नाटा तोड़ा, 'माई बिरसा का भविष्य बाँच गई। इसे सामुद्रिक शास्त्र आता होगा। ये लोग किसी किताब की तरह इंसान का चेहरा पढ़ लेते हैं। पर मैंने आज से पहले इस औरत को गाँव में नहीं देखा।'

आनंद पाण्डेय उस रहस्यमयी औरत को जाते देखते रहे पर उनका मन कहीं और था। वे भी तो चेहरे पढ़ते थे और आज उस औरत ने वही कहा जिस पर उनका दिल विश्वास करता था। बिरसा का आने वाला कल इतना महान था कि कोई कल्पना तक नहीं कर सकता था। उन्होंने बिरसा को देखा जो उस बुढ़िया को जाते देख रहा था। उसके बाद वे उन किताबों को समेटने लगे जो वे मंदिर के पुजारी के साथ चर्चा करने के लिए लाए थे। उस समय पण्डित बाबा जान गए थे कि अब उनके छात्र के लिए जीवन की दूसरी यात्रा पर जाने का समय हो गया था। बिरसा मुंडा तैयार थे। भाग्य उनसे जो भी चाहता था, वे उसे पूरा करने को तैयार थे और अब उन्हें सही दिशा में एक बार हल्का-सा टहोका देने की ज़रूरत थी और आनंद पाण्डेय ऐसा ही करना चाहते थे।

11

बंदगाँव
1894

महुआ के लंबे पेड़ की शाखाएँ बिरसा के आगे सहज ही चमक रही थीं। उसने पेड़ के पास जा कर तने को छुआ। वह फिसलन से भरा था मानो किसी ने उस पर तेल लगा दिया हो। कोई ऐसा क्यों करेगा, वह सोचने लगा।

तभी उसने सुना, कोई उसे पुकार रहा था। बिरसा ने मुड़कर देखा। सफ़ेद बालों वाला बूढ़ा थोड़ी ही दूरी पर पत्थर को आसन बनाए बैठा था। उसके दोनों ओर दो आदमी थे। उनमें से एक दिखने में डरावना था। उसका एक दाँत टेढ़ा था और चेहरे पर दाग़ थे। उसके बाल लंबे, मैले और जटाओं की तरह उलझे हुए थे। वह गुस्से से गरजा। दूसरा आदमी अडोल बैठा रहा। उसने मुलायम रेशम का चोगा पहना था और गले व हाथों में गहने थे। बिरसा मन ही मन उस शांत छवि की ओर खिंचता चला गया।

बिरसा इस दृश्य में खोया ही हुआ था कि बूढ़े व्यक्ति ने उसे अपने पास बुलाया और उसका ध्यान महुआ के पेड़ पर चमकती वस्तु की ओर आकर्षित किया। बिरसा ने देखा कि उस वस्तु से आँखों को चकाचौंध करने वाला प्रकाश आ रहा था। मानो वह कोई अलौकिक वस्तु थी।

फिर उसने उस डरावने व्यक्ति से कहा कि वह उस वस्तु को वृक्ष से उतार कर लाए। वह एक भी शब्द कहे बिना पेड़ पर चढ़ने लगा पर वह कई बार फिसला। बहुत सारी कोशिशों के बावजूद उसके रोष और कुंठा का ठिकाना नहीं रहा। वह

बूढ़े को कोसते हुए एक ओर चला गया। फिर बूढ़ा व्यक्ति दूसरे आदमी की ओर मुड़ा और पेड़ से उस वस्तु को लाने के लिए कहा पर उस आदमी के पैर अपने ही चोगे में उलझे और वह वहीं गिर गया।

अंत में, बूढ़े ने बिरसा को देख कर हामी भरी। बिरसा महुआ के पास गया और उसके तने को जकड़ लिया। अगले ही क्षण में, वह बड़ी आसानी से पेड़ पर चढ़ने लगा। वह एक बार भी नहीं फिसला और जब ऐसा हुआ तो पेड़ की शाखाओं ने उसे सहारा दिया और ज़मीन पर गिरने से बचा लिया। मानो वे सब उसके काम में सहायक होना चाहते थे। जब बिरसा ऊपर तक गया तो उसे उस वस्तु को उठाने में देर नहीं लगी। वह किसी विचित्र-सी ऊर्जा के साथ उसके हाथ में स्पंदित हो रही थी। बिरसा बहुत सावधानी से नीचे आया पर ज्यों ही उसने वह वस्तु बूढ़े के हाथ में रखी तो उसमें विस्फोट हुआ और उससे असंख्य नन्हे सितारों से सारा परिवेश भर गया और फिर वह धीरे-धीरे महीन रुपहली धूल में बदल गया। जब वह धूल छँटी तो सब कुछ जा चुका था। बूढ़ा व्यक्ति, महुआ का पेड़... कुछ भी तो नहीं था।

बिरसा घबरा कर चिल्लाया, 'नहीं!'

'बिरसा!'

बिरसा ने सुना कि कहीं दूर से कोई उसे पुकार रहा है।

'बिरसा?'

कोई हौले से उसके कंधे हिला रहा था।

बिरसा एक झटके से उठा। वह बहुत परेशान लग रहा था। उसने देखा कि आनंद पाण्डेय चिंतित मुद्रा में उस पर झुके हुए थे।

'बिरसा, तुम कोई सपना देख रहे थे।' उन्होंने कहा, 'ज़रूर कोई बुरा सपना रहा होगा। तुम पसीने से भीगे हुए थे। आओ, आ कर तरोताज़ा हो लो। सुबह हो चुकी है और बहुत सारे काम करने हैं। तुमसे कुछ बात भी करनी है।'

बिरसा ने हामी भरी और उठकर आनंद पाण्डेय के साथ बरामदे में चला गया।

'यह लो काढ़ा पी लो।' आनंद ने काढ़े से भरा गिलास बिरसा को थमा दिया। 'इसे पी लो। अच्छा लगेगा, शायद तुम अच्छी तरह सो नहीं सके।'

वे दोनों कुछ देर ख़ामोशी के बीच बैठे रहे। काढ़ा पीते हुए गाँव की हलचल महसूस करते रहे।

'पण्डित बाबा, कल रात अज़ीब-सा सपना देखा।' बिरसा ने कहा।

'हम्म... क्या सपना था, बताओ।'

बिरसा ने साफ़ शब्दों में पूरा सपना सुना दिया। उसे लग रहा था कि वह सब उसके पैरों तले की ज़मीन की तरह ही ठोस और असली था और हर बीतते पल के साथ उसकी कल्पना में मिलता जा रहा था। जब उसने बात पूरी की तो आनंद पाण्डेय ने गहरी साँस ली। वे कुछ क्षण चुप रहे।

'यह तो निश्चित रूप से एक संकेत है।' वे बोले

'संकेत, कैसा संकेत?' बिरसा ने पूछा।

'अब तुम्हें अपने गाँव लौटना होगा, बिरसा। तुम्हें चलकड़ चले जाना चाहिए। वही तुम्हारी कर्म भूमि है।'

बिरसा ने हैरानी से अपने गुरु को देखा।

'मैं तुमसे इसी बारे में कुछ समय से बात करना चाहता था। पर किसी तरह, उचित अवसर नहीं मिल रहा था। पर इस सपने ने बहुत कुछ बदल दिया। बिरसा, इस बारे में सोचो। क्या इससे तुम्हें कुछ पता नहीं चलता?'

जब बिरसा ने उत्तर नहीं दिया। तो आनंद पाण्डेय ने आगे कहा, 'सपने में आने वाला बूढ़ा व्यक्ति स्वयं भगवान सिंगाबोंगा थे। डरावना लगने वाला व्यक्ति बोंगा था, वह दुष्ट आत्मा जो हर उस बुरे काम का प्रतिनिधित्व करती है, जिसने तुम लोगों का जीवन नष्ट कर दिया है। और रेशम के चोगे वाला व्यक्ति राजा था, वह उन सभी का प्रतिनिधि है, जो हम पर शासन करते हैं - अंग्रेज़, ज़मींदार, साहूकार, व्यापारी। बिरसा, तुम्हारे सपने में केवल तुम ही सिंगाबोंगा की इच्छा पूरी कर सके। इसका अर्थ समझ रहे हो ना?'

'सिंगाबोंगा चाहते हैं कि मैं वापस जाऊँ?' बिरसा ने अपने-आप से ही फुसफुसाते हुए कहा।

'हाँ बिरसा। अब वह सब करने का समय आ गया है, जिसके लिए तुम्हें भेजा गया है।' आनंद पाण्डेय ने कहा, 'याद है, *महाभारत* में जब अभिमन्यु ने चक्रव्यूह में प्रवेश किया था, तो वह लगभग तुम्हारी ही आयु का था। उसे वापस आने का मार्ग नहीं पता था, परंतु वह फिर भी व्यूह को भेदने गया। क्यों? क्योंकि यही उसका कर्म था।'

'भगवान कृष्ण चाहते तो उसे बचा सकते थे, है ना?' बिरसा ने पूछा।

आनंद पाण्डेय ने मुस्करा कर सिर हिलाया, 'उन्होंने अभिमन्यु को व्यूह से इसलिए नहीं बचाया, क्योंकि नश्वर संसार में उसका समय समाप्त हो गया था। उसे अपने स्वर्गिक धाम में वापस जाना ही था। देखो बिरसा, हम सभी को इस धरती पर जीने के लिए सीमित समय दिया गया है। और इसी सीमित समय के दौरान, हमें अपनी नियति को पूरी तरह से जीना होगा।'

बिरसा वहीं बैठा अपने गुरु के शब्दों को समझने की चेष्टा करता रहा। उनके शब्दों का अर्थ साफ़ था और बिरसा भी समझ गया था कि अब वे एक साथ समय नहीं बिता सकेंगे। जब आनंद ने बताया कि उन्होंने राँची में अपने मित्र के पास जाने का निर्णय ले लिया है ताकि अंग्रेज़ सरकार के ख़िलाफ़ लड़ाई में उसका साथ दे सकें तो बिरसा का बचा-खुचा संदेह भी दूर हो गया।

'क्या आपको अभी जाना होगा?' बिरसा ने निराशा भरे स्वर में पूछा।

'नहीं, अभी नहीं। कुछ अधूरे काम पूरे करने हैं। उन्हें करने के बाद शायद परसों तक जाना होगा।' आनंद ने कोमलता से उत्तर दिया। उनके संबंध में एक दिन इस तरह विदा लेना तो पहले से तय था, परंतु फिर भी वे बिरसा के साथ गहरा मोह जोड़ चुके थे।

बिरसा ने हौले से सिर हिलाया। 'मैं भूरा को अपने साथ चलकड़ ले जाता हूँ।' वह कुछ देर बाद बोला।

'उसके लिए यही सही होगा।' आनंद पाण्डेय ने कहा।

इस बातचीत के बाद, उनकी विदा का प्रसंग दोबारा नहीं उठाया गया। आनंद, बिरसा और भूरा कुछ कहे बिना रोज़ के काम निपटाते रहे पर उनके हृदय दुख के भार से दबे थे। जब विदा का दिन आया तो सबसे बेमन से विदा ली। दोनों युवक उस क्षण को यथासंभव टाल रहे थे, परंतु आनंद उनसे बेहतर जानते थे। उन्होंने भूरा को गले से लगा कर बाल सहलाए जो ज़ार-ज़ार रो रहा था। फिर वे बोले, 'भले ही आज अलग हो रहे हैं पर मैं हमेशा तुम्हारे साथ हूँ।' फिर वे मुड़कर बिरसा से बोले, 'बिरसा, तुम जब कभी अंधेरे से घिरोगे तो मैं प्रकाश की तरह तुम्हारा साथ दूँगा। जब तुम लड़ोगे तो मैं ही तुम्हारी तलवार को धार दूँगा।'

12

बंदगाँव–चलकड़
1894

भूरा अचानक चौंक कर उठा और बिरसा की ओर मुड़ने से पहले अनजाने माहौल में ताकने लगा। बिरसा उसके पास ही शांति से सोया हुआ था। भूरा को याद आया कि वे कहाँ थे, तब उसके जी में जी आया। छत पर बारिश की आवाज़ पहले से भी तेज़ी से आ रही थी। जब से वे बंदगाँव से निकले, मौसम धीरे-धीरे बदतर होता गया और उन्हें अपनी यात्रा की गति धीमी करते हुए, लंबा मार्ग अपनाना पड़ा। वे पिछले तीन से यात्रा में थे और हर दिन, वे किसी गाँव में रात बिताने के लिए ठहर जाते। उस रात, उन्होंने एक गौशाला में शरण ली थी। उनके साथ तीन और यात्री थे, जो उन्हें राह में मिले थे।

भूरा ने आह भरी। वह सारा दिन चलने से थक गया था पर यह भी सुकून था कि अगले दिन यात्रा समाप्त होने वाली थी। वे दोपहर बाद चलकड़ में बिरसा के घर में होंगे।

कहीं दूर बादल ज़ोर से बरसने लगे और भूरा बिरसा के निकट आ गया। उसे लगा कि कोई नींद में बोल रहा है। उसने ध्यान से सिर उठाकर देखा। उनके दो साथी आपस में बात कर रहे थे।

'सो नहीं रहा?' उनमें से एक ने भूरा को देखकर पूछा।

'नहीं,' भूरा ने धीरे से कहा।

तभी आकाश में बिजली कड़की और सब कुछ सफ़ेद रोशनी में नहा गया। भूरा ने कानों पर हाथ रखा और बिरसा की ओर मुड़ा। उसके बाद जो दिखाई दिया, उसने तो उसे सुन्न ही कर दिया। हालाँकि बिरसा गहरी नींद में था, उसका मुख सोने की तरह दमक रहा था मानो उसके शरीर से चमकते सूर्य की किरणें फूट रही हों। उसके आसपास ऊर्जा का एक घेरा-सा बना हुआ था, जिसके साथ वह बहुत ही दैवीय लग रहा था, जैसे किसी दूसरे लोक से हो।

भूरा ने पलकें झपकाईं, 'क्या मैं सपना देख रहा हूँ?' उसने खुद से पूछा। आँखें मलीं और फिर से देखा कि कहीं कोई सपना तो नहीं है? उसने देखा कि वे दो आदमी भी बिरसा को ही घूर रहे थे, वे भी भूरा की तरह ही दंग थे। भूरा बिरसा को छूने ही लगा था कि अचानक सारी रोशनी कहीं चली गई और उस जगह पहले की तरह सन्नाटा और अंधेरा छा गया। किसी ने एक शब्द भी नहीं कहा। कोई अपनी जगह से नहीं हिला। जब भूरा की आँखें अंधेरे में देखने की अभ्यस्त हुईं तो उसने बिरसा को पहले की तरह गहरी नींद में सोता देखा। उसकी छाती साँस लेने से ऊपर-नीचे हो रही थी, चेहरे पर उस सुनहरी आभा का कोई निशान तक नहीं था।

'वह...वह क्या था?' उनमें से एक आदमी ने सन्नाटा तोड़ा।

'पता नहीं,' दूसरा बोला। वह भी डरा हुआ था। 'हमें अब चलना चाहिए। ज़ल्दी निकलो!'

'इस तूफ़ान में किधर जा सकते हैं?' पहले आदमी ने पूछा। उसने बिरसा पर नज़र रखी हुई थी।

दूसरा आदमी बिना कोई जवाब दिए उठा और तीसरे को भी उठा दिया। वह आदमी उठकर उन्हें कोसने लगा पर ज्यों ही उसे बताया गया कि थोड़ी देर पहले क्या हुआ था तो वह भी बिरसा से यथासंभव दूर हो गया।

भूरा उन तीनों को रात के अंधेरे में महसूस कर सकता था। उन्होंने भूरा से भी कहा कि वह बिरसा से दूर रहे पर भूरा ने उनकी नहीं सुनी। उसने अपनी आँखें एक बार मलीं, चेहरे पर चपत लगाई पर कुछ नहीं बदला। सामने तो वही बिरसा भैया थे, जो हमेशा की तरह शांति से सो रहे थे। भूरा उन्हें बहुत देर तक ऐसे ही ताकता रहा, वह सपने और हक़ीक़त के बीच अंतर नहीं कर पा रहा था।

'क्या तुम्हें उससे डर नहीं लगता?' एक आदमी ने पूछा। वे तीनों गौशाला के दरवाज़े के दूसरी ओर जमा हो गए थे।

'नहीं, मुझे इनसे डरना क्यों चाहिए?' भूरा ने पूछा था।

'यह चमक रहा था!' उनमें से एक हैरानी से बोला।

'पर ये तो बिरसा भैया हैं। इन्होंने दो बार मेरी जान बचाई। और ये कभी किसी का नुक़सान नहीं कर सकते। ये लोगों को ठीक करते हैं, उनकी मदद करते हैं।'

'क्या यह बंदगाँव वाला बिरसा है?' उनमें से एक ने सीधे बैठते हुए पूछा।

'हम्म, हम कुछ समय से पण्डित बाबा के घर वहीं रह रहे थे।' भूरा ने बताया।

'मैंने भी इसके बारे में सुना है।' उस आदमी ने बाक़ी दो लोगों से कहा, 'मेरी पत्नी के भाई, मेरे साले की ससुराल उसी ओर है। उन्होंने ही इस लड़के के बारे में बताया था, जो लोगों का इलाज करता है।'

'मैं सच्ची बता रहा हूँ, ये लोगों को ठीक कर सकते हैं।' भूरा ने जवाब दिया। फिर खुद को समझाया कि उसने कोई सपना देखा होगा। फिर वह बिरसा के और पास लिपटते हुए सुरक्षित महसूस करने लगा और गहरी नींद में सो गया। वे तीनों आदमी सारी रात, दूसरों का इलाज करने वाले लड़के के बारे में बातें करते रहे।

अगले दिन सुबह, जब भूरा और बिरसा चलकड़ के लिए रवाना हुए। तब भूरा ने पिछली रात की कोई बात नहीं कहीं वे तीन आदमी उन लोगों के उठने से थोड़ा पहले निकल चुके थे। बिरसा ने हैरानी जताई कि वे लोग सुबह ही निकल गए पर भूरा तब भी चुप रहा। वह बीच-बीच में बिरसा को ताक लेता था पर कुछ भी तो अलग नहीं लगा। बिरसा भैया तो पहले जैसे ही लग रहे थे।

बिरसा ने कई बार गौर किया कि भूरा उसे बार-बार अज़ीब-सी नज़रों से देख रहा है। जब बिरसा से रहा नहीं गया तो उसने भूरा से पूछ ही लिया, 'भूरा, क्या बात है? सब ठीक तो है?'

भूरा ने खीसें निपोर दीं, वह अपने नायक के सामने खुद को यह बताकर मूर्ख साबित नहीं करना चाहता था कि वह रात के अंधेरे में सूरज की धूप की तरह चमक रहा था।

बाक़ी सारी यात्रा में वे शांत रहे। बिरसा इतने अरसे के बाद परिवार से होने वाली भेंट के बारे में सोच रहा था, इसलिए भूरा से कोई बात भी नहीं हुई। जब वे चलकड़ के पास आ गए तो बिरसा की घबराहट बढ़ गई। पूरे परिवार से मिले चार बरस हो गए थे और वे लोग कितने मुश्क़िल हालात के बीच अलग हुए थे। क्या वे अब उसे देख कर प्रसन्न होंगे?

'बिरसा भैया, मैं पानी के अंदर जा रहा हूँ।' भूरा ने उत्साहित होकर कहा और बिरसा की तंद्रा भंग हो गई। वे लोग गाँव के बाहर बने छोटे तालाब तक आ गए थे और भूरा ने बिरसा के मना करने से पहले ही पानी में छलाँग लगा दी। वह वहीं पेड़ के नीचे बैठ भूरा को पानी में अठखेलियाँ करते देखता रहा। हालाँकि उसके दिमाग़ में माई से जुड़े सवाल चक्कर लगा रहे थे। क्या वह उसे माफ़ कर देगी? क्या वह उसे

पहले की तरह दुलार सकेगी? इन सवालों के बीच ही बिरसा को अहसास हुआ कि इनके उत्तर पाने का एक ही तरीक़ा था, उसे अपने परिवार का सामना करना ही होगा।

वह भूरा को पानी से बाहर आने के लिए कहने ही वाला था कि उसे पड़ोस वाले गाँव की ओर जाने वाले रास्ते पर एक स्त्री और पुरुष भागते दिखे। बिरसा ने देखा कि उस महिला के हाथ में एक छोटी-सी पोटली थी, शायद उसने कोई बच्चा उठा रखा था। वह भागते हुए लगातार रोती जा रही थी। वह आदमी भी तेज़ी से जा रहा था और चेहरे पर चिंता के बादल थे।

'जोहार भैया!' बिरसा ने पुकारा। उसे एक ही क्षण में मामला समझ आ गया। उसने अपनी ओर से मदद की पेशकश की, 'क्या आप चलकड़ से हैं?' उसने उस महिला की गोद में शांत पड़े बच्चे की ओर ध्यान दिया।

'हाँ, वहीं से हैं।' वह आदमी बिना रुके बोला।

'मैं भी वहीं से हूँ पर कुछ साल बाद वापस आया।' बिरसा ने कहते हुए उनकी ओर क़दम बढ़ाए।

भूरा भी भाग कर उनके पास आ गया। 'इस बच्चे को क्या हुआ?' उसने सीधे पूछ लिया।

'इसे तीन दिन से बुखार था। आज ना तो उठा और ना ही रो रहा है। हम पड़ोस वाले गाँव के वैद्य के पास जा रहे हैं।' उस आदमी ने चिंतित स्वर में कहा।

'ओह,' भूरा ने उत्तर दिया।

'आप बुरा नहीं मानें तो आपके बच्चे को देख सकता हूँ।' बिरसा ने उस महिला की ओर हाथ बढ़ाते हुए कहा।

भूरा बोला, 'चिंता नहीं करें। बिरसा भैया सब ठीक कर देंगे। देखो, मुझे साँप ने काटा था। इन्होंने बिलकुल ठीक कर दिया।' उसने अपनी पिंडली पर डंक के निशान दिखाए।

उस आदमी ने हामी भरी और पत्नी को इशारा किया कि वह बच्चे को बिरसा को सौंप दे।

बिरसा बच्चे को तालाब किनारे पेड़ के नीचे ले गया। वह पेड़ के नीचे बैठा और बच्चे को गोद में लिटाकर, अपने झोले में से जड़ी-बूटी तलाशने लगा। बच्चा बुखार से तप रहा था और खुलकर साँस भी नहीं ले पा रहा था। बुखार उतरने की संभावना नहीं के बराबर थी।

बिरसा को यह देखकर मायूसी हुई कि वह जड़ी उसके झोले में नहीं थी, जो वह खोज रहा था। उसने असहाय हो कर इधर-उधर देखा। तीन जोड़ी आँखें उसकी ओर लगी थीं।

'तुम इसे ठीक कर दोगे ना, बिरसा भैया?' भूरा ने थोड़ा डरते हुए, घबरा कर पूछा।

बिरसा ने भूरा को कोई जवाब नहीं दिया। उसने अपनी आँखें बंद कीं और अपने मन को शांत किया, जिसके बाद उसकी देह में एक तंद्रा-सी छा गई। बिरसा ने स्वयं को उसके हवाले कर दिया। उसकी चेतना उस अनजान और अज्ञात शक्ति के अधीन थी। उस पर एक अपूर्व शांति छा गई। फिर उसने अपनी दाईं हथेली बच्चे के माथे पर रखते हुए, उसके माथे पर धीरे से फूँक मारी और ऐसा करते हुए एक विचित्र-सा मंत्र पढ़ा। भूरा और बच्चे के माता-पिता मुँह खोले अवाक खड़े, यह सब देखते रहे। बिरसा के आसपास अनजाने में ही एक शक्तिशाली ऊर्जा क्षेत्र बन गया था, जिसने उसे और उस बच्चे को घेर लिया था। परंतु जिस तरह वह प्रकट हुआ था, उसी तरह ओझल भी हो गया और बिरसा ने अपनी आँखें खोलीं। इसके साथ ही बच्चे ने भी आँखें खोल दीं और मुँह से किलकारी मारी।

वह महिला वहीं ज़मीन पर गिर पड़ी और मारे खुशी के रोने लगी। वह आदमी भी बच्चे को बिरसा से वापस लेने के लिए आगे आ गया।

'यह कुछ ही देर में ठीक हो जाएगा।' बिरसा ने माता-पिता को रोते देखकर कहा। हालाँकि बच्चा फिर से सो गया पर अब बुखार उतर गया था और चेहरे की रंगत वापस आ गई थी। उसकी साँस भी नहीं फूल रही थी।

माता-पिता ने बिरसा को आभार से देखा। आँखों से आँसू बह रहे थे। उन्होंने पास जाकर बिरसा के पैर छूने चाहे पर वह उनके ऐसा करने से पहले ही पीछे हट गया।

'नहीं।' उसकी आँखें सदमे के कारण फैल गई थीं। 'आप क्या कर रहे हैं, मैं आपसे छोटा हूँ।'

'नहीं,' उस आदमी ने सिर हिलाया। 'आपकी आयु से फ़र्क नहीं पड़ता। हमारे लिए तो आप मसीहा हो। आपने हमारे इकलौते बेटे की जान बचाई, हम हमेशा आपके अहसानमंद रहेंगे।' इसके बाद, बिरसा के मना करने से पहले ही, उस आदमी ने उसका हाथ थामा और आदर से चूमकर माथे से लगा लिया।

'मेहरबानी करके, हमारे साथ चलकड़ चलें।' उस आदमी ने कहा और बिरसा अनमना-सा खड़ा रहा। 'मेरा नाम बीर सिंह मुंडा है और मैं गाँव का सरपंच हूँ। अगर आप गाँव में मेरे घर में रहेंगे तो यह हमारे गाँव के लिए बड़े सम्मान की बात होगी।'

'सरपंच जी, आपके प्रस्ताव के लिए शुक्रिया। हम भी चलकड़ ही जा रहे हैं। मेरा परिवार वहीं है, मैं वहीं जा रहा हूँ।'

'तो चलिए हम आपको घर तक छोड़कर आते हैं।' बिरसा के मना करने से पहले ही सरपंच उनके साथ वापस चलने को तैयार था।

बिरसा सरपंच के साथ चला तो अब तक मन में आ रहे सारे संशय और भय दूर हो गए। घर की ओर बढ़ते हर क़दम के साथ बिरसा का विश्वास मजबूत होता जा रहा था कि घर में माई बहुत दुलार से मिलेगी और उसे माफ़ कर देगी। बिरसा जानता था, उसके गुरु ने सच कहा था। उसका घर ही उसकी कर्म भूमि था और उसे बेहिचक, अपनी मर्ज़ी से चक्रव्यूह में प्रवेश करना होगा, तभी वह अपने भाग्य का लिखा पूरा कर सकता था।

13

चलकड़

1894

'बिरसा!' करमी अपने पुत्र को अविश्वास से ताक रही थी। अगले ही क्षण उसकी आँखें भर आईं। 'मैं तो तुझे देखने की आस ही खो बैठी थी।' वह उसे गले से लगा कर सुबकने लगी। सरपंच बीर सिंह मुंडा उन्हें देख रहे थे, उनका मुँह खुला का खुला रह गया। जब बिरसा ने उन्हें कहा कि वह उन्हें सुगना मुंडा के घर ले चलें तो उन्हें अहसास नहीं हुआ था कि बिरसा सुगना का ही पुत्र है। उन्हें जितना याद है, बिरसा पहले ऐसा तो नहीं दिखता था।

'यह बिरसा है? तुम्हारा बेटा?' उन्होंने करमी के पास खड़े सुगना से पूछा।

'जी, यही बिरसा है।' सुगना ने आँसू पोंछते हुए कहा।

अब सरपंच को याद आया कि किस तरह चार बरस पहले, किन हालात में उस लड़के को अपना घर छोड़ कर जाना पड़ा था। पर जहाँ तक उनका सवाल था। अब वह क़रिश्माई लड़का उनके बेटे की जान बचा कर जो उपकार कर चुका था, उसका पिछला कोई भी पाप इसके आगे छोटा था।

'सुगना, तुम क़िस्मतवाले हो।' उसने कहा और फिर सबको बताने लगा कि किस तरह बिरसा ने उनके बुखार से तप रहे बच्चे को ठीक कर दिया था। 'दरअसल हम सभी भाग्यशाली हैं कि इतनी महान आत्मा हमारे गाँव में आई है।' उसने दमकते हुए कहा। वह बिरसा के आगे झुक कर बोला, 'मैं अभी आपसे विदा लेता हूँ पर अगर आपकी अनुमति हो तो मैं अपने घर में एक सभा आयोजित करना चाहूँगा जिसमें मैं आपको सबसे मिलवाना चाहता हूँ।' बिरसा के कुछ कहने से पहले ही

उसने झट से आगे कहा, 'बेशक, कुछ दिन बाद, पहले आप आराम कर तरोताज़ा हो लें।'

बिरसा ने विनम्रता से सिर हिलाया और सरपंच के जाने के बाद, वे चारों एक अजीब-से सन्नाटे के बीच खड़े रहे। करमी और सुगना अपने बेटे को ताक रहे थे। वह उनसे चार बरस दूर रहा। ना केवल एक सुंदर नवयुवक हो गया था बल्कि उसके चेहरे पर जो आब और दमक थी, उसे देख कर लगता था कि वह अपनी आयु से कहीं अधिक सयाना और समझदार हो गया था। सरपंच की बात सुन कर तो वे और अकबका गए थे। बिरसा उनके ठीक सामने खड़ा था और वे तय नहीं कर पा रहे थे कि उसे कैसे संबोधित करें।

भूरा ने बिरसा को टहोका दिया और थोड़ा धीरे से बोला, 'भूख लगी है भैया।'

'ज़रा देखो मुझे।' करमी ने माथा ठोका। 'दो भूखे बच्चे दरवाज़े पर आए खड़े हैं और मैं बेकार खड़ी हूँ।' उसने बिरसा के पीछे शरमाए हुए भूरा को देखा। 'बिरसा, यह छोटू कौन है?' करमी ने अपने हाथ भूरा की ओर फैलाए।

'माई, यह भूरा है। यह मेरे साथ ही रहता है।' बिरसा ने उत्तर दिया और भूरा को माई की ओर धकेल दिया।

'आह,' करमी ने भूरा को बाँहों में भरा और उसके बाल सहलाए। 'लगता है, तुम सफ़र में दुबले हो गए हो। पहले तुम्हारा पेट भरना होगा। चलो जा कर दोनों मुँह-हाथ धो लो। मैं तब तक कुछ बना लेती हूँ।'

बिरसा ने सिर हिलाया और करमी के कहे अनुसार तरोताज़ा होने चल दिया। उसकी सारी झिझक जा चुकी थी।

उस रात, उन चारों ने अच्छी तरह खाना खाया क्योंकि उनके मना करने के बाद भी सरपंच ने कुछ सब्ज़ियाँ और अनाज भिजवा दिया था। वह बिरसा को मदद के लिए धन्यवाद देना चाहता था।

'माई, कोमता भैया कब वापस आएँगे?' बिरसा ने खाना खाते हुए पूछा।

'कोमता और कनु तुम्हारे आने से कुछ देर पहले ही निकले। शायद कल दिन में वापसी हो जाएगी।'

बिरसा ने सिर हिलाया। उसे समझने में देर नहीं लगी कि इतने बरस बाद भी घर की माली हालत में कोई ख़ास अंतर नहीं आया था। घर की हालत खस्ता थी, छत मरम्मत माँग रही थी। माई की रसोई में कोई अनाज नहीं था। उसे भाई से बात करके, इस मामले में सुधार करना होगा।

वे रात के खाने के बाद कुछ देर बैठ कर बातें करते रहे। बिरसा के माई और बाबा उससे जिस स्नेह और प्रसन्नता से मिले, उसे देख कर बिरसा को पछतावा

हुआ कि वह इतने समय तक उनके बारे में कितने संदेह पालता आया था। उसका परिवार उसे तब भी प्यार करता था और आज भी करता है। जहाँ तक बीते हुए समय की बात थी, किसी ने एक शब्द तक नहीं कहा। वह जानता था कि उन्होंने उसे क्षमा कर दिया था। आख़िर में, जब मन हल्का हो गया तो बिरसा करमी की गोद में सिर रखे गहरी नींद में सो गया।

'करमी माई, क्या बिरसा भैया हमेशा से ऐसे ही ताक़तवर थे?' भूरा ने अपने नायक को सोते हुए देखा। वह भी अभी तक जाग रहा था। उसे नए माहौल में नींद नहीं आ रही थी।

'नहीं, नहीं। एक समय ऐसा भी था जब बिरसा ठीक तेरे जैसा था।'

भूरा कुछ देर उस बात को समझने की कोशिश में रहा। उसके लिए बिरसा किसी नायक से कम नहीं था। वह सोच भी नहीं सकता था कि बिरसा भैया कभी उसकी तरह छोटे और कमज़ोर रहे होंगे। कुछ देर बाद, उसने गहरी साँस भर कर करमी से कहा, 'आपको पता है माई, कल रात तूफ़ान आया तो बिरसा भइया की पूरी देह सुनहरी हो गई थी। वे चमक रहे थे। जैसे उनके अंदर से सूरज की किरणें फूट रही थीं।'

करमी और सुगना ने हैरानी से एक-दूसरे को देखा।

'सुनहरा? कहना क्या चाहता है, भूरा?' सुगना ने लाड़ से मुस्करा कर पूछा।

वह बच्चा पहले उन दोनों को ताकता रहा और फिर विस्तार से बता दिया कि पिछली रात क्या हुआ था। उसने उन्हें बताया कि किस तरह तूफ़ानी रात में, वह भैया के शरीर से निकलती सुनहरी रोशनी से डर गया था और उसके बाद एक सुनहरी-सी आभा ने उन्हें कैसे घेर लिया था।

जब उसकी बात पूरी हुई तो करमी और सुगना कुछ देर तक बोल ही नहीं सके। फिर करमी ने स्नेह से बिरसा का सिर गोद से हटा कर सरकंडे की चटाई पर रख दिया और उठ गई। उसने कहा, 'भूरा, तुमने कोई सपना देखा होगा।' फिर उसने बच्चे का चेहरा सहलाते हुए कहा, 'अब तुम्हें भी सोना चाहिए। सारे दिन के थके-माँदे आए हो।' फिर उसने भूरा को बिरसा के पास लिटाया और लालटेन बुझा कर बात वहीं ख़त्म कर दी।

◆

जब कोमता और बिरसा सरपंच के घर से निकले तो कोमता के चेहरे पर अर्थपूर्ण मुस्कान थी। वे सरपंच के घर से जिस छोटी-सी बैठक से आ रहे थे उसमें चलकड़ और पड़ोस के गाँवों से आए, मुंडा बिरादरी के कम से कम चालीस लोग शामिल

थे। जब सरपंच बीर सिंह मुंडा ने बिरसा की चमत्कारी आरोग्य शक्तियों के बारे में विस्तार से बताया तो वे सब बड़े आदर भाव से सुन रहे थे। जब उसकी बात पूरी हुई तो सभी बिरसा का आशीर्वाद लेने आने लगे। बिरसा को ऐसे सम्मान की आदत नहीं थी, उसे बहाना बना कर उठ कर आना पड़ा।

'मैं तो अब भी यक़ीन नहीं कर पा रहा!' कोमता ने अपने भाई का चेहरा पढ़ते हुए कहा। 'तुमने यह सब कैसे कर दिखाया? अभी गाँव में आए महीना भर भी नहीं हुआ। क्या तुम्हें नहीं लगता कि अब तुम्हें मुझे अपना राज़ बता देना चाहिए?'

'कोमता भैया, मैं कुछ नहीं जानता।' बिरसा ने कहा। 'मेरे पास कोई राज़ नहीं है। बस एक पल में यही लगा था मानो मैं आपसे और मुझसे भी कहीं बड़ा और ताक़तवर हो गया था। उस एक पल में, जब बच्चा मेरी गोद में था तो मुझे लगा कि मैं कुछ भी कर सकता हूँ।'

'पता है, तेरे बारे में चारों ओर ख़बर फैल रही हे। लोग तुझसे मिलने आना चाहते हैं ताकि तू उन्हें चंगा कर सके।'

'मैं कुछ नहीं कर सकता। मैं सबको दिलासा नहीं दे सकता कि चाहे उनका रोग कोई भी क्यों नहीं हो, मैं उन्हें ठीक कर दूँगा। पर लोगों का स्वागत है, यदि वे चाहें तो आ कर मेरे साथ प्रार्थना कर सकते हैं।'

'तो, क्या मैं उन्हें आने दूँ?' कोमता ने पूछा।

बिरसा ने कोई जवाब नहीं दिया। वह जल्दी से क़दम बढ़ाने लगा और सीधा उस छोटे-से कमरे में चला गया जो उसने आँगन के एक कोने में अपने लिए बना लिया था। उसने भीतर से दरवाज़ा लगा लिया और कोमता जानता था कि उसके पीछे जा कर सवाल का जवाब लेने की आवश्यकता नहीं थी।

बिरसा को आए एक माह होने को था। वे अक्सर उस जगह जा कर गहरे मौन में डूब जाते और उन्हें तब तक कोई उस मौन से नहीं उठा सकता था, जब तक वे स्वयं नहीं चाहते। उन्होंने वापस आने के एक सप्ताह में ही अपने लिए कच्ची मिट्टी की झोपड़ी बना ली थी। जब पहले एकाध बार वे उसके भीतर गए और घंटों बाहर नहीं आए तो सारा परिवार चिंता से अधमरा हो गया था। कोमता ने तो दरवाज़ा तोड़ने की धमकी तक दे डाली थी। पर अब उन्हें बिरसा की आदत का पता चल गया था। उन्हें बार-बार संसार से दूरी क्यों बनानी पड़ती थी। कोई भी उनसे इस बारे में सवाल नहीं करता था और ना ही वे कोई बाधा डालते। वे उन्हें बाहर आने को भी नहीं कहते थे। करमी और सुगना उसके मुख से निकले मंत्रजाप को सुन कर बहुत शांति महसूस करते, हालाँकि उन्हें उस भाषा का एक शब्द भी समझ नहीं आता था। जो लोग उनका मंत्रपाठ सुनते, वे कहते कि बिरसा ध्यान कर रहे हैं, कुछ लोग कहते कि उन्होंने किसी पवित्र नाम की दीक्षा ली है।

पर असल में कोई नहीं जानता था कि उस कमरे में क्या होता था। गाँववालों का मानना था कि बिरसा को उस पूजा-पाठ और ध्यान से ही दूसरों को चंगा करने की आरोग्यकारी शक्ति मिलती थी।

बिरसा की बाहरी छवि भी बदल गई थी। अब वे अपनी देह पर पवित्र जनेऊ पहनते। वे केसरिया धोती के साथ लकड़ी की खड़ाऊँ पहनने लगे। चेहरे और शरीर पर चंदन का लेप रहता। कई गाँव वालों का कहना था कि वे ऐसा करके स्वयं को भगवान श्रीकृष्ण के निकट पाते थे। असल में, उनके पास बाँसुरी भी होती थी, कई बार दूसरों के आग्रह पर बिरसा बाँसुरी भी बजाया करते। उन्होंने मांस खाना छोड़ दिया था और प्रायः लोगों से भी ऐसा ही करने को कहते।

कुछ और महीने बीते, बिरसा की चमत्कारी आरोग्यकारी शक्तियों के बारे में दूर-दूर तक बात फैल गई। लोग दूर-दराज़ के गाँवों से चल कर, क़रिश्माई मसीहा से मिलने आने लगे। बिरसा उनके साथ प्रार्थना करते, अपने सुखद स्पर्श से आशीर्वाद देते। कई बार वे रोगियों को अपने हाथों तैयार किए गए देसी काढ़े और दवा आदि भी देते। कोई भी उस दरवाज़े से ख़ाली हाथ नहीं जाता था। हालाँकि बिरसा केवल यही नहीं करते थे। लोग आ कर अपने मन का हाल सुनाते और बिरसा पूरे धीरज से उन्हें सुनते। वे उन्हें बहुत ही सरल और सच्ची सलाह देते जिसे लोग आसानी से समझ कर अपने जीवन में उतार सकते थे। पहले तो लोग अपने रोगों को इलाज करवाने और रोगियों को ठीक करवाने आते थे पर जल्दी ही वे चलकड़ में बिरसा से मिलने आने लगे। बिरसा ने कभी कोई योजना नहीं बनाई पर उसने खुद को विविध विषयों पर बोलते पाया - जिनमें धर्म, आस्था और लोगों के गौरव से जुड़े विषय शामिल थे - हर बीतते दिन के साथ रोज़ आने वाले लोगों की भीड़ बढ़ती जा रही थी।

ग्रामीण चलकड़ आने की बात इस तरह करते थे मानो किसी तीर्थयात्रा पर आना हो। उनमें से अधिकतर को विश्वास था कि बिरसा की दिव्यता का संबंध स्वर्गिक साक्षात्कार से था जिसके कारण वे स्वयं ईश्वर की तरह चमत्कार कर पा रहे थे।

हालाँकि बिरसा की लोकप्रियता बढ़ने के साथ-साथ उनसे जुड़ी घटनाओं के विवरण भी बढ़ते चले गए। इस तरह बिरसा की रोगियों को आरोग्य प्रदान करने की योग्यता और उनके द्वारा जादुई शक्तियाँ पाने की योग्यता के बीच भ्रम-सा पैदा हो गया। एक शांत-सी सुबह थी, बहुत परेशान और घबराए हुए लोगों का समूह बिरसा के दरवाज़े पर आया, उनके पास एक लड़का था जो बेहोश था।

'बिरसा, बाहर कुछ लोग तुम्हारा इंतज़ार कर रहे हैं। वे अपने साथ एक बेसुध लड़का लाए हैं।' कोमता ने भाग कर बिरसा को बताया। 'तुम्हें जल्दी जा कर उसे देखना चाहिए।'

बिरसा अपने आँगन से निकले और देखा कि तीन लोग एक बेसुध पड़े लड़के पास खड़े थे। उनके सिर झुके हुए थे और वे हाथ जोड़ कर प्रार्थना कर रहे थे। उनके कपड़े देख कर पता चलता था कि वे मुसलमान हैं। बिरसा यह देख कर चकित हुए क्योंकि इससे पहले कभी कोई मुसलमान उनके पास नहीं आया था।

'जोहार, बाबा।' उनमें से एक ने बिरसा को देख कर कहा। 'मेरा नाम अब्द-अल-रहीम है और हम खूँटी से आपके पास आए हैं।' उसने बिरसा के पास आते हुए कहा। उसके हाथ आदर-भाव से जुड़े हुए थे। 'हमने आपकी आरोग्य शक्तियों के बारे में बहुत सुना है। बाबा, यह मेरा बेटा है। मेहरबानी करके इसे ठीक कर दें।' वह आदमी बिखरने के क़गार पर था।

बिरसा ने एक शब्द भी कहे बिना कदम बढ़ाया और उस लड़के पास चले गए। उन्होंने आँखें सिकोड़ कर ध्यान से देख और फिर उस आदमी की ओर मुड़ कर बोले, 'दोस्त, यह क्या है?'

'बाबा, इसे चंगा कर दें।' उस आदमी ने घबराहट से बिरसा को देख कर कहा।

'अगर कोई देह पड़ी होती तो तुम्हारे बेटे को चंगा कर देता पर तुम तो केवल माटी लाए हो और मैं माटी में प्राण नहीं डाल सकता। कोई भी नहीं डाल सकता।' बिरसा ने सौम्यता से कहा।

'बाबा, मेहरबानी करें।' वह आदमी गिड़गिड़ाने लगा, परंतु बिरसा पहले ही मुड़ कर अपने कमरे में जा चुके थे।

कोमता और सुगना, उस आदमी को अपने बेटे की लाश पर ज़ार-ज़ार रोते देखते रहे। वे लोग उस लाश को खूँटी से इतनी दूर तक यही सोच कर लाए थे कि बिरसा उसे चंगा कर देंगे। जब वे लोग घर में आए तो सुगना और कोमता को भी नहीं पता था कि वह लड़का मर चुका है। पर बिरसा ने उसे देखते ही जान लिया था। वे यह सोच रहे थे कि बिरसा ने उस लाश को छुए बिना ही दूर से कैसे पहचान लिया था कि उसमें प्राण नहीं रहे।

आने वाले दिनों में, खूँटी वाली घटना, एक मुँह से सौ मुँह तक जाते-जाते फैलती चली गई। जैसा कि उम्मीद थी, इसी दौरान यह कहानी और कुछ दूसरे किस्से उन लोगों तक भी पहुँचे जो उस जगह शासन करते थे। उनकी परम सत्ता को किसी भी रूप में चुनौती दी जाए, वे भला कैसे सहन कर सकते थे। यह तो एक जुर्म था। ब्रिटिश राज किसी भी हाल में इस तरह की घटनाओं को प्रश्रय नहीं दे सकता था।

14

चलकड़
1894

'केवल एक ही ईश्वर है। वही इस सृष्टि का कर्ता है। वही सबका मालिक और मारने वाला है, उसके ही हाथों में हर मनुष्य का कल्याण छिपा है। अनेक देवी और देवताओं की पूजा करने से बेहतर है कि हम केवल सिंगाबोंगा को ही पूजें।'

बिरसा भारी भीड़ के आगे बैठे थे जो उस दिन के सत्संग में शामिल होने आई थी। उन्होंने सबको बताया कि किस तरह अंधविश्वास और खोखली आस्था और अभ्यास अनावश्यक रूप से उनके जीवन को और उलझा रहे थे और उन्हें धर्म व आस्था के सच्चे और सार्थक अर्थ को जानने नहीं दे रहे थे।

उस इलाके के गाँवों में एक आरोग्यकारी मसीहा के रूप में बिरसा की ख्याति फैलने लगी तो बिरसा ने अपने पास आने वाले लोगों से अपने ज्ञान और जानकारी को उतना ज़्यादा बाँटना आरंभ कर दिया। उनकी शिक्षाएँ सरल थीं और वे उन लोगों के जीवन को सरल और सशक्त बनाने का उद्‌देश्य रखती थीं। वे चाहते थे कि लोग उधार ली गई सांस्कृतिक पृष्ठभूमि को उतार दें जो उन्होंने मिशनरियों और उन पर राज करने वाले ज़मींदारों से विरासत में ली थी।

'अप्राकृतिक की अवधारणा, मनुष्य की सीमित कल्पना के अंश से अधिक नहीं है। इसका त्याग कर दो।'

'ईश्वर की पूजा तो धान के कुछ दानों और दूसरे अनाजों से भी हो सकती है। उसके लिए बड़ी बलि चढ़ाने की ज़रूरत नहीं है।' बिरसा ने लोगों से कहा।

जब भीड़ में कुछ लोग यह सुन कर थोड़े सकते में आ गए तो बिरसा ने बड़े ही धीरज से उन्हें समझाया। उनके शब्द समाज का सुधार कर रहे थे और लोगों को उन्हें हजम करने में समय लगता था परंतु जिस तरह आनंद पाण्डेय बड़े ही धीरज से बिरसा को सब कुछ समझाया करते थे, उसी तरह बिरसा भी अपनी शिक्षाओं में सब कुछ विस्तार से समझाते हुए आगे बढ़ रहे थे। वे लोगों की जिज्ञासाओं को पूरी तरह से शांत करते।

उन्होंने हर घर में तुलसी पूजन जैसी चीज़ों पर बल दिया, लोग शराब का सेवन छोड़ कर जनेऊ पहनने लगे और अच्छी व साफ़-सुथरी जीवनशैली अपना कर नैतिकता पर ध्यान देने लगे। उन्होंने अपनी शिक्षाओं में *गीता, रामायण* और *महाभारत* की घटनाओं को भी शामिल किया। वे पण्डित बाबा की शिक्षाओं को लोगों तक पहुँचाना चाहते थे जो आध्यात्मिक पथ पर आगे बढ़ रहे थे।

बिरसा की शिक्षाएँ और उनकी आध्यात्मिकता का यह स्वरूप बिरसाइत कहलाने लगा। यह नया धर्म एकेश्वरवाद में विश्वास रखता था और अपने अनुयायियों को प्रोत्साहित करता था कि वे अपनी प्राचीन आस्था को फिर से जीवित करें। लोग बिरसा की एक झलक पाने के लिए चलकड़ उमड़ने लगे। वे बिरसा के दर्शन करना चाहते थे, उन्हें सुनना चाहते थे और इस तरह बिरसाइत संप्रदाय हर बीतते दिन के साथ बड़ा होता चला गया। उन्हें देखने वाले अनेक लोगों का दावा था कि वे भगवान कृष्ण का अवतार थे और एक दिन, जब भारी भीड़ के बीच बिरसा अपने स्थान से उठे और घोषणा की कि उस दिन के बाद से वे, धरती आबा या ब्रह्माण्ड के पिता के रूप में जाने जाएँगे।

◆

इस दौरान बिरसा और उनकी चमत्कारी शक्तियों का प्रभाव जंगल की आग की तरह फैल गया था, मुंडा सरदार काफ़ी समय से ब्रिटिश के ख़िलाफ़ अपनी गतिविधियों को जारी रखे हुए थे परंतु उन्हें बहुत क़ामयाबी नहीं मिल सकी थी और उन्हें मिलने वाला सहयोग भी दिन-ब-दिन घट रहा था। अंग्रेज़ सरकार के ख़िलाफ़ उनके प्रहार बहुत कम और अव्यवस्थित थे, इस तरह वे चाह कर भी कुछ नहीं कर पा रहे थे। और अब उन्हें अचानक बिरसा की बढ़ती लोकप्रियता दिखी तो उन्हें लगा कि उन्हें बिरसा को अपना पूरा सहयोग देना चाहिए - चलकड़ के सोई मुंडा, कास्मर के जौन मुंडा, नारंग से मार्टिन मुंडा, और कीलो के मांगा मुंडा।

'आप सभी मुझसे वरिष्ठ हैं और मैं आपके सहयोग के लिए आभारी हूँ।' बिरसा ने उन्हें धन्यवाद दिया। वे चलकड़ में उनके घर के पास, बरगद के पेड़ तले बैठे थे। 'परंतु मैं आपके लिए क्या कर सकता हूँ?' उन्होंने पूछा। क्योंकि उन्हें

पता था कि मुंडा सरदारों के इस सहयोग के पीछे कोई कारण अवश्य थे। उनका अनुमान सही निकला।

'हम चाहते हैं कि आप अपने सामाजिक आंदोलन को ब्रिटिश के ख़िलाफ़ राजनीतिक आंदोलन के रूप में केंद्रित कर दें।' सोई मुंडा ने कहा।

बिरसा उन्हें ताकते रहे। वे अपने आंदोलन के राजनीतिक नतीजों और लोगों पर पड़ने वाले अपने प्रभाव से अनजान नहीं थे। हालाँकि उन्हें सरदारों का खुल कर साथ देने में थोड़ी हिचक थी।

'लोग एक बड़ी लड़ाई के लिए हमारे साथ हों, उससे पहले उन्हें पूरी तरह से सामाजिक सुधार की प्रक्रिया से गुज़रना होगा।' वे बोले।

'बिरसा, भले ही हमारे आंदोलन थोड़े अलग हैं परंतु हमारे उद्‌देश्य तो एक ही हैं। हम मुंडा समाज को आगे ले जाना चाहते हैं।' सोई मुंडा ने तर्क दिया।

'और मेरा भरोसा करें, हमारे काम आपस में संबंध रखते हैं क्योंकि हमारा शत्रु एक ही है। अगर हम एक नहीं होंगे तो दोनों ही अपने उद्‌देश्य को पूरा नहीं कर सकते।' मार्टिन मुंडा ने कहा।

उस रात, सरदारों के जाने के बाद, बिरसा ने कोमता से बहुत देर तक बात की और उन्हें बिरादरी, अपनी आकांक्षाओं और योजनाओं के बारे में विस्तार से बताया।

'हो सकता है कि अब इसे एक जन आंदोलन में बदलने का समय आ गया हो।' बिरसा ने रात को सोने जाने से पहले कहा।

आने वाले दिनों में, बिरसा ने स्वयं को बड़े कदम के लिए तैयार किया और अपने आंदोलन को ठोस राजनीतिक केंद्र देने के लिए तैयार करने लगे। चलकड़ में दो लोग ऐसे थे जो इस उमड़ती क्रांति को महसूस कर रहे थे : ज़मींदार त्रिभुवन सिंह और फ़ादर हॉफ़मैन, जो कुछ साल पहले बंबा से चलकड़ आ गए थे। वे अपनी आँखों से, आदिवासियों पर मिशनरियों के घटते प्रभाव को देख रहे थे। बिरसा ने पहले भी कई बार उनकी सत्ता को चुनौती दी थी और अब वे अपने बिरसाइत संप्रदाय के साथ और आदिवासियों को भी ईसाई धर्म को छोड़ कर, अपने पुराने धर्म को अपनाने के लिए प्रेरित कर रहे थे। उनके लिए हालात बदतर हो रहे थे। कहना नहीं होगा, फ़ादर हॉफ़मैन और त्रिभुवन सिंह ने ब्रिटिश प्रशासन के साथ मिल कर कार्रवाई चालू कर दी थी ताकि बिरसा के बढ़ते प्रभाव को मिटाया जा सके।

15

राँची
1895

'वे कहते हैं कि वह उनका नया मसीह है, काला मसीह!' फ़ादर हॉफ़मैन ने मुँह बिचकाया। 'ईशनिंदा! ईशनिंदा है यह! ऐसे लोगों को तो ऐसा सोचने के लिए ही सूली पर लटका देना चाहिए।'

जिले के कलेक्टर अल्बर्ट विलकिन्सन ने पादरी की बात सुन कर भौंहें टेढ़ी कीं। हालाँकि वह भी इन घटनाओं से नाखुश था पर इसके साथ ही वह राजनीति से भी जुड़ा था और अच्छी तरह समझता था कि पादरी जैसे धार्मिक लोग कैसे-कैसे तमाशे कर सकते थे। उसने पुलिस कमिश्नर इयान स्मिथ को देखा, जो अपनी कुर्सी में बेचैनी से पहलू बदल रहा था।

कमिश्नर जानता था कि यह सब पहले ही हाथ से निकल चुका था। एक नन्हे से हानिरहित से दिख रहे बीज को हवा उड़ा कर चलकड़ ले गई, जहाँ बिरसा मुंडा एक ऐसे ठोस और शक्तिशाली विचार में बदल गया था जो धीरे-धीरे लोगों की आत्माओं और दिलों में बसता जा रहा था। उन सबको कलेक्टर के कार्यालय में इमरजेंसी मीटिंग के लिए बुलाया गया था ताकि हालात के अनुसार कार्रवाई की योजना बनाई जा सके, वही इस बात का सबूत था कि हालात कितने गंभीर होते जा रहे थे।

'यह सब उन प्रार्थना सभाओं से आरंभ हुआ जो उस लड़के ने चलकड़ आने के एक महीने बाद चालू की थीं।' त्रिभुवन सिंह ने कहा। उसे स्मिथ इस मीटिंग में

घसीट लाया था और अब कमरे में उपस्थित सभी लोग उसे उन नज़रों से देख रहे थे जो कह रही थीं कि वह अकेला ही चलकड़ में हो रही घटनाओं के लिए ज़िम्मेदार है। अगर वह अपनी चाल सही तरह से नहीं चलता तो वे उसे ही बलि का बकरा बना देते। वह आगे बोला, 'हालाँकि इतनी चिंता वाली बात नहीं है। ऐसा नहीं कि हम यह मसीहा बनने वाले छोकरे से निपट नहीं सकते। बस हमें थोड़ी तेज़ी से कार्रवाई करनी होगी।'

'मैंने सुना है कि यह छोकरा अपने लोगों को चर्च और क्राउन के ख़िलाफ़ भड़का रहा है।' फ़ादर हॉफ़मैन ने कहा।

'फ़ादर, मुझे लगता है कि आप कुछ ज़्यादा ही प्रतिक्रिया दे रहे हैं। यह लड़का हमारे आगे कुछ नहीं है। जहाँ तक गाँव वालों का सवाल है, वे हमेशा की तरह अंधविश्वास के पीछे हैं। यह उन्हें कहीं नहीं ले जाने वाला। इन गँवारों को एकजुट कर बग़ावत करवाना नामुमकिन है। बिलकुल नामुमकिन!'

फ़ादर हॉफ़मैन ने कड़वे शब्दों में कहा, 'यह छोकरा हज़ारों अनुयायियों को बहका रहा है कि वे ईसाई धर्म को छोड़ कर अपने पुराने विश्वासों पर आ जाएँ और तुम कहते हो कि मैं कुछ ज़्यादा ही प्रतिक्रिया दे रहा हूँ।'

'नहीं, फ़ादर नहीं।' जिले के कलेक्टर ने पादरी को शांत करना चाहा। 'ऐसा नहीं कि आप बेकार ही चिंता कर रहे हैं। आपको चिंता करने का पूरा हक़ है। पर आपको यह भी समझना चाहिए कि अगर हम इसके ख़िलाफ़ क़ानूनी कार्रवाई करते हैं तो हमें कार्रवाई करने के लिए ठोस आधार चाहिए। अगर आप इससे छुटकारा पाना चाहते हैं और इसकी बग़ावत को कुचलना चाहते हैं, तो मुझे ठोस सबूत दीजिए।'

'हुँह!! ठोस सबूत?' अगले ही पल फ़ादर बिना किसी से कुछ कहे, कमरे से बाहर हो गए और फिर अपने साथ सहमे हुए देहाती आदमी को ले कर लौटे।

'यह डेमका मुंडा है।' उन्होंने उस आदमी को सबके आगे धकेलते हुए कहा। वह आदमी सिर झुकाए, हाथ जोड़े खड़ा था। 'डेमका के अनुसार, बिरसा मुंडा अपने अनुयायियों के लिए एक आचार संहिता बनाने जा रहा है। जिसका वे सभी पालन करेंगे। उसने अगले सप्ताह इस काम के लिए सभा का आयोजन किया है। हम ऐसा नहीं होने दे सकते।'

'क्या यह सच है?' अल्बर्ट ने उस गाँववाले से पूछा।

'जी...जी साहब।' उस आदमी ने जवाब दिया।

'तुम बिरसा के बारे में और क्या जानते हो?' अल्बर्ट ने पूछा।

'अगले गुरुवार, पूजा के बाद वह गाँववालों को सिखाने की योजना बना रहा है कि वे स्वयं को ग़रीबी, गुलामी, अंग्रेज़ बाबुओं और चर्च से कैसे आज़ाद कर सकते

हैं।' वह आदमी घबरा कर अपने हाथ मलने लगा। फिर बेमन से आगे बोला, 'वह यह भी कहता है कि गोरे लोग, सारे गोरे लोग एक जैसे ही होते हैं।'

'हम्म।' विलकिन्सन अपनी कुर्सी पीछे खींच कर गहरी सोच में डूब गया। 'तुम जा सकते हो।' उसने एक मिनट के बाद उस आदमी को कमरे से बाहर भेज दिया।

'त्रिभुवन सिंह, चाहे जो मर्ज़ी करो। पर यह मीटिंग नहीं होनी चाहिए।' इयान ने कमरे के सन्नाटे को तोड़ते हुए कहा। 'तुम्हें पुलिस विभाग से हर तरह की मदद मिलेगी पर ध्यान रहे कि चिंगारी को लपट में बदलने से पहले ही कुचल देना है।'

'ठहरो, कमिश्नर स्मिथ।' जिला कलेक्टर ने बीच में दख़ल दिया। 'इस सारे मामले को बड़ी सावधानी से निपटाना होगा। हम कोई अंधाधुंध कार्रवाई नहीं कर सकते और गैरक़ानूनी तरीक़ों से तो बिलकुल भी नहीं! मुझे भी तो अपने से बड़े अधिकारियों का जवाब देना होगा।'

'क़ानूनी कार्रवाई का आधार तो ठीक हमारे सामने है।' फ़ादर ने खीझ कर कहा। 'यह छोकरा स्वयं को प्रभु कहता है। यह खुद को हमारे प्रभु से भी ऊपर मान रहा है। क्या आपको लगता है कि कार्रवाई के लिए कोई और सबूत भी चाहिए? ये आदिवासी पहले से ही मानने लगे हैं कि आकाश में उनका भगवान सूर्य है और धरती पर बिरसा मुंडा है, जो उनकी रक्षा कर सकता है।'

'यह तो वाकई हास्यास्पद है।' विलकिन्सन ने हामी भरी। 'थैंक्स फ़ादर। हमारे ईश्वर के ख़िलाफ़ लोगों को भड़काना और दावे करना, निश्चित रूप से क़ानूनी कार्रवाई का आधार बन सकता है। खुद को भगवान कहलाने वाला आदमी ना केवल पाप कर रहा है बल्कि वह राज्य की क़ानून और व्यवस्था के लिए भी संकट का कारण बन सकता है। हम ऐसा नहीं होने दे सकते। नहीं, सर! कमिश्नर स्मिथ, शायद अब आपको पता है कि आगे क्या करना है।'

'बिलकुल।' स्मिथ ने कहा। वह सचेत हो कर उठा। 'मैं जल्दी ही आपके हस्ताक्षर के लिए ऑर्डर बना कर भेजता हूँ।'

'और स्मिथ, सावधान रहना। जब कोई आदमी अपने लोगों के प्यार और आदर का पात्र होता है, जैसा कि बिरसा लग रहा है तो उसे अनुयायी, इस आंदोलन को कुचलने में तुम्हारे लिए बड़ी चुनौती हो सकते हैं।' विलकिन्सन ने चेतावनी दी और उठते हुए, मीटिंग के समाप्त होने का संकेत दिया।

16

चलकड़
1895

बिरसा ने सावधानी से उन काग़ज़ों को व्यवस्थित क्रम में लगाया और कपड़े में लपेट दिया। उन्हें अपने विचारों को इस तरह संक्षिप्त रूप में सँजोने में पूरे छह माह लगे। उन्होंने उन्हें एक ढाँचा दिया और वह आचार संहिता लिखी जिसे वे अपने अनुयायियों को सौंपना चाहते थे। यह वास्तव में बहुत सादे नियमों और अभ्यासों का लेखा था जिन्हें लोग रोज़मर्रा के जीवन में उतार सकते थे और बिरसा जानते थे कि भले ही उनमें से कुछ लोग भी उन नियमों का पालन करेंगे, यह उस बदलाव का आरंभ होगा जो वे अपनी बिरादरी में देखने की आशा रखते थे।

उन्होंने ताज़ा हवा के लिए झोपड़ी से बाहर जाने की सोची। उनकी झोपड़ी उस छोटी-सी आबादी के बीच थी जिसे गाँव वालों ने चलकड़ के ऊपर पहाड़ी पर समतल ज़मीन में बना दिया था ताकि लोगों की भारी भीड़ को बिठाने के लिए जगह बन सके जो बिरसा के दर्शन करने और प्रवचन सुनने के लिए आने लगी थी। बिरसा अगले दिन होने वाली सभा के बारे में सोचने लगे। वहीं वे अपनी आचार संहिता की घोषणा करने वाले थे।

'बिरसा!'

वे मुड़े और देखा कि उनका भाई सरपंच के साथ उनकी ओर आ रहा था। 'कोमता भैया, मैं अभी यही सोच रहा था कि कल की सभा के लिए यह स्थान उपयुक्त है।' बिरसा ने हाथ जोड़ कर अभिवादन करते हुए कहा।

'आशा करते हैं कि सबको बैठने की जगह मिल जाएगी। खूँटी से ही कम से कम पचास गाँवों के लोग आने की उम्मीद है।'

'वैसे भी, इस तरह हम दूसरों की पैनी नज़रों से बचे रहेंगे। आपके अनुयायियों की तरह सरकार में आपके दुश्मनों की संख्या भी बढ़ती जा रही है। अब मुंडा सरदार आपके साथ हैं इसलिए अंग्रेज़ आपको भी फँसाना चाहेंगे।'

'मैं तो लोगों को मदद कर रहा हूँ कि उन्हें जीने के लिए बेहतर जीवनशैली मिल सके। सरकार को इससे क्या परेशानी हो सकती है?' बिरसा ने मुस्करा कर कहा।

'उनका मानना है कि आप व्यवस्थाओं का क्रम बदल रहे हैं। अधिकारी इसे सहन नहीं कर पा रहे। मैंने सुना है कि कमिश्नर स्मिथ और जिला कलेक्टर के बीच पिछले सप्ताह बैठक हुई थी। त्रिभुवन सिंह और फ़ादर हॉफ़मैन भी वहीं थे।' कोमता के स्वर में चिंता का पुट था।

'और इस बैठक की ख़बर आपके भक्तों में फैल गई है।' सरपंच ने आगे बताया। 'वे सभी बहुत बिफरे हुए और गुस्से में हैं। वे ज़रूरत पड़ने पर हथियार उठाने को भी तैयार हैं।'

'परंतु इस तरह तो हम लड़ाई नहीं जीत सकते!' बिरसा ने कहा। 'हमें लोगों को हिंसा से दूर रखना होगा, चाहे जो भी हो।'

'बिरसा, मैंने तो यह अफवाह भी सुनी है कि जिला कलेक्टर ने तुम्हारे ख़िलाफ़ आदेश दे दिया है। हो सकता है कि कल पुलिस भी आ जाए।' कोमता ने कहा।

'तो आने दो उन्हें। उनके आने का ही यह अर्थ नहीं कि लोग अपने हथियार निकाल लें। हर काम का एक उद्देश्य होना चाहिए और मेरा उद्देश्य है कि लोगों को शांतिपूर्वक बेहतर भविष्य की ओर ले जाया जा सके। मेरे पास इस काम को जी-जान और आत्मा से करने के सिवा कोई चारा नहीं है। मैं कभी अपने उद्देश्य पर संशय नहीं करूँगा कि उसके कारण कहीं ख़तरा दिख रहा है। असल में, ईसाई धर्म में भी संशय को पाप माना गया है।' बिरसा ने दबी हँसी के साथ कहा।

'बिरसा, तुम्हें समझना चाहिए। अगर पुलिस कल आई तो वह ऐसे ही खड़ी नहीं रहेगी। वे तुम्हें पकड़ लेंगे।' कोमता ने अपने डर को ज़ाहिर किया।

'तो हमें किसी भी चीज़ के लिए तैयार रहना चाहिए। लोगों को पता हो कि उन्हें भयभीत नहीं होना। मैं उनके लिए जिस नई व्यवस्था, क़ानून या शासन की अपेक्षा रखता हूँ, उसे शांति से ही प्राप्त किया जा सकता है।' बिरसा के इन शब्दों के साथ ही बात वहीं समाप्त हो गई। फिर वे एक भी शब्द कहे बिना कुटिया में लौट गए। वे जानते थे कि उनका भाई क्या कहना चाह रहा था। वे अपने अभियान से

जुड़े ख़तरों से अनजान नहीं थे पर वे तैयार थे। वे अभिमन्यु की तरह चक्रव्यूह में उतरने को तैयार थे। अब उन्हें काल का पहिया पलटने और नियति को नई दिशा देने से कोई नहीं रोक सकता था।

◆

अगले दिन सुबह के समय लोगों की भीड़ उमड़ने लगी। मर्द, औरत, बच्चे, जवान, स्वस्थ, बूढ़े, रोगी और विकलांग... लोग पहाड़ी पर चढ़े आ रहे थे और जो नहीं आ सकते थे, उन्हें उठा कर लाया जा रहा था क्योंकि कोई भी अपने बिरसा भगवान के दर्शन और प्रवचन के सुख से वंचित नहीं रहना चाहता था। वे बिरसा का नाम उसी तरह जप रहे थे मानो तीर्थ पर आए हों और सारी घाटी बिरसा भगवान के नाम से गूँज रही थी।

'बिरसा भगवान की जय! बिरसा भगवान की जय!'

कोमता भीड़ को ताक रहा था। बिरसा की झोपड़ी के बाहर ख़ाली की गई जगह देखते ही देखते भर गई। अब लोग पहाड़ी की ढलान पर जमा होने लगे। कई लोगों ने तो ढलान की कँटीली झाड़ियों को साफ़ करना आरंभ कर दिया था ताकि बैठ कर अपने मसीहा का इंतज़ार कर सकें। कोमता जहाँ तक देख सकता था, देख कर यही लगता था मानो पहाड़ी एक द्वीप हो गई थी जो लोगों के उमड़ते सागर से घिरी थी। उसके मन का कोई हिस्सा यह मान नहीं पा रहा था कि वे सभी उसके छोटे भाई को देखने आए थे। वही छोटा भाई, जो स्कूल से भाग आया था और इतने उपद्रव का कारण बना। फिर भी मन के किसी कोने में गर्व भी था कि वह सब घट रहा था और कुछ नया होने वाला था।

वह भीड़ से हट कर बिरसा की कुटिया की ओर गया। उसने दरवाज़ा खटखटाया, 'भाई, बाहर आओ, समय हो गया।'

जब बिरसा कुछ क्षण बाद बाहर आए तो द्रवित हो उठे। वे वहीं खड़े लोगों के हुजूम को ताकते रहे। कहीं दूर से उनके नाम जप की ध्वनि आ रही थी मानो कपास की कोई मोटी परत हो। वे उनके स्नेह से अभिभूत हुए और अंदर से ताक़तवर महसूस किया। हर क्षण नामज़प की ध्वनि तेज़ होती जा रही थी। उनकी देह पर हल्दी का लेप था जिससे पूरी देह आलौकिक लग रही थी। अंत में उन्होंने हाथ उठा कर लोगों को शांत होने का संकेत किया।

'मेरे प्रियजनों,' बिरसा के बोलते ही भीड़ में सन्नाटा छा गया। 'समय आ गया है कि हम अपनी दुर्बलताओं से ऊपर उठें क्योंकि हम अपना रास्ता भटक गए हैं। हमने अपने जीवन को अंधविश्वासों से जोड़ दिया है। हमने स्वयं को निर्दयता और अन्याय के आगे झुकने की अनुमति दी है। हमने इंसानों के रूप में अपने गौरव को

खो दिया है। पर मैं कहूँगा कि अब हमें ऐसे दयनीय और नष्टप्रायः जीवन के आगे नहीं झुकना। हमें अपने विश्वासों की ओर जाने की राह खोजनी होगी। हमें देखना होगा कि हम क्या थे ताकि हम उसके अनुसार अपने हालात बदल सकें। हमें आशा और विश्वास का दामन नहीं छोड़ना चाहिए। हमें उन लोगों के आगे घुटने नहीं टेकने चाहिए जो हमारा शोषण करते हैं, जो हमें बताते हैं कि हम क्या करें, हमें कैसे जीना है और जो हमें इंसानों की तरह पेश आने के लायक़ नहीं मानते। पर यह नहीं भूलो, एक क्षण के लिए भी नहीं भूलो कि तुम भी उनकी तरह मनुष्य हो! और जिस धरती को वे अपनी कहते हैं, वह तुम्हारी है, इस पर हमारा अधिकार है। हम इस माटी की संतान हैं और हमें अपनी माई की रक्षा करनी चाहिए। याद रखें, सिंगाबोंगा आपके साथ हैं और वे केवल एक मर्द या औरत में नहीं, आप सबमें समाए हैं। आपके पास ही अपने जीवन को सुंदर और मुक्त बनाने की शक्ति है। आइए, हम सब मिल कर एक प्रतिष्ठित जीवन जीने का संकल्प लें। अब समय आ गया है कि हम मिल कर खड़े हों और अपनी आज़ादी को पा लें।'

बिरसा दम साधने को रुके और भीड़ के पीछे खड़ा एक दल उठ कर जपने लगा। 'धरती आबा की जय! धरती आबा की जय!' दूसरे भी उनके साथ शामिल हुए और अपने मसीहा का गुणगान करने लगे।

बिरसा ने उसी अवसर का लाभ उठाते हुए आदिवसियों के उत्थान का अपना विस्तृत दर्शन प्रस्तुत कर दिया।

'ज़मींदार और महजन लंबे समय से हमारी ग़रीबी और अशिक्षा का लाभ उठाते आए हैं। हमें उन पर भरोसा करना बंद करना होगा। अंग्रेज़ और मिशनरी भी उतने ही गुनाहगार हैं। ये दिकु ही हमारी दयनीय दशा के ज़िम्मेदार हैं। हमारी न्याय की लड़ाई इन सबके ख़िलाफ़ है।'

अंतिम दो वाक्यों ने अचानक ही भीड़ में भारी जोश पैदा कर दिया। जब मुंडा सरदारों ने लोगों को बिरसा का गुणगान करते और उनके प्रत्येक शब्द का आदर करते देखा तो वे आश्वस्त हुए कि बिरसा के रूप में उनका चुनाव ग़लत नहीं था। बिरसा के शब्द भीड़ में गूँज रहे थे।

फिर बिरसा ने लोगों को 1855 के संथाल विद्रोह की याद दिलाई। दो संथाल भाई सिद्धो और कान्हू, अंग्रेज़ों के ख़िलाफ़ बग़ावत कर चुके थे। उन्होंने अपने अनुयायियों से कहा, 'संथाल भाइयों और जंग में जाने वाले हमारे दूसरे भाइयों कि किस्से आपको अपने आगे की राह बनाने में मदद करेंगे। आपको प्रेरणा देंगे।'

तब तक 'धरती आबा की जय!' के नारे इतने ज़्यादा तेज़ी से गूँजने लगे कि बिरसा को बोलना बंद करना पड़ा। उन्होंने भीड़ को बैठने का संकेत किया। कोमता ने उनके पास झुक कर कहा, 'धरती आबा, यह नाम तुम पर फ़बता है।'

'उम्मीद करता हूँ कि इन लोगों की उम्मीदों पर ख़रा उतर सकूँ। बिखरी हुई आशाओं से बदतर कुछ नहीं होता।' बिरसा ने उत्तर दिया।

'शायद हम सबको इस अंधेरे में मार्गदर्शन के लिए तुम जैसा ही कोई चाहिए।' कोमता ने कहा। 'बिरसा, अपना प्रवचन पूरा करो। यह भीड़ तो मेरे अनुमान से दुगनी निकली और लगातार लोगों का आना जारी है।' कोमता के सुर में हल्की चिंता की झलक थी।

'हम्म, मैं अब नियमों की बात करता हूँ। बिरसा अपनी बात कहने ही वाले थे कि भीड़ के सुदूर कोने में होने वाली हलचल ने सबका ध्यान अपनी ओर खींचा। कुछ भक्त समूह बना कर खड़े थे और उनके गुस्से से भरी चीख़-चिल्लाहट आगे तक सुनाई दे रही थी। भाइयों ने परस्पर चिंतित दृष्टि से देखा।

'मैं जा कर देखता हूँ कि क्या हो रहा है?' कोमता ने कहा और बिरसा को वहीं रहने का संकेत किया। तभी उन्होंने देखा, सरपंच बीर सिंह मुंडा भागते हुए उनकी ओर ही आ रहे थे।

उन्होंने हाँफते हुए कहा, 'जैसा कि हमें अंदेशा था, अंग्रेज़ अधिकारियों ने संदेश भेजा है कि यह बैठक गैरक़ानूनी है और हमें इसी समय रद्द करना होगा।'

'और क्या उन्होंने यह बताया कि यह गैरक़ानूनी क्यों है?' बिरसा ने पूछा।

'दारोगा के आदमी कह रहे हैं कि उन्हें विस्तार से कुछ नहीं पता पर अगर हमने भीड़ को नहीं रोका तो यह पुलिसवालों को मार देगी। मेहरबानी करके कुछ करें, कहीं मामला हाथ से नहीं निकल जाए।'

कोमता ने हामी भरी और सरपंच के साथ उस जगह गया, जहाँ हलचल हो रही थी। उन दोनों को लोगों को चुप करवाने और पुलिसवालों को हटाने में थोड़ा समय लग गया। पुलिसवालों को कुछ नहीं हुआ, पर वे बुरी तरह से डर गए थे। उन्होंने जल्दी से कलेक्टर का आदेश पत्र कोमता को पकड़ाया और नौ दो ग्यारह हो गए।

कोमता और सरपंच बिरसा के पास आए और उन्हें वे सारे दस्तावेज़ पकड़ा दिए।

'ये लोग बड़ा बल ले कर आ रहे हैं और अगर उन्हें तब भी हम मिले तो ये मुझे बंदी बना लेंगे।' बिरसा ने आदेश को पढ़ कर बताया।

'उन्हें आने दो, धरती आबा। हम यहीं हैं, हम आपकी रक्षा करेंगे!' एक ग्रामीण ने आगे आ कर एलान किया। 'वे आपको हमसे दूर नहीं ले जा सकते, भले ही वे राँची से दो सौ पुलिस वाले साथ ले आएँ। हमारे पास अपनी कुल्हाड़ियाँ हैं और हमारे तीर-कमान भी तैयार हैं।' उस आदमी ने जोश से कहा और उसके आसपास

वालों ने भी हामी भरी। वे लोग कुछ भी करने को तैयार थे। असल में, वे ऐसा करने को बेचैन थे।

बिरसा ने उस आदमी को देखा और फिर अपनी आगे भारी भीड़ को ताकने लगे। वे जानते थे कि अब मुड़ कर देखने का समय नहीं था। वे अपने लोगों को वापस जाने को नहीं कह सकते थे, यह तो आंदोलन के आरंभ होने से पूर्व ही उसके अंत जैसा लगता। उन्हें यह भी पता था कि देर-सवेर पुलिस आती ही होगी, जिसका अर्थ था कि उनके साथ आमने-सामने की टक्कर होने की पूरी संभावना थी।

बिरसा ने उस व्यक्ति की ओर चेहरा किया जिसने उसकी रक्षा करने का वचन दिया था। 'नहीं, हमें ऐसा कुछ नहीं करना।' उन्होंने दृढ़ शब्दों में कहा। 'हम अपने धनुष-बाण और दूसरे हथियारों का प्रयोग नहीं करेंगे।'

'पर धरती आबा! हम लंबे अरसे से इनके जुल्म सहते आए हैं। आपने स्वयं ही तो कहा। अब हमें इस अन्याय से लड़ना है।' उस आदमी ने विरोध किया।

बिरसा ने सिर हिलाया। 'तुम एक ग़लती करके, दूसरी ग़लती नहीं सुधार सकते। यह कोई जवाब नहीं हुआ।'

'पर हम इन लोगों को जाने को भी तो नहीं कह सकते।' सरपंच भीड़ को चिंता भरी नज़रों से देख कर बोले। लोग अधीर हो रहे थे।

बिरसा ने बात को ख़त्म करते हुए कहा, 'कोई कहीं नहीं जाएगा। हम अपनी योजना के अनुसार चलेंगे। यदि वे मुझे बंदी बनाना चाहें तो उन्हें ऐसा करने दो।'

'नहीं!' वह आदमी डर गया। 'मेहरबानी करके ऐसा नहीं होने दें।'

'मेरे प्यारे भाई, तुम समझे नहीं।' बिरसा ने उसके कंधे थपथपाए। 'कई बार ऐसा समय आता है जब तलवार के आगे तलवार उठानी पड़ती है परंतु अभी वह समय नहीं आया। तुम सबके हथियार अंग्रेज़ों के गोला-बारूद के आगे बेकार हैं। इन बेगुनाहों को देखो।' उन्होंने भीड़ की ओर संकेत किया। 'क्या तुम अपने हाथ इनके ख़ून से रंगना चाहते हो? क्योंकि अगर अंग्रेज़ों ने क़हर ढा दिया तो इस जगह ख़ून की होली होगी।'

वह आदमी निःशब्द हो गया। बिरसा के तर्क में दम था और उनमें से कोई उसे चुनौती नहीं दे सकता था।

बिरसा ने शांत भाव से मुस्कराते हुए कहा, 'जाओ, अपनी जगह वापस जाओ। मैं अपना उपदेश जारी रखूँगा।'

◆

अगले दो दिन तक, बिरसा ने अपनी कार्रवाई में बिना किसी बाधा के अपने अनुयायियों के साथ कई विषयों पर बातें कीं। उन्होंने उनके साथ आचार संहिता बाँटी क्योंकि वे जानते थे कि आने वाले दिनों में उनके लिए हालात और भी मुश्क़िल होने वाले हैं। उन्हें अपने लिए कोई मार्गदर्शक चाहिए होगा, कुछ ऐसा जो उन्हें एक रख सके। उनके अनुयायियों के लिए उनके शब्द ही आशा की अंतिम किरण थे। अब उन्हें अपनी डोलती नैया का रखवाला मिल गया था। पर बिरसा यह भी जानते थे कि ये हालात एक ऐसे क्षण की ओर जा रहे थे जहाँ सब कुछ दाँव पर होगा और युद्ध की अग्नि उन सबको असीम कष्ट देगी।

17

चलकड़

1895

तीसरे दिन बिरसा ने अपने सारे परिवार और सरपंच को, दिन का सत्संग आरंभ होने से पहले बैठक के लिए बुलवाया।

'आज बहुत ही ख़ास दिन है।' उन्होंने सबको देखते हुए कहा। 'मैं जानता हूँ कि वे मुझे लेने आ रहे हैं।'

'मैं आपको नहीं ले जाने दूँगा।' भूरा भाग कर आया और बिरसा के गले से लग गया।

बिरसा उसे देख कर लाड़ से मुस्कराए।

'बिरसा, यदि तुम चाहो तो हम अभी लोगों को वापस जाने को कह सकते हैं।' कोमता ने कहा।

'नहीं, कोमता, यह संभव नहीं है।' करमी ने कहा।

'क्या तुमने उन्हें सुना नहीं? अब वे इसे धरती आबा कहते हैं!' उसने अपने छोटे बेटे को पीड़ा और गर्व के मिले-जुले भावों के साथ देखा।

सुगना ने कहा, 'नहीं। बिरसा ने अपने लिए जो राह चुनी है, अब इससे पीछे हटने का कोई उपाय नहीं है। अब वह हमारा नहीं रहा। वह उन सभी लोगों का है, जो बाहर इसकी प्रतीक्षा में हैं। जो तीन दिन से केवल बिरसा को सुनने के लिए गर्मी, सर्दी, भूख और प्यास सब भुलाए बैठे हैं।'

बिरसा ने कहा, 'माई और बाबा सही कह रहे हैं। जो मेरी प्रतीक्षा में है, मैं उससे बच कर भाग नहीं सकता। मैं केवल इतना कहना चाहता हूँ कि आप सब मुझे अभी जाने देना। मैं वापस आने का वचन देता हूँ। मेरी अनुपस्थिति में आप लोग ही इस आंदोलन को जीवित रखेंगे। इस चिंगारी को किसी भी दशा में बुझने मत देना।'

तभी, उन्हें बाहर से लोगों के रोने और चिल्लाने की आवाज़ें सुनाई देने लगीं। बिरसा और दूसरे लोग भाग कर बाहर निकले और असहाय भाव से देखते रहे कि किस तरह पुलिस वाले भीड़ के दूसरे कोने पर लोगों को लाठियों और राइफ़लों के पिछले हिस्सों से मार रहे थे। वे बिरसा की ओर आना चाहते थे। लोग अपने हाथ में पकड़ी हर चीज़ का इस्तेमाल करते हुए उन्हें रोक रहे थे ताकि वे बिरसा के पास नहीं जा सकें।

तभी तेज़ बारिश होने लगी और उथल-पुथल मच गई। पुलिसवाले इस बारिश और लोगों के विरोध के कारण और निर्दयता दिखाने लगे। वे औरतों और बच्चों पर भी लाठियाँ बरसा रहे थे।

'नहीं! नहीं! नहीं।' बिरसा ने यह सब देख कर हौले से कहा।

'यह सब रोकना होगा।'

कोमता एक भी शब्द कहे बिना सबके बीच भागता गया और सरपंच पीछे थे। उन्होंने लोगों को समझाना चाहा पर वे अपने गुस्से के आगे कुछ सुनने को तैयार नहीं थे।

यह आमने-सामने की टक्कर एक घंटे तक चली और इसके अंत में पुलिस वालों को हार कर पहाड़ी से जाना पड़ा। वे थके और हारे हुए थे और अपने पीछे लहू से लथपथ धरती छोड़ गए थे। उनकी वापसी इस बात का सबूत थी कि उन्होंने बिरसा को सहयोग देने वाले लोगों की ताक़त का सही अनुमान नहीं किया था।

कई घंटों बाद, जब बिरसा घायलों के बीच घूमते हुए उनके घावों पर मलहम लगा रहे थे तो उन्हें बहुत ही पीड़ाजनक तरीक़े से स्पष्ट हुआ कि वे अपने इस ख़तरनाक अभियान में लोगों को अपने साथ ले कर चलने को तैयार नहीं थे। पुलिस कल फिर आएगी और उसके दल पहले से दुगने होंगे। वे लोग बेगुनाहों पर गोली चलाने से भी पीछे नहीं हटेंगे। नहीं, यह तो आज़ादी के लिए बहुत भारी क़ीमत हो जाएगी।

बिरसा ने तय कर लिया कि अब उन्हें क्या करना था। उन्होंने कोमता के पास जा कर कहा, 'कृपया कमिश्नर स्मिथ को तत्काल संदेश भिजवा दो कि वह कल दोपहर बाद मुझे बंदी बनाने के लिए छोटा-सा दल भेज सकता है। मैं उनकी प्रतीक्षा में रहूँगा।'

कोमता ने विरोध करना चाहा पर बिरसा ने उसकी बात काट दी।

'कोमता भैया, आप इस समय मेरा मन नहीं बदल सकते। हमें इन बातों में समय नष्ट नहीं करना चाहिए कि मैं आत्म-समर्पण क्यों नहीं करूँ? मैं चाहता हूँ कि आप इस बात पर ध्यान दें, इस जगह मौजूद हर इंसान को यह पता होना चाहिए कि यह बस मेरी मर्ज़ी से हो रहा है। जब कल पुलिस मुझे लेने आए तो वे सारे पीछे हटें और मुझे शांति से ले जाने दें। यह उन लोगों पर मेरे भरोसे की परख़ होगी। मैं कोई लड़ाई और ख़ून-खराबा नहीं चाहता।'

कोमता ने हामी भरी। बिरसा के शब्द सुनने के बाद किसी बहस के लिए स्थान नहीं था। कोमता अपने भाई की रक्षा करना चाहता था पर उसे भी समझ आ गया था कि अब बिरसा केवल उनका नहीं था और उस एक क्षण में, उसे यह भी स्पष्ट हो गया था कि भले ही उसके भाई को जेल जाना होगा परंतु यह कीर्ति उनके आंदोलन के शुभ आरंभ का संकेत थी। यह आंदोलन बहुत ही महान और शक्तिशाली होने वाला था, चाहे शुरुआत कठिन रही।

18

चलकड़–राँची

1895

जब वे अगले दिन बिरसा को लेने आए तो वह अंधेरी और बरसाती दोपहर थी। बिरसा के अनुयायी बारिश में खड़े भीगते रहे और बिरसा को पुलिस अपने साथ ले गई। उनके चेहरे पर रोष और निराशा झलक रहे थे परंतु उनमें से एक ने भी कार्रवाई में बाधा नहीं डाली।

भूरा पहाड़ी की तलहटी तक अपने बिरसा भैया के साथ गया, जहाँ बिरसा ने बच्चे के हाथ से अपना हाथ छुड़ा कर कहा, 'मुझे जाना होगा। मेरी गैर मौजूदगी में सबका ध्यान रखना। ठीक? अब वापस जाओ।'

भूरा ने बहादुरी से सिर हिलाया और वापस पहाड़ी चढ़ने लगा। हालाँकि वह अपने नायक के साथ जाना चाहता था पर वह ऐसा करके बेअदबी भी नहीं कर सकता था।

बिरसा और पुलिसवालों ने राँची तक की यात्रा की और इस दौरान कोमता और पचास ग्रामीण भी उनके पीछे-पीछे राँची जेल तक गए। पुलिस दल का नेतृत्व कर रहा दारोगा भीम सिंह अच्छी तरह जानता था कि कोमता अपने आदमियों के साथ पीछे आ रहा था। हालाँकि उसने सोचा यही था कि रास्ते में बिरसा को पिछले बार की घटना का सबक़ सिखाया जाएगा, जब उसके लोगों ने पुलिसवालों को मार कर भगाया था पर भीड़ का रुख़ देख कर उसे अपना निर्णय बदलना पड़ा। वह ऐसा जोखिम मोल नहीं ले सकता था। वह जानता था कि उसे सही-सलामत और सही समय पर कैदी को राँची की जेल तक पहुँचाना था।

इस दौरान, बिरसा के बंदी बनने की ख़बर जंगल की आग की तरह फैल गई। जब उन्हें जेल में ले जाया जाने लगा तो लोगों ने जेल के बाहर भीड़ लगा दी ताकि उनकी एक झलक पा सकें। हर बीतते घंटे के साथ भीड़ बढ़ रही थी और लोगों की भावनाओं का ज्वार उमड़ रहा था।

कमिश्नर के ऑफ़िस में, जिला कलेक्टर, जेल परिसर के मुख्य द्वार के बाहर बढ़ती भीड़ को खिड़की से देख रहा था।

वह बोला, 'स्मिथ, बहुत ख़ूब। तुमने जिस तरह बिरसा मुंडा को लोगों की भीड़ से उठाया, वह तारीफ़ के क़ाबिल है और वह भी किसी ख़ून-खराबे के बिना।'

इयान ने कहा, 'शुक्रिया।' वह जिला कलेक्टर को यह नहीं बताने वाला था कि बिरसा ने ही अपनी गिरफ़्तारी के लिए कहा था।

'बाहर तेज़ी से भीड़ बढ़ रही है।' फ़ादर हॉफ़मैन के चेहरे पर चिंता थी।

'हम्म, फ़ादर, आप चिंता नहीं करें। हम इसे देख लेंगे। जेल की दीवारें ऐसे किसी भी उपद्रव को झेल सकती हैं। पर हाँ, हमें मुकदमे और फ़ैसले की कार्रवाई जल्दी करनी होगी।'

'सहमत हूँ। यह मुकदमा तो राँची में ही होना चाहिए।' इयान स्मिथ ने झट से कहा।

'यह जिधर भी होगा, हम इस आदमी को छोड़ नहीं सकते। यह हमारे सिस्टम के लिए ख़तरनाक है।' जिला कलेक्टर ने कहा।

तभी एक कांस्टेबल ने कमरे में आ कर बताया कि बंदी जेल के प्रांगण में आ चुका था। 'साहब, उसे आपके कार्यालय में लाया जा रहा है।' उस आदमी ने जाने से पहले सूचना दी।

इयान स्मिथ अपनी कुर्सी पर सीधा हो कर बैठ गया। जिला कलेक्टर भी कुर्सी पर आ कर बैठा। कमरे का माहौल तनावपूर्ण हो गया। वे तीनों बिरसा के अंदर आने की प्रतीक्षा में थे। कुछ ही मिनट बाद, कार्यालय के बाहर क़दमों की आहट हुई और दारोगा भीम सिंह ने क़दम रखा। उसके पीछ बेड़ियों में जकड़े हुए बिरसा थे जिन्हें पुलिस वालों ने पकड़ा हुआ था।

अल्बर्ट विलकिन्सन बंदी के व्यक्तित्व को देख कर सकते में आ गया। उसने सुना हुआ था कि यह बंदी धार्मिक स्वभाव का व्यक्ति है परंतु उसने ऐसे क़रिश्मे और आत्मविश्वास को देखने की अपेक्षा नहीं की थी, और वह भी इतने कमउम्र नौजवान में!

'तो तुम बिरसा मुंडा हो!' विलकिन्सन ने पूछा।

बिरसा ने सिर हिलाया। उनके चेहरे पर मुस्कान थी।

'ठीक है।' कलेक्टर ने आगे कहा। 'तुम्हें कई सारे इल्ज़ामों के कारण इस जेल में लाया गया है – तुम इस इलाके के मासूम लोगों के आगे दावा करते हो कि तुम भगवान हो, तुमने लोगों को राज के ख़िलाफ़ भड़काया, न्याय व्यवस्था में बाधा बने, चलकड़ में तुम्हारे लिए जो पुलिस भेजी गई, उन पर हमला हुआ और आतंकवाद और ज़बरदस्ती वसूली की भी बहुत-सी शिकायतें हैं।'

बिरसा कुछ देर शांत रहे। 'ये भारी-भरकम शब्द सुनने में गंभीर अपराध जैसे लगते हैं। परंतु मैं तो अपने लोगों से बात कर रहा था। मुझे ऐसा करने के लिए सज़ा कैसे मिल सकती है?'

'तुम्हारे ख़िलाफ़ सारी क़ानूनी कार्रवाई यहीं राँची में होगी।' जिला कलेक्टर ने आगे कहा। उसने जान कर बिरसा के उत्तर में छिपी चुनौती को अनसुना कर दिया था। 'अभी तुम्हें चिकित्सीय जाँच के लिए भेजा जाएगा और उसके बाद तुम राँची जेल में रहोगे। तुम्हें मुक़दमा चलने तक पुलिस की निगरानी में ही रहना होगा।'

इतना कह कर उसने बंदी को ले जाने का आदेश दे दिया। जब बिरसा चले गए तो अल्बर्ट ने मुड़ कर कमिश्नर को आगाह किया, 'स्मिथ, इस आदमी के समर्थकों की कमी नहीं है। यह तुम्हारा काम होगा कि तुम क़ानूनी तौर पर शिकंजा कस कर रखो।'

'बिलकुल। हम तो चाहेंगे कि दो महीने में ही कार्रवाई पूरी हो जाए।'

'बेहतर, यह जितना जल्दी सलाख़ों के पीछे होगा, हमारे लिए उतना ही बेहतर है।' अल्बर्ट ने सिगार सुलगाते हुए कहा। फिर सिगार का लंबा कश भर कर बोला, 'मेरा मानना है कि भविष्य अपने ही परिणाम ले कर आएगा। हालाँकि कुछ समय के लिए आंदोलन मंद हो जाएगा पर हमें यह भूलना नहीं चाहिए कि हम बारूद के ढेर पर बैठे हैं।'

जब अल्बर्ट कमरे से बाहर निकला तो वह जानता नहीं था कि उसने अनजाने में ही आने वाले कल की भविष्यवाणी कर दी थी। चलकड़ के मसीहा का उदय एक हक़ीक़त था जिसके आंदोलन की चिंगारी हमेशा सुलगने वाली थी। बस सही अवसर की प्रतीक्षा थी, वह चिंगारी हर ओर लपट बन कर फैलने को आतुर थी।

◆

इयान स्मिथ ने तय कर लिया था कि मौजूदा हालात के हिसाब से बिरसा को अधिकतम सज़ा दिलवानी है। उसने चलकड़, खूँटी, बंबा और बंदगाँव के पुलिस वालों को संदेश भिजवा दिया कि वे बड़ी संख्या में गवाह और साक्षी जुटाएँ ताकि बिरसा को अदालत में दबाया जा सके।

'भीम सिंह, हमें गवाह चाहिए... वे लोग जो अदालत को बता सकें कि बिरसा चर्च और राज के ख़िलाफ़ षड्यंत्र रच रहा था।' स्मिथ ने कहा।

'पर साहब, मुंडा बिरसा के नाम की शपथ ले चुके हैं... हमें ऐसे बहुत से लोग नहीं मिलेंगे जो उसके विरुद्ध बोलें, सार्वजनिक रूप से तो दूर रहा, कोई अकेले में भी उसके लिए ग़लत नहीं बोलेगा।' भीम सिंह से सावधान किया।

'उन्हें ख़रीदो, धमकाओ, मारो-पीटो। जो मन में आए, वही करो भीम सिंह। मैं इस बिरसा आंदोलन को जड़ से मिटाना चाहता हूँ।'

भीम सिंह ने मुस्तैदी से सिर हिलाया।

'और फ़ादर हॉफ़मैन को मेरे पास बुलाओ। हमें बिरसा के ख़िलाफ़ अभियान छेड़ना होगा। अगर हम गाँववालों को यक़ीन दिला सके कि बिरसा एक ठग है जो कुल मिला कर उनके लिए नुक़सानदायक साबित होगा तो आधी जंग तो वहीं जीती जाएगी।'

'जी साहब।' दारोगा ने सलाम ठोका और कमिश्नर के कार्यालय से बाहर आ गया।

आने वाले दिनों में, कमिश्नर और फ़ादर हॉफ़मैन ने बिरसा को बदनाम करने में कोई कसर नहीं छोड़ी। दारोगा भीम सिंह एक से दूसरे गाँव में जा कर, लोगों को धमकाता रहा कि वे बिरसा के ख़िलाफ़ झूठी गवाही दें। फ़ादर हॉफ़मैन ने भी बिरसा के लिए झूठे और नकारात्मक किस्से फैलाने में कोई कसर नहीं छोड़ी।

परंतु सारी योजना पर पानी फिर गया। जब बिरसा को अदालत में लाया गया तो उनके ख़िलाफ़ बोलने के लिए एक भी गवाह मौजूद नहीं था। अदालत के बाहर खड़े समर्थक घंटों से बिरसा की जयजयकार रहे थे जिससे अधिकारियों को पता चल गया कि बिरसा कितने लोकप्रिय हैं। बिरसा को तीन बार अदालत लाया गया और हर बार, यह स्पष्ट था कि उनके जेलप्रवास के कारण लोगों में उनकी लोकप्रियता और बढ़ती जा रही थी। हर सुनवाई के दिन, अदालत के बाहर भीड़ बढ़ती जा रही थी। इसके साथ ही बिरसा के नाम जप का स्वर भी लगातार गूँजता रहता था। परंतु लोगों पर बिरसा के प्रभाव का सबसे बड़ा प्रमाण यह था कि भीड़ ने एक बार भी हिंसा या अशिष्टता का सहारा नहीं लिया। जब पुलिस उन्हें पीछे धकेल रही थी या फिर जब बिरसा को दो वर्ष की सज़ा सुनाई गई, वे अपने स्थान पर खड़े रहे। उन्होंने कोई जवाबी हमला नहीं किया। वे धरती आबा के शब्दों पर चल रहे थे जो उन्हें अंधेरों से बाहर खींच लाए थे।

भाग - तीन

1

राँची
1897

राँची की जेल में, सर्दियों की बाकी सुबह की तरह, नवंबर की एक सर्द सुबह थी - ठंडी, ख़राब और कठोर। परंतु वह परिवेश सबसे अलग था जिसने पूरी जेल को जीवंत बना रखा था। बिरसा मुंडा ने जेल में दो वर्ष ग्यारह दिन का समय बिताया और अब वे मुक्त होने जा रहे थे। जेल में उत्साह का अंत नहीं था। बंदी अपनी सलाख़ों के भीतर से ताक रहे थे कि उन्हें किसी तरह उनके नायक को देखने का अवसर मिल जाए, जिन्हें जेलर बाहर ले जा रहा था। जब उन्हें बिरसा दिखाई दिए तो पूरी जेल उनके नाम से गूँज उठी और पुलिस की कोई भी धमकी उन लोगों को शांत नहीं कर सकी।

बिरसा चुपचाप आगे बढ़ते रहे। उनके होंठों पर एक भीनी-सी मुस्कान थी जो बंदियों के लिए उनके स्नेह और आभार को प्रकट कर रही थी। दो और मुंडा नेता थे, जो उनके साथ ही रिहा हो रहे थे; डोंका मुंडा और मझिया मुंडा और वे तीनों जेलर के कार्यालय में पहुँचे, जहाँ उन्हें रिहा करने की कार्यवाही पूरी होनी थी। कोमता भी वहीं था। बिरसा को अंदर आते देख उसकी आँखें नम हो आईं। भाइयों ने एक-दूसरे को देख कर सिर हिलाया। अब भावात्मक रूप से मिलने का समय हो गया था जब वे मिल कर शोक कर सकते थे।

क्लर्क ने काग़ज़ों पर मुहर लगाई और कपड़ों की पोटली बिरसा को थमा दी, उन्होंने उसे सवालिया निगाहों से देखा। उस पोटली में उनकी पगड़ी और खड़ाऊँ ग़ायब थी। क्लर्क ने खीसें निपोरते हुए चेहरा दूसरी ओर कर लिया।

'खड़ाऊँ और पगड़ी किधर है?' कोमता ने पूछा। वह एक क़दम आगे आ कर बिरसा के साथ खड़ा हो गया। 'वे भी तो दी गईं थीं।'

'ये कमिश्नर फ़ोर्ब्स के आदेश हैं। हम वे दोनों वापस नहीं कर सकते।' जेलर ने उत्तर दिया। 'केवल ब्राह्मण, ज़मींदार या साहूकारों को ही उन्हें पहनने का अधिकार है।'

'क्या?' कोमता आपे से बाहर हो गया। इससे पहले कि वह कुछ कहता, बिरसा ने मना करते हुए कंधे पर हाथ रख दिया।

'कोई फ़र्क़ नहीं पड़ता।' बिरसा ने आराम से कहा। फिर उन्होंने गमछा उठाया और उसे ही सिर पर पाग की तरह लपेट लिया। उन्हें देख कर डोंका और मझिया ने जेलर के कार्यालय से बाहर आने से पहले ऐसा ही किया और वे जेल से बाहर चल दिए। उस जगह दो दर्ज़न लोग उनसे मिलने की प्रतीक्षा में थे।

'बिरसा भगवान की जय हो! भगवान की जय हो!' लोगों ने बिरसा को देखते ही जयजयकार करना आरंभ कर दिया। वे घंटों से बाहर खड़े प्रतीक्षा कर रहे थे। वे सभी बिरसा का एक स्पर्श पाने के लिए एक-दूसरे पर गिरे जा रहे थे।

'जोहार बिरसा भगवान!' भीड़ में से एक आदमी ने आगे आते हुए अभिवादन किया और बोला, 'आपका स्वागत है।'

यह भरमी मुंडा था, यही आदमी बिरसा की अनुपस्थिति में आंदोलन के लिए आँख और कान का काम करता रहा था।

'भरमी!' बिरसा अपने भरोसेमंद साथी का देख कर प्रसन्न हुए। 'मुझे भगवान मत कहो। तुम तो मेरे साथी हो। हम इस लड़ाई में बराबर के साझेदार हैं।'

'अरे हाँ। हमने आपको एक और नाम भी तो दिया था, है ना! धरती आबा?' भरमी ने मुस्करा कर कहा।

बिरसा ने उसके कंधे थपथपाए। 'मैं दो साल जेल में रहा भरमी। उम्मीद करता हूँ कि अब भी सबका जोश ज्यों का त्यों है। मुझे मेरे लोगों और आंदोलन की जानकारी दो। मुझे सब कुछ जानना है कि इस दौरान क्या-क्या हुआ।'

'हम्म, बेशक़। कोमता और मैं आपको चलकड़ के रास्ते में सब बता देंगे। पर मैं इतना बता दूँ कि ख़बर अच्छी नहीं है।'

बिरसा ने हामी भरी। जेल प्रवास के दौरान बिरसा का अपने लोगों से कोई संपर्क नहीं हो पाया था। उन्हें केवल एक बार अपने परिवार से मिलने का मौक़ा मिला था। कोमता के साथ दो मिनट की मुलाक़ात में, जेलर साथ ही खड़ा था। परंतु कोमता बुरी ख़बर लाया था। उनके बाबा का अचानक ही देहांत हो गया था। इस मौत के लिए कुछ कहा नहीं जा सकता था और उसके एक महीने बाद ही करमी

और भूरा भी हैजा की महामारी की चपेट में आ गए, जिसने लगभग पूरा गाँव ही लील लिया था। यह सुन कर बिरसा शोक के सागर में डूब गए थे। अपने परिवार के साथ हुए इस दुखद प्रसंग से जूझते हुए भी उनका पूरा ध्यान उन लोगों की ओर था जो अत्याचार और अन्याय सहन कर रहे थे। जहाँ उनके लोग रोज़ ग़ुलामी करते हुए दम तोड़ रहे थे और अंग्रेज़ सरकार उनकी रत्ती भर भी मदद करने को तैयार नहीं थी।

बिरसा ने कंधे सिकोड़ कर राँची जेल के दरवाज़े को देखा और फिर कुछ सोचते हुए, चलकड़ की दिशा में चल दिए। उनके जेल से रिहा होते ही, उनकी यात्रा का एक और चरण आरंभ हुआ था। हालाँकि पिछले दो बरस के ज़ुल्म और अत्याचार ने उन्हें बेहद थका दिया था पर उनका दिमाग़ पहले की तरह सचेत और सजग था।

बिरसा, कोमता, भरमी, डोंका और मझिया पहले कुछ देर चुपचाप चलते रहे, बिरसा के अनुयायी उनके पीछे आ रहे थे।

'जब तुम जेल से रिहा हो कर हवा में साँस लेते हो तो इस आज़ादी का अलग ही अहसास होता है।' बिरसा ने सन्नाटा तोड़ते हुए कहा। उन्होंने अपने हाथ उठा कर दिखाते हुए कहा, 'मेरे भाइयों! भले ही मेरे हाथ कठोर हो गए और हड्डियों में थकान है पर अपने भीतर जाने वाली हर श्वास के साथ मैं उसी जोश और जुनून को महसूस कर रहा हूँ।'

कोमता ने कहा, 'पर बिरसा, हमारे लोग अब शब्दों से कुछ अधिक चाहते हैं।' कोमता अपने भाई की दयनीय दशा और दुर्बल देह को देख कर दुखी था परंतु वह यह भी जानता था कि पिछले दो साल में, उनमें से कोई भी अपने तन और मन को स्वस्थ नहीं रख पाया था। वे सभी उस जंग के घाव लिए बैठे थे, जिसे वे छेड़ चुके थे। 'लोगों को सशक्त नेता चाहिए। उन्हें प्रेरणा, शक्ति और आशा चाहिए। बिरसा, हमने अपनी ज़मीन और हक़ ही नहीं खोया। हमारे लोग अपना विश्वास भी खो बैठे हैं।'

'बिरसा, हमने अपनी ओर से पूरी कोशिश की।' भरमी ने आगे कहा। 'हम अपने मौजूदा संसाधनों के साथ आज भी लड़ रहे हैं। पर सरकार बहुत ही बेरहम और बेदिल है। अंग्रेज़ सरकार और ज़मींदारों के ज़ुल्मों का अंत नहीं रहा। अब हमारे पास बाढ़ और अकाल के सिवा कुछ नहीं बचा। बुखार और रोग पल भर में, हमारे अपनों को हमसे छीन ले जाते हैं।'

बिरसा ने हामी भरी। 1896 और 1897 के बीच, उनके लोगों सूखे की ऐसी मार झेली जितनी दशकों से नहीं हुई थी। मौतों की संख्या बढ़ी पर सरकार ने उनकी ओर कोई ध्यान नहीं दिया। अंग्रेज़ बाबू भोजन और शराब से भरे पेट लिए कर

माँगते रहे और लोग उनके पैर पकड़ कर विनती करते रहे, उनकी चमड़ी हड्डियों से लटकने लगी थी। लोगों को केवल इन्हीं कष्टों का सामना नहीं करना पड़ा। उनके इलाक़ों में फ़ादर हॉफ़मैन के नेतृत्व में मिशनरियों ने भी अपने अभियान चला रखे थे। जो मुंडा ईसाई धर्म को त्याग कर अपने धर्म में वापस जाना चाहते थे, उन पर कड़ा जुर्माना लगाया गया। जो लोग धर्मांतरण से बच रहे थे, उन पर नाना प्रकार से दबाव डालते हुए सख़्ती की गई। उन्हें ईसाई धर्म अपनाने के लिए प्रशासनिक दबाव भी झेलना पड़ा।

'लोग डकैती और अनाज लूटने पर उतर आए हैं।' कोमता ने बिरसा को सारी घटना बताते हुए कहा।

बिरसा ने निराश हो कर सिर हिलाया। उन्होंने जेल में सुना था कि आसपास के मुंडा हिंसक विद्रोह पर उतर आए हैं। 'परंतु यह सारी हिंसा...' बिरसा ने हौले से आह भरी।

'बिरसा, मुझे पता है कि आप हिंसा को समर्थन नहीं देते पर भूख के आगे सब छोटा पड़ जाता है।' डोंका मुंडा ने कोमल शब्दों में कहा।

'हम्म, शायद तुम सही कह रहे हो।' बिरसा ने सिर नीचा कर ज़मीन को देखते हुए कहा। 'और हमें तत्काल कुछ करना होगा। हमारे लोगों के लिए पलटवार करना ही इकलौता उपाय बचा है।'

'पता है, मेरे भाई। टूटे हुए और दिशाहीन लोग केवल थोड़े समय के लिए ही लड़ सकते हैं, वे कोई क्रांति नहीं कर सकते। नहीं, हम अंग्रेज़ों को एक युद्ध में नहीं हरा सकते। हमें क्रांति की पूरी योजना बनानी होगी। लोगों के दिलों में चिंगारी को फिर से भड़काना होगा। उन्हें उनके विश्वास के पास वापस लाना होगा ताकि वे अपने स्वाभिमान के लिए लड़ सकें। अपने स्वाभिमान और एक मर्यादित जीवन जीने के अधिकार के लिए लड़ सकें।' बिरसा की आँखें एक नए उत्साह से चमक उठीं।

बिरसा की सोच की स्पष्टता और उग्रता से चकित लोगों ने सहमति देते हुए सिर हिलाया। इसके बाद वे सभी शांत हो कर सोचने लगे कि आने वाला समय उनके लिए क्या लाने वाला था। उन्हें यह नहीं पता था बिरसा ने जेल प्रवास में जो समय बिताया था, उस दौरान उनकी सोच में क्रांतिकारी बदलाव आ गया था। अब वे क़बीलाई समाज के शांतिपूर्ण सुधार तक ही सीमित नहीं थे। वे सब जिन अमानवीय अत्याचारों को झेल रहे थे, अब उन सबका उत्तर देने का समय आ गया था। और उनकी माई-बाबा और भूरा की मौत के बाद तो यह बात और साफ़ हो गई थी।

जब वे आगे चले तो कोमता कुछ उदास दिखा।

'क्या हुआ, भैया?' बिरसा ने पूछा।

'काश! वे सब हमारे साथ होते।' कोमता ने हौले से कहा।

'माई और बाबा हमें छोड़ कर कहीं नहीं गए। उनकी आत्माएँ आज भी हमारे साथ हैं। भूरा भी... पर हाँ, उनके बिना यह सब करना थोड़ा मुश्क़िल होगा।' बिरसा ने एक पल के बाद कहा। उसके माई-बाबा किसी नैतिक दिशासूचक की तरह थे और भूरा अपनी मासूमियत, साहस और सब कुछ जानने के कौतूहल के साथ हमेशा आशा का संदेश देता था। पर अब वे तीनों जा चुके थे। बिरसा जानते थे कि उनकी आगे की यात्रा और पीड़ादायी व कठिन होगी।

2

चलकड़

1897

कई घंटों बाद, जब बिरसा और उनका दल चलकड़ के निकट आए तो लालटेनों के संतरी प्रकाश और उनके स्वागत में जलाई गई मशालों की रोशनी ने उनके दिल को अपनेपन से भर दिया। वे एक नए जोश से भर उठे। बिरसा ने गति तेज़ कर दी। वे अपने लोगों से मिलने को आकुल थे पर उस घर में पैर रखने से भी डर रहे थे जिसमें उनका स्वागत करने वाला अब कोई नहीं था। हालाँकि गाँव के मोड़ पर अपने लिए आई भारी भीड़ को देख बिरसा द्रवित हो गए। लोग उन्हें देखते ही उनका नाम जपने लगे और उन्हें गले से लगाने को लपके। बिरसा ने स्वयं को उस भीड़ के हवाले कर दिया। वे जानते थे कि वे सब उनके अपने थे और यह उनका घर था। वे पूरी तरह से उन लोगों के लिए स्वयं को समर्पित कर देना चाहते थे।

वे लोग बिरसा को शिव मंदिर ले गए। वहीं बिरसा की माई की परिचित महिला मिली, वह उन्हें भगवान शिव के दर्शन करवाने ले गई। जब वे बाहर आए तो सभी मंदिर के प्रांगण में एक स्थान पर बैठ गए। गाँववालों ने बिरसा के स्वागत में जिस जश्न का आयोजन किया था, वह पूरे उल्लास से चालू था। नृत्य, गायन, जुनून से भरे वक्तव्य और फिर सबके लिए पेट भर भोजन।

बिरसा अपने आसपास के लोगों को बेझिझक उस आयोजन का हिस्सा बनते देखते रहे और उन्हें अहसास हुआ कि यह आयोजन उन सबके मनोबल को बढ़ाने

के लिए ज़रूरी था। मुंडा लोगों को एक बिरादरी के रूप में मिल कर आनंद मनाए हुए दो बरस बीत गए थे। जिन दिनों वे जेल में थे, उस दौरान मुंडा लोगों को जितने कष्टों का सामना करना पड़ा, अब उन्हें मिल कर दोबारा याद करना था कि वे क्या थे और उन्हें किसलिए लड़ना था। परंतु उस आयोजन में जो दिख रहा था, उससे कहीं अधिक कुछ होने वाला था।

बिरसा की गैर मौजूदगी में उनके साथी, मुंडा सरदारों के साथ मिल कर काम करते रहे ताकि किसी तरह आंदोलन को जीवित रखा जा सके। अब जब बिरसा आ गए थे तो उनके लिए उन सभी सरदारों से मिलना अनिवार्य था ताकि यह पता लग सके कि वे सभी उस क्रांति के लिए क्या योजना बना रहे थे, जिसे सभी पाना चाहते थे। वे सभी चिंता में थे और अपनी ओर से बग़ावत का परचम लहराने में लगे थे। बिरसा और मुंडा सरदारों के बीच खुली बैठक ख़तरे से ख़ाली नहीं थी। आंदोलन अब किसी तरह की बाधा सहन नहीं कर सकता था। लोगों के उस उत्सव की आड़ में ही यह बैठक तय की गई, जब बिरसा को अन्य मुंडा सरदारों से भेंट करनी थी।

'वह आ गया है क्या?' कोमता ने हौले से पूछा। वे लोग एक छोटे समूह में बैठे थे - बिरसा, भरमी, डोंका, कोमता और मझिया - वे लोगों के नाच और गान के आयोजन से थोड़ा परे बैठे थे पर इतने निकट भी थे कि किसी को संदेह नहीं होने पाए।

भरमी ने भीड़ को देखते हुए कहा, 'शायद आ गया है पर वह उचित अवसर पाने पर ही हमारे पास आएगा।'

वे लोग गया मुंडा की बात कर रहे थे। वह एक कुख्यात सरदार था जो अंग्रेज़ सरकार से होने वाली झड़पों के अलावा वेश बदलने की कला में भी माहिर था। हालाँकि उसे बंदी बनाने के लिए वारंट जारी हो चुके थे पर अंग्रेज़ उसे अब तक अपने अधीन नहीं कर सके थे।

बिरसा ने कहा, 'गया हमारे साथ लड़ाई में होगा तो यह हमारे लिए बहुत फ़ायदेमंद रहेगा।' दूसरों ने भी हामी में सिर हिलाया। 'मेरे दोस्तों, हमें दोनों मोर्चों पर यह जंग लड़नी है। हमें लोगों के भीतर और बाहर, दोनों जगह बग़ावत करनी होगी। मैं कहना यह चाहता हूँ कि हमारे लोगों को अपनी सांस्कृतिक और आध्यात्मिक आज़ादी के लिए लड़ना होगा, जिस तरह वे अपनी आर्थिक आज़ादी के लिए लड़ेंगे। उन्हें उनकी सांस्कृतिक जड़ों के बारे में याद दिलाना होगा और इसके साथ ही, उन्हें मानसिक और शारीरिक रूप से मज़बूत बनाना होगा।'

'मेरे हिसाब से भरमी को सांस्कृतिक और आध्यात्मिक मोर्चा सँभालना चाहिए। यह लोगों के निकट और लोग इस पर भरोसा भी करते हैं। कहना नहीं होगा कि इसके पास शब्दों की ताक़त है।' मझिया ने कहा।

'बढ़िया सुझाव दिया, मझिया।' बिरसा बोले।

'और अगर यह सब ठीक तरह से चलने लगा तो गया मुंडा हमारी बाहरी बग़ावत में लोगों का नेतृत्व कर सकता है। आप क्या कहते हैं?' कोमता ने अपने आसपास संदेह भरी दृष्टि से देखा। मुंडा सरदारों के बीच नेतृत्व का प्रश्न थोड़ा-सा पेचीदा मामला था और डोंका व मझिया जैसे लोग भी असाधारण जुझारू थे, पर इस बात से कोई इंकार नहीं कर सकता था कि गया मुंडा सबसे बेहतर था और उसे कोई नहीं हरा सकता था।

एक तनाव भरे क्षण के बीच कोई कुछ नहीं बोला।

डोंका ने सन्नाटा तोड़ते हुए कहा, 'हम सबके लक्ष्य आपस में एक हैं। मुझे गया के अधीन लड़ने में कोई दिक़्क़त नहीं है।'

'मानना पड़ेगा कि वह सबसे बेहतर है।' मझिया ने भी सिर हिलाया। 'उसके साथ लड़ना गर्व की बात होगी।'

'तो यही ठीक रहा।' कोमता ने कहा और फिर अपने चारों ओर देखा कि कहीं कोई उन्हें देख तो नहीं रहा या उनकी बात तो नहीं सुन रहा। उसने जेब से चमड़े का टुकड़ा निकाला जिस पर उस इलाक़े का नक़्शा-सा खींचा हुआ था। उनके एक आदमी ने वह नक़्शा स्थानीय पुलिस चौकी से चुराया था।

'हमें बहुत कम समय में बहुत सारा काम करना है और उसके लिए योजना बनानी होगी।' उसने उस नक़्शे को फैलाते हुए कहा। 'हमें यह देखना होगा कि बग़ावत के लिए कौन से स्थान सही रहेंगे, जैसे खूँटी, बसियास, तोरपा, तमाड़, चाईबासा, बंदगाँव, चलकड़-'

'इससे पहले, हमें कुछ बुनियाद नियम बनाने होंगे। बिरसा ने कोमता की बात काटी। जैसे हमारी लड़ाई में बेगुनाहों को नुक़सान नहीं होना चाहिए।'

'मैं सहमत हूँ।' भरमी ने कहा।

'पर किसी काम के कारण होने वाले नुक़सान से बचा नहीं जा सकता या पहले से पता नहीं लगाया जा सकता।' डोंका ने तर्क दिया।

वे लोग अभी चर्चा कर ही रहे थे कि जाने कहाँ से एक हाथ आया और उसने नक़्शा झपट लिया। वे लोग दंग रह गए और एक साथ मुड़े। उन्होंने देखा कि फटे और मैले कपड़ों वाला एक बूढ़ा, उस नक़्शे को अपने कंधे से लटके थैले में डाल रहा था। उन लोगों ने सचेत हो कर आपस में देखा।

'बाबा, क्या कर रहे हो?' कोमता ने सख़्ती से पूछा।

उस आदमी ने होंठों पर अँगुली रख कर चुप होने का संकेत किया और फिर गाँव के पश्चिमी छोर की ओर इशारा करने लगा।

'उधर क्या है?' कोमता ने पूछा, उसे तो उस दिशा में कुछ भी संदेहजनक नहीं दिख रहा था।

अगले ही पल, हवा में धूल का बगूला-सा उठा। जिस जगह लोग नाच-गा रहे थे, उसके ठीक पीछे से कुछ अंग्रेज़ सिपाही घुड़सवार आते दिखे और सारा जश्न वहीं थम गया। सिपाही उस जगह के ठीक बीच आ कर खड़े हुए और लोग तितर-बितर हो गए।

बिरसा और उनके साथियों ने उठते हुए, आपस में सवालिया निगाहों से देखा। वे सिपाहियों के बीच दारोगा को पहचान गए थे। हालाँकि दारोगा उनकी उम्मीद से बहुत पहले आ गया था पर उसका आना अचानक नहीं था। उन्हें पहले ही अंदेशा था कि पुलिस पीछा नहीं छोड़ने वाली। बिरसा ने मुड़ कर उस बूढ़े से कहना चाहा कि वह झटपट उनसे परे हो जाए पर वह उस जगह से जा चुका था।

दारोगा घोड़े से उतर कर, झट से बिरसा की ओर बढ़ा। होंठों पर बदसूरत-सी मुस्कान खेल रही थी।

'बिरसा, तुम्हारे स्वागत में बड़ी दावत हो रही है?' उसने बिरसा और दूसरे लोगों को देख कर कहा।

'लोग मेरी वापसी का जश्न मना रहे हैं।' बिरसा ने विनम्रता से कहा। बिरसा जेल में उस आदमी के रहमोकरम पर थे इसलिए जानते थे कि वह कितना गुस्सैल और बेरहम आदमी था।

'बिरसा, जितना जी चाहे, मौज कर लो।' दारोगा बोला।

'आप मेरे रिहा होते ही इतनी ज़ल्छी पीछे क्यों आ गए, दारोगा साहब? मुझे आए अभी दो ही घंटे हुए। उम्मीद करता हूँ कि रानी को मेरी इतनी चिंता तो नहीं होगी, या वे लोग चिंता में हैं?'

'मेरे दिमाग़ में चिंता वाली कोई बात नहीं है। मैं तुम्हें और तुम्हारे लोगों को चेतावनी देने आया हूँ।'

दोरागा के शब्दों के बाद सन्नाटा छा गया। सब लोग बिरसा के आसपास जमा थे और माहौल में तनाव था। वे सभी दारोगा के दख़्ल से नाराज़ और गुस्से में थे पर बिरसा के एक इशारे पर शांत खड़े रहे। मन ही मन उबल रहे थे पर कुछ नहीं बोले क्योंकि उनका नेता यही चाहता था।

दोरागा ने बिरसा की इस कार्रवाई को देख लिया। बेशक़ जेल में रहने के बाद भी बिरसा अपने लोगों पर पूरा असर रखता था। ख़ैर, उससे तो बाद में निपटा जाएगा। लोगों को देखते हुए, केवल चेतावनी दे कर वापस जाने में ही भलाई थी।

'तुम लोग, यह बात ध्यान से सुन लो।' उसने लोगों को ज़ोर से कहा। 'अगर इस गाँव में या आसपास के किसी गाँव से लोगों ने सरकार के ख़िलाफ़ किसी बग़ावत में हिस्सा लिया तो कड़ी सज़ा मिलेगी। इसमें सरकार के ख़िलाफ़ बग़ावत करने वालों के साथ शामिल होना या उनकी प्रत्यक्ष-अप्रत्यक्ष रूप से मदद करना भी शमिल होगा। यह नियम सब पर लागू होगा। औरत, मर्द और बच्चे; जो भी दोषी पाया गया, उस पर क़ानूनी कार्रवाई होगी। अगर हमें तुम्हारी किसी भी ऐसी कार्रवाई का पता चला तो तुम्हारे गाँव में पुलिस की चौकी बना दी जाएगी और तुम लोगों को ही उसके रहने-खाने का ख़र्च उठाना होगा।' फिर दारोगा बिरसा की ओर आया और बोला, 'बिरसा मुंडा, सुना है कि ये तुम्हें अपना भगवान कहते हैं... पर मन में ऐसी कोई सोच मत रखना। ब्रिटिश सूरज के नीचे केवल एक ही भगवान है और इतना तो तय है कि वह काले रंग का नहीं है।' इतना कह कर दारोगा अपने घोड़े पर सवार हुआ और अपने आदमियों के साथ निकल गया। गाँववाले उसे दूर तक जाते देखते रहे। हालाँकि उसके जाने के बाद जश्न फिर से होने लगा पर सबके मन हतोत्साहित थे।

बिरसा और उनके साथी अभी वहीं खड़े थे कि कोई उनके पीछे से बोला।

'यह लो अपना नक़्शा।'

उन्होंने मुड़ कर देखा तो वही बूढ़ा खड़ा था। वह एक हाथ से अपना चेहरा मल रहा था।

'तुम हो ना, गया?' भरमी ने उसकी आवाज़ पहचान कर कहा।

'हम्म, हाँ, मैं ही हूँ।' उसने कोमता के हाथों में नक़्शा रख दिया जो उसे देख कर दंग था।

भरमी दबी हँसी के साथ बोला, 'बढ़िया! तू तो छिपने की कला में माहिर है।' फिर वह सबकी ओर मुड़ कर गया का परिचय करवाते हुए बोला, 'हमारे क्रांतिकारी साथी गया मुंडा से मिलो!'

बिरसा मुस्कराए और गया का चेहरा साफ़ करने बाद एक युवक की तरह दिखने लगा जो अपनी आयु को भी झुठला रहा था।

जब सभी बैठे तो गया मुंडा ने बिरसा से कहा, 'धरती आबा, क्षमा चाहता हूँ, आप लोगों की बातचीत में अचानक दख़ल दिया पर मुझे दारोगा के आने का पता चल गया था। आप सबको चेतावनी देना चाहता था पर मुझे आने में देर हो गई इसलिए नक़्शा छीनने के सिवा कोई रास्ता नहीं बचा। अगर वह आप लोगों के पास मिलता तो मामला ख़तरनाक हो जाता।'

'गया, हमारे दल में स्वागत है।' बिरसा ने मुस्करा कर कहा। 'और मेहरबानी करके, माफ़ी मत माँगो। हमारे पास ऐसी औपचारिकताओं के लिए समय नहीं। अभी बहुत काम करना बाक़ी है।'

'ठीक है, चलिए शुरू करते हैं।' गया ने आग से हाथ सेंके और उन्हें मलने लगा। 'क्या हम लड़ने को तैयार हैं?' उसने पाँचों लोगों को देख कर कहा।

'हाँ, हमारी मंशा तो यही है पर हर लड़ाई पहले लोगों के दिलों और दिमाग़ में जीती जाती है। हमें अपने लड़ाकुओं को यक़ीन दिलाना होगा कि उन्हें कोई नहीं हरा सकता। ऐसा कोई नहीं जो उन पर जीत हासिल कर सके। यदि उनके पास ऐसा विश्वास नहीं हुआ तो वे एक पल के लिए भी अंग्रेज़ों की बंदूकों का सामना नहीं कर सकेंगे।' भरमी ने कहा

'हम्म...' लोगों ने हामी भरी।

एक क्षण के बाद बिरसा ने कहा, 'मुझे पता है कि हमें क्या करना चाहिए। चुटिया मंदिर, जगरनाथपुर मंदिर और नव रत्तन किला... इन सबको हमारे पूर्वजों ने दो साल पहले बनवाया था। और अब, ये ही हमारे गौरव की भावना को वापस लाने वाले हैं।'

वे लोग बिरसा को कौतूहल से देखने लगे। उनके दिमाग़ में एक योजना मँडरा रही थी। वे लोग चुपचाप बैठ कर, आगे के निर्देशों की प्रतीक्षा करने लगे, उन्हें अपने नेता और उनके उद्‌देश्य पर पूरा भरोसा था। महान मुंडा आंदोलन नए सिरे से आरंभ हो रहा था, इतिहास नए सिरे से लिखा जाने वाला था।

3

चुटिया मंदिर
1898

'वह रहा।' कोमता पहाड़ी के संग बहती नदी के किनारे पर खड़े प्राचीन चुटिया मंदिर की ओर संकेत कर बोला। वे लोग उसी पहाड़ी की तलहटी में छिपे थे।

'हमारे पास ज़्यादा समय नहीं है।' बिरसा ने आसपास के इलाक़े का मुआयना करते हुए आराम से कहा और अनुमान लगाया कि उन्हें मंदिर तक जाने में एक घंटे का समय लग जाएगा। 'हमें जल्दी करनी होगी।'

जहाँ तक अंग्रेज़ सरकार की बात थी, वे लोग जो करने जा रहे थे, वह गैरक़ानूनी था और उन्हें तत्काल बंदी बनाया जा सकता था क्योंकि उस इलाक़े के आदिवासियों को पूजा करना तो दूर, उन मंदिरों में जाना भी मना था। और वे लोग पूजा करने नहीं जा रहे थे।

'क्या आपको यक़ीन है कि हम उसे खोज लेंगे।' भरमी ने मुड़ कर बिरसा से पूछा, उसके माथे पर चिंता की रेखा थी।

'हाँ, बिलकुल। बिरसा ने आश्वासन दिया। उस तांबे की तख़्ती पर हमारे पूर्वजों की छवि अंकित है और वह मंदिर में ही कहीं दबी होगी। कहते हैं कि हमारे पुरखों ने ही मंदिर बनाते हुए, उसे कहीं रखा था।'

भरमी ने सिर हिलाया। पूरा दल, एक भी क्षण गँवाए बिना ही चुपचाप पहाड़ी से उतरने लगा। वे लोग आसपास नज़रें रखे हुए था ताकि मंदिर के आसपास कोई दिखे तो सावधान हो सकें। बिरसा कोई मदद नहीं कर रहे थे पर चिंता में थे कि

आगे क्या होने वाला है। हालाँकि उन्होंने भरमी को आश्वासन दिया था कि तांबे की तख़्ती उन्हें मंदिर के भीतर मिल सकती है, लेकिन वे वास्तव में इस बात को लेकर सुनिश्चित नहीं थे। उन्हें यह भी नहीं पता था कि उस तख़्ती को किस जगह खोजना है। यदि वह मिल जाती तो निःसंदेह मुंडा लोगों को उस मंदिर में प्रवेश करने और पूजा करने का उनका हक़ वापस मिल सकता था।

जब वे मंदिर के पास आए तो झाड़ियाँ बहुत ज़्यादा और कँटीली हो गईं। उन लोगों को उस जगह रास्ता बनाने में दिक़्क़त हो रही थी। हाथ और पैर काँटों की मार से लहूलुहान हो रहे थे। मंदिर पत्थरों से बना पुराना ढाँचा था जिसका प्रवेश द्वार छोटा-सा था। जब वे मंदिर के सामने खड़े हुए तो वे पता नहीं लगा सके कि उसके गर्भगृह में क्या होगा। बिरसा ने अपने लोगों को भीतर जाने का संकेत दिया और डोंका व मझिया बाहर पहरेदारी के लिए खड़े हुए।

'जय देवी माँ!' बिरसा फुसफुसाए और आदरभाव से मूर्ति के चरण छुए। 'हर ओर देखो, कोई कोना नहीं छूटे।' उन्होंने बाक़ी दो लोगों को निर्देश दिया। 'उसे यहीं कहीं होना चाहिए।'

सभी लोग उत्साह से उस तांबे की तख़्ती को खोजने लगे। मंदिर बड़ा नहीं था इसलिए वे चाहते थे कि ज़ल्दी से खोजबीन पूरी कर वापस जा सकें। हालाँकि, मंदिर के अंधेरे के कारण वे पूरी फुर्ती से काम नहीं कर पा रहे थे। पूरे एक घंटे तक मंदिर अंदर और बाहर खोज करने पर भी कुछ नहीं मिला तो उनका उत्साह मंद होने लगा। अगर उस जगह कुछ नहीं मिला तो? क्या वह मंदिर प्रांगण में था ही नहीं? वे लोग थक-हार कर, मायूस हो कर वापस जाने का मन बना ही रहे थे कि बिरसा ने पुकारा।

'इधर आओ, देखो।' वे मंदिर प्रांगण की दीवार के साथ ही खड़े पीपल के पुराने पेड़ को देख चुके थे। उसकी जड़ें दीवार तक फैली थीं जिनके अंदर काई जमी हुई थी। अचानक ही बिरसा ने दीवार के एक ओर से काई हटानी आरंभ कर दी और ऐसा करते ही उनके हाथ किसी धातु की चीज़ से टकराए। तभी उन्होंने सबको पुकारा था। अब वे लोग मिल कर काई हटाने लगे और कुछ ही क्षणों में एक पुरानी तांबे की तख़्ती दिखाई देने लगी।

'यही होगी।' बिरसा ने कहा और कुछ ही क्षण में, जैसा कि उम्मीद थी, यह पूरी तरह से स्पष्ट हो गया कि मुंडा ही मंदिर को बनाने वाले और उसके संरक्षक रहे थे और वे देवी का पूजन किया करते थे।

वे लोग मारे खुशी से झूम उठे। बिरसा ने सबको चुप करवाया ताकि कोई सुन नहीं ले। यह उनकी पहली जीत थी और इसी ऊर्जा ने उन्हें थोड़ा-सा लापरवाह कर दिया था। जब उन्होंने उस तख़्ती को निकाल कर कपड़े में लपेटा तो बिरसा उसे ताकते हुए सोचने लगे।

'हम लोग तांबे की इस तख़्ती को अभी अपने साथ ले जा रहे हैं। परंतु हमें अपने पुरखों से वादा करना होगा कि एक दिन, अपनी लड़ाई जीतने के बाद हम वापस आ कर, इसे इसकी जगह वापस लगा देंगे। इस दौरान, हमें जाने से पहले, मंदिर में इष्ट देवी का आशीर्वाद लेना चाहिए और अपने अभियान में सफलता के लिए प्रार्थना करनी चाहिए।'

सबने हामी भरी और वे मंदिर में चले गए। उसे लोग बाहर जाने ही वाले थे कि उन्हें दूर से गोली चलने की आवाज़ सुनाई दी।

'यह क्या था?' बिरसा ने चिंतित स्वर में कहा।

भरमी ने मंदिर के दरवाज़े के पास जा कर झाँका। 'लगता है कि खोजी दल इसी ओर आ रहा है। उनकी मशालें दिख रही हैं। शायद किसी ने हमें देख कर, उन्हें ख़बर कर दी है।' भरमी ने कहा।

सबने चिंतित नज़रों से आपस में देखा। खोजी दल के आने से, उनके बचाव का रास्ता बंद हो गया था। यदि वे मंदिर से नहीं निकलते तो कुछ ही देर में सभी वहीं आने वाले थे।

'हम अब उस ओर से नहीं जा सकेंगे।' डोंका ने हौले से कहा। 'मैं एक और रास्ता जानता हूँ। यह थोड़ा लंबा है पर इन लोगों को चकमा देने के लिए ठीक है। आओ! जल्दी आओ!' एक ही झटके में डोंका ने खुद को खुरदरे कंबल में लपेटा और मंदिर से बाहर हो गया। वह धूल भरे रास्ते पर हो लिया जो उन्हें नदी से दूर, मंदिर से परे, घने जंगलों के बीच ले गया।

बिरसा ने डोंका के पीछे जाते हुए कहा, 'अपने सिर नीचे करो और चलते रहो।' उनके पास मशालें नहीं थीं और होतीं भी तो वे उन्हें जला नहीं सकते थे। पर वे सभी मजबूत योद्धा थे, उन्हें अंधेरे से लड़ने और जूझने की आदत थी। उस रात जंगल में अपनी उसी सूझबूझ के सहारे बच सके, जिसके साथ वे आजीवन जीते आए थे। मानो लोगों का एक दल किसी प्राचीन युग से आए भूतों की तरह अंधेरे में आगे बढ़ता जा रहा था।

बहुत बाद में, वे किसी तरह जंगल के पास बने सुरक्षित डेरे के पास पहुँचे। उस तख़्ती को सही-सलामत छिपाने के बाद वे सभी अलाव के पास बैठ कर, धीमे सुर में वीरता और बहादुरी के गीत गाने लगे। जो उनके आसपास के जंगल के सन्नाटे में घुल-मिल गए।

4

चलकड़ से परे जंगल में डेरा
1898

कोमता ने भाई को देख कर मुस्कराते हुए कहा, कहना पड़ेगा, 'यह तो बहुत बड़ा बदलाव हो गया।' डेरे के लोग रात को सोने चले गए पर दोनों भाई अभी अलाव के पास ही थे।

'कहना क्या चाहते हो, भाई?' बिरसा ने पत्थर की टेक लगाते हुए कहा।

'बिरसा भगवान से सेना के प्रमुख नायक...' कोमता ने अपना सिर डेरे के सभी लोगों की ओर घुमाया, जो उस कठोर ज़मीन पर ही सोए हुए थे। उन्होंने दो सप्ताह पहले ही, चलकड़ से बहुत परे, घने जंगलों के बच छिपने के लिए यह डेरा बनाया था। वे लोग यहाँ नियोजन और प्रशिक्षण, आने वाले संघर्ष के लिए तन और मन को सशक्त करने में घंटों का समय बिताते। चलकड़ में दारोगा के आने के बाद, बिरसा ने तय किया कि उन्हें अपना गढ़ कहीं और बना लेना चाहिए। वे नहीं चाहते थे पुलिस का गुस्सा बेगुनाह लोगों पर उतरे।

'पता नहीं, भैया।' बिरसा ने सिर हिलाते हुए कहा। 'मेरा अब भी मानना है कि अपनी ज़मीन और हक़ वापस लेने के लिए एक शांतिपूर्ण और आध्यात्मिक प्रेरणा से भरपूर आंदोलन ही ठीक है परंतु अंग्रेज़ों को हमारी अहिंसा हमारी कायरता लगती है। उन्हें लगता है कि वे हमें मक्खी-मच्छरों की तरह मसल सकते हैं क्योंकि हम पलटवार नहीं करते।'

कोमता ने हामी भरी। वह अपने भाई के मन की दशा समझ सकता था। तभी डेरे के बाहर होने वाली हलचल ने उनका ध्यान खींचा। वे उठ खड़े हुए, उन्होंने देखा कि गया मुंडा अपने साथ किसी को घसीट कर ला रहा था।

'यह सब हो क्या रहा है?' बिरसा ने गया के साथ एक क़ैदी को देख कर पूछा, जो छूटने के लिए जंगली बिल्ले की तरह हाथ-पैर मार रहा था।

'यह एक औरत है!' बिरसा को एक क्षण के बाद समझ आया और वे दंग रह गए।

'ये हमारे गाँव की सीमा के बाहर, जंगल में ताका-झाँकी कर रही थी।' गया ने उस युवती को बिरसा के आगे धरती पर पटकते हुए कहा। 'मुझे यक़ीन है, उसी नासपीटे दारोगा ने इसे हमारी जासूसी पर लगाया होगा।' उसने वहीं थूक दिया, जिस ओर वह युवती ज़मीन पर पड़ी थी।

बिरसा ने हाथ उठा कर गया को चुप रहने का संकेत किया।

'कौन हो तुम?' वे उसके पास गए और झुक कर हौले से पूछा। पहले कुछ देर तो वह लड़की चुप रही और वहीं पड़ी हाँफती रही। हलचल सुन कर डेरे में सोए और लोग भी जाग गए थे और आसपास जमा हो गए थे। वे परेशान थे और साथ ही यह जानने की जिज्ञासा भी थी कि आधी रात उनके डेरे में घुसपैठ करने वाला कौन था। आख़िर में उस लड़की ने उठ कर चेहरे से धूल झाड़ी और बिरसा की ओर देखा। बिरसा उसे देख कर स्तब्ध रह गए, उन्हें तो जैसे पल भर को यक़ीन ही नहीं हुआ। वह लड़की बिरसा को एकटक ताक रही थी। और फिर, वह अचानक सँभली और अपना खुला मुँह बंद किया।

'बिरसा?' वह हौले से बोली। वह भी बिरसा जितनी ही हैरान थी। 'यह तुम हो? क्या सच में तुम हो?'

'मोइना?' बिरसा को विश्वास ही नहीं हो रहा था। 'तुम इस जगह क्या कर रही हो?'

'आप इसे जानते हैं?' गया ने बिरसा और उस लड़की को देख कर पूछा।

'हाँ!' बिरसा ने हाथ दे कर मोइना को उठने में मदद की। 'यह मोइना है।' उन्होंने अपने साथियों को बताया। 'मैं इसे चाईबासा के दिनों से जानता हूँ।'

गया ने सिर हिलाया और एक भी शब्द कहे बिना सोने चल दिया। वह रात की पहरेदारी से ही लौट रहा था, जब उसे वह युवती मिली थी।

बिरसा के एलान के बाद सब सहज हो गए। किसी ने पानी से भरा बर्तन ला कर मोइना को दिया। वह एक ही झटके में सारा पानी पी गई।

'बिरसा, मैंने तुम्हारे और तुम्हारे काम के बारे में बहुत कुछ सुना है।' मोइना ने कहा और हाथ के पिछले हिस्से से मुँह पोंछ लिया। बिरसा उसे उस ओर ले गए जिधर वे सभी कुछ देर पहले बैठे हुए थे। अलाव के पास बैठ कर मोइना बोली, 'मुझे तुम पर गर्व है। और मैं जाने कब से इंतज़ार में थी कि तुमसे मुलाक़ात हो। पर मुझे कहा गया कि तुम जेल में हो। मैंने कभी नहीं सोचा था कि हमारी भेंट इस तरह होगी।'

'तुमने सही सुना। मैं दो माह पहले ही बाहर आया।' बिरसा ने कहा।

'पर तुम इस समय जंगल में क्या कर रही हो?' कोमता ने पूछा। वह मोइना को जानता था पर उसे यही पता था कि वह सोमा मुंडा की पोती थी। वह उससे एक बार ही मिला था, जब वह बिरसा से मिलने चाईबासा गया था।

कोमता भैया, 'लंबी कहानी है।' मोइना ने आह भरी।

'हमारे पास सारी रात पड़ी है।' बिरसा ने उसे कौतूहल से देखते हुए कहा।

मोइना उसे कुछ क्षण देखती रही और फिर एक लंबी साँस ले कर बोली, 'चाईबासा में हालात बद से बदतर होते गए। वे हमसे सब छीन ले गए।'

'क्या हुआ, मोइना?' बिरसा ने स्नेह से पूछा।

'हमें ईसाई धर्म स्वीकार ना करने की क़ीमत चुकानी पड़ी।'

सब लोगों के बीच सन्नाटा छा गया। सब लोग जानते थे कि ईसाई धर्म को मानने से इंकार करने वालों को यातना, हत्या और ज़ुल्मों का सामना करना पड़ता था। उन्हें अपने घर छोड़ कर जाना पड़ता था।

'मेरी माँ आख़िरी दम तक लड़ी और अपनी ज़मीन और धर्म छोड़ने से मना कर दिया। फिर एक दिन वे लोग माँ को जेल ले गए क्योंकि उसने भूमि क़ानून मानने से इंकार कर दिया था। दो दिन बाद, माँ की लाश हमारे ही खेतों में मिली। उसे पीट-पीट कर मार दिया गया था।'

कोमता ने मन ही मन अंग्रेज़ों को कोसा।

बिरसा मोइना को ताकते रहे, उनके पास दिलासा देने के लिए उचित शब्द नहीं थे।

'तब से ही मैं उनकी लड़ाई लड़ती आ रही हूँ। मौक़ा पाते ही इन गोरों पर पलटवार करती हूँ। बिरसा, तुम्हारे किस्से भी लोगों की ज़बान पर हैं। मैंने सुना कि लोगों पर तुम्हारा कितना प्रभाव है, यही वजह है कि तुम लोगों के साथ शामिल होना चाहती थी। पिछले सप्ताह, जब एक संबंधी के पास चलकड़ आई तो अंग्रेज़ सरकार की योजना पता लगी, वे लोग कुछ लोगों को पकड़ना चाहते थे जिन्होंने चुटिया मंदिर से कुछ चुराया था। इसलिए मैंने मशाल जला कर और हल्ला डाल कर तुम लोगों

को सावधान करने की पूरी कोशिश की और साथ ही उन अंग्रेज़ पुलिसवालों से भी बचना था जो मेरे पीछे आ रहे थे। जब तुम लोग मंदिर से निकले तो मैंने तुम्हारा पीछा किया। पर जब तुम लोग जंगल के इस हिस्से में आए तो मैं पिछड़ गई। मैं अपना रास्ता ही खोज रही थी, जब तुम्हारे आदमी ने मुझे देख कर पकड़ लिया।' मोइना दबी हँसी के साथ बोली।

'पर तुम्हें कैसे पता चला कि अंग्रेज़ों ने हमारे पीछे पुलिस भेजी है? और तुम्हें कैसे पता कि चुटिया मंदिर से कुछ चुराने वाले कोई डाकू नहीं बल्कि हम लोग थे?' कोमता ने पूछा।

'इतने सालों से चाहे अकेले ही लड़ी पर इतना लड़ चुकी हूँ कि मेरे पास अपने ख़बरिए हैं, ऐसे बहुत से लोगों की जानकार हूँ जो मदद करना चाहते हैं पर यह नहीं जानते कि वे क्या करें। बस मुझे उन्हें खोज कर यह कहना होता है कि वे अपने कान और आँख खुले रखें।'

'हम्म। बिरसा के माथे पर बल आ गए। 'मोइना, हम लोगों का काज एक जैसा है। दोस्तों, क्या आपको ऐसा नहीं लगता?' उन्होंने आसपास के लोगों को देखा जो सहमति में सिर हिला रहे थे। 'मोइना, हमारे इस काज का हिस्सा बनोगी? तुम्हारे जैसी लड़ाकू हमारे लिए किसी ज़ायदाद से कम नहीं।'

मोइना उसे हैरानी से देखती रही। आज तक उसे इसी बात पर खारिज़ किया जाता रहा कि वह एक औरत थी इसलिए बिरसा के शब्द उसके लिए किसी सदमे से कम नहीं थे। फिर वह अपने पुराने दोस्त को देख कर मुस्कराई और बोली, 'हाँ। मैं भी तुम्हारे आंदोलन को मज़बूत बनाना चाहती हूँ और इस काज के लिए वह सब करूँगी जो मैं कर सकती हूँ।'

5

चलकड़-डोंबारी
1898

आज चलकड़ के शिव मंदिर में सुबह से हलचल थी, गाँववाले मंदिर में आ कर जमा हो गए थे, वे उस तख़्ती को देखने आ रहे थे, जिसे बिरसा ने चुटिया मंदिर से ला कर इस जगह सुरक्षित रख दिया था। जब वे उसे रख कर बाहर आए तो सैकड़ों मुंडा आदिवासियों ने जयजयकार से उनका स्वागत किया।

'हम लोग बहुत सारे दुश्मनों से एक साथ लड़ रहे हैं। पर चुटिया मंदिर की यह तांबे की तख़्ती हमें याद दिलाती रहेगी कि हमारा अपने पुरखों के लिए क्या फ़र्ज़ बनता है।' बिरसा के एलान करते ही भीड़ में हर्षोल्लास गूँज गया।

उस शाम, बिरसा के निकटतम दल की बैठक, गाँव के बाहर स्थित जंगल में हुई।

'गया, मुझे लगता है कि अब हमें जितनी ज़ल्दी हो सके, नव रत्न किले में जाने की योजना बनानी चाहिए।' बिरसा ने कहा। 'हमें चुपचाप जाना होगा, उस दल में कम से कम लोग होंगे। अंग्रेज़ों को पहले ही पता चल गया था कि हम चुटिया जा रहे हैं, इसका मतलब है कि कोई हमारी गतिविधियों की सारी ख़बर उनको दे रहा है। उस दिन अगर मोइना नहीं आती तो हम पकड़े जाते।'

'सही कहा।' कोमता बोला।

'मुझे लगता है कि हमें आगे भी गोपनीयता से काम लेना होगा। भरमी ने सुझाव दिया। हमें अपनी योजना केवल बहुत ही भरोसेमंद लोगों को बतानी चाहिए।'

बिरसा गंभीरता से सुझावों पर विचार कर रहे थे।

'भरमी, हम यह कैसे कर सकते हैं। हम सभी इस काज में एक साथ हैं। हम अपने ही लोगों को अलग नहीं कर सकते। यह आंदोलन जितना हमारा है, उतना ही उनका भी है।' कोमता ने आपत्ति की।

'नहीं, नहीं। मैं यह नहीं कहता कि हमें किसी को पीछे छोड़ना है।' भरमी ने झट से कोमता को आश्वासन दिया। 'मैं तो यह चाहता हूँ कि सबके काम परिभाषित कर दो ताकि उन्हें पता हो कि उनसे क्या उम्मीद की जाती है और वे अपना ही काम करें।'

'भरमी, इस योजना के बारे में खुल कर बताओ।' बिरसा ने आग्रह किया।

'यह लड़ाई दो स्तरों पर होगी, जैसा कि आप सब जानते हैं। इस धरती पर एक क्रांति होगी और जो मुंडा सरदारों के अधीन होगी। इसके अलावा एक धार्मिक बग़ावत होगी, जो मिशनरियों के ख़िलाफ़ हमारे लोगों के दिलो-दिमाग़ में लंबे समय तक चलेगी।'

'सही कहा।' बिरसा बोले।

'मेरा कहना है कि हमारे पास एक तीन स्तरीय अनुक्रम हो। आंदोलन के दिल और दिमाग़ के रूप में सबसे पहले प्रचारक या गुरु होंगे जो बदलाव का बीज बोते हुए, उन्हें पोषित करेंगे और लोगों को बेहतर जीवन शैली की ओर जाने का दिशा-निर्देश देंगे। बिरसा, वे आपके कुछ भरोसेमंद लोग होंगे। वे आपके आसपास आस्था का दायरा क़ायम करेंगे। किसी भी समय में, प्रचारकों के पास ही आंदोलन से जुड़ी सारी जानकारी होगी। इसके बाद पुरानक होंगे जो क्रांति का बिगुल फूँकेंगे। ये वीर योद्धा लड़ेंगे और हर तरह के अत्याचार का सामना करेंगे। इसके बाद नानक होंगे जो पैदल सिपाही होंगे। ये हमारे आंदोलन को आगे ले जाते हुए अपने शब्दों और कर्मों का सहारा देंगे। परंतु वे हमारी गहन रणनीतियों के जानकार नहीं होंगे। इस तरह, सभी बग़ावत से जुड़े रहेंगे और एक दल की तरह काम करेंगे। इसके साथ ही हम गोपनीयता बनाए रखते हुए आंदोलन को घुसपैठियों की मार से सुरक्षित भी रख सकेंगे।'

बिरसा भरमी की सोच की स्पष्टता से प्रभावित दिखे। उस व्यक्ति ने ही अपनी समझदारी से आंदोलन को जीवित रखा था, जब वे जेल में थे।

भरमी ने आसपास देखा, वह उत्तर की प्रतीक्षा में था।

'योजना अच्छी है।' बिरसा ने कहा। 'मेरे हिसाब से तो इसे अभी से लागू कर देना चाहिए। हमें इसके अनुसार ही लोगों को नियुक्त करना है। और भरमी, यह काम तुम्हें सौंपा जाता है। फिर वे दूसरों की ओर मुड़े, गया, तुम डोंका, मझिया, कोमता और मोइना के साथ मिल कर सशस्त्र क्रांति का नेतृत्व करोगे।'

'ठीक है, बिरसा। जगरनाथपुर मंदिर का क्या करना है?'

'उस जगह मैं और कोमता जाएँगे। लोग जितने कम होंगे, हमारे अभियान के लिए उतना ही बेहतर होगा।'

'मैं अभी जाने की तैयारी करता हूँ।' कोमता ने कहा। 'और हम योजना पर रास्ते में विस्तार से चर्चा कर लेंगे।'

'ठीक है।' बिरसा ने सबको देख कर एलान किया, 'शायद अब समय आ गया है कि हम अपना गढ़ चलकड़ से डोंबारी ले चलें।'

दूसरे यह सुन कर सकते में आ गए। हालाँकि दारोगा की चेतावनी के बाद से वे सभी चलकड़ में सँभल कर रह रहे थे पर बिरसा ने अभी तक अपने गढ़ को बुनियादी रूप से किसी और ले जाने की बात नहीं की थी।

'परंतु बिरसा – ' कोमता ने कुछ कहना चाहा।

परंतु बिरसा ने बात काट कर कहा। 'अभी नहीं, कोमता भैया। अभी हमें उन कामों पर ध्यान देना है जिनकी ज़िम्मेदारी हमें सौंपी गई है। मैं चाहता हूँ कि सभी मुंडा सरदार और उनके आदमी डोंबारी में मिलें। वहीं से आंदोलन का अगला चरण आरंभ होगा। मेरे इस फैसले की क्या वजह है, यह तुम लोग उधर जा कर जान लोगे।'

◆

डोंबारी

बिरसा अपने अनुयायियों को देख रहे थे जो उस दिन की बैठक के लिए डोंबारी में जगह साफ़ कर रहे थे। उन्होंने मुंडा धर्म से जुड़े तीन दिव्य प्रतीकों को एक तरह की वेदी पर रखा ताकि वे सब को दिखाई दें और दूर से बैठे लोग भी देख सकें। प्रतीक महत्त्व रखते थे क्योंकि वे ना केवल लोगों को उनकी विरासत याद दिलाते बल्कि उनका आत्मविश्वास भी बढ़ा सकते थे। नव रत्न किला और जगरनाथपुर मंदिर के अभियान भले ही शांत थे परंतु सफल रहे और उनका मनोबल बढ़ाने में सहायक हुए। उस दिन इन सभी जीतों का जश्न मनाया जाना था और आगे की

नीतियों और योजनाओं पर कार्यवाही होनी थी। बिरसा लोगों को यक़ीन दिलाना चाहते थे कि वे उन्हें जैसा नायक मानते थे, वे ठीक वैसे ही थे।

'पता है, तुमने ठीक कहा था।' कोमता ने कहा और बिरसा का विचारप्रवाह भंग हो गया।

बिरसा ने मुड़ कर अपने भाई को पास आते देखा। गया मुंडा और अन्य सरदार भी साथ ही थे।

'मैंने क्या ठीक कहा था?' बिरसा ने पूछा।

'डोंबारी को अपना नया गढ़ चुनने के बारे में!'

बिरसा ने सिर हिलाया। उन्होंने अचानक ही अपने आंदोलन के लिए डोंबारी को नहीं चुना था। यह जगह तीन ओर से पहाड़ियों से घिरी थी और प्राकृतिक संसाधनों से भरपूर थी जिनमें पानी उल्लेखनीय था। रणनीति की दृष्टि से उचित होने के साथ-साथ आसपास के घने जंगलों के कारण इस तक पहुँचना कठिन था और यह आसानी से उनका मज़बूत गढ़ बन सकती थी। यह बिरसा और उनके लड़ाकों के लिए छिपने की बढ़िया जगह हो सकती थी क्योंकि आंदोलन लगातार तरक़्क़ी पर था।

'मुझे खुशी है कि हमने इतनी जल्दी सारा आयोजन कर लिया।' गया ने कहा।

'सही कहा।' बिरसा बोले। वे जानते थे कि मुंडा सरदारों ने पूरे इलाके में गुप्त बैठकें करने के साथ-साथ इस सारे काम को बहुत मेहनत से अंज़ाम दिया था।

'क्या हम तैयार हैं?' बिरसा ने पूछा।

'जी, आज पाँच सौ से ज़्यादा भरोसेमंद अनुयायी और सरदार आ रहे हैं।' कोमता ने कहा। 'वे लोग आज की बैठक के बाद अपने लोगों को आज की कार्रवाई की जानकारी देंगे।'

'हम्म।' बिरसा गहरी सोच में थे। 'आज के बाद वापस मुड़ कर देखने की ज़रूरत नहीं है।'

'हम जानते हैं, बिरसा।' गया ने कहा। 'कम से कम चालीस गुप्त प्रशिक्षण केंद्र, खूँटी के जंगलों में चल रहे हैं। हमारे पास वीरों की सेना तैयार हो रही है। आप अपने मन से हर दुविधा और चिंता को निकाल दें। हम सभी अपनी ओर से बेहतरीन तैयारी कर रहे हैं।'

'हम्म, शस्त्रों और रसद का क्या होगा?'

'हमने हर प्रमुख गाँव में सुरक्षित घर बना लिए हैं जिनमें हथियार और रसद रख सकते हैं। असल में, लोगों ने तो अभी से धनुष, बाण, तलवारें और भाले रखने चालू कर दिए हैं।' गया ने यह भी बताया।

'बढ़िया। परंतु हमें यह नहीं भूलना चाहिए कि अंग्रेज़ पूरी निर्ममता से बदला लेंगे।'

'हम उसके लिए पूरी तरह से तैयार हैं।' गया और कोमता एक सुर में बोले।

बिरसा ने हामी भरी और मैदान की ओर देखने लगे जिसमें लोग जमा होने लगे थे। यह बैठक उन्हें सार्वजनिक रूप से, एक आध्यात्मिक नेता से सशस्त्र क्रांति के अगुवा के रूप में लोगों के सामने लाने वाली थी जो इस लड़ाई में लोगों का नेतृत्व करेंगे। और इस बार, उनके वफ़ादार जवानों ने सुरक्षा के भरपूर प्रबंध किए थे। क्रांति के ऐसे अहम मोड़ पर वे किसी भी तरह की चूक नहीं चाहते थे। वे नहीं चाहते थे कि बिरसा पर कोई भी आँच आए। डोंका और कोमता निजी तौर पर सुरक्षा प्रबंधों की व्यवस्था कर रहे थे। और भरमी स्वयं हर आदमी की डोंबारी में आने से पहले निगरानी कर रहा था।

बिरसा ने मुड़ कर कोमता और गया से कहा, 'मुझे लगता है कि बैठक को चालू कर देना चाहिए।' इतना कह कर वे आगे बढ़े और लकड़ी के मंच पर चढ़े जो उनके लोगों ने आज दिन तैयार किया था। उन्होंने हाथ उठा कर लोगों से शांत होने की अपील की।

जब लोग शांत हो गए तो वे बोले, 'जोहार, मेरे भाइयो और बहनों! हम सभी इस जगह अपनी मर्यादा और अधिकारों की रक्षा करने की ज़िम्मेदारी लेने के लिए जमा हुए हैं। हमारी धरती और हमारे जीवन, हमारे हैं और केवल हमारे ही हैं। हम किसी के गुलाम नहीं और ना ही अब हमें गुलामों की तरह पेश आना चाहिए। यह सब रोक देना होगा। अभी। आज, हम मिल कर संकल्प करेंगे कि उन सभी बातों से दूर हो जाएँगे जो हमें नीचा और छोटा दिखाती हैं। हमें याद रखना होगा कि हम कौन हैं। याद रखो, तुम मुंडा हो, धरती माता के गौरवशाली पुत्र। याद रखो कि गोरे और दुष्ट दिकू तुमसे सब कुछ छीन लेना चाहते हैं। इससे कोई फ़र्क़ नहीं पड़ता कि वे तुम्हें क्या कहते हैं, किस तरह अपने किस्से सुनाते हैं और तुम्हें लुभाने के लिए कैसे शब्दों का प्रयोग करते हुए नीचा दिखाते हैं। अंत में, वे केवल तुमसे सब कुछ छीन कर लूट लेना चाहते हैं। उन्हें ऐसा मत करने दो, किसी भी क़ीमत पर नहीं। वे भले ही तुम्हारे तन का कपड़ा छीन लें, पर वे तुम्हारे मान और स्वाभिमान को नहीं छीन सकते। आज से हम अपने स्वाभिमान को ही वस्त्र की तरह धारण करेंगे जिसे हमसे कोई नहीं छीन सकेगा। आज हम वादा करते हैं कि हम अपनी आख़िरी साँस तक लड़ेंगे। आज, हम मिल कर महान उलगुलान चालू करते हैं, जिसके साथ ही हम अपने जीवन, विरासत और सम्मान का दावा करते हैं।'

बिरसा दम लेने को रुके और अपने सामने खड़े लोगों को देखा। उनके चेहरों पर दृढ़ संकल्प दिख रहा था। उनकी आँखों में साहस और आशा की चिंगारी

थी। वह कोमता की ओर मुड़े, उसने उन्हें एक जलती हुई मशाल थमा दी। बिरसा अपने लोगों की ओर मुड़े और विजयी मुद्रा में मशाल को ऊपर उठा दिया। लोग ज़ोर-शोर से ताली बजाते हुए उनका स्वागत करने लगे। चारों ओर जुनून से भरे स्वर गूँज उठे।

'धरती पुत्र की जय!'

'अबुआ दिशोम रे! अबुआ राज!'

'यह हमारा देश है! अब इस पर हमारा शासन होगा!'

भीड़ का शोर बढ़ने लगा तो बिरसा ने कोमता को संकेत किया। अब अंतिम संदेश देने का समय आ गया था। कोमता के कहने पर, दो युवक एक औरत की आदमकद मूर्ति ले आए। इसे पटसन के कपड़े, सूखे तिनकों और टहनियों से बनाया गया था।

'यह कौन है?'

'यह क्या है,' लोग उचक-उचक कर देखते हुए पूछने लगे। जब एक आदमी ने उसे बिरसा के पास ही मंच पर रखा, तब वे समझ पाए कि वह वास्तव में कौन है। उसके सिर पर एक पुराना फटा हुआ टोप था जिससे उसकी पहचान पता चल रही थी। वह तो गोरों की रानी थी। लोग जोश से भर गए।

'मेरे साथियों! इस बात को समझना कि आज हम यहाँ क्वीन विक्टोरिया का पुतला जला रहे हैं, हम उसे नहीं जला रहे।' उन्होंने अधिक से अधिक लोगों से आँखें मिलाते हुए आगे कहा, 'हम अत्याचार और शोषण के उस अन्यायी तंत्र को जला रहे हैं, जिसे उसके ही लोगों ने बनाया और प्रसारित किया है।'

लोग बेचैनी से पलटते हुए, बिरसा को ताकते रहे।

'हमारी लड़ाई गोरे बाबुओं से नहीं है। हम उनके तंत्र से नाराज़ हैं जो हमारे साथ नाइंसाफ़ी करता है। हमें उन लोगों को नहीं, उनके तंत्र को नष्ट करना है। हम केवल तभी वार करेंगे, जब हमारी अपनी सुरक्षा पर बन आए, जब मरने या मारने के सिवा कोई और चारा नहीं बचे।'

अगले ही क्षण, बिरसा ने उस पुतले को आग लगा दी और दो क़दम पीछे हट गए। देखते ही देखते पुतला धू-धू कर जलने लगा। जब बिरसा के शब्द लोगों के दिल और दिमाग तक पहुँचे तो उन्होंने मिल कर अपने नारों से सारी धरती गुँजा दी और आने वाले समय के बारे में सोच कर आकाश काँप उठा।

6

राँची
1898

पुलिस कमिश्नर के कार्यालय में तेज़ी से चक्कर लगाते फ़ादर हॉफ़मैन गुर्राए, 'मैंने उस सूअर को चेताया था कि हमसे पंगा नहीं ले।'

कमिश्नर पादरी के रोष को बड़े ही शांत भाव से देख रहा था। जब बिरसा जेल में थे, तब उसे राँची में भेजा गया था। इयान स्मिथ ने जाने से पहले, उसे सारे हालात से अगवत करवा दिया था। कमिश्नर अच्छी तरह जानता था कि आदिवासियों के नेता ने उनके जीवन में कितना कोहराम मचा रखा था और उसे अफ़सोस हुआ कि जिन दिनों बिरसा जेल में था, उसने तभी इस समस्या को जड़ से मिटाने के लिए कोई उपाय क्यों नहीं किया। अब उसे अपनी ग़लती का ख़ामियाज़ा भुगतना पड़ रहा था।

'ज़रा इसका घमंड तो देखो! ठग कहीं का! हमारी क्वीन का पुतला जलाता है।' फ़ादर हॉफ़मैन अब भी आग उगल रहे थे।

'शांत हो जाएँ, फ़ादर।' जिला कलेक्टर अल्बर्ट विलकिन्सन ने कहा। 'आप यह सोच कर रातों की नींद हराम कर सकते हैं कि हमारी क्वीन का पुतला जलाया गया या आप यह भी सोच सकते हैं कि मुट्ठी भर मूर्ख आदिवासियों ने तिनकों से बना पुतला जलाया है, तब आप आगे की योजना पर काम कर सकेंगे। दोनों ही तरह से, पहले आप इस तरह टहलना बंद करें।' जिला कलेक्टर किसी भी हाल में इस आदमी के तमाशे सहने को तैयार नहीं था। 'कमिश्नर फ़ोर्ब्स, आपके हिसाब से क्या करना चाहिए?'

फ़ोर्ब्स ने अपना सिर एक ओर झुका कर शून्य में ताकते हुए कहा, 'अगर इस छोकरे को वश में करना है तो दिमाग़ को शांत और हल्का रखना होगा। पर आपका इन्हें मूर्ख आदिवासी कहना ग़लत है। बिरसा मुंडा और चाहे जो, पर मूर्ख नहीं है। यह बहुत ही चालाक और अक्खड़ है और इसके पास अपने लोगों का पूरा सहयोग है जो उनके जीवन में हमारी मौजूदगी को ले कर सवाल करने लगे हैं।'

'क्या हम इस जगह बिरसा मुंडा का गुणगान करने जमा हुए हैं?' फ़ादर हॉफ़मैन ने दाँत पीसते हुए कहा। 'फिर तो हमें ही उसे "ब्लैक जीसस" घोषित कर देना चाहिए, मानो वही इनका मसीहा है।'

जिला कलेक्टर फुफकारा। 'यह क्या फ़ादर, आपका गुस्सा समझ आता है पर ईश निंदा, वह भी आपके जैसे प्रभु के आदमी से, यह आपके किसी काम नहीं आने वाली, थोड़ा दिमाग़ से काम लें।'

'जाओ, अभी जा कर उसे गिरफ़्तार कर लो।' फ़ादर हॉफ़मैन बुदबुदाए।

'और किस बात के लिए बंदी बनाना है? बैठक करने के लिए?' फ़ोर्ब्स ने डपटा। 'हमारे पास कोई सबूत नहीं कि उस जगह क्वीन का पुतला जलाया गया। यह सब सुनी-सुनाई बातें हैं। हमें गवाही देने वाला ऐसा कोई नहीं, जो उस जगह मौजूद रहा हो। आप सीधा डोंबारी जा कर किसी को हथकड़ी नहीं पहना सकते। अब तो बिलकुल भी नहीं। मुख्यालय से हम पर कड़ी निगरानी रखी जा रही है और आप यह जानते हैं। हम किसी भी तरह की गड़बड़ी नहीं चाहते जिससे बिरसा को और बढ़ावा मिले।'

'और चुटिया मंदिर की लूट, उसके लिए क्या कहोगे? वे अपने साथ तांबे की तख़्ती भी ले गए। और हमें अच्छी तरह पता है कि यह काम बिरसा और उसके आदमियों का ही है।'

'हमारे पास इस बनी-बनाई बात का कोई प्रमाण नहीं है, फ़ादर।' कमिश्नर अब खीझ गया था।

'चुटिया मंदिर उन्हें धर-पकड़ने की सही जगह थी, कमिश्नर फ़ोर्ब्स।' अल्बर्ट ने सिर हिलाया। 'उस रात तुम्हारे आदमी सही समय पर पहुँचने में नाक़ाम रहे और जबकि तुम्हें पुख़्ता जानकारी दी गई थी।'

'यह सब बिरसा की प्यादी, चाईबासा वाली लड़की का किया-धरा है, मोइना मुंडा! उसने मेरे आदमियों के जाने से पहले ही, उस जगह जा कर उन लोगों को भगा दिया।' कमिश्नर ने हल्का-सा विरोध जताया।

'ज़रा सोचो। अब तो औरतें भी इतने बड़े ब्रिटिश साम्राज्य को चकमा देने लगीं।' फ़ादर हॉफ़मैन ने चिढ़ कर कहा।

विलकिन्सन गुस्से में गुर्राया, 'सुना है कि उसने चाईबासा में बड़ा उत्पात मचाया था, है ना, कमिश्नर फ़ोर्ब्स?'

'हम्म। उसने गोरों के घर में लूटमार कर, खाना और वर्दियाँ चोरी कीं, हमारी डाक चुराईं और हमारे आयोजन नष्ट किए। कुल मिला कर हमें बरबाद करने की अपनी ओर से पूरी कोशिश में लगी रहती है।'

'और तुमने यह जान कर भी अब तक क्या किया?' विलकिन्सन के सुर में एक ख़तरा मँडरा रहा था।

कमिश्नर ने बेचैनी से कुर्सी में पहलू बदला।

'बताओ मुझे, वह बिरसा को कैसे जानती है?' विलकिन्सन ने आगे पूछा।

'वह... वह, ऊँह...' कमिश्नर फ़ोर्ब्स ने बोलने से पहले गला साफ़ किया। 'लगता है, वे लोग चाईबासा में मिल चुके हैं। सोमा मुंडा उसका दादा था, जब बिरसा मिशनरी स्कूल में था तो वह सोमा की ही छत्रछाया में पला। ये दोनों चुटिया मंदिर की लूट वाले दिन ही दोबारा मिले हैं।'

'ओह! तो ये पहले से एक-दूसरे को जानते थे।' विलकिन्सन ने अनुमान लगाया। 'यह काफ़ी बिंदास लड़की लगती है।'

कमिश्नर ने सब सुन कर सिर हिलाया।

'ख़ैर, कमिश्नर फ़ोर्ब्स अभी उसकी बात छोड़ो। तुम्हारा पूरा ध्यान बिरसा मुंडा और उसके आदमियों पर होना चाहिए जो दिन-ब-दिन बढ़ते ही जा रहे हैं। मुझे मोइना की परवाह नहीं है। हमें इनके मुखिया का सिर कुचलना है।'

'पर कैसे?' फ़ादर हॉफ़मैन ने पूछा, वे थोड़े मायूस दिखे। 'इधर हमारे पास ठोस ख़बर है कि बिरसा सशस्त्र क्रांति की तैयारी में है पर हम हाथ पर हाथ रखे बैठे हैं। हम बैठे-बैठे देखते रहेंगे और वह हमारी जड़ें खोद डालेगा। जब तक उस पर पूरी तेज़ी से वार नहीं होगा, उसका कुछ नहीं बिगड़ने वाला।'

'हम बिरसा पर सीधा हमला नहीं कर सकते, हाँ। पर छिपे तौर पर हमला तो हो ही सकता है।' कमिश्नर फ़ोर्ब्स ने कहा। 'हम बिरसा को पकड़ना चाहते हैं, तो हमें उसके लोगों, उसके अपनों, उसके अनुयायियों पर हमला करना होगा, वह अपने-आप ही घुटनों के बल आ जाएगा।'

'फ़ोर्ब्स, मैं समझ गया कि क्या कहना चाहते हो। क्या डोंबारी की पहाड़ियों की तलहटी में बंदगाँव नहीं बसा?'

'हाँ, वहीं है।' फ़ादर हॉफ़मैन ने उन दोनों को देखते हुए कहा।

'और यह रही योजना, कमिश्नर!' विलकिन्सन ने कहा।

'मैं चाहता हूँ कि तुम अभी बंदगाँव में एक पलटन नियुक्त करो, इसी समय। ज़मींदार की ओर से पूरा सहयोग मिलना चाहिए, यदि ना मिले तो तुम जानते हो किसी लालची हिंदुस्तानी कुत्ते की वफ़ादारी कैसे हासिल की जाती है, पता है ना?'

कमिश्नर ने सिर हिलाया। और कुछ हो ना हो, वह ज़मींदार को तो झुका ही लेगा। 'पर -'

'ओह! फ़ोर्ब्स! फ़ोर्ब्स! फ़ोर्ब्स।' विलकिन्सन ने चेहरे पर निराशा लाते हुए सिर हिलाया। 'लगता है कि तुम्हें समझाने के लिए एक-एक शब्द दोहराना होगा। प्यारे दोस्त, मैं कह रहा हूँ : तुम पहाड़ी की तलहटी में अपने आदमी बिठा दो और उन्हें निगरानी रखने को कहो। वे ना तो किसी को पहाड़ी पर जाने देंगे और ना ही किसी को नीचे आने दिया जाएगा। इसका मतलब है कि तुम बिरसा को उसी जगह घेर लोगे, जिस जगह वह छिपा हुआ है। तुम उसकी हर कार्रवाई पर नज़र रख सकोगे और रसद समेत उसके पास हर तरह के सामान की आपूर्ति बंद हो जाएगी।'

'घेराबंदी!' फ़ादर हॉफ़मैन बोले। 'मतलब हम उन्हें तब तक भूखा मारेंगे, जब तक वे स्वयं ही चींटियों की तरह बांबी से बाहर नहीं आ जाते।'

विलकिन्सन ने सिर हिलाया, उसे अपना उपाय अच्छा लग रहा था।

'चींटियाँ!' फ़ोर्ब्स ने सोचा। 'और बंदगाँव और दूसरी जगह पर उसके आदमियों का क्या करना है? क्या उन्हें धर-दबोचने का काम चालू नहीं करना? राँची जेल में काफ़ी जगह है, हम उसे भर देंगे!'

'नहीं, अभी नहीं। बाद में ऐसा करने के बहुत सारे मौक़े मिलने वाले हैं।'

'सही बात है।' फ़ोर्ब्स ने सहमति दी। 'जब बिरसा और उसके आदमी अपने लोगों को अपने आगे मरते देखेंगे, तो उनसे भूल होंगी और हम वहीं उन्हें पकड़ कर हमेशा के लिए काम निपटा देंगे।'

'उन्हें दबोचो और हमेशा के लिए चुप करवा दो।' फ़ादर हॉफ़मैन ने कहा।

'यही तय रहा।' फ़ोर्ब्स ने उठ कर मेज़ पर रखी घंटी बजाई ताकि तीनों के लिए चाय मँगवा सके। वह जानता था कि उसके इलाके में उथल-पुथल हो रही थी। हालाँकि उसे सरकार की ओर से छूट थी कि जगह की शांति भंग करने वाले किसी भी उपद्रव को कुचल सकता था, पर वह भी जानता था कि हालात बेक़ाबू भी हो सकते हैं क्योंकि बिरसा मुंडा अपने लोगों का नेता या फिर कोई बाग़ी नहीं था। नहीं। वह एक विचार, एक नज़रिया, एक आशा और उम्मीद था, जो अगर एक बार पूरी तरह से प्रकट हो जाएगा तो उसे मिटाना बहुत मुश्क़िल होगा।

7

डोंबारी–तमाड़
1898

डोंबारी खेमे में, एक छप्पर की छत वाली छोटी-सी झोंपड़ी में नन्हा बच्चा रो रहा था, 'माई! भूख लगी है।'

बच्चे की माई ने उसे रूखी और बेजान नज़रों से देखा। फिर एक भी शब्द कहे बिना बाहर चली गई। वापस आई तो हाथ में माटी का एक बर्तन था। उसने वही बर्तन बच्चे के आगे रख कर कहा, 'ले खा ले।'

'पर मुझे भात का मांड नहीं पीना।' बच्चे ने गुस्सा दिखाया। 'इसमें तो नमक भी नहीं है।' अगले ही पल बच्चे ने बर्तन को ठोकर मारी और मांड धरती पर बिखर गया।

माई ने गहरी साँस भरी और अविश्वास से मांड को धरती में रिसता देखने लगी, अब वह खाने लायक़ नहीं रहा था।

'तेरी इतनी मज़ाल! तूने अन्न का अपमान कैसे किया?' वह गुस्से से गुराई। उसका चेहरा मारे गुस्से के लाल हो गया था। उसने बच्चे को पीछे धकेला और वह धड़ाम से धरती पर जा गिरा। वह एक पल के लिए सकते में आ गया और फिर बुक्का फाड़ कर रोने लगा। माई ने उसे उठाने की कोई कोशिश नहीं की। वह वहीं निर्मोही बनी खड़ी, उसे रोता देखती रही।

'लक्खी, यह क्या कर रही है?' मोइना ने झोपड़ी में क़दम रखते हुए कहा और बच्चे को गोद में उठा लिया। वह डेरे की बची हुई रसद का हिसाब लगा रही थी कि बच्चे के रोने की आवाज़ सुन कर आना पड़ा। 'तुझे हुआ क्या है?'

'ज़रा देख, इसने क्या किया है!' लक्खी ने धरती पर गिरे मांड की ओर इशारा किया।

मोइना को यह समझने में एक पल लगा कि क्या हुआ होगा। 'ओह लक्खी!' उसने हौले से सिर हिलाया। 'भला बच्चा कैसे जानेगा कि हमारे आसपास क्या हो रहा है?'

'पर हम तो समझते हैं, हैं ना? हम जानते हैं कि क्या हो रहा है। और हम कब तक ऐसे हाल में रह सकते हैं?'

'भरोसा रख, लक्खी।' मोइना ने कहा। 'हम लोग मिल कर इस मुश्क़िल से पार होंगे।'

'हम कब तक ऐसे जी सकते हैं?' लक्खी अब हार चुकी थी। 'हमारी रसद ख़त्म होने को है। हमारे पास लड़ने को हथियार नहीं हैं। सीधे कहें कि कोई आस नहीं बची!'

'लक्खी, आस कभी नहीं मरती।' मोइना ने कहा। उसने सुबकते बच्चे को गोद में लिया और बाहर निकल गई। वह उसे खाने को कुछ दे देगी पर लक्खी ने भी ग़लत तो नहीं कहा था। आस का दीपक मंद हो रहा था और डेरे में मायूसी छाई थी। वे लोग दो सप्ताह से डोंबारी में थे, जब बंदगाँव में पुलिस ने घेराबंदी कर ली। पहले तो लगा कि वे लोग कुछ दिन के लिए आए हैं पर जब पुलिस ने पक्का डेरा जमा लिया तो बिरसा सहित बाक़ी लोग भी जान गए कि यह पुलिस की चाल है कि उन्हें कोई रसद या सामान नहीं मिले और वे मज़बूर हो कर डोंबारी से बाहर आ जाएँ। अब ज़ल्दी ही कुछ करना होगा। लोग अपनी लड़ाई चालू होने से पहले ही हारने लगे थे। तभी मोइना ने बिरसा और गया को आते देखा।

'मैं तुम लोगों का ही इंतज़ार कर रही थी।' वह उन दोनों की ओर बढ़ते हुए बोली।

'हमें थोड़ी देर हो गई, जितना सोचा था, उससे ज़्यादा वक़्त लग गया।' बिरसा ने जवाब दिया। उन्होंने बच्चे को मोइना की गोद में देखा और उसके बाल सहलाते हुए पूछा, 'इसे क्या हुआ? यह लक्खी का बेटा है ना?'

'हाँ, वही है। इसे जो भी हुआ है, हमें उसके बारे में ही बात करनी है।' मोइना ने बच्चे को गोद से उतारा और उसके सामने झुक कर बोली, 'शांति दीदी के पास जाओ और कहो कि वह तुम्हें कुछ खाने को दे दे। उसे कहना कि मैंने भेजा है।'

बच्चे ने हामी भरी और भाग गया।

'हमें ज़ल्दी से रसद का इंतज़ाम करना होगा। भूखे लोग लड़ नहीं सकते, बिरसा।' मोइना ने बच्चे को जाता देख कर कहा।

'पता है, पता है। चिंता मत करो हम जल्दी ही इसका कोई प्रबंध कर लेंगे।'

'कैसे? पुलिस तो बंदगाँव छोड़ कर जाने को तैयार नहीं लगती।'

'हम लोग रसद का इंतज़ाम करने के लिए तमाड़ जा रहे हैं।'

'तमाड़?'

'हाँ, मोइना।' गया ने बीच में कहा। 'तमाड़ की चर्च में रसद का भंडार है।'

'तुम लोग चर्च को लूटने की योजना बना रहे हो?' मोइना की आँखें हैरानी से फैल गईं।

'नहीं, चर्च में नहीं, उसके भंडार में। और हाँ, हम अपने लोगों और इस आंदोलन की सलामती के लिए वह सब करेंगे जो करना पड़ेगा।' गया ने कहा।

'मोइना, अधिकतर गिरजों में भंडारघर होते हैं जिनमें अनाज और दूसरे खाद्य पदार्थ रखे रहते हैं। वे पादरियों के व्यक्तिगत इस्तेमाल के लिए और मुश्किल घड़ी में दूसरे लोगों को दान देने के काम आते हैं।' बिरसा ने बताया। 'हम ख़ाली हाथ नहीं लौटेंगे।'

'परंतु, बिरसा –' मोइना ने कुछ कहना चाहा पर बिरसा ने बीच में कहा।

'मोइना, मुझे लोगों को बताना है कि हम कमज़ोर नहीं हैं और यह पुलिस की घेराबंदी हमारी हौसला नहीं तोड़ सकती। हमारी क्रांति को दबा नहीं सकती। और हमें यही संदेश गोरों को भी भेजना है।'

'पर बंदगाँव की पुलिस से कैसे बचेंगे?'

'हम बंदगाँव से होकर नहीं गुज़रेंगे। इसके बजाय हम गाँव के पीछे स्थित जंगल से घूम-घाम कर जाएँगे।'

'लेकिन वे जंगल ख़तरनाक हैं!' मोइना ने हाँफते हुए कहा।

'पता है, पर हमारे पास कोई और उपाय है क्या? हमने सुबह तमाड़ तक जाने का सुरक्षित रास्ता खोजा है, रात को उसी से जा कर, पर्याप्त रसद ले कर आ जाएँगे। वह कम से कम एक माह तो चल ही जाएगा।' बिरसा ने रुक कर अपनी दोस्त का चेहरा देखा। 'और, मोइना हमें हर मोड़ पर ख़तरे का सामना करना होगा। तुम यह जानती हो, और तुम भी इस ख़तरे से अनजान नहीं हो।'

मोइना ने हामी भरी।

'तो ठीक है, यही हो।' बिरसा ने गया से कहा, 'गया जा कर कोमता और मझिया से कहो कि हमारे ताक़तवर लोगों को तैयार करें। हम आज रात जाना होगा। और, मोइना, मैं चाहता हूँ कि तुम रात का पहरा दो। डेरे को हमारी गैरमौजूदगी में सुरक्षित रखना होगा।'

गया और मोइना झट से निकल गए और बिरसा अपने विचारों में खो गए।

◆

तमाड़ में गोथिक शैली में बना चर्च, भोर के झुटपुटे में बहुत ही वीरान और अकेला लग रहा था। चर्च के बाहर कोई दरबान नहीं थे। और किसने सोचा होगा कि बिरसा और उनके आदमी इतनी हिम्मत बटोर लेंगे तथा वे क्या करने की योजना बना रहे हैं?

'सावधान!' बिरसा ने बड़ी देर तक चर्च के आँगन का निरीक्षण किया और हौले से कहा। जब उन्हें यक़ीन हो गया कि कोई आसपास नहीं था तो उन्होंने अपने लोगों को चुपके से पीछे आने का संकेत दिया। वे लोग जंगलों के रास्ते रात भर की यात्रा करके थक गए थे पर चर्च देखते ही सबके भीतर जोश उमड़ आया।

चर्च के पीछे बने भंडारघर में ताला लगा था, वह एक छोटी कोठरी थी जिसमें कोई खिड़की तक नहीं थी कि उसे तोड़ कर भीतर जा सकते। लकड़ी के ठोस दरवाज़े को ही तोड़ना होगा। वे लोग लोहे की कुंडी में लटक रहे ताले को देख रहे थे।

'हमें ताला तोड़ने के लिए इस पर चोट मारनी होगी और उसे सुन कर तो मुर्दे भी जाग जाएँगे।' कोमता ने ताले को हाथ में ले कर हौले से कहा।

'मुझे दरबान तो कहीं नहीं दिखे।' गया ने कहा, 'पर इसका मतलब यह नहीं कि वे इधर नहीं होंगे।'

'और फ़ादर्स के आवास भी तो यहीं पास ही में हैं। वे ताला टूटने की ख़बर सुनते ही चौकन्ने हो जाएँगे।' कोमता ने दूर दिख रही खिड़की की ओर संकेत किया।

'हम्म, हमें यह काम फटाफट करना होगा।' बिरसा ने कहा। 'बुधु को बुला लो, वह हममें से सबसे ताक़तवर है। हमें हर हाल में तीन चोट में ताला तोड़ना होगा, उससे ज़्यादा नहीं।'

कोमता ने पीछे की ओर देखा, बाक़ी लोग आगे के निर्देशों का इतंज़ार कर रहे थे।

'गया, तुम चर्च के बाहर पहरा दो।' बिरसा ने आदेश दिया। ज्यों ही ताला टूटेगा, हमारा काम चालू हो जाएगा। हमें उन आदमियों की पीठ पर बोरे लदवाने हैं जो उन्हें डोंबारी ले जाने आए हैं। हमें चर्च के लोगों को इतना समय नहीं देना कि वे कोई प्रतिक्रिया दे सकें। बाहर से नेतृत्व करने को तैयार रहना।'

गया निर्देश का पालन करने निकला और कोमता बुधु को ले कर वापस आ गया। बुधु एक लंबा-चौड़ा आदमी था। उसके हाथों में लोहे की सलाख़ थी। उसने अपनी सलाख़ से ताले पर तेज़ चोट की और बाक़ी सब दम साधे इंतज़ार करते रहे। ताला टस से मस नहीं हुआ। बुधु ने मुड़ कर सबको देखा, उनके चेहरे पर निराशा और तनाव के निशान थे। दूसरे वार से ताला थोड़ा-सा पिचक गया पर अब भी टूटा नहीं था।

कोई जाग गया। कोमता ने भंडार के ऊपर वाली खिड़की की ओर इशारा किया। अब उस जगह थोड़ी रोशनी दिख रही थी।

बुधु ने बिरसा को देखा, अब उसे भी डर लग रहा था। यह उनकी ओर से आख़िरी वार था। अगर ताला नहीं टूटता तो उन्हें अपना अभियान बीच में छोड़ कर जंगलों में वापस भागना पड़ता।

'सब भूल कर अपने हाथ के काम पर ध्यान दो।' बिरसा ने शांति से कहा। उन्होंने अपने स्वर में तनाव को सामने नहीं आने दिया।

अगले ही पल बुधु ने लोहे की सलाख़ से आख़िरी वार किया और चटाक से ताला टूट गया। एक भी क्षण गँवाए बिना, बिरसा और उनके दल के लोग भंडार में घुसे और अनाज, दालें व दूसरे खाद्य पदार्थ उठाने चालू कर दिए।

'याद रखना, हमें सिर्फ़ खाने का सामान ले जाना है। बाक़ी सब पीछे छोड़ दो।' बिरसा ने लोगों से कहा और जल्दी से चावल का बोरा लाद लिया।

'सावधान!'

वे लोग निकलने को तैयार थे जब गया की आवाज़ सुनाई दी। कोमता ने बाहर निकल कर देखा, गया और उसके साथी दरबानों के एक दल से लड़ रहे थे। उन दरबानों के पास हथियार नहीं थे। फिर उसने भंडार के पीछे खिड़की में देखा, एक पादरी चिंतित दृष्टि से इसी ओर देख रहा था। ज्यों ही उसने चिल्लाने को मुँह खोला, कोमता पीछे हो गया।

'दरबान आ गए हैं। हमें निकलना होगा, अभी!'

'अगर और दरबान आ गए तो गया और उसके आदमी सब कुछ सँभाल नहीं सकेंगे और हम सब फँस जाएँगे।' डोंका ने कहा और बिरसा को चिंता भरी नज़रों से देखा। 'ये लोग ताक़तवर हैं पर लड़ाकू नहीं हैं। हमें रसद ले कर निकलना है तो दरबानों का ध्यान भटकाना होगा।'

बिरसा ने हामी भरी।

'अब तो एक ही चारा बचा है। पर बिरसा, मुझे पहले आपकी अनुमति लेनी होगी।' डोंका ने झट से कहा।

'जल्दी बोलो, क्या बात है?' बिरसा ने कहा।

'चर्च।'

'क्या? नहीं, चर्च नहीं।'

'हमारे पास बचने का यही उपाय है। और बिरसा आपको भूलना नहीं चाहिए कि फ़ादर हॉफ़मैन और उनके आदमियों ने हम पर कितने ज़ुल्म किए हैं।'

बिरसा डोंका की बात पर विचार कर रहे थे कि उनके चेहरे पर चिंता झलकने लगी। 'इस समय चर्च में कोई होगा तो नहीं?' उन्होंने पूछा।

डोंका और कोमता ने एक साथ सिर हिलाए।

'तो वही करो जो इस समय की माँग है। पर किसी की जान नहीं जानी चाहिए।'

कोमता और डोंका चर्च की ओर भागे, वे दीवारों से चिपकते हुए आगे जा रहे थे ताकि किसी की नज़र नहीं जाए। कुछ ही देर में वे चर्च के बाहर थे। उन्होंने मशाल जलाई और सारे चर्च में आग लगा दी। बिरसा ने चर्च को आग में जलते देखा तो वे सिहर गए। चारों ओर जलने की गंध फैल गई और जैसा कि उन्हें उम्मीद थी, दरबान आग देखते ही लड़ना छोड़ कर अपने धर्म के प्रतीक को बचाने भागे।

ज्यों ही उनका ध्यान दूसरी ओर गया, बिरसा और उनके आदमी रसद के बोरे अपनी पीठों पर लाद कर रात के अंधेरे में, जंगलों में निकल गए। उनकी यात्रा पहले की तरह ही कठिन थी पर इस बार वे लोग अभियान की सफलता से उत्साहित थे। बिरसा का मन पछतावे और चिंता से भारी था। हाँ, उनके पास सबके लिए महीने भर की रसद आ गई थी, पर उन्होंने दूसरे धर्म के पवित्र स्थल को नष्ट किया था। दुश्मन शांत बैठ कर, इस राख़ को नहीं देखता रहेगा। बस कुछ ही समय में यह बात सामने आ जाएगी कि वे लोग कब, कहाँ, किस तरह और कैसे अपना बदला लेंगे।

दो घंटों बाद, जब फ़ादर हॉफ़मैन ने तमाड़ की चर्च में हुई घटना के बारे में जाना, तो वे आग-बबूला हो गए। 'आग का बदला आग ही होगा।' उन्होंने पुलिस कमिश्नर फ़ोर्ब्स के पास जा कर बदले की योजना बताने से पहले, अपने-आप से क़सम खाई।

8

चलकड़

1898

'नहीं,' बिरसा अपनी आँखों के सामने दिख रहे दृश्य को देख कर चिल्लाए। चलकड़ का पूरा गाँव आग की लपटों में घिरा था जिसमें सब कुछ जल कर राख़ हो गया था। यह आग चूल्हा जलाने या हाथ तापने वाली आग नहीं थी। यह तो नर्क की आग जैसी थी जिसने ग़रीब गाँववालों की छत ही जला दी थी, जिसे वे अपना आसरा मानते थे।

'नहीं, नहीं, नहीं!' बिरसा अपना सिर हिलाते हुए बुदबुदाए और मन ने चाहा कि काश! वह कोई बुरा सपना हो। पर वे जिस ओर भी मुड़ते, लगता कि आग रूपी शैतान ने सारे गाँव पर हमला कर दिया हो। कहीं कुछ झोपड़ियाँ जल रही थीं और कहीं पूरी तरह से राख़ हो चुकी थीं। सारी जगह वीरान हो गई थी। लोग झुंड बनाए सुन्न खड़े थे। वे समझ नहीं पा रहे थे कि उन पर यह विपदा अचानक कैसे आई। चारों ओर डर और अजीब-सा सन्नाटा छाया था।

बिरसा और उनके आदमी गाँव की उस तबाही को देख कर सकते में आ गए थे। वे जानते थे कि तमाड़ वाली लूट के बाद गोरे शांत नहीं रहेंगे। उन्होंने यह उम्मीद नहीं कि थी कि वे लोग उस घटना के दो माह बाद ऐसा कहर ढा देंगे।

जब वे आगे चले तो एक बूढ़ी औरत को राख़ के ढेर पर बैठा देखा, जिसे वह कभी अपना घर कहती थी। उसकी ज़िंदगी भर की मेहनत राख़ हो चुकी थी और वह निरुपाय हो कर उसे ताक रही थी।

'माई?' गया ने उसके आगे बैठ कर हौले से कहा। 'यह सब कैसे हुआ?'

उस औरत ने उसे देख कर भी अनदेखा कर दिया। 'ज़मींदार।' फिर वह बोली। 'वह पुलिस के साथ आया था। उन्होंने सब बरबाद किया, मेरी लड़की के साथ ज़बरदस्ती की और मेरे पोतों को उठा ले गए।'

गया ने उठ कर बिरसा को देखा।

'त्रिभुवन, तुझे इसकी क़ीमत चुकानी होगी।' बिरसा गुर्राए। उनके और गया के बीच जैसे कोई क़रार हो गया। 'पहले हमें इन लोगों की मदद करनी होगी, गया। तुम जल्दी से मोइना को डोंबारी से बुलाओ, ताकि वे आ कर इधर काम सँभालें। इस दौरान, हमारे बाक़ी लोगों को जमा करो। समय आ गया है कि चलकड़ के ज़मींदार को सबक़ सिखाया जाए।'

◆

रात होने तक, बिरसा और उनके आदमी त्रिभुवन की हवेली के बाहर जमा हो गए थे। उनके पीछे चलकड़ ही नहीं, दूसरे गाँवों के लोग भी आए हुए थे।

चलकड़ की ख़बर चारों ओर फैल चुकी थी और अनेक व्यक्ति बिरसा के साथ आ जुटे, वे भी बदला लेना चाहते थे। वे सभी ख़ून के प्यासे हो रहे थे। उनका गुस्सा इतना ज़्यादा था कि उन्होंने झट से हवेली के लोहे के किवाड़ तोड़ दिए और बाहर खड़े पहरेदारों को धकेलते हुए अंदर घुस गए।

हवेली में, सफ़ेद बालों वाला त्रिभुवन सिंह हाथ में शराब का गिलास थामे, दिन की घटनाओं पर विचार कर रहा था। बाहर के शोर से चौकन्ना हो कर, वह खिड़की के पास आया और बाहर देखा। जब उसने भारी भीड़ को भयंकर तरीक़े से हवेली में घुसते देखा तो उसका लहू जम गया। उनके हाथों में मशालें और भाले चमक रहे थे।

'हे भगवान! यह सब क्या है?' उसके हाथ से शराब का गिलास छूट गया। इससे पहले कि गिलास फ़र्श को छूता, वह कमरे से बाहर निकल कर अपने प्यादों को पुकार रहा था ताकि वे भीड़ से निपट सकें। इसके साथ ही वह अपनी पत्नी को जगाने के लिए सीढ़ियों की ओर लपका।

'चैताली!' वह कमरे के बाहर बरामदे से चिल्लाया। 'चैताली! चैताली! उठो।' वह पागलों की तरह उसके कमरे में घुसा।

'क्या हुआ?' उसकी पत्नी उसे इस दशा में देख कर सकते में आ गई। 'यह सब क्या है?'

'जल्दी से मेरे पीछे आ।' त्रिभुवन ने पत्नी को बिस्तर में से खींच लिया। वह उसे साथ वाले, कपड़े बदलने वाले कमरे में ले गया और छिपा कर बोला, 'बाहर भारी भीड़ जमा है, शायद वह चलकड़ वाली घटना के कारण!' इतना कह कर वह अपनी राइफ़ल खोजने लगा।

'त्रिभुवन, आपने क्या किया उनके साथ?' चैताली ने डरते हुए पूछा, उसका स्वर काँप रहा था। भीड़ का शोर बढ़ता जा रहा था। उस कमरे की खिड़की मशालों की रोशनी से जगमगा गई।

'वही किया जो फ़ोर्ब्स और हॉफ़मैन ने करने को कहा।' त्रिभुवन ने जवाब दिया। 'मेरी राइफ़ल किधर है?' वह चिल्लाया।

'मुझे नहीं –'

भड़ाम की तेज़ आवाज़ के बीच चैताली की आवाज़ दब गई। उन दोनों ने एक-दूसरे को देखा।

'उन्होंने हवेली का बड़ा दरवाज़ा तोड़ दिया है, है ना?' चैताली अपने पति को देखते हुए हौले से बोली।

इससे पहले कि त्रिभुवन कुछ कहता, गया मुंडा उनके कमरे के बाहर मौजूद था।

'तो इस जगह छिपा बैठा है, त्रिभुवन?' वह गरजा। गया अपने आदमियों की ओर मुड़ कर बोला, 'अब देखो उसे, डरपोक कहीं का।' उसने वहीं थूक दिया।

'इसे यहीं मार दो।' दल में से कोई चिल्लाया।

'हाँ! अभी मार दो।'

'नहीं, नहीं।' गया ने हाथ उठा कर लोगों से कहा। 'हम इसे बाहर ले कर चलते हैं, जिधर बिरसा इंतज़ार कर रहे हैं। फिर इसकी क़िस्मत का फ़ैसला होगा।'

गया चैताली के पास से होते हुए निकला और दुबके हुए ज़मींदार को कॉलर से पकड़ कर घसीटते हुए सीढ़ियों से नीचे ले आया। फिर उसने उसे बिरसा के सामने पटक दिया।

भीड़ और पास खिसक आई। लोग बिरसा के आदेश की प्रतीक्षा में थे ताकि वे उसे चीर कर रख दें।

'क्या तुम्हें वाकई लगता है कि तुमने जो किया, तुम उससे बच सकते हो?' बिरसा ने ठहरे हुए स्वर में ज़मींदार से पूछा।

'दया करो! दया करो बिरसा!' एक औरत का स्वर सुनाई दिया।

बिरसा ने देखा कि चैताली लोगों के बीच से जगह बनाते हुए अपने पति के पास आ गई थी। 'छोड़ दो, बिरसा। इन्हें छोड़ दो।' वह त्रिभुवन के पास ही धरती

पर बैठ कर उसे अपनी ओट में करने लगी। 'अगर तुम उतने ही न्यायी और सच्चे हो, जितना मैंने सुना है तो मेरे पति को क्षमा कर दो'।

बिरसा ने एक पल के लिए सोचा, उनके चेहरे से भावों का अनुमान लगाना कठिन था। 'तुम्हारे पति ने आज पूरे गाँव को जला कर बरबाद कर दिया। क्या उसने तुम्हें यह बताया? या फिर उसके जैसे लोगों के लिए यह एक आम बात है?'

'नहीं! नहीं! नहीं! मेहरबानी करो।' चैताली रोने लगी।

'दया की भीख चाहती हो? इसका मतलब भी पता है? उसने पूरे गाँव जला दिया और ऐसा अपराध उसने पहली बार नहीं किया। मैं उसे जब से जानता हूँ, वह तब से मेरे लोगों को कुचलता आ रहा है। बताओ, इसके जैसे राक्षस को दया क्यों मिलनी चाहिए?'

'क्षमा कर दो! क्या तुम उसे एक मौका भी नहीं दे सकते कि वह हालात को सुधार सके?' चैताली गिड़गिड़ाते हुए आगे आई और बिरसा की टाँगें पकड़ लीं। 'जो भी हो, यह सब उन्होंने अकेले तो नहीं किया। यह तो फ़ादर हॉफ़मैन और कमिश्नर के कहने से करना पड़ा।'

बिरसा सकते में आ गए। कमिश्नर इस योजना का हिस्सा था, इसमें हैरानी वाली कोई बात नहीं थी, पर उन्होंने यह नहीं सोचा था कि मिशनरी भी इतनी निर्दयता और क्रूरता पर उतर आएँगे। वे कुछ देर तक चुप रहे और विरक्त भाव से उस स्त्री को देखते रहे।

'इनके पैर छोड़ो।' गया ने चैताली की बाजू पकड़ कर उसे बिरसा से परे कर दिया।

'बिरसा, इन्हें सज़ा दे कर, तुम मुझे बेबात की सज़ा दे रहे हो। मैंने क्या बिगाड़ा है?'

'तुम्हारी चुप्पी ही तुम्हारी भूल है।' बिरसा ने पलट कर कहा। उनका गुस्सा बर्फ़ की तरह ठंडा और कठोर था।

गया त्रिभुवन के पास गया और से कॉलर से पकड़ लिया। वह उसे न्याय के लिए भीड़ को सौंपने ही जा रहा था कि बिरसा ने उसे चौंका दिया।

'इसे जाने दो!' वे हौले से बोले।

'क्या?' गया बौखला-सा गया।

भीड़ भी जैसे यह सुन कर सदमे में आ गई।

'हम इसकी जान बख़्श देंगे पर वह सब छीन लेंगे जिस पर इसका दावा है - इसकी ज़यदाद, इसका सोना और हवेली की हर क़ीमती चीज़। इससे लंबे समय तक हमारा आंदोलन चलेगा।'

'नहीं!' त्रिभुवन डर के मारे चिल्लाया।

'आज रात, हालाँकि हम इसे और इसकी बीबी को जाने देंगे, पर सब कुछ निकालने के बाद, इसकी हवेली को आग लगा देंगे। हम यह ध्यान रखेंगे कि आग की लपटें इसके घर के क़तरे-क़तरे को राख़ कर दें। आज इसे सबक़ मिलेगा कि बेघर होने का क्या मतलब होता है।' यह कह कर बिरसा एक क़दम पीछे हटे और गया को संकेत किया कि वह भीड़ को अपना काम करने दे।

उस रात, उस हवेली की एक-एक चीज़ को लूट लिया गया, जिसमें उसकी पिछली कई पीढ़ियों ने वास किया था। फिर उन्हीं लोगों ने मिल कर हवेली को आग लगा दी। हवेली सुबह तक धू-धू कर जलती रही और फिर राख़, कचरे और धुएँ के सिवा कुछ नहीं बचा। उस दौरान स्तब्ध ज़मींदार अपनी विलाप करती पत्नी के साथ बैठा, आजीवन जमा की गई पूँजी और विरासत को अपनी आँखों के आगे ग़ायब होते देखता रहा।

9

सिंबुआ की पहाड़ियाँ, राँची

1898

चलकड़ की घटनाओं के बाद बिरसा और उनके आदमियों ने गोरों पर जवाबी हमला करने का कोई अवसर नहीं छोड़ा। कारवाँओं पर होने वाले अचानक हमलों से ले कर उनकी रसद और हथियारों की लूट, गोरों के आयोजन नष्ट करने से ले कर दिन-दहाड़े उनके घरों में लूट; बिरसा के नेतृत्व में उनके योद्धाओं ने गोरों के बीच डर का साम्राज्य स्थापित कर दिया। अंग्रेज़ों के लिए हालात इतने बुरे हो गए कि उन्हें अपने लोगों के डर को कम करने के लिए हर बड़े अधिकारी के बंगले के बाहर अतिरिक्त सुरक्षा बल तैनात करने पड़े। उलगुलान के लड़ाकों और अंग्रेज़ प्रशासन के बीच चूहे और बिल्ली का खेल जारी था। उलगुलान के योद्धा गुरिल्ला युद्धकला में माहिर थे और दोनों ही पक्ष एक-दूसरे को नीचा दिखाने का अवसर तलाशते रहते। बिरसा हर समय लगभग सौ समर्थकों के बीच रहते थे इसलिए उन पर हमला करना मुश्क़िल था और इसी बात से गोरों की नींद हराम थी।

हालाँकि बिरसा और उनके आदमी छोटी-छोटी जीत और उपलब्धियों से अधिक मज़बूत और आत्मविश्वास से भरपूर महसूस कर रहे थे, पर वे जानते थे कि अब अपने आंदोलन के आध्यात्मिक पक्ष को ताज़ा प्रोत्साहन देने का समय आ गया था। बिरसा के लोग शस्त्र उठा चुके थे और उन्हें भय था कि कहीं उनके लोग स्वयं को ठग और बदमाश नहीं मानने लगें। वे भूल सकते थे कि वे अपनी दुनिया की व्यवस्था बदलने के लिए लड़ रहे थे। उन्होंने अपने आंदोलन के कुछ ख़ास लोगों को मिलने के लिए बुलवाया ताकि बाक़ी साथियों को उनके हाथों संदेश भिजवाया जा सके।

वे सब सिंबुआ की पहाड़ियों में एक ख़ाली जगह पर जमा हुए, मर्द और औरतों के बीच खुशी का माहौल था। आंदोलन चालू होने के बाद, पहली बार, वे लोग सामूहिक शक्ति की ताक़त को महसूस कर रहे थे। और यह भावना बहुत ही प्रबल थी।

'जोहार, मेरे साथियों!' बिरसा ने एक छोटे पत्थर पर खड़े हो कर कहा, 'मैं इस बैठक में आप सबका स्वागत करता हूँ। आप सभी बहादुर मर्द और औरतों का स्वागत है जो अपने भय और आशंका से उबर कर हमारा साथ दे रहे हैं। आप सबने सिद्ध कर दिया कि आप लोग मुंडाओं की विरासत को बनाए रखने में ही गर्व महसूस नहीं करते, आपको हमारे भगवान, सिंगाबोंगा में भी पूरा विश्वास है। हर दिन, मैं गर्व के साथ देखता हूँ कि आप अपने धर्म और आस्था के लिए जीने-मरने का प्रश्न बना कर लड़ रहे हैं।' बिरसा ने रुक कर अपने लोगों को देखा। 'हाँ, हमारा दुश्मन बलशाली है, पर हमारी संकल्प शक्ति भी मज़बूत है। और हम उसे पाने में कोई कसर नहीं रखेंगे, जिस पर हमारा सच्चा दावा बनता है।'

उनके शब्दों को सुन कर भीड़ में उल्लास दौड़ गया।

'हालाँकि, हम आगे बढ़ रहे हैं, पर हमें यह भी देखना होगा कि हमारे कुछ लोग भटक गए हैं। वे लोग एक आध्यात्मिक भूल-भुलैया के बीच हैं और उन्हें वापस लौटा कर लाना होगा, उन्हें ईसाई धर्म से छुड़वा कर, अपनी आस्था से वापस जोड़ना होगा। पर वे लोग अकेले ऐसा नहीं कर सकते और आप सबको उन्हें वापस लाने में मदद करनी होगी। हमें मिल कर फ़ादर हॉफ़मैन के दुष्ट इरादों पर पानी फेरना है और अपने लोगों को आज़ाद करवाना है।'

भीड़ पूरे मन से बिरसा को सुन रही थी पर पीछे से किसी ने कहा, 'परंतु फ़ादर हॉफ़मैन तो बहुत ताकतवर हैं। उनके अंग्रेज़ों से अच्छे संबंध हैं। वे लोग फ़ादर की सुनते हैं, उन्हें अपनी बैठकों में बुलाते हैं।'

'अगर हम फ़ादर हॉफ़मैन को नहीं हरा सकते तो हमारे आंदोलन का अर्थ ही क्या है?' बिरसा बोले, 'कल से ही भरमी हर गाँव में हमारे लोगों के लिए डेरे तैयार करवाएगा ताकि हम लोगों से प्रत्यक्ष बात करते हुए, उन्हें अपने पास वापस ला सकें। ईसाई धर्म हमारे भूखे लोगों को पेट भरने के लिए भोजन देता है और बदले में उनकी आत्माओं के सारे अधिकार छीन लेता है। लोगों को केवल दूसरे धर्म में परिवर्तन के लिए ही विवश नहीं किया जा रहा। नहीं! उन्हें जबरन ग़ुलाम बनाया जा रहा है। हमारे लोग गरिमा और मर्यादा से जीना भूल गए हैं और हमें उन्हें यही याद दिलाना है। आगे की बात भरमी आपको बताएगा।' बिरसा ने भरमी को आने का संकेत किया और स्वयं पत्थर से नीचे आ गए।

'जोहार, मेरे साथियों!' भरमी ने कहा। 'मेहरबानी करके मुझे अपने गाँव और उसके कुछ भरोसेमंद लोगों के नाम और पते दे दो, जहाँ जा कर ऐसी बैठक हो

सकें क्योंकि हम यह काम खुले में नहीं कर सकते। याद रखना, अंग्रेज़ सरकार इस बात को हल्के में नहीं लेगी, इसलिए हमें यह सारा काम छिपते-छिपाते करना होगा। हमारी मंशा यही है कि लोगों को उनके पुरखों के धर्म की ओर वापस ले आएँ परंतु कोई मर्द या औरत फिर से भगवान सिंगाबोंगा की शरण में जाना चाहता है कि नहीं, यह पूरी तरह से उन पर ही निर्भर होगा। हम किसी को भी कुछ करने के लिए नहीं धमकाएँगे। हम लोग इस तरह काम नहीं करते।'

जब भरमी लोगों को सब कुछ बताते हुए, उन्हें सारी कार्यवाही और योजना समझा रहा था तो बिरसा उस ओर चल दिए, जिधर गया, कोमता और मोइना आपस में बातें कर रहे थे।

'यह एक बहुत बड़ा काज होगा। आप जानते हैं ना कि गोरे बुरी तरह से बिफरने वाले हैं।' गया ने बिरसा को आते देख कहा।

बिरसा ने सिर हिलाया, 'आज तक वे धर्म के नाम पर हमें कमज़ोर बनाते आए, अब हम धर्म की मदद से खुद को मज़बूत करेंगे ताकि उनके हमले झेल सकें। मुझे उनके धर्म से कोई परेशानी नहीं, परंतु चर्च हमेशा प्रशासन की चापलूस रही। इसने अपनी भूमिका भी भुला दी कि धर्म लोगों को आध्यात्मिक रूप से संपन्न जीवन की ओर जाने का मार्गदर्शन देता है। इस जगह मिशनरी एक ही काम कर रहे हैं; वे लोगों को लूट रहे हैं, उनका भोजन लूट रहे हैं, उनकी आजीविका, उनकी ज़मीन, उनके हक़ और यह सब कुछ धर्म के नाम पर होता आया है।'

'हम्म, मैं सहमत हूँ बिरसा।' कोमता ने कहा।

'ख़ैर, हमारे लिए अगला आदेश क्या है?' गया ने पूछा।

'छोटे-मोटे काम बहुत हुए, अब हमें अपना संदेश आला अधिकारियों तक पहुँचाना होगा।'

'आप कहना क्या चाहते हैं?' गया ने पूछा।

बिरसा ने हौले से कहा, 'खूँटी पुलिस स्टेशन। हमारा अगला शिकार वही होगा।'

◆

कमिश्नर फ़ोर्ब्स ने चिंतित और घबराए हुए लोगों को देखा, जो उसके ऑफ़िस में क़तार बाँधे खड़े थे। 'आप जो चाहते हैं, वह असंभव है।' उसने अपनी कुर्सी पर पीछे टिकते हुए कहा। 'क्वीन की ओर से मिलने वाली सुरक्षा केवल कुछ कार्यालयों और अधिकारियों तक सीमित है।' कमिश्नर ने अपने आगे बैठे डीसीपी ब्राउन को कड़ी निगाहों से देखा। उसने ही तो यह मुसीबत खड़ी की थी। उसने ही ज़मींदार

त्रिभुवन को चलकड़ में क़हर बरपाने की अनुमति दी। नए डीसीपी ने सारी चीज़ों पर गंभीरता से विचार नहीं किया था।

'हमने सदा क्वीन का साथ दिया है, आप लोगों का साथ दिया है। आज तक हमने ही आदिवासियों को वश में रखा। अब हम उन्हें अधीन नहीं रख सकते। क्या अपने परिवारों के लिए सुरक्षा की माँग बहुत बड़ी बात है?' एक ज़मींदार ने आगे आ कर कहा।

'हमें यह भूलना नहीं चाहिए कि आप जिसे अपनी ज़मीन कहते हैं, वह आपको क्वीन के आशीर्वाद से ही मिली है। क्वीन ने ही आपको इन गाँवों पर शासन करने की छूट दी। आपने कुछ भी निःशुल्क नहीं किया। दूसरे शब्दों में कहा जाए तो क्वीन ने इसके बदले में आपके लिए बहुत कुछ किया है।' कमिश्नर ने पलटवार किया।

वे लोग मन ही मन दाँत पीस कर रह गए। खूँटी, बसिया, तोरपा और तमाड़ से आए ज़मींदार, अपने इलाक़े के पैसे वाले ताकतवर लोग थे। कमिश्नर के कार्यालय में उन्हें बैठने को कुर्सी तक नहीं पूछी गई और वे अपने लिए सुरक्षा की माँग करते हुए विनती कर रहे थे। उनका कितना अपमान हो रहा था, यह उनसे छिपा नहीं था।

'ये आदिवासी विद्रोही हमारी व्यवस्था के बारे में जानते हैं। उन्होंने हमें चुनौती देते हुए, क्वीन और ब्रिटिश राज को चुनौती दी है। वे तो अब आपके गिरजों पर भी हमले करने लगे हैं।' तमाड़ के शातिर ज़मींदार ने इशारा किया। 'बस कुछ ही समय की बात है, हम सबका भी वही हश्र होगा जो चलकड़ के त्रिभुवन सिंह का हुआ। आख़िरी बार उसके बारे में यही पता चला था कि वह राँची में किसी सुदूर नातेदार के घर छिपा है और मारे भय के आधा पागल हो चुका है। अगर आदिवासी इसी तरह हमें निशाना बना कर हमें बरबाद करते रहे तो आपके तंत्र को गिरते देर नहीं लगेगी, आपको भूलना नहीं चाहिए कि हम आपके साथी हैं।'

'बिरसा हाथों से बाहर निकल रहा है।' डीसीपी ब्राउन ने नरमी से कहा। 'हम उसे इस तरह मनमानी नहीं करने दे सकते। अगर मेरे स्रोतों की मानें तो अब वह खुल कर लोगों से कहने लगा है कि वे ईसाई धर्म को छोड़ कर फिर से अपने धर्म को अपना लें।'

'मुझे सब पता है, ब्राउन।' कमिश्नर ने अधीरता से कहा।

'जी सर, उसने लोगों को वापस लाने के लिए गुप्त अड्डे भी बना लिए हैं।' एक और ज़मींदार बोला।

'और फ़ादर हॉफ़मैन क्या कर रहे हैं?' कमिश्नर ने पूछा।

'कुछ नहीं। अब बिरसा के आदमियों के आगे फ़ादर के समर्थक बहुत कम रह गए हैं।'

'क्या यह सच है?' फ़ोर्ब्स ने अपने अधीन से पूछा और उसने हामी भर दी।

'अच्छा,' कमिश्नर फ़ोर्ब्स ने अपने आगे खड़े लोगों से कहा, 'मैं आपके घरों के बाहर दो-दो सशस्त्र पुलिसवाले दे सकता हूँ। इसके बदले में आप मुझे बिरसा के इन गुप्त अड्डों से जुड़ी किसी भी तरह की जानकारी मुझ तक ला कर देंगे।'

ज़मींदारों ने कमिश्नर का आभार प्रकट किया।

'बस अब आप लोग जा सकते हैं।' कमिश्नर ने उन्हें जाने का संकेत किया। एक दिन के हिसाब से बहुत माथापच्ची हो गई थी।

'ब्राउन, यहीं ठहरो।' डीसीपी ने भी ज़मींदारों के साथ बाहर जाना चाहा तो कमिश्नर ने कहा।

'जी, कमिश्नर।'

'मैं चाहता हूँ कि तुम काम करने की शक्तियाँ इन ज़मींदारों को दे दो। ये अपने इलाके में अपने हिसाब से काम करें और किसी पर संदेह हो तो उसे बंदी बना सकें। यदि इन्हें विद्रोहियों का साथ देने वाला कोई भी आदमी मिले तो ये उसे अपने तरीके से सज़ा दे सकते हैं। सबूत और मुक़दमे जैसी बातों को भूल जाओ। इन्हें आतंक मचाने दो। पर याद रखना, जहाँ तक हमलोगों का संबंध है यह सब कुछ कहीं भी लिखित में नहीं आना चाहिए।'

'ठीक है, कमिश्नर।' डीसीपी कुछ सोचते हुए कमरे से बाहर हो गया।

बहुत समय बाद, जब कमिश्नर ने उस दिन की काग़ज़ी कार्रवाई निपटा ली तो उसके चेहरे पर मुस्कान आई। अब यह खेल सच में ख़ून की होली बनने जा रहा था, उसे यही सब पसंद था। और वह तमाशा शुरू होने तक इंतज़ार नहीं कर पा रहा था।

10

खूँटी

1898

ऑफ़िसर स्ट्रीटफ़ील्ड ने अपनी जेबीघड़ी निकाल कर समय देखा, यह तोहफ़ा उसकी बीबी ने दिया था।

'हद हो गई!' वह बुदबुदाया। आज तो वाकई देर हो गई थी। ये राँची मुख्यालय में हर माह होने वाले दौरों की वजह से हो रहा था। राँची में उसे काम में देर नहीं लगती थी पर खूँटी वापस आने में बहुत समय बरबाद हो जाता था। सड़कों की हालत खस्ता थी। सड़क के नाम पर एक धूल भरी पगडंडी थी जो सुबर्णरेखा नदी के किनारे से होते हुए, घने जंगलों में चली जाती थी और फिर खूँटी की ओर बढ़ती थी। इन रास्तों पर बग्घी पर जाने के सिवा कोई और उपाय नहीं था।

शाम के चार बजे थे, सूरज ढलने की तैयारी में था। रास्ते के दोनों ओर का जंगल अंधेरा और डरावना होने लगा था। शाम के बाद इस इलाक़े में निकलना सुरक्षित नहीं था, सर्दियों के मौसम में तो बिलकुल भी नहीं, जब कोहरा भी होने लगता था। स्ट्रीटफ़ील्ड ने उम्मीद की कि सूरज ढलने से पहले वह अपने ठिकाने पर होगा। फिर वह अपने कुछ प्रशासनिक कामों को निपटा लेगा जिनसे उसे सख़्त नफ़रत थी। यह सब काम होने के बाद ही उसे अपनी पत्नी के हाथों बना गर्म खाना नसीब होगा। पर अभी तो खूँटी तक लंबा रास्ता बचा था।

'जल्दी करो! जल्दी करो! जल्दी करो!' वह लगातार कोचवान को आदेश दे रहा था और वह घोड़ों पर लगाम कसता जा रहा था, हालाँकि उस इलाक़े के हिसाब से घोड़ों की गति ठीक ही थी।

तभी स्ट्रीटफ़ील्ड ने दिल को चीर देने वाली आवाज़ सुनी। वह सीधा हो कर बैठ गया, सारी इंद्रियाँ सचेत हो गईं। क्या कोई औरत ख़तरे में थी या यह किसी जानवर की आवाज़ थी?

'राम सिंह, धीरे करो।' उसने कहा। 'क्या तुमने भी यह आवाज़ सुनी?'

'क्या सुना, साहब?' कोचवान ने घोड़ों को रोकते हुए कहा।

'अरे!! मुझे लगा कि...'

वह आवाज़ और ज़ोर से सुनाई दी और स्ट्रीटफ़ील्ड फिर से चौंका। इस बार तो यह और भी पास से आ रही थी, घने जंगलों में उनकी दाईं ओर, लगभग दो मीटर की दूरी पर...

'मुझे लालटेन दो।' वह होल्स्टर में अपनी पिस्तौल को जाँचते हुए कोचवान से बोला।

'साहब! आप मत जाओ। रात के समय यह जंगल सुरक्षित नहीं।' कोचवान चिंतित दिखा।

'तो क्या हुआ, राम सिंह? तुम्हारा तो पूरा देश ही सुरक्षित नहीं है।' स्ट्रीटफ़ील्ड दबी हँसी के साथ बोला।

'कोई बुरी आत्मा हो सकती है, साहब।' कोचवान ने चेतावनी दी। 'ये इन जंगलों में भरी हुई हैं।' वह साहब को लालटन देते हुए हिचक रहा था।

इसके बाद एक और चीख़ गूँज गई।

'ओह, छोड़ो भी।' स्ट्रीटफ़ील्ड ने लालटेन छीन ली। 'शायद किसी औरत को चोट लगी है। मैं जा कर देख कर आता हूँ।' वह बग्घी से कूदा और ज़ल्दी से आवाज़ की दिशा में, जंगल में घुस गया।

स्ट्रीटफ़ील्ड अपनी छड़ी की मदद से राह में आने वाली मोटी झाड़ियों को हटाता जा रहा था और उसने अच्छी तरह देखने के लिए लालटेन को ऊपर उठा रखा था। अभी वह पंद्रह-बीस क़दम ही गया होगा, जंगल इतना घना था कि बग्घी दिखनी ही बंद हो गई। हर ओर, साल के लंबे पेड़ और उनके साए ही दिखाई दे रहे थे। उसने कानों पर ज़ोर डाला तो कुछ सुनाई नहीं दिया इसलिए तय करना कठिन हो रहा था कि अब उसे किस दिशा में जाना चाहिए। कुछ मीटर की दूरी तक जाने के बाद वह वापस जाने के बारे में सोच रहा था कि अचानक किसी औरत के रोने

की आवाज़ से उसके पैर ठिठक गए। उसने लालटेन की रोशनी में कुछ और कदम बढ़ाए और देखा, एक औरत पेड़ के नीचे बैठी थी। उसके घुटने छाती से लगे थे और उसने घुटनों पर सिर टिका रखा था।

'हैलो?' स्ट्रीटफ़ील्ड ने उसकी ओर जाते हुए कहा। वह औरत दिखने में बहुत ही छरहरी थी। हर सुबकी के साथ जिस तरह उसकी देह हिल रही थी, उसे देख कर स्ट्रीटफ़ील्ड का मन डोल गया।

'हैलो!' उसने फिर से पुकारा। 'क्या तुम्हें चोट लगी है? जंगल में क्या कर रही हो?' उसने पूछा।

उस औरत ने सिर उठाया और उसे देख कर चौंकी। 'साहब! ओ साहब! मैं खो गई हूँ।' उसकी बड़ी-बड़ी आँखें डबडबाई हुई थीं। साहब तो चारों खाने चित्त! वह बोली, 'साहब! मेहरबानी करके बचाइए!'

'मैं ज़रूर तुम्हारी मदद करूँगा।' स्ट्रीटफ़ील्ड के मन में वासना जाग गई थी। वह उस औरत के और पास खिसक आया। फिर उकड़ूँ बैठ कर बड़े साहस से उसका चिबुक थाम लिया। 'चिंता मत करो।' उसने उसके गाल सहलाते हुए कहा। 'मैं तुम्हारा ध्यान रखूँगा।' उसका हाथ औरत के गाल पर टिका रहा और वह सोचने लगा कि क्या उसे इसे अपने साथ ले जाना चाहिए। राम सिंह को भरोसेमंद बनाया जा सकता था। वह उन्हें किसी डाक बंगले पर उतार सकता था और ज़बान भी बंद रख सकता था। 'नाम क्या है तुम्हारा?' उसने पूछा।

लड़की तो ऐसे बैठी थी जैसे साँप सूँघ गया हो। वह थोड़ी-सी हिली और कुछ कहने के बजाए नीचे देखने लगी।

'शरमाओ मत।' स्ट्रीटफ़ील्ड उसके साथ ही बैठ गया। उसका हाथ लड़की के गाल से होते हुए गर्दन तक आ गया था। उस औरत की गर्म और सोंधी गंध उसे दीवाना बना रही थी। अब तो डाकबंगले तक जाने का भी इंतज़ार मुश्क़िल था और उसने कुछ तय कर लिया। वह वहीं उसके साथ शारीरिक संबंध बनाएगा और उसे कुछ आने दे देगा ताकि वह पैसा ले कर ज़बान बंद रखे। जैसा कि वह पहले भी कुछ और आदिवासी औरतों के साथ कर चुका था।

वासना की मार से अंधे हो चुके स्ट्रीटफ़ील्ड से रहा नहीं गया और वह उस औरत को अपने पास खींच कर उसके चेहरे और गर्दन पर लगातार चूमने लगा। उसके हाथ औरत के वक्षस्थल को छूने ही वाले थे कि उसे अपनी गर्दन पर चाकू की ठंडी और तीखी नोक महसूस हुई। वह वहीं जड़ हो गया। उसने एक झटके में औरत को छोड़ा और अपनी पिस्तौल निकालने की कोशिश की पर होल्स्टर तो ख़ाली था।

'यह खोज रहे हो?' उस औरत ने प्यार से पूछा।

स्ट्रीटफील्ड का चेहरा पीला पड़ गया। उसकी पिस्तौल तो औरत के हाथों में झूल रही थी। उसने कुछ कहने को मुँह खोला और उस औरत ने गर्दन पर चाकू का दबाव बढ़ा दिया, इस बार तो ख़ून की बूँद भी छलक आई।

'चिंता मत करो, साहब।' उसने कहा। 'मैं तुम्हारी पिस्तौल का इस्तेमाल नहीं करने वाली। तुम्हें तो पता है, किसी को पिस्तौल से मारने में वह बात नहीं होती। ओह, मुझे अपना नाम तो बताना चाहिए। मैं मोइना हूँ।'

अगले ही पल, इससे पहले कि वह कुछ समझ पाता, उस औरत ने चाकू को उसकी गर्दन में एक ओर से दूसरी ओर पहुँचा दिया और ख़ून की धार बह निकली। वह जिस बैठा था, उधर से गिरने से पहले उसे जो आख़िरी चीज़ याद थी, वह उसके अपने ही लहू की ठंडी धातु जैसी गंध थी।

उस औरत ने लाश को ठोकर मारी कर नब्ज़ देखी कि वह सच में मर गया है या नहीं। फिर उसने झट से उसकी जेबें टटोलीं और वह खोज लिया जो वह लेना चाहती थी। उसने उठ कर कपड़ों से धूल झाड़ी और इस तरह कपड़े से हाथ साफ़ कर लिए मानो घर का कोई काम निपटा कर हटी हो। फिर उसने लाश के पास ही थूका, उसकी लालटेन बुझाई और हवा की फुर्ती से जंगलों के बीच ग़ायब हो गई।

11

खूँटी पुलिस स्टेशन

1898

सामने दीवारघड़ी ने छह बजाए और कोतवाल हरि राम ने अपने खर्राटे भर रहे सहकर्मी, कांस्टेबल बांकेलाल को चिढ़ कर देखा।

'यह आदमी कहीं भी सो सकता है।' वह अपने-आप से बुदबुदाया और अपनी कुर्सी में पहलू बदला। उनकी पाली बदलने का समय हो गया था पर उनकी जगह लेने वाला, खूँटी पुलिस स्टेशन का इंचार्ज ऑफ़िसर स्ट्रीटफ़ील्ड अभी तक पुलिस स्टेशन नहीं आया था। अक्सर वह समय की पाबंदी का ध्यान रखता था और नियमों का कड़ा पाबंद था। अपनी पाली बदलने के लिए उन्हें हाज़िरी रजिस्टर में दस्तख़त करने होंगे और वह ऑफ़िसर के दराज में रखा था, जिस पर उसकी गैर मौजूदगी में हमेशा ताला रहता था। दूसरे शब्दों में, उनमें से कोई भी उस अधिकारी के राँची से आने से पहले, अपने घर नहीं जा सकता था।

कांस्टेबल हरि राम कुर्सी से उठ कर अपने साथी के पास गया।

'बांके लाल, उठ।' हरि राम ने उसे कंधे से पकड़ कर हिलाया। 'उठ अब, शाम के छह बज रहे हैं। घर नहीं जाना क्या?' उसने अधीरता से पूछा।

'हैं? क्या?' बाँके लाल ने बेमन से उठते हुए आँखें मलीं और नींद में ही बोला, 'क्या साहब वापस आ गए?'

'नहीं, अभी तक नहीं आए। यही तो मुसीबत है। माधव भी दौरे से वापस नहीं आया।' हरि राम भुनभुनाया।

उसी समय, एक युवा पुलिस अधिकारी ने थाने में क़दम रखा। उसने कहा, 'मैं आ गया।' माधव सिंह उस इलाक़े का सबसे कमउम्र बीट अधिकारी था और उसे अपने काम के अलावा बाक़ी सब पसंद था। वह सरकारी कोटे से मिले घोड़े पर चुस्त वर्दी में सवार हो कर, सुबह ही निकल जाता और उस समय खुद को किसी ताक़तवर हस्ती से कम नहीं समझता था। 'लगता है कि बड़े साहब राँची से ही नहीं आए।' उसने हरि राम के हाथ से पानी से भरा पीतल का लोटा पकड़ते हुए कहा।

'हम्म, शायद नहीं आए हैं। भगवान जाने और कितनी देर इंतज़ार करना होगा।' हरि राम कुढ़ रहा था।

माधव सिंह पानी गटकने ही वाला था कि अचानक ही खिड़की से होते हुए कोई चीज़ भीतर आ कर उसके लोटे से टकराई और तेज़ आवाज़ हुई। लोटा उसके हाथ से छूट कर किनारे पर जा गिरा, चारों ओर पानी बिखर गया। तीनों सदमे जैसी दशा में खड़े लोटे को देखते रहे जो टन-टन की आवाज़ के साथ ही एक ओर टिक गया था। इससे पहले कि वे कुछ करते, उसी खिड़की से एक पत्थर उछलते हुए आया और हरि राम की मेज़ पर आ पड़ा।

'यह तो शायद हम पर हमला हुआ है।' माधव चिल्लाया। 'खिड़कियाँ बंद करो हरि राम! मैं दरवाज़े को ताला लगाता हूँ।' माधव एक भी पल गँवाए बिना पुलिस स्टेशन के प्रमुख दरवाज़े की ओर बढ़ा और इससे पहले कि वह उसे बंद कर पाता, उसने एक दर्ज़न लोगों को थाने के बरामदे में घुसते देखा। वे सब काले कपड़ों में थे और चेहरों पर कालिख मली हुई थी।

'ये बिरसा मुंडा और उसके आदमी हैं।' वह हौले से हरि राम और बाँके लाल से बोला। 'अगर और नहीं हैं तो क़रीब दर्ज़न होंगे। हरि राम खिड़कियों और दरवाज़ों के आगे मेज़ों से रोक लगा दो।' उसने मेज़ को एक खिड़की की ओर ले जाते हुए कहा। 'स्ट्रीटफ़ील्ड साहब ने हमें इसके बारे में चेतावनी दी थी।' उसने बाक़ी दोनों के साथ मिल कर अपना काम जारी रखा।

'क्या...क्या... हम क्या करने वाले हैं?' बाँके लाल हकलाया। उसके चेहरे पर भय मँडरा रहा था। 'हम तो केवल तीन ही हैं।'

'और एक घंटे तक रात की पाली वाले नहीं आने वाले।' हरि राम के स्वर में मायूसी की झलक थी।

'हमें ही सब सँभालना होगा।' माधव सिंह ने आत्मविश्वास दिखाना चाहा। 'बंदूकें कहाँ हैं?'

तभी खिड़की के पास एक और पत्थर टकराया। बाँके लाल और हरि राम डर के मारे उछल गए। उन्होंने आँगन में बहुत सारे क़दमों की आहट सुनी।

'बंदूकें, हरि राम!' माधव सिंह झपटा। 'बंदूकें कहाँ हैं?'

'वे तो शस्त्रागार में हैं और चाबी साहब के पास होती है।' हरि राम बोला।

'क्या हम उसमें नहीं जा सकते?' माधव ने जल्दी से पूछा।

तभी खिड़की से कुछ टकराया और उसके जंगले से झन्नाटेदार आवाज़ सुनाई दी। लकड़ी टूटने का भी आभास हुआ। वे लोग उसे तोड़ कर अंदर आने की कोशिश में थे।

'शस्त्रागार के दरवाज़े में लोहे की सलाखें हैं।' बाँके लाल ने कहा। 'इससे पहले कि हम उसे तोड़ें, बिरसा और उसके आदमी लकड़ी का दरवाज़ा तोड़ कर अंदर होंगे।'

'वह हमें मार देगा।' हरि राम रिरियाया।

'चुप करो, हरि राम!' माधव सिंह ने कोतवाल को चेताया। 'यह सोचो कि मदद आने तक इन्हें अपने से दूर कैसे रख सकते हैं?'

तभी, किसी ने दरवाज़े पर ज़ोर से आहट की। तीनों ने एक-दूसरे को देखा। उनके चेहरे मुरझा गए थे।

'दरवाज़ा खोल कर बाहर आ जाओ। तुम्हारा कोई नुक़सान नहीं करेंगे।' एक आदमी ने दरवाज़े के दूसरी ओर से कहा।

हरि राम और बाँके लाल ने माधव सिंह को देखा।

'जाओ इधर से!' माधव सिंह एक पल के बाद चिल्लाया और बहादुर दिखने की नाक़ाम कोशिश की। 'तुम लोग क्वीन की संपत्ति नष्ट कर रहे हो। इसकी कड़ी सज़ा मिलेगी तुम्हें। ऑफ़िसर स्ट्रीटफ़ील्ड तुम्हें छोड़ेगा नहीं।'

दरवाज़े के दूसरी ओर बिरसा ने गया मुंडा को देख कर सिर हिलाया।

'तुम्हारा ऑफ़िसर अब तुम्हें बचाने नहीं आने वाला। 'उसका इंतज़ाम हो गया है। गया ने चिल्ला कर कहा। 'दरवाज़ा खोल दो वरना हम तोड़ देंगे।'

इसके बाद कोई जवाब नहीं आया। बिरसा और उनके लोगों ने दो पल तक इंतज़ार किया। फिर गया के संकेत पर, लोग अपने पूरे ज़ोर से दरवाज़े को धकेलने लगे। तीसरी ही बार में दरवाज़ा टूट गया। वह अंदर की ओर खुला और चारों ओर लकड़ी के टुकड़े छितरा गए। तीनों पुलिस वाले बिरसा के आदमियों पर झपटे पर वे सामूहिक बल के आगे कुछ नहीं कर सके। कुछ ही क्षणों में, उन्हें क़ाबू कर, कमरे के एक कोने में बिठा दिया गया, उनके हाथ पीछे की ओर बँधे थे और मुँह में पुराने चीथड़े ठूँस दिए गए थे।

'ठीक है, तुम्हें पता है कि अब क्या करना है।' गया ने अपने लोगों से कहा।

उन्होंने सिर हिलाया और कमरे से बाहर हो गए। जब वे वापस आए तो उनके पास राइफ़लें और गोला-बारूद था।

माधव सिंह की आँखें हैरानी से फैल गईं और वह हाथ-पैर मारने लगा।

'क्या हुआ, तुम्हें लगा कि हम शस्त्रागार में ताला तोड़ेंगे?' गया दबी हँसी के साथ बोला। 'जब हमारे पास चाबी है तो ऐसा करने की क्या ज़रूरत है?' उसने चाबियों का गुच्छा उनके आगे लहराया और फिर उनके पैरों के पास फेंक दिया।

'हमें उस जगह मिले पैसे का क्या करना है?' कोमता ने पूछा।

'इसे वहीं छोड़ दो।' बिरसा ने कहा। 'हम इनके घोड़े ले जाएँगे।' उन्होंने पुलिस थाने के बाहर बँधे चार मज़बूत घोड़े देख कर कहा। 'वे हमारे काम आएँगे।'

'इन तीनों का क्या करना है?' गया ने पुलिसवालों की ओर संकेत किया।

'हमें इनसे कोई बैर नहीं, इन्हें थाने के बाहर बाँध कर छोड़ दो।'

गया ने हामी भरी और अपने लोगों को आदेश दिया कि वे तीनों को घसीट कर थाने के बाहर ले आएँ।

सारा अभियान क़रीब तीस मिनट में पूरा हो गया और बिरसा ने वह सब पा लिया, जिस आस के साथ वे लोग आए थे। उनके पास आंदोलन के लिए गोला-बारूद और हथियार आ गए थे, उन्होंने खूँटी पुलिस स्टेशन को बरबाद कर दिया था, जो उस इलाक़े में अन्याय और अत्याचार का प्रतीक बना हुआ था। जब वे लोग जंगल की ओर रवाना हुए तो बिरसा ने मुड़ कर धू-धू कर जलते थाने को देखा। यह उन लोगों की ओर से अंग्रेज़ सरकार पर पहला सीधा हमला था पर यह आख़िरी नहीं होने वाला था। विद्रोह ने अभी अपना सिर ही उठाया था।

अब समय आ गया था कि वे खुल कर सामने हों। सर्दियों का मौसम आ रहा था, दिन छोटे होने वाले थे और बड़े हमलों के लिए इससे उपयुक्त अवसर और क्या हो सकता था।

12

सिंहभूम
1899

सिंहभूम के घने जंगलों में एक अकेली मशाल तेज़ी से जलते हुए, अपनी रोशनी से बिरसा, कोमता, डोंका, भरमी, मोइना और गया के चेहरे रोशन कर रही थी जो जंगल में, एक घेरा बना कर बैठे बातें कर रहे थे। वे सब दुखी और निराश लग रहे थे। उसी दिन उन्हें ख़बर मिली थी कि दो ग्यारह साल के जुड़वाँ लड़कों, चमरू और डुबगा की लाशें उसी जंगल में मिली थीं जिसमें वे इस समय बैठे बातें कर रहे थे। वे सभी मिल कर मामले की जाँच करने भागे और उन्हें गाँववालों से जो पता चला, वह वाकई दिल तोड़ देने वाला था।

'यह सब तोरपा के ज़मींदार, रॉबर्ट सिंह का किया-धरा था। वह फ़ादर हॉफ़मैन के पक्के और ताक़तवर समर्थकों में से था और ईसाई धर्म को अपना चुका था।' कोमता ने बिरसा को बताया। 'भरमी की आख़िरी बैठक चमरू और डुबगा के घर में हुई थी और उस दौरान बहुत से लोगों ने तय किया था कि वे ईसाई धर्म का त्याग कर, अपने धर्म को अपना लेंगे। लगता था कि फ़ादर हॉफ़मैन को इसकी भनक लग गई थी, उसने रॉबर्ट सिंह को ख़बर दी, जिसके आदमी आधी रात को आए और सारे परिवार को अगवा कर लिया।'

'बेशक, उन्होंने बदला लिया है।' डोंका दाँत पीस कर बोला।

'बदला और अंदर की सारी ख़बर निकालने की कोशिश!' गया ने कहा।

'इनके माई-बाबा की कोई ख़बर?' बिरसा ने पूछा।

'नहीं, अभी तक कुछ पता नहीं चला। ज़मींदार ने बच्चों का नाम ले कर उन्हें धमकाया होगा कि वे हमारी अगली बैठक के बारे में बता दें। पर लगता है कि वे हिम्मत नहीं हारे।' भरमी ने आह भरते हुए कहा।

'यह आदमी तो निरा राक्षस है।' गया फुफकारा। 'कोई बच्चों के साथ ऐसे कैसे कर सकता है?'

वे सभी शांत हो गए। वे उन बच्चों की लाशें नहीं देख सके थे क्योंकि गाँववाले उनका अंतिम संस्कार कर चुके थे पर उन्होंने सुना कि किस तरह बच्चों की कटी-फटी लाशें, एक औरत को जंगल में मिलीं जो जंगल में कंद-मूल चुनने गई थी।

'जब से ज़मींदारों को अंग्रेज़ सरकारों की ओर अतिरिक्त शक्ति मिली है, हमारे लोगों पर इनके ज़ुल्म बढ़ते जा रहे हैं।' कुछ देर बाद डोंका ने कहा।

'स्ट्रीटफ़ील्ड और खूँटी पुलिस थाने पर हमारे हमले के बाद, उनकी ओर से हिंसक कार्रवाई की उम्मीद थी और हम जानते हैं कि ये लोग बेरहम हैं। पर वे हमारे बच्चों और औरतों पर हमला करेंगे और कुछ ऐसा करेंगे...' कोमता ने सिर हिलाया। 'ऐसी उम्मीद तो नहीं की थी।'

'जब वे हमारे साथ ऐसी बेरहमी से पेश आते हैं तो हमें उनकी जानें क्यों नहीं लेनी चाहिए?' गया ने माँग की। वह उठ कर उस जगह चक्कर लगाने लगा।

'यही वजह है कि मैं बेगुनाहों की जान लेने के ख़िलाफ़ हूँ। हमने उनके ऑफ़िसर स्ट्रीटफ़ील्ड को मारा और अब यह ख़ून-ख़राबा जारी रहेगा।' बिरसा ने कहा।

'बिरसा, वह मेरा फ़ैसला था। इसका क्रांति से कोई लेन-देन नहीं है।' मोइना ने बीच में कहा। 'उस आदमी ने बेरहमी से मेरी माई को मारा था और अपने आदमियों से बोल कर उसकी लाश हमारे खेत में फिंकवा दी थी। यह मेरा प्रतिशोध था।'

'मोइना, अंग्रेज़ इसे इस रूप में नहीं देखते। जहाँ तक उनका सवाल है, इस अधिकारी की मौत एक हत्या थी, और इन दोनों बच्चों की हत्या उसका बदला है, नतीजा है।' बिरसा ने शांति से कहा। 'यह एक विद्रोह है, आंदोलन है और अगर हमारे उसूल एक से नहीं हुए तो हम उन अपराधियों के दल से अधिक नहीं हैं जो अंधाधुंध काम कर रहे हैं।' बिरसा गुस्से में थे।

मोइना ने कुछ कहना चाहा पर चुप लगा गई। वह बिरसा को अपनी बात समझाना चाहती थी पर उसके सुर में छिपा दर्द, मोइना को अंदर तक भिगो गया। दो बेगुनाह बच्चों की मौत ने उन सबको दहला दिया था।

बिरसा अपनी सोच में खोए थे। जुड़वाँ बच्चों की मौत ने उनके भीतर कुछ हिला दिया था। वे शांति से सारे काम करना चाहते थे पर वे यह भी जानते थे कि अब उनके पास वापसी की कोई राह नहीं थी। उन्हें कई साल पहले, बंदगाँव में

आनंद पाण्डेय के साथ हुई बातचीत याद आ गई, उस समय उनके गुरु बता रहे थे कि किस तरह अर्जुन युद्ध से एक दिन पहले दुविधा में था कि उसके कारण कितना रक्तपात होगा और लोगों की जानें जाएँगीं। कृष्ण ने उसके भय और धर्मसंकट को जान कर कहा कि उसे केवल अपने कर्तव्य का पालन करना चाहिए, अपना धर्म निभाना चाहिए और किसी बात का विचार नहीं करना चाहिए। बिरसा जानते थे कि उन्हें भी अर्जुन की तरह अपने कर्तव्य पथ पर अडिग रहना होगा। वे अपने कार्य से विमुख नहीं हो सकते थे। उन्होंने खुद को सँभाल कर हालात का जायज़ा लिया।

'क्या हम कार्रवाई के लिए तैयार हैं, गया?' बिरसा ने पूछा।

गया ने सिर हिलाया। 'हमारे योद्धा आपके आदेश की प्रतीक्षा में हैं। बिरसा, बस आपके कहने की देरी है।'

बिरसा ने अपने आसपास देखा, वे सब किस तरह चौकस और सचेत थे और क़दम उठाने को पूरी तरह से तैयार थे। उन्हें अहसास हुआ कि युद्ध का एलान करने का समय आ गया था। बिरसा ने कहा, 'आज से तीन दिन बाद क्रिसमस है और यह ईसाइयों का सबसे बड़ा त्योहार माना जाता है। गोरे त्योहार की तैयारियों में मग्न हैं और उनके मन में भी ख़याल नहीं आ सकता कि हम इस दौरान धावा बोलेंगे। परंतु हम ठीक यही करने जा रहे हैं। हम चौबीस को हल्ला बोलेंगे। वह रात वाली प्रार्थना सभा से ठीक पहले होगा। वे इस क्रिसमस को हमेशा याद रखेंगे और जब सही तरह से इतिहास लिखा जाएगा तो फ़ादर हॉफ़मैन को ही क्रिसमस के नरसंहार का दोषी माना जाएगा।

'हमें क्या-क्या करना होगा?' गया ने पूछा।

'हम राँची, सिंहभूम और चक्रधरपुर में सभी ज़मींदारों के घरों, गिरजों और पुलिस थानों पर धावा बोलेंगे। अपने दलों को इन इलाक़ों में फैला दो। समय आ गया है कि अब हमें इस तंत्र को तोड़ने के लिए हिंसा का सहारा लेना होगा, क्योंकि उनके तंत्र के बिना अंग्रेज़ असहाय हो जाएँगे। वे इसके बिना शासन कर ही नहीं सकते।'

दूसरों ने भी सिर हिला कर हामी भरी और आपस में एक-दूसरे को देखने लगे। इतने महीनों और साल की तैयारी के बाद उनके लिए यह विश्वास करना थोड़ा कठिन हो रहा था कि अब उनके लिए खुल कर लड़ने का समय आ गया था। अब छिपे हुए अभियानों और गुप्त धावों की ज़रूरत नहीं थी। अब उन्हें किसी अभियान पर जाने से पूर्व, मुख पर कालिख लगा कर अपनी पहचान छिपाने की ज़रूरत नहीं थी। नहीं, इस बार वे सीना तान कर दुश्मन की छाती पर मूँग दलने जा रहे थे। इस बार उन्हें यह जंग जीत कर आनी थी और उनकी रगों में मुंडाओं का रक्त हिलोरें मार रहा था। यह वही धर्म-युद्ध था जिसके लिए वे जाने कब से अपने तन और मन को तैयार करते आए थे।

13

बसिया

24 दिसंबर, 1899

बसिया का पुराना गिरजाघर मिडनाइट मास के लिए पूरी तरह से तैयार था। जिला कलेक्टर की पत्नी लेडी एमीलिया जॉनसन ने बहुत ही सुंदर और ताज़े फूल कलकत्ता से मँगवाए थे, जिनसे गिरजे की बाहरी सजावट की गई थी। गिरजे के भीतर जल रही सैकड़ों मोमबत्तियों ने उसे एक स्वर्ग की तरह बना दिया था जो अंधेरे में जगमग करते हुए उजाला दे रहा था।

लेडी एमीलिया वेदी के पास खड़ी फ़ादर पैट्रिक से बात करते हुए, तैयारियों पर नज़र रखे हुए थी। वह अपने फूले हुए बाजुओं वाली सुंदर-सी पोशाक में गज़ब लग रही थी जिसे इंग्लैंड में तैयार किया गया और स्वयं उसकी प्यारी मॉम ले कर आई थी। एमीलिया को इस बात पर गर्व था कि किस तरह उसने और उसके सिलाई सर्कल की दूसरी स्त्रियों ने मिल कर, उस उदास से दिखने वालो गिरजे को ऐसा बना दिया था जिसे देख कर इंग्लैंड का भी कोई देहाती गिरजा सकुचा जाता। जब वह फ़ादर पैट्रिक से बात कर रही थी तो उसका ध्यान अपने बेटे मैथ्यू पर गया जो गिरजे के पास ही लकड़ी के दरवाज़े के निकट खड़ा था और छोटी लड़कियों को अपना नया टेलकोट दिखाने में मग्न था। वे लड़कियाँ उस रात सामूहिक गान में हिस्सा लेने वाली थीं। लेडी एमीलिया मुस्कराई, उसका नन्हा-सा बेटा कितनी जल्दी बड़ा हो गया।

'सब कुछ सुंदर लग रहा है, है ना?'

फ़ादर पैट्रिक की आवाज़ से एमीलिया की तंद्रा टूटी। वह फ़ादर की ओर मुड़ी और सिर हिलाया।

'यह सब प्यार का क़रिश्मा है।' उसने मुस्करा कर उन लोगों को देखा जो मास में शामिल होने के लिए आने लगे थे। गिरजे में चारों ओर से हँसने और बातें करने के स्वर गूँज रहे थे। एक क्षण के बाद एमीलिया ने फ़ादर से कहा, 'मैं सोच रही थी क्या आप मेरे बेटे मैथ्यू को थोड़ा समय दे सकेंगे। उसका ध्यान बड़ी जल्दी भटक जाता है। उसके दिमाग़ में हमेशा कुछ न कुछ चलता रहता है। शायद प्रभु के वचन उसे थोड़ी मति दे सकें।'

तभी, आग का जलता गोला एमीलिया की पोशाक के पास आ कर गिरा और उसे आग लग गई। एमीलिया चिल्लाई और फ़ादर ने गोले को ठोकर मार कर, उसकी पोशाक में लगी आग को पैरों से कुचल कर बुझाना चाहा। अगले ही क्षण, पूरे गिरजाघर में कोहराम मच गया क्योंकि वैसे ही चीथड़ों से बने आग के गोले चारों ओर नज़र आ रहे थे। लोग डर के मारे इधर-उधर भागने लगे। आग लगने से औरतें और बच्चे चिल्लाने लगे। तीव्र लपटों ने झट से लकड़ी के बेंचों को लीलना शुरू कर दिया। अंदर हाय-तौबा मची थी, लोग गिरजे के दरवाज़े से बाहर की ओर भागे ताकि आग और धुएँ से अपना बचाव कर सकें परंतु वह जगह भी सलामत नहीं थी। भीड़ में जो लोग सबसे आगे थे, वे ही कपड़े की गुड़ियों की तरह ढेर हो गए क्योंकि बाहर से ज़हरबुझे तीरों की बौछार हो रही थी।

एमीलिया दरवाज़े की ओर भागी, उसने थोड़ी देर पहले मैथ्यू को वहीं देखा था। वह चिल्लाई, 'मैथ्यू!' कलेजा फटने को आ रहा था। 'मैथ्यू!!!' पर कोई जवाब नहीं आया। फ़ादर उसके पास से भागते हुए निकले तो एमीलिया ने उनकी बाजू पकड़ ली। 'मुझे मैथ्यू कहीं दिखाई नहीं दे रहा।'

फ़ादर उसे कुछ कहने के बजाए पीछे धकेल कर दरवाज़े की ओर भागे। उन्हें समझ आने में थोड़ा समय लगा कि गिरजे पर हमला हुआ था और वे जल्दी से दरवाज़े और खिड़कियाँ बंद करना चाहते थे ताकि बाग़ी भीतर नहीं आ सकें। परंतु जब वे उस ओर गए और दरवाज़े बंद करने चाहे, तब तक देर हो चुकी थी। बाग़ी गिरजाघर में आ चुके थे, वे वेदी की ओर भागे और राह में आने वाले हर व्यक्ति को मार गिराया।

फ़ादर ने खुद को झट से भारी दरवाज़े के पीछे बंद कर दिया। लेडी एमीलिया को एक बाग़ी के कारण धक्का लगा और वह गिर गई। फ़ादर झट से उस कोने से निकले और एमीलिया को घसीट कर अपने साथ उसी जगह ले आए, जिस जगह वे स्वयं छिपे हुए थे। उन्होंने यह कोशिश की कि उन पर किसी की नज़र नहीं पड़े।

'मेरा बेटा मैथ्यू! मुझे उसे खोजना है।' एमीलिया चिल्लाई और स्वयं को फ़ादर की पकड़ से छुड़ाने की कोशिश करने लगी।

'एमीलिया, मेरी बात सुनो।' फ़ादर ने भिंचे दाँतों से, धीरे से बोलते हुए, एमीलिया के मुँह पर एक हाथ रख दिया ताकि उसकी चीख़ सुन कर किसी का ध्यान उनकी ओर नहीं चला जाए।

'बाग़ियों ने गिरजे पर धावा बोला है और तुम जानती हो कि ये कितने ख़तरनाक हैं। मैं मैथ्यू को देखने जाता हूँ, पर तुम यहीं छिपी रहना। अगर उन्होंने तुम्हें देख लिया तो जान से मार देंगे।' फ़ादर ने एमीलिया को घसीट कर कन्फ़ेशन बॉक्स के पीछे रख दिया और उसके कुछ कहने से पहले जाने को तत्पर हुए। वे जानते थे कि अगर एमीलिया मैथ्यू को खोजने निकली तो जीवित नहीं रहेगी। यदि वे केवल एक जान भी बचा सकते थे, तो इस समय वह यही थी।

रोती हुई एमीलिया को अंधेरे कोने में धकेल कर फ़ादर ने मुड़ कर देखा कि क्या वे किसी और को उस सुरक्षित कोने में ला सकते थे। परंतु वह अपने सामने दिख रहे दृश्य को स्तब्ध हो कर ताकने के सिवा कुछ नहीं कर सके। लोग अब भी गिरजे से बाहर निकल कर, खुद को बचाने की कोशिश में थे। गोद में डरे हुए बच्चे लिए, औरतें रो रही थीं; मर्द रोती-चिल्लाती औरतों को अपने साथ घसीट रहे थे; बच्चे अपनी माँओं के लिए रो रहे थे; कुछ बहादुर लोग निहत्थे ही बाग़ियों से लड़ने की कोशिश में थे। फ़ादर अपनी जगह से हिल भी नहीं सके, 'आज हम सब मारे जाएँगे।' चारों ओर धुआँ और आग का साम्राज्य था, लोग खाँस रहे थे और उनका दम घुट रहा था। उन्हें बाहर से भी लोगों की आवाज़ें आ रही थीं जो मदद के लिए चिल्ला रहे थे।

'हे परमात्मा! हमारी मदद कर।' फ़ादर हौले से बोले, जबकि वे जानते थे कि उस रात उन्हें कहीं से कोई मदद नहीं मिलने वाली थी।

बाग़ी वेदी के पास जमा हो गए थे और उनमें से कुछ अपने सामने आने वाली हर चीज़ को बरबाद करने के बाद वेदी को आग लगाने जा रहे थे। जब आग की लपटों में पर्दों को छुआ तो वे मारे खुशी के एक साथ चिल्लाए। परमात्मा के घर में उन्होंने जो क़हर ढाया था, उसे देखते हुए उनकी हँसी पूरी तरह से बेमेल थी, फ़ादर उसे सुन कर काँप गए। वे बेचारगी से देखते रहे, लपटें छत को छू रही थीं और ख़ूबसूरती से तराशे गए चौखटों को काला कर दिया था। अगले ही पल में, गिरजे की बुनियाद बुरी तरह से हिली और ताप के कारण खिड़कियों के काँच टूट गए। उन खिड़कियों से गिरे काँच के रंगीन टुकड़ों ने सारे फ़र्श को ढँक लिया। फ़ादर ने दोनों हाथों से सिर ढँकते हुए नीचे झुकना चाहा ताकि खुद को काँच से बचा सकें।

'अबुआ दिशोम रे! अबुआ राज!' बाग़ी चिल्लाए।

उनके स्वरों के आवेग और आँखों की जंगली चमक देख कर फ़ादर पैट्रिक बुरी तरह से भयभीत हो गए। वे झट से उस ओर खिसके, जिस ओर लेडी एमीलिया को छिपाया था और खुद को उसी कोने में छिपा कर हाँफने लगे, अब हर किसी को अपनी जान बचाने की चिंता थी।

'हम आज मरने वाले हैं।' वे हौले से बोले। 'या तो इन दुष्टों के हाथों मरेंगे या आग हमें निगल जाएगी।'

पर उनके साथ बैठी महिला पर कोई असर नहीं हुआ, वह प्रभु के नाम की तरह लगातार अपने बेटे का नाम रट रही थी।

अगले कुछ क्षण, जब वे दोनों कन्फ़ेशन बॉक्स के पीछे छिपे थे तो वे फ़ादर के जीवन के सबसे बड़े क्षण थे। बाग़ियों के जाने के बाद भी उन्हें खुद को यक़ीन दिलाने में थोड़ा समय लगा कि अब वे सुरक्षित हैं और बाहर आ सकते हैं।

'चलो।' फ़ादर ने एमीलिया की ओर हाथ बढ़ाया और आसपास देख कर संतुष्ट होना चाहा कि वे लोग जा चुके थे। 'उठो, चलो इधर से।' उन्होंने अपना हाथ आगे किया ताकि एमीलिया उठ सके। आग की लपटें तेज़ी से उनके छिपने की जगह की ओर आ रही थीं, उन्होंने चिंतित दृष्टि से देखा। अब एक क्षण भी व्यर्थ नहीं किया जा सकता था। 'हमें मैथ्यू को खोजना होगा।' हार कर उन्होंने कहा।

'मैथ्यू!' एमीलिया अपने बच्चे का नाम सुन कर चौंकी। वह फ़ादर के फैले हुए हाथ को अनदेखा कर, उछल कर उठी और गिरजे के दरवाज़े के बचे-खुचे हिस्से की ओर भागी, वह देखने में किसी पागल औरत जैसी लग रही थी।

'मैथ्यू! मैथ्यू!' वह चिल्लाने लगी। उसका दम घुट रहा था और फिर अचानक वह चिल्लाई। मैथ्यू वहीं कोने में अपनी टाँग पकड़े बैठा था, जिस पर बाग़ियों के तीर घुसे हुए थे। एमीलिया उसकी ओर भागी और एकबारगी उसके आसपास निकलते ख़ून को देख कर सन्न रह गई। फिर वह नीचे बैठी और बेटे को कस कर गले से लगा लिया। वह परमात्मा का शुक्र अदा कर रही थी जिन्होंने उसके नन्हे बेटे की जान बचा ली थी।

उसी रात बाग़ियों ने और भी कई गिरजों पर हमला किया। खूँटी, कारा, तोरपा, तमाड़ और राँची व सिंहभूम के दूसरे जिलों में भी मिशनरी स्कूलों, पुलिस थानों और ज़मींदारों के घरों को भी नहीं छोड़ा गया। और हर जगह उन्होंने बरबादी और विनाश की ऐसी होली खेली जो इस बात का जीता-जागता सबूत था कि अब उनके गुस्से का ज्वालामुखी फूट गया था जो जाने कब से धीरे-धीरे सुलगता आ रहा था। अब वह एक ऐसी ताक़त बन चुका जिसके पास अपना दिमाग़ और संकल्प शक्ति थी। एक-दो गाँवों में, उन मुंडाओं को भी यह आतंक झेलना पड़ा जो ईसाई धर्म को स्वीकार कर चुके थे, उनके और आंदोलन के बीच एक अलगाव बढ़ने लगा।

हालाँकि इस सारे कोलाहल के बीच फ़ादर हॉफमैन का कुछ नहीं बिगड़ पाया। वे राँची के गिरजे की ओर आ रहे थे कि कुछ वफ़ादार मुंडा ईसाइयों ने पहले ही चेता दिया और वे सुरक्षित जगह में जा छिपे। पादरी ने पूरा सप्ताह उसी जगह बिताया, साफ़ दिख रहा था कि यदि बिरसा के आदमियों को उनका पता मिलता तो उन्हें कभी नहीं छोड़ा जाता।

बिरसा के इस विद्रोह के कारण छोटी शाखाएँ भी स्वयं ही उग आईं जो एक साथ काम करते हुए भी आपस में स्वतंत्र थीं परंतु उनका ध्येय एक था। उन्हें गोरों की ओर से होने वाले शोषण के दशकों और दशकों के इतिहास का बदला लेना था और अबुआ राज को स्थापित करना था।

14

चक्रधरपुर
दिसंबर, 1899

चक्रधरपुर गाँव से परे, घने जंगलों के बीच दो तलवारों के टकराने की तेज़ आवाज़ गूँज रही थी। बिरसा और गया मुंडा तलवारबाज़ी का अभ्यास कर रहे थे। उनके चमकती देह पर सूरज की तेज़ रोशनी और धूप पड़ रही थी पर वे दोनों अपने अभ्यास में मग्न थे। अभ्यास करते हुए इतना समय हो चला था पर दोनों में से किसी के भी चेहरे पर थकान नहीं थी। कुछ लोग मंत्रमुग्ध हुए उन्हें ही देख रहे थे। अगर बिरसा ने गया की ओर से एक क्षण की चूक का फ़ायदा उठा कर अपनी तलवार की नोक उसकी गर्दन पर नहीं टिका दी होती तो शायद यह मुक़ाबला और थोड़ी देर चल सकता था। गया को हार कर अपना हथियार नीचे करना पड़ा। लोगों ने बिरसा के लिए ताली बजाई और कोमता ने आ कर दोनों तलवारें ले लीं।

'बहुत ख़ूब।' कोमता ने बिरसा की तनी हुई देह को देखते हुए कहा।

'यक़ीन नहीं होता कि आप वही आदमी हो जिन्होंने हमें ईश्वर का वचन सिखाया। आप तो योद्धा और संन्यासी दोनों ही हो। मेरे दोस्त, आपके अंदर बहुत ही ज़बरदस्त बदलाव आया है।' गया मुंडा ने आश्चर्य से सिर हिलाया।

'मैं नहीं बदला, गया। बस कुछ और नए हुनर सीख लिए हैं।' बिरसा का उत्तर सुन कर गया और भी हैरान हो गया।

गया और कोमता ने परस्पर देखा। वे 24 दिसंबर के बाद वाले दिन से बिरसा के बर्ताव में आने वाले बदलाव को देख रहे थे। उनका गुस्सा और ख़ामोशी ऐसी दीवार थी जिसे वे किसी भी तरह भेद नहीं पा रहे थे।

'मैं समझता हूँ कि आप क्या कहना चाहते हैं।' गया ने अंततः कहा, 'जो भी हुआ, वह वास्तव में दुर्भाग्यपूर्ण था।'

'दुर्भाग्यपूर्ण?' बिरसा का सुर अचानक तेज़ हो गया।

उनके आसपास के लोग अचानक उठ कर देखने लगे कि उनके बीच किस बात पर बहस हो रही थी। उन्होंने कभी बिरसा को किसी भी बात पर इस तरह उत्तेजित या क्रोधित होते नहीं देखा था।

'सैकड़ों लोग मारे गए, हज़ारों घायल हुए जिनमें नन्हे बच्चे और औरतें शामिल थीं। गया, मुझे बताओ, उस समय तुम्हें यह नहीं लगा कि हम उन शोषकों जैसे ही हैं जो दूसरों को सताते हैं, मारते हैं और बिना किसी भेदभाव के ख़त्म कर देते हैं?'

हिंसा का स्पष्ट निर्णय लेने के बाद भी बिरसा के आदर्शवादी मन को यह उम्मीद थी कि यह बरबादी केवल सार्वजनिक संपत्ति तक सीमित होगी, इसमें किसी इंसान की जान नहीं जाएगी। परंतु ऐसा नहीं हुआ था।

'बिरसा, आंदोलन का अपना ही रास्ता होता है।' गया ने उत्तर दिया। 'सरदार और उनके आदमियों को उसी समय निर्णय लेना होता है कि वे क्या करें। इस अंग्रेज प्रशासन ने हमारे लोगों के साथ जो किया, उसे जानने के बाद भी आपको लगता है कि उस दिन जो हुआ, वह ग़लत था? क्या आपने उम्मीद नहीं की थी हमारे योद्धा भी अपने गुस्से और भावनाओं को वश में नहीं रख सकेंगे? हमारे बीच एक भी ऐसा मर्द या औरत नहीं है जिसने इन अंग्रेज़ों और उनकी कठपुतलियों के कारण हमारे परिवार के किसी सदस्य को नहीं खोया? क्या आपको नहीं लगता कि आपने जो सिखाया या ईश्वर सिखा सकते हैं, प्रतिशोध की भावना उससे कहीं सशक्त और आदिम हो सकती है?'

बिरसा बहुत देर तक गया को ताकते रहे। गया का कहा हुआ एक-एक शब्द सच था। वे इस बात से इंकार नहीं कर सकते थे कि बदला लेने की भावना समय जितनी ही पुरानी थी। शायद, उनके भीतर का एक हिस्सा ऐसा ही कुछ घटने की उम्मीद में था परंतु उन्हें यह उम्मीद नहीं थी कि इतने लोग हताहत होंगे। 'हमें तंत्र को अपना निशाना बनाना था, उस तंत्र को चलाने वाले लोगों को नहीं।' वे अंत में बोले।

'एक युद्ध में लोगों और तंत्र को आपस में अलग करना कठिन हो जाता है।' कोमता ने सौम्यता से कहा।

'हमारे लड़ाकों के लिए गोरे ही उनका तंत्र हैं।' गया ने कहा।

'तुमने ठीक कहा, गया। मै। जानता हूँ कि हिंसा का प्रयोग ज़रूरी था और मैं इससे परे जाने का दिखावा भी नहीं करता। परंतु मासूम लोगों की जान लेना और गिरजे में लड़ना, उनके पवित्र स्थान को जलाना और नष्ट करना; हमने यह सब करके भारी ख़तरा मोल ले लिया। अंग्रेज़ हमारे लोगों की जानें लेंगे और

हमारे उलगुलान को ही इसका दोषी माना जाएगा। पर हमें यह सब चुनना ही पड़ा और अब वापसी की कोई राह नहीं है। उम्मीद करता हूँ कि इतिहास हमारे साथ न्याय करेगा।'

'मैं जानता हूँ, भाई... जानता हूँ।' गया ने हौले से कहा।

वे तीनों डेरे की ओर जाने लगे, जहाँ दोपहर का भोजन परोसा जा रहा था।

'गया, हमारे सरदारों की बैठक बुलाओ।' बिरसा ने सन्नाटा तोड़ते हुए कहा। 'मुझे उनसे निजी तौर पर बात करनी है।'

'मुझे नहीं लगता कि यह समय खुलेआम ऐसे बैठकों के लिए सही रहेगा। इसमें जान-जोखिम है, बिरसा।' गया ने विरोध जताया, वह थोड़ा परेशान भी दिखा।

'अंग्रेज़ एक-एक जंगल और गाँव की ख़ाक छान रहे हैं। हमारी इस बातचीत के दौरान भी, तुम्हारी खोज जारी है, बिरसा।' कोमता ने कहा।

'कोमता सही कह रहा है।' डोंका ने उसके पास आते हुए कहा। 'उन्होंने सिंहभूम, खूँटी और राँची के आसपास निगरानी बढ़ा दी है और पूरे इलाक़े में उनके आदमी भरे हैं। मेरे स्रोतों से पता चला है कि लगभग हज़ार पुलिसवाले हर प्रमुख मार्ग और चौराहे पर मौजूद हैं। इतना ही नहीं, सभी गाँवों में कर्फ़्यू लगा है और गाँववालों से कड़ी पूछताछ चल रही है।'

'मुझे लगता है कि मामला ठंडा होने तक हमें शांत रहना चाहिए।' गया ने राय दी।

'इससे भी अहम बात यह है कि हमें लगातार अपने छिपने की जगह बदलनी होगी। लंबे समय तक एक ही जगह पर रहना आंदोलन के लिए नुक़सानदायक हो सकता है।'

'नहीं, गया। मैं ना तो छिपूँगा और ना ही भागूँगा। बिरसा ने सिर हिलाया। अब ऐसा करने की ज़रूरत नहीं। मुझे अपने लोगों के संपर्क में रहना है। अगर गोरे मुझे नहीं खोज सके तो उनका गुस्सा मेरे लोगों पर उतरेगा और इस समय लोगों को मेरी सबसे ज़्यादा ज़रूरत है।'

'बेशक़ बिरसा, लोगों को तुम्हारी ज़रूरत है। पर तुम्हारी सलामती हमारे लिए बहुत मायने रखती है। तुम सही-सलामत होगे, तभी यह उलगुलान चल सकेगा।' कोमता ने बिरसा को समझाना चाहा। 'हम इस आंदोलन को मरने नहीं दे सकते, तुम्हें बंदी बनाया गया या तुम किसी मुठभेड़ में मारे गए तो यह सब भी ख़त्म हो जाएगा। बिरसा, तुम यह बात अच्छी तरह जाने हो। इस चिंगारी को भड़कने में बहुत समय लगा और अब इसे हर हाल में इस अन्यायी तंत्र को जला कर ही दम लेना होगा। हम अब ऐसा कुछ नहीं कर सकते, जिससे यह चिंगारी बुझ जाए।'

बिरसा अपने भाई को ताकते रहे और फिर गहरी साँस भर कर बोले, 'ठीक है, वही होगा, जो तुम लोग कहोगे पर केवल अभी के लिए। मैं पहला मौक़ा पाते ही सरदारों से मिलना चाहता हूँ।'

'यह भी जल्द ही होगा।' गया ने आश्वासन दिया। 'हम अगली पूरनमासी को एटकेडीह में अपने सरदारों से मिलेंगे।'

'एटकेडीह?' बिरसा उलझन में दिखे।

'हाँ, वह मेरा घर है और इस समय आपके लिए सबसे सुरक्षित जगह वही है।' गया ने कहा।

'तो ठीक है, ऐसा ही हो। मैं जानता हूँ कि उसे हमारा बैठक स्थल चुनने से पहले तुमने अपनी ओर से पूरी पड़ताल कर ली होगी।' बिरसा मुस्कराए।

गया ने सिर हिलाया और सब लोग अपने-अपने हिस्से के काम और ज़िम्मेदारी निभाने चल दिए। बिरसा वहीं खड़े रहे, वे कोमता और गया की बातों पर विचार कर रहे थे। मोइना चुपचाप पास आ कर खड़ी हो गई।

'मैंने सारी बात सुन ली।' उसने कोमता और गया की ओर संकेत किया। 'बिरसा, मुझे यह सब सही नहीं लग रहा। तुम्हें सचेत रहना चाहिए।'

'मोइना, मैं सावधान हूँ। ये मेरे ही लोग हैं जिनसे मैं मिलना और बात करना चाहता हूँ। अगर मैं ही उनके बीच जाने से डरता रहा तो यह आंदोलन कभी पूरा नहीं होगा, सफल होना तो दूर रहा।'

'पता है, पर तुम्हें सब शांत होने तक छिप कर रहना चाहिए।' मोइना ने आग्रह किया। 'अंग्रेज़ों के आँख और कान हर ओर हैं।'

'मोइना, तुम मेरी चिंता कर रही हो। ऐसा मत करो। मेरे विचारों का विस्तार हो चुका है। मेरे बाद, आज़ादी और आत्मसम्मान की यह सोच ही आंदोलन को आगे ले जाएगी। मोइना, इस आंदोलन की आत्मा पर भरोसा रखो।'

मोइना अपने बचपन के दोस्त के चेहरे को ताकती रही और उसे अहसास हुआ कि बिरसा को किसी भी आग्रह से रोका नहीं जा सकता था। वे सब एक-एक दिन करके जी रहे थे, लगातार जंगलों से गुज़रते हुए अपने ठिकाने बदल रहे थे। उन्हें यह नहीं पता होता था कि वे किस जगह आराम करेंगे या कुछ खाएँगे। परंतु उन्होंने कुछ सोच कर ही अपने लिए यह सब चुना था और भविष्य की यह अनिश्चितता, उस चुनाव का ही एक हिस्सा थी। बिरसा ने ठीक ही कहा था। जब सारी बिरादरी और क़बीले की क़िस्मत दाँव पर लगी थी जो ऐसे में वह किसी एक आदमी के लिए चिंता कैसे कर सकती थी। मोइना ने अपना जीवन उलगुलान और अपने लोगों के नाम समर्पित कर दिया था और वह केवल उनके बारे में ही सोचती थी।

15

जमकोपाई गाँव

1-2 जनवरी, 1900

जमकोपाई कभी ऐसा गाँव हुआ करता था जिसके किसान अपनी माटी पर गर्व करते थे और अपनी उगाई फ़सल देख कर संतोष अनुभव करते। परंतु अब, उनमें से अनेक ज़मींदारों और दिकुओं के पास छोटे-मोटे काम करके पेट भरने वालों की गिनती में आ गए थे जो उनका शोषण करने का कोई भी अवसर नहीं छोड़ते थे। उन्हें अपने काम के लिए जो पैसा मिलता था, वह इतना भी पूरा नहीं पड़ता था कि उनके परिवारों को दो वक़्त की रोटी नसीब हो सके। वे लोग जंगलों से मिलने वाले कंद-मूल आदि खा कर अपना पेट भरते, हालाँकि उन्हें पता था कि जंगलों में घुसपैठ करने की कड़ी सज़ा हो सकती थी पर उनके पास कोई और उपाय भी नहीं था। उनका जीवन इसी तरह अंधेरे अस्तित्व के बीच चल रहा था, तभी बिरसा भगवान का एक हरकारा उनके गाँव आया और कहा कि अभी सब ख़त्म नहीं हुआ, वे अब भी मान और सम्मान के साथ जी सकते थे। गाँव वालों ने बिरसा भगवान के बारे में सुन रखा था। वे जानते थे कि बिरसा भगवान किस तरह अंग्रेज़ सरकार को सबक़ सिखाते हुए, हालात को सुधारने के काम पर लगे थे। पहले-पहल, उनके मन में राज और प्रशासन के नाम से भय था पर दिन बीतने के साथ उन्हें अहसास होने लगा कि उनके साथ जितना हो चुका था, उससे अधिक बुरा और हो भी क्या सकता था। उन लोगों के मन में आस का दीपक जल उठा। उन्होंने बिरसा का साथ देने का वचन दिया और अपनी आस्था तथा इतिहास के लिए लड़ने का संकल्प किया। परंतु वे नहीं जानते थे कि अंग्रेज़ों के राज में हालात और भी बदतर हो सकते थे।

पुलिस बारीकी से उनके घरों की छानबीन करते हुए, पूरे गाँव को तहस-नहस कर रही थी और वे असहाय खड़े देख रहे थे। पुलिस ने उनके घरों की छोटी से छोटी वस्तु भी नष्ट कर दी। औरतों और बच्चों को पीटा और जानवरों को जान से मार दिया। लोगों के बीच मौत का सा सन्नाटा छाया था और वे वीरान चेहरे लिए गाँव के बीच खड़े थे, जहाँ पुलिस ने सरपंच बुधु मुंडा और उसकी पत्नी को पूछताछ के लिए रोका हुआ था।

सरपंच धरती पर गिरा हुआ था, पीठ पर कोड़ों की मार के निशान थे और जगह-जगह चमड़ी उधड़ने से ख़ून निकल आया था। उसकी पत्नी उसके पास बैठी सुबक रही थी। जब उसने अपने आस-पास एक बड़े से घोड़े को चक्कर लगाते देखा तो उसकी आँखें फटी की फटी रह गईं। उस घोड़े पर कांस्टेबल था जो कोड़ा फटकार रहा था।

'बता, वे लोग कहाँ छिपे हैं?' पुलिसवाले ने पूछा। उसने कोड़े को बुधु तक लाने से पहले हवा में फटकारा।

'मैं नहीं जानता।' बुधु मारे दर्द के चिल्लाया।

कांस्टेबल ने फिर से कोड़ा दे मारा। इस बार बुधु दर्द से चिल्लाया भी नहीं। कांस्टेबल ने दारोगा को ताका जो पेड़ के नीचे खड़ा, यह सारा दृश्य देख रहा था। वे लोग कुछ देर से सरपंच को कोड़ों से मार रहे थे, आदमी बेसुध होने को था, पर अभी उसके पास इस सवालों के जवाब नहीं थे कि बिरसा कहाँ था या उसकी रसद किस जगह छिपाई गई थी? डीसीपी ब्राउन आमतौर पर किसी एक आदमी के नाम पर ऐसे देहात में क़दम नहीं रखता पर क्रिसमस के दिन जो हुआ, उसे देखते हुए, वह इस मामले को अपने लोगों पर नहीं छोड़ सकता था। उसे ख़बर मिली थी कि बिरसा क्रिसमस से एक शाम पहले कुछ बड़ा करने जा रहा है। वह यह सुनते ही सीधा कमिश्नर फ़ोर्ब्स को बताने गया भी था पर उसने आलस से हाथ हिलाते हुए, उसे वापस जाने का इशारा कर दिया था। हालाँकि उसका शक़ सही निकला पर किसी ने भी सोचा तक नहीं था कि बाग़ी ऐसा विनाश और तबाही करेंगे। आने वाले दिनों में घायल और मृतकों की संख्या बढ़ने लगी तो पूरा प्रशासन उस आदमी को पकड़ने के लिए कमर कस कर तैयार हो गया। उसी आवेश में, वह भी अपने साम्राज्य के दूसरे कोने पर स्थित छोटे से गाँव में आया खड़ा था। डीसीपी ने अपने वाहन में से, दारोगा की ओर सवालिया नज़रों से देखा। एक पल के लिए भी हिचकिचाए बिना, डीसीपी ने हामी भर दी।

दारोगा बुधु के पास पहुँचा जो दर्द से बिलबिला रहा था। उसने अपने कमरबंद से खंजर निकाल कर सरपंच की गर्दन पर रख दिया और उसकी नोक गर्दन पर रख कर तब तक दबाता रहा, जब तक ख़ून की बूँदें नहीं छलक आईं।

'आख़िरी बार पूछा जा रहा है, बता! बिरसा कहाँ है और उसे रसद और हथियार कौन देता है?'

सरपंच डर के मारे जड़ हो गया। उसके भीतर बोलने की ताक़त ही नहीं बची थी।

'नहीं, साहब! नहीं।' सरपंच की पत्नी ने रोते हुए अपने पति को दारोगा से परे खींचना चाहा। 'इन्हें छोड़ दो, जाने दो। मेहरबानी करके जाने दो।'

दारोगा बहुत कड़क आदमी था। उसने मुड़ कर औरत को गुस्से से घूरा और उसे बालों से पकड़ लिया। तभी उसे सरपंच की आँखों में भय के डोरे दिखाई दिए। उसने कमज़ोर कड़ी खोज ली थी।

'नहीं, काशी!' बुधु बुदबुदाया। 'नहीं...'

पर काशी को कुछ कहना बेकार था। दोरागा ने अपने आदमी को इशारा किया कि उसे नीचे गिरा कर पकड़ लिया जाए। वह अपना सिर झटक कर चिल्लाई। 'नहीं, नहीं! मेहरबानी करके इन्हें छोड़ दो, साहब। मैं आपको सब बता दूँगी!'

वह पागलों की तरह रो रही थी और लड़खड़ाते हुए शब्द मुँह से बाहर आ रहे थे।

'साफ़-साफ़ बोलो।' दारोगा चिल्लाया और अपने खंजर का दबाव बढ़ा दिया।

उस औरत की आँखें अपने पति की गर्दन से निकलते लहू को देख फटी की फटी रह गईं। 'साहब, मैं उनके खेमे में रसद और हथियार ले जाती थी।' काशी ने आँसू पोंछ कर धीरे-धीरे सावधानी से बोलना चालू किया। 'हम तीन औरतें नियमित रूप से उनके ठिकाने पर जाती थीं पर पिछले सप्ताह वे अचानक कहीं चले गए और हमें नहीं पता कि वे किधर गए। मैं अपने आदमी की जान की क़सम खाती हूँ, साहब।' वह फिर से सुबकने लगी।

'आज से तुम लोगों में से कोई भी गाँव के बाहर नहीं जाएगा।' डीसीपी की गरज़ती आवाज़ सुन कर भीड़ दंग रह गई। पुलिसवाले भी जड़ हो गए थे। डीसीपी अपनी गाड़ी से उतर आया था। उसका चेहरा गुस्से से लाल था। वह इन छापों और धावों से ख़ाली हाथ वापस लौट-लौट कर तंग आ गया था। वह जल्दी ही कोई बदलाव चाहता था। 'कोई भी गाँव की सीमा से बाहर नहीं जाएगा। भोजन, पानी या फिर किसी भी चीज़ के लिए नहीं! और अगर गाँव में खाने-पीने को कुछ नहीं मिले तो इसी नर्क में सड़ो और मरो।' फिर वह दारोगा की ओर मुड़ा। 'बजरंग लाल, मैं इस गाँव के लिए आदेश दे रहा हूँ कि कोई भी आदेश को तोड़ता दिखाई दे तो उसे वहीं गोली मार दी जाए। गाँव की सीमाओं से बाहर क़दम रखने वाला जीवित नहीं बचना चाहिए। जहाँ तक इस आदमी और औरत की बात है, इन्हें हमारे साथ राँची

ले कर चलो। इनसे वहीं निपट लेंगे।' यह कह कर वह अपनी गाड़ी में बैठा और निकल गया। जाते-जाते गाँववालों को एक धीमी मौत मरने का आदेश दे गया था।

◆

डीसीपी ब्राउन की गाड़ी पुलिस मुख्यालय की ओर वापस जा रही थी। वह अपनी ही सोच में खोया था। उसके वरिष्ठ अधिकारियों ने जिस बात को छोटा समझ कर टाल दिया था, अब वही एक उग्र आंदोलन के रूप में उनके चेहरे पर तमाचे की तरह पड़ी थी, जिसमें असंख्य अंग्रेज़ मारे गए। अंग्रेज़ सरकार इस बात का अनुमान नहीं लगा सकी कि किस तरह बिरसा मुंडा ने छोटा नागपुर पठार की सरल आदिवासी जनता को एक सूत्र में बँधे विद्रोही कबीले में बदल दिया था। उनकी ओर से यह एक भारी भूल साबित हुई। वह सारे रास्ते, अपनी अगली चाल के बारे में ही सोचता रहा। इससे पहले कि बिरसा सारे साम्राज्य को आग की लपटों के हवाले कर देता, उसे पकड़ना ज़रूरी था।

कुछ घंटों बाद, जब उसने पुलिस मुख्यालय में क़दम रखा, तो उसने खुद को याद दिलाया कि उसे फ़ोर्ब्स से बात करते हुए, उसे यह अहसास नहीं दिलाना कि उसकी ओर से लापरवाही हुई है। वह आदमी भारी प्रशासनिक दबाव के बीच था कि आंदोलन को जल्दी से कुचला जाए और ब्राउन जानता था कि कमिश्नर पहले ही अपने ग़लत फ़ैसले की वजह से शर्मिंदा था। उसकी तकलीफ़ बढ़ाने से कुछ हाथ नहीं आने वाला था।

कमिश्नर के ऑफ़िस का दरवाज़ा खुला था और ब्राउन ने झाँक कर देखा तो बॉस को एक फ़ाइल में डूबा हुआ पाया। उसने दरवाज़ा खटखटाया पर कमिश्नर ने सुना ही नहीं। उसने फिर से दरवाज़ा खटखटा कर गला खंखारा।

'सर?' वह धीरे से बोला।

'हम्म?' कमिश्नर ने सिर उठा कर कहा। नज़रें कहीं दूर शून्य में बँधी थीं।

'ओह, अच्छा ब्राउन।' उसने फ़ाइल नीचे रख कर ब्राउन को अंदर आने का संकेत किया।

'डीसीपी, क्या ख़बर लाए हो?'

'हमें देर हो चुकी थी।' ब्राउन ने खेदजनक स्वर में कहा। 'मुख़बिर ने सही कहा था पर बिरसा और उसके आदमी पिछले सप्ताह ही उन जंगलों को छोड़ कर निकल गए। वे किसी तरह हमसे एक क़दम आगे चल रहे हैं।' ब्राउन की अँगुलियाँ मेज़ को बेचैनी से खटखटा रही थीं।

'वे लोग समय बिताने के लिए इस तरह छिप रहे हैं। कोई नए हमले?'

'नहीं, पिछले दो दिनों में ऐसी कोई ख़बर नहीं है।'

'अगर अब भी हमले नहीं हुए तो इसका मतलब है कि कोई बड़ी योजना बन रही है।' कमिश्नर के सुर में तनाव झलक रहा था।

'हम गाँवों में पूछताछ कर रहे हैं ताकि बाग़ियों या उनके आंदोलन के बारे में कुछ पता चल सके। पर लोग, वे अपने नेता की कोई ख़बर देने के बजाए मरना पसंद करते हैं।'

'दरअसल, ब्राउन वह इन मूर्खों के लिए आशा की किरण बन गया है। लोगों को लगता है कि वह उनके लिए लड़ रहा है। वही उन्हें आज़ाद करेगा और सारे दमन और शोषण से मुक्त करेगा। जब तक तुम उनकी उम्मीदें नहीं तोड़ते, तब तक इस आंदोलन का सिर कुचला नहीं जा सकता।'

ब्राउन ने सिर हिलाया और कमिश्नर के शब्दों पर गौर करने लगा। एक-एक शब्द सच था। 'वह लगातार जंगलों में घूम रहा है और किसी भी जगह पर ज़्यादा देर नहीं ठहरता। यही वजह है कि हम उसकी घेराबंदी नहीं कर पा रहे।' उसने कुछ देर बाद कहा।

'केवल गाँववाले ही इन जंगलों के बारे में जानते हैं, है ना? और वे हमारा साथ देने को तैयार नहीं हैं?

ब्राउन ने सिर हिलाया। 'वे दिखावा करते हैं कि उन्हें हमारी बात ही समझ नहीं आई, जबकि हमारे लोग उनकी ही बोली में पूछते हैं। जब तब बिरसा खुल कर सामने नहीं आता, तब तक उसे दबोचना मुश्क़िल होगा।'

'उसे कभी न कभी तो सामने आना ही होगा।' कमिश्नर बोला। फिर कुछ देर सोचने के बाद कहा, 'लोग भले ही उसके लिए मरने को तैयार हों पर यही लोग हमें उसके पास ले जा सकते हैं। डियर मैन, हमें यही करना होगा कि बिरसा को खोजना बंद कर दें।'

डीसीडी ब्राउन ने उसे सवालिया निगाहों से देखा।

'ब्राउन, बहुत आसान-सी बात है। बस बिरसा के ख़ास आदमी गया मुंडा पर नज़र रखो। वही तुम्हें सही ठिकाने तक ले जाएगा।' कमिश्नर ने अर्थपूर्ण मुस्कान के साथ कहा।

'आह!' डीसीपी ने कहा। वह योजना की सरलता पर मुग्ध था। 'ठीक है सर, मैं अभी से गया मुंडा की निगरानी बढ़वा देता हूँ।'

'उसके बारे में सब कुछ पता करो। उसका वर्तमान ही नहीं, अतीत भी जान लो। कई बार हम आज जिन सवालों के साथ होते हैं, उनके जवाब हमें बीते हुए कल में मिलते हैं।'

'जी सर।' ब्राउन ने कहा। जब वह बाहर जाने को हुआ तो कमिश्नर ने कहा। 'ब्राउन, जो करना चाहो, वही करो पर याद रखो कि बिरसा मुंडा और उसने लोगों के दिलों में जो उम्मीद जगाई है, उसे किसी भी हाल में कुचलना होगा। और याद रहे, यह काम जल्द से जल्द होना है।'

जब डीसीपी ब्राउन सलाम ठोंकने बाद कमरे से निकला तो कमिश्नर एक बार फिर से अपनी चिंता के घेरे में डूब गया। वह निश्चित रूप से अफ़्रीकी महाद्वीप के तबादले में दिलचस्पी नहीं रखता था। कलकत्ता से धमकी आई थी कि अगर उसने बिरसा और उसके आंदोलन को असफल नहीं किया तो उसे तबादला करवाना होगा। करियर के इस मोड़ पर, यह तबादला उसके और उसकी पत्नी के लिए परेशानियों का कारण होगा और इसके साथ ही करियर के आख़िरी मोड़ पर, भारत में कहीं आरामदायक जगह पर नियुक्ति का सपना भी अधूरा रह जाएगा। और वृद्ध अधिकारी अपनी योजनाओं में किसी तरह का फेर-बदल नहीं चाहता था।

16

एटकेडीह

जनवरी, 1900 का पहला सप्ताह

गया मुंडा ने अपनी पत्नी की ओर देखा जो अपने ख़ास मेहमानों के लिए, अपनी ओर से स्वादिष्ट पकवान बनाने की तैयारी में थी। जब वह पिछली रात अचानक ही घर आया तो उसने पिछले वर्षों के बारे में पति से एक भी प्रश्न नहीं किया। वह समझती थी कि गया ने अपना जीवन किस बृहत्तर उद्‌देश्य के लिए समर्पित कर दिया था और उसने हमेशा पति का साथ दिया। उसने मुस्करा कर पति का स्वागत किया और गर्म भोजन परोसा। बस इतना ही। ना कोई सवाल, ना उलाहने, ना आँसू; कुछ नहीं!! उनकी यह आपसी समझ ही गया की ताक़त थी।

गया ने प्यार से पोते के बाल सहलाए, बच्चा उससे खेलने की ज़िद कर रहा था। चाहे बच्चा उससे कितना भी खेलना क्यों नहीं चाहे, गया जानता था कि उसके पास परिवार के लिए बहुत कम समय बचा था। उसे बिरसा और सरदारों की बैठक चालू होने से पहले सैकड़ों प्रबंध करने थे और अगर सब योजना के अनुसार पूरा होता तो उसे अगले ही दिन वापसी भी करनी थी। इस सोच से मन उदास तो हुआ पर वह जानता था कि परिवार की सलामती के लिए उससे दूर रहने में ही भलाई थी। उसने बेमन से पोते को अपने से अलग करते हुए कहा कि वह अपनी बहनों के साथ खेले और फिर सरदारों को देखने बाहर आ गया।

सभी सरदार अलग-अलग यात्रा करते हुए एटकेडीह आ रहे थे। उन्होंने सबने लंबे घुमावदार मार्ग अपनाए ताकि अगर गोरे उनके पीछे हों भी तो वे इस जगह

तक नहीं आ सकें। गया ने बैठक के लिए सुरक्षा की पूरी व्यवस्था भी की थी। गया ने केवल चुने हुए साठ भरोसेमंद सरदारों को ही उस बैठक में बुलवाया था और उनमें से हरेक पर पिछले एक सप्ताह से कड़ी और गुप्त निगरानी रखी गई थी ताकि किसी तरह की कोई गड़बड़ी नहीं होने पाए। एटकेडीह के आसपास के जंगलों में लगभग दो सौ सशस्त्र बागी छिपे हुए थे जो किसी भी वक़्त ज़रूरत पड़ने पर सामने आ जाते। इन्हें इस बैठक और उसमें शामिल होने वाले लोगों के बारे में कोई जानकारी नहीं थी। बस उन्हें इतना पता था कि अगले आदेश मिलने तक उन्हें उसी तरह चौकन्ना रहना है।

गया गाँव के एक छोर पर खड़ा, सामने दिख रही पहाड़ियों को ताकने लगा। बिरसा की बैठक के लिए एटकेडीह का चुनाव सही था। यह जगह हर ओर से पहाड़ियों से घिरा था और पास ही ताजना नदी बहती थी। यह एक सुरक्षित और आत्मनिर्भर स्थान था जो दुश्मन के हमले से बचा सकता था। परंतु उसका सबसे बड़ा फ़ायदा यह था कि यह एक सुदूर गाँव था। इसके मुट्ठी भर लोग प्रकृति के साथ तालमेल साधते हुए आराम से रहते आए थे। वे किसी भी तरह की विद्रोही कार्रवाई से परे थे इसलिए उनका अंग्रेज़ सरकार की नज़रों में आने का सवाल ही नहीं पैदा होता था। और यही वजह थी कि गया ने इस गाँव को बैठक के लिए चुना।

गया उस जगह गया, जहाँ कुछ सरदार समूह बना कर बातें कर रहे थे। वह उनकी आख़िरी पड़ताल कर लेना चाहता था। हालाँकि सभी विश्वसनीय थे पर गया कोई ख़तरा मोल नहीं लेना चाहता था। जब उसने देखा कि संकर्रा का सौगी मुंडा नहीं आया तो वह थोड़ा परेशान हो गया। वह उसके बहुत ही अहम सरदारों में था जो लोगों को भारी संख्या में अपने साथ मिलाने और समय-समय पर अंग्रेज़ ठिकानों पर धावे बोलने की क़ाबिलियत रखता था। वह स्वयं नहीं आया था और उसने एक हरकारा भेजा था कि वह अपने इलाके में पुलिस की भारी गश्त के कारण नहीं आ सकेगा। हालाँकि उसके इस फ़ैसले में कोई कमी नहीं रही होगी पर गया को मानो यक़ीन नहीं आ रहा था। कुछ तो गड़बड़ थी, पर जब वह बाक़ी कामों में उलझता गया तो यह संदेह भी जैसे कहीं छिप-सा गया और वह इसे लगभग भूल ही गया।

◆

'तुमने अपना वचन निभाया।' बिरसा ने गया को देख कर कहा। वे उस कुटिया में आराम कर रहे थे।

'मैं आपको कभी नीचा नहीं दिखा सकता।' गया ने मुस्करा कर कहा। बिरसा, कोमता और मोइना, गया की पत्नी के हाथों तैयार किया गया भोजन खा रहे थे। वे तीनों आज सुबह ही एटकेडीह पहुँचे। वे वेश बदल कर आए थे और राह में कहीं

विश्राम नहीं किया पर अब कुछ घंटों की नींद के बाद ही वे तरोताज़ा लग रहे थे।

बिरसा ने हामी भरी। 'गया, तुम किधर थे?' उन्होंने पूछा। 'जब से हम इस जगह आए हैं, तुम दिखाई ही नहीं दिए?'

'आपको तो पता है, बैठक की तैयारी से पहले कितना काम रहता है?'

'सच है, आओ, अपने लोगों से बात करें। मैं उनसे मिलने को तैयार हूँ।' बिरसा उठे और दरवाज़े की ओर बढ़े। 'क्या सारे आ गए हैं?'

'जी, सभी आ गए।' तभी उसके मन में संदेह पैदा हुआ। 'सब आ गए हैं बस सौगी नहीं आया। लगता है कि उसके इलाके में पुलिस की भारी गश्त थी इसलिए वह जोखिम नहीं लेना चाहता।'

'सौगी नहीं आया।' मोइना हैरान थी। 'तब यह संदेश कौन लाया?'

'उसने सरदारों के पास एक हरकारा भेजा।'

'हम्म!' मोइना ने सारी जानकारी को मन ही मन मथा।

'यह तो चिंता वाली बात है।' कोमता ने बिरसा को देख कर कहा। 'शायद हमें...'

'नहीं।' बिरसा ने उसकी बात बीच में ही काट दी। 'हम अपनी कोई योजना नहीं बदलने वाले। वही करेंगे जो तय हुआ है। पर गया, जंगल में हमारे लड़ाकों को सावधान कर दो। मुसीबत किसी भी समय आ सकती है।'

'ठीक है, बिरसा।' गया झट से कुटिया से बाहर निकल गया।

वह अभी कुछ ही क़दम चला होगा कि चारों ओर से गोलीबारी की आवाज़ें आने लगीं। अगले ही पल, उस छोटे-से गाँव में अफरा-तफरी मच गई। हर कोई इधर-उधर भागने लगा और सरदार अपने सिपाहियों को चिल्ला कर हथियार निकालने को कहने लगे।

'सावधान! सावधान!' मझिया और डोंका बिरसा और दूसरे लोगों की ओर भागते हुए आ रहे थे, वे इस दौरान सामने आने वाले ही आदमी को पीछे धकेल रहे थे। 'बिरसा, दुश्मन आ गया है।' मझिया ने हाँफते हुए कहा। 'पचास से साठ पुलिसवालों की पलटन इसी ओर आ रही है। जंगलों में छिपे हमारे लोग और हमारे कुछ सरदार, नदी किनारे उनसे जूझ रहे हैं।'

'पर मुझे नहीं लगता कि वे टिक सकेंगे क्योंकि पुलिस गोलियों की बौछार कर रही है।'

'उन्हें इस जगह का पता कैसे चला? क्या तुम्हें लगता है कि ये सौगी का किया-धरा है?' मोइना ने गया से पूछा।

'नहीं, मुझे उस पर पूरा भरोसा है।' गया ने दृढ़ शब्दों में कहा।

'गया, मुझे एक तलवार दो, अभी।' बिरसा ने हालात को भाँपते हुए कहा। चारों ओर डर का माहौल था। उनकी सेना को नेता की आवश्यकता थी और वे आगे आना चाहते थे।

'नहीं, बिरसा।' गया के सुर ने सबको चौंका दिया।

'यह सही समय नहीं है। गोरे आपको पकड़ना चाहते हैं क्योंकि वे जानते हैं कि अगर आप पकड़े गए तो आंदोलन की आत्मा निकल जाएगी।'

'तुम कहना क्या चाहते हो?' बिरसा ने अपने सेनापति को देखा।

'आपको इसी समय निकल जाना चाहिए। हम इन अंग्रेज़ों को देख लेंगे।'

'मैं तुम्हें और अपने लोगों को इस हाल में छोड़ कर चला जाऊँ, सवाल ही नहीं पैदा होता। मैं किसी डरपोक की तरह पीठ दिखा कर भाग नहीं सकता!' बिरसा ने कहा।

'यह बहादुर या डरपोक होने की बात नहीं है, बिरसा।' गया की आवाज़ में दृढ़ता थी। आप भाग नहीं रहे। आप स्वयं को जोखिम से बाहर ले जा रहे हैं ताकि उलगुलान को जीवित रखा जा सके। आप जानते हैं कि इस जगह रुक कर लड़ने का मतलब होगा कि आप मारे जाएँगे और इससे भी बुरा तब होगा, जब वे आपको बंदी बना लेंगे। इसके अलावा कोई तीसरा उपाय नहीं है और ये बात आप भी जानते हैं।'

'और यही बात तुम पर भी लागू होती है, गया।' बिरसा ने सिर हिलाते हुए कहा।

'मैंने वचन दिया था कि जब समय आएगा तो गोरों और आपके बीच मैं खड़ा मिलूँगा। मैं उसी वचन का मान रख रहा हूँ। अब समय आ गया है कि आप भी लोगों को दिए गए वचन का मान रखें। और इसके लिए आपको इसी समय निकलना होगा।' गया ने बिरसा की लाल सुर्ख़ हो चुकी आँखों को देखते हुए कहा। 'मोइना, तुम सईल रकब पहाड़ियों का रास्ता जानती हो?' उसने मुड़ कर पूछा।

'हम्म, साइको गाँव से रास्ता सही रहेगा।' मोइना ने सिर हिलाया।

'ठीक, उसी रास्ते से जाओ और घोड़े ले लो।' गया ने साल के वृक्ष के नीचे खड़े घोड़ों की ओर संकेत किया।

'पर, गया-'

'नहीं, बिरसा। आपका कहा गया एक भी शब्द मुझे नहीं समझा सकता कि आपको यहाँ क्यों रुकना चाहिए। आपको, कोमता और मोइना को इसी समय निकलना होगा। आप सईल रकब के ठिकाने पर सुरक्षित रहें, मैं हालात सँभलते ही मोइना को संदेश भेजूँगा और आप लोगों से आ कर मिलूँगा। पर अभी जल्दी करिए।'

गोलीबारी की आवाज़ आनी बंद हो चुकी थी। इसका मतलब था कि पुलिस ने पहली रक्षा पंक्ति का काम तमाम कर दिया था और वह किसी भी समय गाँव में आती होगी।

बिरसा ने गया को कुछ क्षण देखने के बाद, उसका कंधा थाम कर कहा, 'मेरे बहादुर दोस्त, अच्छी तरह लड़ना। जब हम आज़ाद होंगे तो हमारे लोग इस दिन को याद करेंगे।'

गया ने बिना कुछ कहे सिर हिलाया और बिरसा व अन्य दोनों को घोड़ों पर सवार हो कर जंगलों की ओर जाता देखता रहा। इसके बाद वह एक भी क्षण गँवाए बिना अपनी कुटिया की ओर भागा और अपनी पत्नी से कहा।

'माकी! माकी! बच्चों से कह दो कि समय आ गया।'

माकी ने सिर हिलाया और घर में घुस गई। वह एक ही क्षण में बाहर आई। उसके हाथ में घास काटने वाली दराँती थी, वह अपने पति के पीछे भागी। उसके बच्चे भी बाहर आ गए। वे सब भी किसी न किसी हथियार से लैस थे। वे सब बिरसा के सिपाहियों की तरह लड़ने को तैयार थे।

अंग्रेज़ सिपाहियों और बिरसा के लोगों के बीच जम कर मुठभेड़ हुई। पुलिस वालों के पास भले ही गोला बारूद और बाक़ी हथियार थे पर उनके लिए एटकेडीह के लोगों से लड़ना भारी पड़ रहा था क्योंकि उन गाँववालों की आँखों में डर का नामोनिशान नहीं था। वे एक ऐसे काज के लिए लड़ रहे थे जिसे वे अपनी जान दे कर भी बचाना चाहते थे। और निडर ग्रामीण, अंग्रेज़ सरकार के लिए ख़तरनाक विद्रोहियों से कम नहीं थे।

गया और उसके लड़ाकों ने पूरी वीरता दिखाई पर वे गोरों के बारूद के आगे कैसे टिकते। हालाँकि उन्होंने ना तो घुटने टेके और ना ही हथियार डाले। आख़िर में अनेक मौतों और घायलों को सामने देखने के बाद, गोरी पलटन को ही वापस जाना पड़ा।

बेशक, एक भारी क़ीमत अदा हुई थी और उस दिन, एटकेडीह की लड़ाई में बहादुर गया मुंडा भी शहीद हो गया था।

17

राँची

6-8 जनवरी, 1900

एटकेडीह के इस हमले के तुरंत बाद, कुछ ही दिनों में बाग़ियों का विद्रोह और भी बढ़ गया। सशस्त्र धावों की संख्या अचानक बढ़ी पर इस बार उनका गुस्सा, गोरों के उपासना स्थलों पर नहीं, अंग्रेज़ प्रशासन पर उतरा। बिरसा को विवश हो कर छिपना पड़ा परंतु उलगुलान नहीं हारा। डोंका और मझिया मुंडा जैसे सरदारों के साथ उनके अनुयायी लगातार आगे बढ़ते गए।

राँची प्रशासन ने घबरा कर हाई अलर्ट घोषित कर दिया। गिरजों और ईसाई मिशनों पर चौकसी बढ़ा दी गई। हालाँकि हालात अंग्रेज़ों के हाथों से बाहर निकलते जा रहे थे।

जनवरी की एक सर्द सुबह, थॉमस रोश सुपरिटेंडेंट राँची कोर्टहाउस के बाहर पलटन का निरीक्षण कर रहा था। उसे कुछ दिन पहले ही तबादला कर, राँची भेजा गया था। उसने जमा हुए लोगों को कड़े आदेश दिए कि एक क्षण के लिए भी कोर्टहाउस की पहरेदारी में कमी नहीं आनी चाहिए। एसपी रोश उन नई पीढ़ी के अधिकारियों में से था जो लोगों, ज़मीन, उनके रीति और रिवाज़ की जानकारी लेने में विश्वास रखता था ताकि उनके लिए अच्छा प्रशासन किया जा सके। वह ना केवल उस इलाके के हालात को अच्छी तरह समझता था बल्कि उसे थोड़ी-बहुत मुंडारी बोली भी आती थी जो उनकी स्थानीय भाषा थी। शायद यही वजह थी कि उसे राँची भेजा गया था।

'बाग़ियों को आख़िरी बार कब देखा गया?' उसने हेड कांस्टेबल से पूछा।

'पिछली रात साहब, जब उन्होंने हसादा के एक व्यापारी के गोदाम में आग लगाई। उन्हें बाहरी लोगों से बहुत नफ़रत है। बोरटोडीह, लोढ़मा और तोरपा में भी उपद्रव और लूटपाट की ख़बरें आई हैं।'

'राँची के क्या हाल हैं?'

'अफवाहों के कारण ज़्यादा दहशत फैल रही है, साहब। आधे लोग बाग़ियों के छापों के डर से रातों को सो नहीं पा रहे। रात को ही क्यों, जर्मन मिशन के फ़ादर वेंडेल दिन में भी अपने लोगों के साथ गिरजे की अटारी में छिपे थे कि कहीं उन पर हमला नहीं हो जाए, जो कि कभी नहीं हुआ। वे लोग आज सुबह तक वहीं थे।'

'कुछ और ख़ास?'

'कुछ नहीं, साहब। पर लोग डरे हुए हैं। और बाग़ी उनके मन में डर ही बिठाना चाहते हैं। सड़कें और बाज़ार वीरान पड़े हैं क्योंकि लोग घरों से निकलने में डर रहे हैं। सारे काम-धंधे ठप पड़े हैं।'

'महुआ सिंह, इन सब चीज़ों को सँभाल लेंगे। तुम चिंता मत करो।' एसपी रोश ने कहा। 'हमारी बातचीत के दौरान ही चार सौ सिपाहियों की पलटन राँची और खूँटी के आसपास भेजी जा चुकी है। आज सुबह ही डीसीपी ने बताया। लोगों से कहें कि डरना बंद करें और तुम लोग सचेत रहो!'

◆

एक घंटे बाद, एसपी रोश डीसीपी ब्राउन के पास पहुँचा। उसे कोर्टहाउस से बुलवाया गया था क्योंकि डीसीपी को उससे तुरंत कोई मशविरा करना था।

'एसपी रोश अंदर आओ।' डीसीपी ने उसे अंदर आने का संकेत किया। 'बैठो, बताओ क्या चल रहा है?'

'सर, हालात क़ाबू में हैं। कोर्टहाउस में पूरी चौकसी है और जैसा कि आपने कहा, एक बार अतिरिक्त पलटनें आ जाती हैं तो इन बाग़ियों से निपटना आसान होगा।'

'हम्म। पर अतिरिक्त पलटन से ही बात नहीं बनने वाली। हम सारे इलाक़े में हमेशा कर्फ़्यू जैसा माहौल तो नहीं रख सकते। यह क्वीन की छवि के लिए भी सही नहीं है। वैसे भी, कलकत्ता से जवाब-तलब होने लगा है। सुना है कि भारी फेरबदल होने वाला है। हमें ठोस क़दम उठाने होंगे और जल्द ही कुछ करना होगा।'

'सर, आपके पास कोई योजना है क्या?' एसपी रोश ने पूछा।

'जब तक बिरसा मुंडा को नहीं पकड़ा जाता, तब तक कुछ ठीक नहीं होगा। आख़िरी बार यही सुना था कि वह एटकेडीह से परे जंगलों में निकल गया है।'

'मेरे पास उससे आगे भी सटीक ख़बर है।' ब्राउन की आँखों में चमक और चेहरे पर विजयी मुस्कान थी। 'बाग़ी सरदार जल्द ही बिरसा से दोबारा मिलने की योजना बना रहे हैं।'

'गुप्त ठिकाने पर? और आपके पास उसका सारा पता है।'

डीसीपी ने सिर हिलाया। 'सईल रकब की पहाड़ियों में। बिरसा वहीं है।' डीसीपी ने एलान किया।

'बढ़िया! मैं अभी अपनी टीम रवाना करता हूँ।' एसपी ने सीट से लगभग उछलते हुए कहा। वह किसी शेर की तरह शिकार करने को तैयार था।

'नहीं, नहीं थॉमस। बैठो।' डीसीपी ब्राउन ने अपने युवा अधिकारी को बैठने का संकेत किया। 'तुम ऐसा कुछ नहीं करोगे। हमे पहले वाली कोई भूल नहीं दोहराने वाले। नहीं। हम लोग सही समय आने पर ही वार करेंगे। इस बार वह नहीं बच सकता, सर, किसी क़ीमत पर नहीं बच सकता।'

'पर अगर हमें उसके छिपने की जगह पता है तो हम अभी जा कर उसे क्यों नहीं दबोच सकते?'

'यह इतना आसान नहीं है। ज्यों ही उसे हमारे आने की भनक मिलेगी, वह फिर से हवा में ग़ायब हो जाएगा। हम इस बार कोई जोखिम नहीं उठा सकते। हम उन सबको एक साथ दबोचेंगे। बिरसा और उसकी सेना। उनकी बैठक वाले दिन धावा बोलेंगे।'

'सर, योजना तो सुनने में अच्छी लग रही है। अगर बिरसा के साथ उसके सरदार भी पकड़े गए तो सारे विद्रोह का एक साथ सफ़ाया हो जाएगा।'

'ठीक कहा। और रोश। इस बार उनके भारी संख्या में जमा होने की उम्मीद है, कम से हज़ारों में होंगे। हमें भी पूरे पुलिस बल की आवश्यकता होगी। मैंने दूसरे रेजीमेंट से भी चालीस सिपाही और बुलवा लिए हैं जो हमारे साथ चलेंगे।'

'बहुत बढ़िया सर, कौन-सी तारीख़?'

'तुम्हें समय आने पर बता दिया जाएगा। अपने आदमियों को चौकस रखना। यह आने वाला कल या उससे अगला दिन हो सकता है। हमारे बीच जो बात हुई, वह इस कमरे से बाहर किसी को पता नहीं चलनी चाहिए। समझ गए ना?'

'जी, सर।' एसपी ने सलाम ठोका और कमरे से बाहर हो गया।

डीसीपी ब्राउन ने अपने आगे सिंहभूम का नक़्शा निकाल लिया और उसमें से साइको गाँव होते हुए, सईल रकब की पहाड़ियों तक जाने का रास्ता देखने

लगा। उसने मन ही मन जाने का मार्ग तय कर लिया था क्योंकि अब समय आ गया था।

वे दूसरी बार एक ऐसे सरदार को पकड़ने में सफल रहे जो थोड़ी ज़मीन और पैसे के लालच में ख़बर देने के लिए मान गया था। इस आदमी ने बड़ी आसानी से सब बक दिया जबकि पिछली बार सौगी मुंडा से बैठक की ख़बर निकलवाना भारी हो गया था। उसे मरने की हद तक यातना दी गई, तब कहीं जा कर उसने बिरसा के बैठक स्थल का पता दिया था। इस बार डीसीपी ब्राउन की तैयारी बेहतर थी। वह किसी भी हाल में इस सुनहरे मौक़े को हार में नहीं बदलना चाहता था। एटकेडीह में उनके सामने से बिरसा अपने आदमियों के साथ ओझल हो गया था। इस बार, भले ही तूफ़ान आ जाए या कहर बरपा हो जाए, वे बिरसा को जंज़ीरों में जकड़ेंगे और हमेशा के लिए जेल में बंद कर देंगे।

18

सईल रकब

9 जनवरी, 1900

सईल रकब की पहाड़ी किसी अभेद दुर्ग की तरह आकाश की ओर तनी थी। यह तीन ओर से घनी घाटियों और जंगलों से ढँकी थी और एक ओर से ऊपर जाने के लिए पतला-सा मार्ग था इसलिए यह सुरक्षित थी पर इसकी सबसे बड़ी ख़ूबी, इसकी कुदरती गुफाओं जैसी संरचनाएँ थीं जिन्होंने उसे चारों ओर से घेर रखा था। वे उन मुंडाओं के लिए सुरक्षित आश्रय थीं, जिस जगह से वे लंबे समय लड़ते हुए दुश्मन को छका सकते थे। दिसंबर 1899 के छापों के बाद से, भारी संख्या में बाग़ी परिवार मिल कर सईल रकब आने लगे थे।

बिरसा के आने से उनका भरोसा और गहरा हो गया कि वह जगह उनके लिए ऐसे दुर्ग का काम करेगी जो उन्हें लड़ाई जीतने में सहायक होगी। गया मुंडा की मौत का ग़म चारों ओर बिखरा था। बिरसा के लिए इसे सहन करना आसान नहीं था। उन्होंने ना केवल अपना सबसे भरोसेमंद और योग्य साथी सरदार खोया था, उनका सबसे प्रिय मित्र और अपना भी छीन लिया गया था।

उस दिन सुबह, कुछ सरदार बिरसा के साथ बैठे आगामी योजनाओं पर चर्चा कर रहे थे कि सईल रकब को और मज़बूती कैसे दी जा सकती थी। बाग़ियों ने जिस तरह खूंटी और राँची के आसपास कोहराम मचाया था, उसे देख कर तो यही लगता था कि अंग्रेज़ कभी भी पलटवार कर सकते थे। सईल रकब पर आने वाले लोगों की संख्या रोज़ बढ़ रही थी इसलिए यही लग रहा था कि पुलिस को किसी

भी दिन इस ठिकाने की भनक मिल जाएगी। दूसरे शब्दों में, युद्ध उनसे एक हाथ की दूरी पर ही था।

'हमारे पहले हमले को दो सप्ताह होने को आए और हमारे जाँबाज अब भी उसी जुनून और बहादुरी से लड़ रहे हैं।' कोमता के चेहरे पर विजयी मुस्कान थी। 'गोरे अब सच में चिंता में होंगे कि हमारे लोग अब उनसे दबते नहीं हैं। हमारे बलिदान व्यर्थ नहीं गए।'

'हमें जो पाना है, उससे अब भी बहुत दूर हैं, कोमता।' बिरसा ने आगे कहा। 'हमने जो सिलसिला चालू किया है, इसे जारी रहना चाहिए।'

'और हम इसे जारी रखेंगे।' डोंका ने कहा। 'हम इसके लिए तैयार हैं, बिरसा। हम लड़ने के लिए तैयार हैं।'

'हम्म। क्या हम सईल रकब आने वाले सभी लोगों का पेट भर सकेंगे?' बिरसा ने पूछा।

'आज सुबह के हिसाब से हमारे पास अगले महीने तक के लिए रसद और गर्म कपड़े भरपूर हैं, चाहे कहीं से और माल नहीं आए।' मोइना ने बताया। 'हमारे पास जलावन की लकड़ी भी है और ज़रूरत पड़ने पर आसपास के जंगलों से लाई जा सकती है।'

'हमारे हथियारों की क्या व्यवस्था है?' बिरसा ने पूछा।

'हमारे सिपाहियों के लिए भारी संख्या में कुल्हाड़ी, तलवारें और धनुष-बाण हैं। जो लोग इन्हें नहीं चला सकते, वे गुलेलें भी प्रयोग में ला सकते हैं।' डोंका ने कहा। 'हम ऊँचाई पर हैं और इसका फ़ायदा उठा कर, दुश्मन पर पत्थर बरसाए जा सकते हैं जो उनके लिए जानलेवा साबित होंगे।'

मझिया ने आगे बताया, 'हमने इन गुफाओं में पत्थर, धनुष-बाण और दूसरे हथियार जमा कर दिए हैं। इससे पहले कि गोरों की गोलियों की बौछार हम तक आए, हमारे पत्थर और बाण उन तक पहुँच जाएँगे।'

'बढ़िया... अब हमें दूसरे सरदारों के आने की प्रतीक्षा करनी चाहिए ताकि आने वाले दिनों की योजना पर बात हो सके।' बिरसा सोचने लगे। 'अब हमें अंग्रेज़ प्रशासन के साथ खुलेआम बातचीत पर विचार करना चाहिए। अगर हम लड़ते हुए, परस्पर सिपाहियों को ही मारते रहे तो यह संभव नहीं हो सकेगा। और जहाँ तक बारूद और सिपाहियों की गिनती की बात है, वे हमसे कहीं आगे हैं।

डोंका ने कुछ कहना चाहा पर तभी सईल रकब की तलहटी में स्थित हरकारा भागता हुए उनके पास आया और हाँफते हुए बोला।

'वे आ गए! वे आ गए!'

'कौन आ गए?' कोमता ने पूछा, हालाँकि उसे पता था कि क्या जवाब मिलने वाला है।

'अंग्रेज़।' वह लड़का घुटनों पर हाथ रखे हाँफ रहा था।

'वे हमसे कुछ ही मील की दूरी पर साइको में हैं और तंबुओं में आराम कर रहे हैं। लगता है कि वे पहाड़ी पर हमले की तैयारी के साथ आए हैं।'

बिरसा ने अपने साथियों को देखा और उठ खड़े हुए। अब युद्ध आरंभ हो चुका था।

'जाओ वापस जा कर उनकी गतिविधियों पर नज़र रखो। अगर उन्हें आता देखो तो सीटी बजा देगा।' बिरसा ने उस लड़के से कहा और वह सिर हिला कर निकल गया।

बिरसा ने अपने सरदारों से कहा, 'दोस्तों, समय आ गया। चलो, अपने आदमियों को तैयार करो।'

19

साइको

जनवरी, 1900 का दूसरा सप्ताह

एसपी रोश ने थोड़ी चिंता के साथ सईल रकब की पहाड़ी को देखा। यह जगह साइको गाँव के उत्तर में, लगभग तीन मील की दूरी पर थी। चढ़ाई बिलकुल खड़ी और ख़तरनाक दिख रही थी। उनके आदमियों के पास चढ़ाई चढ़ते हुए, बचाव के लिए कोई उपाय नहीं होगा। पहाड़ी पर गुस्साए बाग़ी जमा थे जो निश्चित रूप से उन पर ज़हरीले तीर बरसा सकते थे।

एसपी रोश ने मुड़ कर तंबुओं में विश्राम करते सिपाहियों की ओर देखा जो उन्होंने गाँव से बाहर की ज़मीन पर जल्दी से लगा लिए थे। वह चाहता तो यही था कि अपने अभियान को जल्दी से आगे बढ़ाते हुए सईल रकब तक ले जाए पर जब वे लोग साइको आए तो एक हरकारा आया और उसने संदेश दिया कि डीसीपी ब्राउन और कमिश्नर फ़ोर्ब्स भी उनके साथ शामिल होने आ रहे थे। उसे निर्देश मिले कि उनके आने तक वहीं प्रतीक्षा करे। मतलब साफ़ था, उसके ना चाहते हुए भी उन लोगों के आने की सूचना बिरसा को मिल चुकी होगी। कमिश्नर फ़ोर्ब्स को भी इस अभियान में हिस्सा लेना था, इसका अर्थ यही था कि यह कोई नियमित छापा नहीं रहेगा, इसे एक ख़ास अभियान बनाए जाने की तैयारी थी।

तभी उसे दूर से धूल उड़ती दिखाई दी। वह थोड़ा सचेत हो गया। उसने अपने आदमियों को भी सावधान किया और वे अपने वरिष्ठ अधिकारियों का स्वागत करने को प्रस्तुत थे।

डीसीपी ग्राउन ने बग्घी से उतरते ही अभिवादन का उत्तर दिया और पूछा, 'सब ठीक तो है?'

'जी सर।' एसपी ने उसे और कमिश्नर को सलाम किया।

'हम आपके आदेशों के अनुसार चलने को तैयार हैं, सर।'

'सईल रकब का क्या समाचार है?' कमिश्नर ने पूछा।

'उस जगह लगातार हलचल दिख रही है। हमारे अनुमान से लगभग दो हज़ार लोगों का डेरा होगा। वे पहाड़ी पर बनी गुफाओं में छिपे हैं।'

'हम्म...' कमिश्नर ने उसी दिशा में देखते हुए कहा।

'पर चुनौती यह नहीं है, सर।'

'तो फिर क्या बात है एसपी रोश।' डीसीपी ने पूछा।

'हमें मानना होगा, अब तक बाग़ियों को हमारे आने की ख़बर मिल गई होगी। वे भी तैयारी के साथ इंतज़ार में होंगे। उनके पास ऊँचाई का फ़ायदा है और हम उन्हें अचानक हमला करके चौंका नहीं सकते। हमारे आदमी उन्हें पहाड़ी से दो किलोमीटर की दूरी से ही दिख जाएँगे।'

'तो क्या तुमने अब तक कोई और रास्ता नहीं खोजा?' कमिश्नर ने अधीर होते हुए पूछा। उसे डीसीपी का सुर कुछ ख़ास पसंद नहीं आया।

बड़ी बेचैनी से भरी ख़ामोशी छा गई। डीसीपी ब्राउन ने गला खंखार कर एसपी को घूरा।

'जी, मुझे एक रास्ता पता है।' फिर वह अपने पीछे खड़े कोतवाल की ओर मुड़ा जिसके हाथ में एक नक़्शा था। उन्होंने वह नक़्शा डीसीपी और कमिश्नर के आगे फैला दिया। 'यह हमें सईल रकब के अंदर आठ सौ मीटर तक ले जा सकता है, तब तक हम बाग़ियों को दिखाई भी नहीं देंगे।' एसपी ने सईल रकब की ओर जाने वाले उस मार्ग की ओर संकेत किया। 'यह एक सूखा हुआ दर्रा है। अगर इसके किनारों से होते हुए चलें तो घने जंगलों के कारण हम दिखाई नहीं देंगे। इस तरह हमारे जाने का अस्सी प्रतिशत मार्ग सुरक्षित रहेगा और वे हमें देख नहीं सकेंगे। मुश्क़िल यही है कि यह रास्ता लंबा है और –'

'एसपी, यह कोई समस्या नहीं है।' कमिश्नर फ़ोर्ब्स ने बीच में कहा। 'अपने लोगों से कहो कि जल्दी निकलें ताकि हम खोए हुए समय की भरपाई कर सकें।'

'पर यह इलाक़ा –'

'एसपी रोश! बस, बहुत हुआ।' कमिश्नर ने गुस्से में कहा। 'तुम्हारा काम एक के बाद एक परेशानी खड़ी करना नहीं है। तुमसे काम करवाने की उम्मीद की जाती

है। अगर इलाका सही नहीं है तो तुम्हारा काम है कि तुम्हारे लोग इतने प्रशिक्षित हों कि इसमें घुसपैठ कर सकें। समझे?'

एसपी थॉमस रोश के पास कमिश्नर की बात सुन कर सिर हिलाने के सिवा कोई उपाय नहीं था।

'अब काम चालू करो और लोगों से कहो कि आगे बढ़ें। हमारे पास समय की कमी है।'

'जी सर,' एसपी ने मुड़ कर अपने लोगों को मार्च करने का आदेश दिया।

डीसीपी ब्राउन ने कमिश्नर से पूछा कि उन्हें आगे चल कर मुठभेड़ में क्या नीति अपनानी होगी।

कमिश्नर ने कहा, 'ब्राउन, हमें उन्हें मारना नहीं, बंदी बनाना है। कलकत्ता से मिला बारूद तभी इस्तेमाल करना है जब कोई उपाय नहीं रहे। बस हमारा उद्देश्य यही है कि यह सारा प्रपंच ख़त्म हो जाए, समझे?'

'जी सर,' ब्राउन ने कमिश्नर को देख कर कहा। वह जानता था कि उसके बॉस को सरकारी आदेश सुन कर बहुत खुशी नहीं हुई थी। बिरसा मुंडा ऐसा ख़तरा था जो आसानी से फ़ोर्ब्स की सारी रिटायरमेंट योजना का कबाड़ा कर सकता था।

◆

एक ही घंटे के अंदर, अंग्रेज़ों के दस्ते सईल रकब की ओर चल दिए। केवल कमिश्नर और डीसीपी घोड़ों पर सवार थे। रास्ता बहुत ख़राब, भारी पत्थरों और गड्ढों से भरा था और बहुत सँभल कर चलने की ज़रूरत थी। हालाँकि वे लोग सूखे दर्रे के पास से निकल रहे थे वह इतना गहरा तो था कि किसी के गिरने पर भारी चोट आ सकती थी। वे लोग तेज़ नहीं चल पा रहे थे, पहले अपनी सुरक्षा ज़रूरी थी।

एसपी रोश अपने दस्तों से कुछ मीटर आगे था। उसके चार ख़ास आदमी उसके साथ थे। वे लोग चुपचाप चलते हुए अपना रास्ता बना रहे थे ताकि किसी की नज़र नहीं पड़े। रोश गुफाओं में छिपे आदिवासियों के बारे में सोच रहा था। वह एक धार्मिक स्वभाव का आदमी था। उसने प्रभु के आगे हाथ जोड़े कि काश! उसे सबसे बात करके उन्हें आत्मसमर्पण के लिए मनाने का मौका मिल सके। वह उन मासूस आदिवासियों को मारना नहीं चाहता था, पर उसे पता था कि यह सब उसके बस में नहीं था।

उन्हें सईल रकब के उस रास्ते को पार करने में दो घंटे लगे और अब इसके बाद आठ सौ मीटर का रास्ता बाक़ी रह गया था। जब वे लोग रुके तो कमिश्नर, डीसीपी और एसपी मिल कर अपने सामने दिख रही खड़ी चढ़ाई का निरीक्षण करने

लगे। वे ना केवल बाग़ियों को स्पष्ट दिख रहे होंगे बल्कि उस पहाड़ी पर जाना ही मुश्क़िल था क्योंकि बीच में पकड़ने के लिए कोई उभरी हुई चट्टानें या नुकीले पत्थर तक नहीं थे।

'कुछ करो फटाफट। इस पहाड़ी को घूरने से तो काम नहीं बनेगा।' कमिश्नर ने चिढ़ कर कहा।

'जी, सर।' एसपी थॉमस ने अपने आदमियों को पहाड़ी चढ़ने का संकेत किया।

वे लोग आड़ से निकल कर दस क़दम ही चले होंगे कि एक तेज़ सीटी की आवाज़ गूँज गई। एसपी ने चारों ओर देखा। आवाज़ तो कुछ सौ मीटर की दूरी से ही आई थी पर इससे पहले कि वह कुछ देखता या समझता, उन पर पत्थरों और बाणों की बरसात होने लगी, उन्हें भाग कर पेड़ की ओट में जाना पड़ा।

'हद है!' एसपी उस व्यक्ति को घूरते हुए गुर्राया जो कि एक तीर का निशाना बनने से बाल-बाल बचा था। दुश्मन ना केवल तैयार था बल्कि आक्रामक रुख़ अपना चुका था। एसपी ने अपने आदमियों को पीछे धकेला और झट से कमिश्नर और डीसीपी के पास पहुँचा।

'सर, अब हम -'

पर अगले ही क्षण उसका स्वर पहाड़ी से आते स्वर में डूब गया - 'अबुआ दिशोम! अबुआ राज!' इसके बाद फिर से पत्थरों और बाणों की बौछार होने लगी, वे पहले से कहीं भारी थे। उनकी पलटनों ने बचाव के लिए जंगलों की ओट ली पर कुछ लोग घायल हो चुके थे।

'हम ऐसे हालात में ऊपर तक नहीं जा सकते, सर।' एसपी के चेहरे पर चिंता और तनाव था। 'हमारे आदमियों की जान ख़तरे में है।'

'हवा में गोलियाँ चलाओ, ये लोग डर कर हट जाएँगे। फिर हम आसानी से इन्हें खदेड़ सकेंगे।' डीसीपी ब्राउन ने कहने के बाद कमिश्नर की ओर देखा।

'क्या मैं कुछ बोलूँ, सर?' इससे पहले कि कमिश्नर कुछ बोले, एसपी रोश ने दख़ल देते हुए पूछा।

'क्या बात है, एसपी?' कमिश्नर ने तेज़ आवाज़ में कहा।

'अगर हमने भी गोली चलाई तो आपसी रंजिश बढ़ेगी और हमारे पास आपसी बातचीत के लिए गुंजाइश नहीं रहेगी यानी हमें कलकत्ता से मिले आदेश का उल्लंघन करना पड़ सकता है।'

कमिश्नर उसे घूरने लगा। चेहरा गुस्से से लाल हो गया था। 'तो एसपी रोश आपकी क्या सलाह है?' उसने दाँत भींचते हुए पूछा।

'अगर आप मुझे उनसे बात करने का एक मौक़ा दें, सर। हो सकता है कि हमें गोली चलाए बिना ही उनसे आत्मसमर्पण करवाने का मौक़ा मिल जाए।' एसपी ने कहा।

'सर, इसे कामचलाऊ मुंडारी भी बोलनी आती है।' डीसीपी ब्राउन ने कहा।

'ठीक है, रोश! तुम ऐसा चाहते हो तो कोशिश कर लो। जल्दी करना। हमारे पास इनसे माथापच्ची के लिए सारा दिन नहीं है।'

एसपी रोश ने अपनी बंदूक झट से कांस्टेबल को दी और दोनों हाथ उठाते हुए पेड़ की ओट से बाहर आ गया।

वह अपने हाथ हिलाते हुए मुंडारी में बोला, 'रुक जाओ।' हालाँकि उसे बाग़ियों के छिपने की सही जगह पता नहीं थी पर उसने अनुमान लगाया कि उन्होंने उसे सुन ही लिया होगा। वह फिर से चिल्लाया, 'रुक जाओ। हम तुमसे बात करना चाहते हैं।'

बाग़ियों ने चिल्लाना बंद कर दिया। इसके बाद ख़ामोशी छा गई। एसपी स्थिर खड़ा रहा। पलटन उसके पीछे हथियारबंद हो कर तैयार और सचेत थी पर उनमें से कोई भी हिल नहीं रहा था।

'हम तुम्हें नुक़सान नहीं पहुँचाना चाहते।' एसपी रोश ने कहा। 'हम तुम्हारे नेता बिरसा मुंडा के लिए आए हैं। उसे सौंप दो। हम यक़ीन दिलाते हैं कि उसके साथ पूरा न्याय होगा। हम तुम्हें और तुम्हारी समस्याओं को सुनेंगे। हम अपनी ओर से यक़ीन दिलाते हैं कि हम तुम्हारी मदद करेंगे।' एसपी ने उस ख़ामोशी से प्रोत्साहित हो कर आगे कहना जारी रखा, 'बस अपने हथियार डाल दो।'

उसने मुड़ कर कनखियों से कमिश्नर को देखा जो बाग़ियों के तीरों की पहुँच से दूर खड़ा था। वह आदमी निश्चित रूप से आकर्षक लग रहा था, उसने सोचा।

अब भी पहाड़ी पर कोई हलचल नहीं दिखी। एसपी रोश को समझ नहीं आ रहा था कि वे लोग उसका प्रस्ताव मानेंगे या उस पर फिर से बाणों की बरसात कर देंगे। वह दोबारा कुछ बोलने ही जा रहा था कि पहाड़ियों से एक आवाज़ गूँजी जिसने एसपी की ओर से की जाने वाली पेशकश से संबंधित उम्मीदों पर पानी ही फेर दिया।

'यह हमारी ज़मीन है!' उस आदमी ने कहा। 'यह हमारा राज है! अब समय आ गया है कि गोरे राक्षसों तुम अपने हथियार नीचे रख कर चले जाओ।'

अगले ही क्षण, पहाड़ी से पत्थर और बाण बरसने लगे और एसपी को फिर से ओट में आना पड़ा। वह कमिश्नर और डीसीपी की ओर भागा।

'जवाब मिल गया, एसपी थॉमस रोश। वे हमसे लड़ना चाहते हैं और वे यही करेंगे। हम भी इन्हें मुँहतोड़ जवाब देंगे।'

एसपी ने हामी भरी। अब उनके पास आगे चलने के सिवा कोई रास्ता नहीं था।

'सर, तिरीकुटीबुरु पहाड़ी पास ही में है और सईल रकब और इसके बीच एक टीला पड़ता है जो इन्हें आपस में जोड़ता है। अगर हमने इस जगह से जाने की कोशिश की तो हमारे घायलों और हताहतों की संख्या बहुत अधिक होगी। अगर हम सईल रकब जाने के लिए, पहले तिरीकुटीबुरु चले जाएँ और वहाँ से पहाड़ी तक पहुँचें तो बाग़ियों के एकदम पास होंगे। तब हम उन्हें अंधाधुंध गोली चलाए बिना या हमारे आदमियों को नुक़सान किए बिना ही बंदी बना सकेंगे।'

'हम्म।' कमिश्नर ने एसपी की बताई हुई दिशा में देखते हुए कहा। योजना तो अच्छी थी, उन लोगों को इस ओर आने के बजाए पहले वहीं से जाना चाहिए था। कमिश्नर ने कहा, 'अगर ऐसा है तो हम ध्यान भटकाने वाली नीति का प्रयोग करेंगे। हमारी सबसे मजबूत पलटन को उस पहाड़ी पर चढ़ने भेजो। तुम खुद उनका नेतृत्व करोगे। इस दौरान, हम लोग इन्हें इधर ही व्यस्त रखेंगे और उन्हें वापस पहाड़ी पर धकेल देंगे।'

एसपी रोश ने हामी भरी। वह कमिश्नर की नीति को सुन कर हैरान हो गया और झट से अपने आदमियों को तैयार करने लगा। जल्दी ही वे लोग उस निर्णायक युद्ध के लिए तैयार थे जिसमें दोनों में से, कोई भी पक्ष झुकने को तैयार नहीं था।

20

सईल रकब
जनवरी, 1900 का दूसरा सप्ताह

सईल रकब की पहाड़ी पर, उन लोगों को उस गोरी पलटन का कोई अंदेशा तक नहीं था जो चुपके से तिरीकुटीबुरु पहाड़ी पर चढ़ रही थी। डोंका मुंडा ने पत्थरों और बाणों के ढेर को कम होता देख कर, चिंता भरी नज़रों से बिरसा को देखा।

'हम बाणों से लैस करके दूसरे मोर्चे को भेज रहे हैं पर हमारा भंडार ख़त्म हो रहा है। बिरसा, अगर ऐसा ही रहा तो हमारे लिए उन्हें रोकना मुश्किल होगा।'

'इस जगह पर हमारे पास कितने सिपाही हैं?' बिरसा ने शांति से पूछा।

'एक पलटन से लड़ ही सकते हैं पर सबके पास तलवारें हैं। वे बहादुर हैं पर गोरों के पास बंदूकें भी हैं।'

बिरसा ने हामी भरी। भले ही ये लोग कितनी भी बहादुरी दिखा लें पर बंदूकों के आगे उनकी नहीं चलेगी। उन्होंने सिर हिलाया। यह लड़ाई हमेशा ही ऐसी अन्यायपूर्ण रही और वे इस सच्चाई से इंकार नहीं कर सकते थे। अंग्रेज़ों की ओर से गोलीबारी जारी थी और वे गोलियाँ चलाते हुए अपने लिए जगह बनाते जा रहे थे। बिरसा डोंका से कुछ कहने ही जा रहे थे कि उन्हें मोइना और कोमता अपनी ओर आते दिखे। उनके चेहरे पर चिंता के बादल साफ़ देखे जा सकते थे।

'गोरे आधी चढ़ाई चढ़ चुके हैं।' मोइना ने हाँफते हुए कहा। 'हमारे लोग अपनी पूरी जान लड़ा रहे हैं पर उनके लिए मुश्क़िल होता जा रहा है। एक बार

गोरे आ गए तो हमारे बच्चे और औरतें उनकी दया पर होंगे और हमारे लड़ाकू कमज़ोर पड़ेंगे।'

'हमें उन्हें इस जगह तक नहीं आने देना चाहिए।' डोंका ने हौले से कहा।

'हमारे पास एक ही चारा बचा है।' बिरसा ने एक क्षण के बाद कहा। 'हमारे पास जो भी है, हम वही सब ले कर उन पर एक ही बार में हल्ला बोलेंगे।' वे कोमता की ओर मुड़े। 'हमारे सारे लड़ाकों को अपने धनुष और बाणों के साथ भेजो। हर गुलेल में पत्थर भरो और हमारी ओर से होने वाला हमला लगातार होना चाहिए। रुकना मत, एक कदम भी पीछे मत हटाना। उन्हें तब तक पीछे रोको, जब तक उनकी गोलियाँ समाप्त नहीं होतीं। जब गोलियाँ नहीं होंगी तो वे हमारे लड़ाकुओं के बराबर होंगे।'

कोमता, डोंका और मोइना ने हामी भरी। वे सब घंटों से लड़ रहे थे और हालात की सच्चाई सबके सामने थी। यह आर या पार का खेल था। अब कोई और रणनीति नहीं बची थी। वे कोई जादुई तरकीब नहीं आज़मा सकते थे। अंग्रेज़ों को किसी भी हाल में रोकना ही था। भले ही वे सईल रकब की ढलानों पर दम ही क्यों नहीं तोड़ दें।

◆

'क्या तुम्हें बाग़ियों की गिनती के बारे में पूरा यकीन है, ब्राउन?' कमिश्नर ने तैश में आ कर पूछा। 'ये लोग तो चींटियों की तरह निकलते ही आ रहे हैं।'

'रोश पहुँचने ही वाला होगा, सर।' डीसीपी ने अपने अधिकारी को दिलासा दिया।

'नहीं, ब्राउन। बहुत हो गया। अब इस मूर्खता को यहीं बंद करो।' कमिश्नर गरजा। उसे कुछ देर पहले ही चार और सिपाहियों की मौत का पता चला था और वह गुस्से से सुलग उठा, 'हमने इन बागियों के हाथों अपने कई जवान पहले ही खो दिए हैं। इनके बाणों से और कितने लोग घायल पड़े हैं।'

'पर सर, हम भी तो आगे बढ़ रहे हैं।' ब्राउन ने सफ़ाई दी।

'किस कीमत पर? मैं अपने और आदमी नहीं खो सकता। मेरे लिए कलकत्ता में जवाब देना भारी हो जाएगा।' कमिश्नर फ़ोर्ब्स चिल्लाया। उसने तिरपाल से ढँके शवों की ओर संकेत किया। 'ब्राउन, ओपन फ़ायर! यह सब जल्दी निपटाओ।'

कमिश्नर के आदेश ने सईल रकब की लड़ाई लड़ रहे बाग़ियों के भाग्य को हमेशा के लिए मिटा दिया। एक ओर अंग्रेज़ सैनिकों का एक धड़ा तिरीकुटीबुरु पहाड़ी से आगे बढ़ रहा था वहीं सईल रकब की ओर से लड़ रहा दल फ़ायरिंग कर रहा

था। परंतु एक के बाद एक गिर कर मरने के बाद भी, बाग़ियों का मोर्चा लगातार बना हुआ था। उनकी यह लड़ाई कई घंटों तक जारी रही। मरने वाले बाग़ियों की संख्या बढ़ रही थी और गोरों की गोलियाँ ख़त्म हो रही थीं। दिन ढलने को था और उन लोगों को डर लगने लगा कि कहीं वे लोग सईल रकब पर ही नहीं फँस जाएँ, उनकी गोलियों की संख्या भी कम हो रही थी। जब यह आशंका डीसीपी ब्राउन के पास पहुँची तो उसे हार कर कमिश्नर के पास जाना ही पड़ा। उनके बीच भारी बहस हुई और तय पाया गया कि सबको लौटने का आदेश दिया जाए तभी एसपी का एक आदमी उनके पास संदेश ले कर आया कि वे लोग अपने अभियान में सफल रहे। जब वे उस जगह गए तो औरतों और बच्चों के अलावा कोई नहीं था। मुट्ठी भर लड़ाके और दो सरदार उनकी रक्षा के लिए तैनात थे जिन्हें उसी समय मार दिया गया। बाक़ी सबको पूछताछ के लिए बंदी बना लिया गया। हालाँकि उनमें से किसी ने अपना मुँह नहीं खोला। बिरसा का दूर-दूर तक कोई अता-पता नहीं था।

कमिश्नर ने यह सुन कर अपने लोगों से कहा कि वे अपनी कोशिशें दुगनी कर दें और शाम होने तक चार सौ मुंडा आदिवासी अपनी जान दे चुके थे। गोरे इसी बात से इतने उत्साहित थे कि उन्होंने बिरसा के अधिकतर सरदारों और दूसरे लोगों को मार दिया, उन्होंने इस बात पर ध्यान ही नहीं दिया कि बिरसा तब भी उनके हाथ नहीं आए थे। उन्होंने यही निष्कर्ष निकाला कि उन्होंने अपनी ओर से बिरसा के आंदोलन के हाथ, पैर और सिर काट कर अलग कर दिए थे और उसे सईल रकब की पहाड़ियों पर अधमरा और लहूलुहान छोड़ दिया था।

21

रोगोतो गाँव

जनवरी, 1900 का तीसरा सप्ताह

कोमता ने बिरसा के कंधे पर महलम का ताज़ा लेप लगाया तो उन्होंने किसी तरह अपनी कराह रोकी। उनके कंधे पर गोली लगने से घाव हुआ था। फिर कोमता ने उन्हें पीने के लिए काढ़ा दिया और उन्हें देखने लगा। बिरसा को बैठने में थोड़ी परेशानी हो रही थी, उन्होंने उठ कर सीधा होना चाहा तो दर्द से दोहरे हो गए, उन्होंने अनजाने में ही अपना चोटिल कंधा हिला दिया था।

'ध्यान से!' कोमता ने उनके हाथ से गिलास लिया और उन्हें आराम से बिठा दिया। घाव में आराम आ रहा था पर अब भी उसे ठीक होने में समय लगने वाला था। यह ख़ुशकिस्मती थी कि गोली कंधे को छू कर ही निकली थी। पर लगातार भाग-दौड़ उन पर अपना असर दिखा रही थी। मोइना और कोमता भी इस असर से बचे नहीं थे।

वे सईल रकब से निकलने के बाद से लगातार भाग रहे थे। किसी भी जगह एक रात से ज़्यादा नहीं टिकते थे। इससे पहले वे हेसाडीह के जंगलों में थे और सारी सावधानी के बावजूद वे बाल-बाल बचे। अगर कोटागारा के सरपंच ने आख़िरी क्षण में आ कर गोरी पलटन के आने की सूचना नहीं दी होती तो वे अवश्य पकड़े जाते। सईल रकब की घटना के बाद बिरसा की तलाश ज़ोरों-शोरों पर थी हर गाँव, हर इलाक़े, जंगल और पहाड़ी पर आदमी नियुक्त किए गए थे, चाहे वह कितना भी दूर या दुर्गम क्यों ना हो। वे औरतों और बच्चों को उठा कर ले जाते और

उन पर ज़ुल्म ढाते ताकि वे बिरसा की ख़बर दे दें। किसी पर ज़रा-सा भी संदेह होते ही उसे जेल में डाल देते। राँची और खूँटी की जेलों में ऐसे लोग भरे थे जिन्हें बिरसा का समर्थक माना जाता था पर बिरसा अब भी उनके लिए एक पहेली ही बने हुए थे।

इस दौरान बिरसा के लिए जीवन का अर्थ इतना ही रह गया था कि वे कोमता और मोइना के साथ इधर से उधर छिपते फिरें। वे रोज़ मीलों पैदल चलते, बहुत कम भोजन करते और परिचित रास्तों पर चलने के बजाए अनजान और बेनाम पगडंडियों व लंबे रास्तों का प्रयोग करते। भरमी भी साथ आ मिला और उसने ही उन्हें अंग्रेज़ों के बारे में बताया। दो-तीन बार उन लोगों ने यह व्यवस्था भी की कि बिरसा उन घरों में अपने आदमियों से मिलें, जिन पर सरकार की शक़ की सुई नहीं जाती थी।

पर बिरसा ऐसे भगोड़े की ज़िंदगी से थक गए थे। सारे साथी और अपने, अंग्रेज़ों के साथ लड़ाई में मारे गए और वे उस अदृश्य घेराबंदी से बाहर आने को बेचैन हो गए जो गोरी सरकार ने उनके आसपास कर रखी थी। उनके लोगों को उनकी आवश्यकता थी, अगर उलगुलान को जीवित रखना था तो बिरसा जानते थे कि वे हमेशा इस तरह छिप कर नहीं रह सकेंगे।

'भरमी, हमारे पास अब कितने आदमी बचे हैं?' बिरसा ने अचानक पूछा।

'पिछले कुछ ही महीनों के दौरान लगभग तीन हज़ार मुंडा ईसाई धर्म को छोड़ कर हमारे साथ आ मिले और अपनी पुरानी विरासत और संस्कृति को अपनाया।'

'हम्म।' बिरसा कुछ सोचने लगे। भले ही सशस्त्र आंदोलन टूटा पर आध्यात्मिक आंदोलन अपना असर दिखा रहा था। वह भी कोई आस की किरण से कम नहीं था। काश! हमने सईल रकब की पहाड़ी पर अपने लोगों को नहीं खोया होता। बिरसा ने कुछ देर सोच कर कहा। 'हमारे लोग रोज़ इन अंग्रेज़ों के ज़ुल्म सहते हुए अपनी जानें दे रहे हैं। बाग़ी बिखर गए हैं और विवश हो कर अकेले काम कर रहे हैं। उन्हें अपने परिवारों को छोड़ कर जंगलों में एकांतवास के लिए विवश कर दिया गया है।'

'पर, बिरसा। हम जानते थे कि यह सब इतना ही चुनौतीपूर्ण होगा। एक बार क्रांति आरंभ हो जाए तो ना तो इसे रोका जा सकता है और ना ही पलटा जा सकता है, क्या आपने ही नहीं कहा था?' कोमता ने अपने भाई से कहा।

'मैंने कहा था, मैंने ही कहा था।' बिरसा ने उत्तर दिया। 'आज़ादी का पेड़, शहीदों के लहू से ही सिंचित होगा।' वे हौले से बोले और आह भरी। अब तक गई हुई सारी जानों का बोझ जैसे उनकी छाती पर आ गया था।

'बिरसा, हममें से प्रत्येक अब एक गर्वीला क्रांतिकारी है।' कोमता ने स्नेह से कहा। वह बिरसा के मन की पीड़ा को भाँप सकता था और हम सब जानते थे कि

जब हम इस रास्ते पर चलेंगे तो हमें क्या-क्या सहन करना होगा। 'अब यह क्रांति ही हमारा जीवन है और हममें से जो भी लोग आज जीवित हैं, हम सभी आमरण इसके लिए काम करते रहेंगे।'

'भागना और छिपना बहुत हुआ। संगठित हो कर फिर से वार करने के लिए और क्या कारण चाहिए?' बिरसा की आँखें एक अलग ही जुनून और संकल्प से चमक उठीं। 'अब हमें फिर से सभी चीज़ों को अपने हाथों में लेना होगा। किसी भगोड़े की तरह छिपते हुए आंदोलन नहीं चलाया जा सकता। नहीं, यह सब आज ही बंद होगा।'

'परंतु, बिरसा –'

बिरसा ने भरमी के कुछ कहने से पहले ही उसकी बात काट दी। 'हम रोगोतो को ही अपना गढ़ बना लेंगे। समय आ गया कि उलगुलान के अगले चरण के लिए लोगों को एक किया जाए।'

'नहीं! बिरसा! बात सुनो।' मोइना ने झट से हस्तक्षेप किया। 'हमें थोड़ी देर ठहर कर प्रतीक्षा करनी चाहिए।'

'हमने पहले ही बहुत समय बरबाद कर दिया, मोइना।' बिरसा ने झट से कहा।

'नहीं।' मोइना ने सिर हिलाया। 'तुम समझे नहीं। गोरे अब एक अलग ही खेल खेल रहे हैं।'

'एक अलग खेल? कहना क्या चाहती हो?' कोमता तन कर बैठ गया।

'वे तुम्हारे लोगों को भेद कर तुम्हें पाने में असफल रहे। अब वे तुम्हें दबोचने के लिए पैसे का प्रयोग करने जा रहे हैं।'

'पैसा?' बिरसा कुछ चकराए हुए दिखे।

'जी, पैसा। मेरे स्रोतों ने बताा कि पुलिस मुख्यालय ने संदेश भेजा है कि बिरसा को बंदी बनाने में मदद करने वाले को पाँच सौ रुपये का नक़द इनाम दिया जाएगा। इतना ही नहीं, लगता है कि गवर्नर ने स्वयं एलान किया है कि आपके बारे में किसी भी तरह की जानकारी देने वाले को आजीवन सरकारी कर से मुक्त कर दिया जाएगा।'

'क्या?' कोमता यह सुन कर दंग रह गया।

'ठीक है, दरअसल।' बिरसा ने एक पल के बाद कहा। 'अगर लोगों ने इस कठिन घड़ी में भी मेरा साथ नहीं छोड़ा तो वे पैसे के लिए कभी ऐसा नहीं करेंगे। इस बारे में तसल्ली रखो।'

'बिरसा, यह केवल तुम्हारे लोगों की बात नहीं है।' मोइना ने कहा। 'यह इलाक़ा दिकुओं और ज़मींदारों से भरा है जो हमारे सरदारों का निशाना रहे हैं। वे

कोई भी भनक पाते ही सरकार तक बात पहुँचाने में देर नहीं करेंगे। अब तो जोखिम कई गुना हो गया है। तुम्हें और सावधान रहना होगा।'

'जिस दिन इस राह पर पहला क़दम रखा था, मोइना। पकड़े और मारे जाने का जोखिम तो उसी दिन से साथ हो लिया था। यह कभी कम नहीं हुआ। अब यह हमारे जीवन का अटूट अंग है। उलगुलान के लिए लड़ना कभी आसान नहीं था, है ना? अगर तुम कह रही हो कि मुझे अपनी जान के डर से छिपे रहना चाहिए तो एक क्रांतिकारी अपनी क्रांति कैसे कर सकता है जिसके लिए वह जीता और साँस लेता है।'

'मुझे पता है कि तुम मेरी हार नहीं देखना चाहते। मुझे पता है कि तुम नहीं चाहते कि मेरे बाद आंदोलन समाप्त हो जाए। पर दोस्तों, यहीं तुम सब ग़लत हो। यह क्रांति मुझसे और हम सबसे कहीं बड़ी है। यह केवल मेरी या तुम्हारी बात नहीं। यह हमारे भौतिक शरीरों से भी परे है। अब हम एक विचार और विश्वासों के रूप में अस्तित्व रखते हैं जो हमारे लोगों के दिल और दिमाग़ में जीवित हैं। हमारे शरीरों का क्या होगा, इससे कोई अंतर नहीं पड़ता। अब यह ज़्यादा मायने रखता है कि हम एक विश्वास के रूप में अपने लोगों की आत्मा में जड़ें बना चुके हैं।'

22

रोगोतो गाँव

2-3 फ़रवरी, 1900

'क्या तुम लोग यक़ीन से कह सकते हो?' एसपी रोश ने मनमारु और जरीकेल से आए सात लोगों को देख कर पूछा। वे सभी उसकी पैनी नज़र झेल रहे थे। वे लोग भी उनकी तरह ही घबराए हुए थे जो पिछले दो सप्ताहों के दौरान एसपी के सामने आ चुके थे। वह उन्हें लगातार घूरता रहा, उसे उनकी ओर से मिलने वाली जानकारी के बारे में संदेह था। जब से सरकार ने बिरसा की ख़बर और जानकारी के लिए पैसे देने और कर माफ़ करने की बात कही थी, तभी से रोज़ बाग़ी नेता की ख़बर देने लोग आ रहे थे। हालाँकि कहना नहीं होगा कि उनमें से कोई ख़बर काम की नहीं थी। यह देख कर कमिश्नर को अपने प्रस्ताव में थोड़े बदलाव लाने पड़े। उसने कहा कि अगर वह ख़बर भ्रामक या ग़लत हुई तो उसे देने वाले को पकड़ कर जेल में डाल दिया जाएगा। बेशक़ आने वाले लोगों की संख्या में कमी आई पर ही बीतते दिन के साथ एसपी यही सोच रहा था कि क्या वे लोग उस सूचना को आधार बना कर आगे बढ़ने का सही काम कर रहे थे जो अविश्वसनीय हो सकती थी या फिर रानी के राजकोष पर भारी पड़ सकती थी।

'जी साहब, वह रोगोतो में है। वह लंबा और गोरा है और तलवार चलाना जानता है। उसके आसपास एक आभामंडल है जिसे देख कर लगता है कि कोई संत है। हम पिछले सप्ताह से उस पर नज़र रखे हैं, साहब।' उस आदमी ने आगे

बताया। 'बिरसा रोगोतो में अपने डेरे से नहीं निकलता। दिन में लोग मिलने आते हैं, फिर वह अभ्यास करता है।'

'और तुमको इतना ही पता है?' रोश ने पूछा। बिरसा के बारे में इतना तो पहले भी पता लग चुका था। वह आदमी पहले कभी छिप कर नहीं रहा था और ना ही अब रह रहा था। लोग उससे मिलने जाते थे इसलिए बहुत से लोग जानते थे कि वह दिखने में कैसा होगा।

'वह अपने भाई और एक औरत के साथ रहता है जो सरदार जैसे कपड़े पहनते हैं।' एक और आदमी ने बताया। 'वह औरत भी अच्छी लड़ाकू है।'

एसपी रोश सीधा हो कर बैठ गया। क्या हो सकता है कि यह आदमी बाग़ी मोइना मुंडा की बात कर रहा हो? 'तुमने और क्या देखा?' उसने पूछा।

'जी...' उस आदमी ने अपने आसपास के लोगों को घबराई हुई नज़रों से देख कर कहा, 'वह हर सुबह लोगों को प्रवचन देता है।'

एसपी अपनी कुर्सी पर खीझ कर लुढ़क गया। इन लोगों के पास इतनी ही ख़बर थी। उसने कुछ देर के बाद पूछा, 'उसके ठिकाने तक ले जा सकते हो?'

'जी, साहब। पर हमें उस जगह दोपहर को जाना चाहिए। तब सारे आराम करते हैं।'

एसपी ने मन ही मन सोचा। यह ख़बर दूसरे लोगों की ख़बर से पुख़्ता लग रही थी। इसने मोइना मुंडा के बारे में भी बताया था। शायद यह काम की हो। हालाँकि उसे पहले यह जानकारी डीसीपी ब्राउन को देनी चाहिए थी पर इसमें पूरा दिन लग सकता था और वह किसी भी हाल में बिरसा को खोना नहीं चाहता था। उसने अपना मन बना लिया और हेड कांस्टेबल से कहा कि उन लोगों को बंदी बना लिया जाए। कहा गया कि जब तक काम पूरा नहीं होता, वे ना तो किसी से मिलेंगे और ना ही बात करेंगे।

'जी सर,' हेड कांस्टेबल ने कहा और उन लोगों को भीतर ले गया।

'और तुम सब।' एसपी ने उन्हें चेताया। 'अगर यह ख़बर सही नहीं हुई तो जानते हो ना कोई सज़ा तुम्हारे इंतज़ार में होगी।'

अपने ऑफ़िस में बैठा रोश सोच रहा था कि अगर बिरसा मिल गया तो बंदी बना कर जेल तक लाने का काम गुपचुप करना होगा। उसने सईल रकब में बाग़ियों की ताक़त को कम आँक लिया था। और वह अपनी भूलें दोहराने वालों में से नहीं था।

◆

मिलने वाले मिल कर जा चुके थे। उस दिन के लिए शस्त्र संचालन का अभ्यास हो चुका था और सभी आराम कर रहे थे। बिरसा उसी ख़ामोशी का आनंद लेते हुए अपनी कुटिया में चले गए। उसे सबकी झोपड़ियों से दूर उनके ध्यान के लिए ख़ासतौर पर बनाया गया था।

भरमी और कोमता लड़ाई की रणनीतियों पर चर्चा कर रहे थे और मोइना ने उस दिन दोपहर की झपकी लेने का मन बनाया था जो उसे अक्सर नहीं मिलती थी। दो आदमियों को पहरेदारी करनी थी। जब से वे लोग इस ओर आए थे, कभी कोई जोखिम महसूस नहीं हुआ। मोइना की राय में थोड़ा आराम करने में कोई हर्ज़ नहीं था।

हालाँकि ऐसा हो नहीं सका।

दो अनजान पहरेदारों को पकड़ने में देर नहीं लगी। उनके मुँह में कपड़ा ठूँस कर पेड़ से बाँध दिया गया ताकि वे शोर मचा कर दूसरों को सावधान नहीं कर दें। इसके बाद एसपी का दल आगे बढ़ा। एसपी ने ही तय किया था कि वे डेरे का आख़िरी किलोमीटर पैदल पार करेंगे ताकि किसी को शक़ नहीं हो। यही उनके काम आ गया। उन्हें किसी प्रतिरोध का सामना नहीं करना पड़ा। उन्होंने अंदर जाते ही बाग़ियों को बंदी बना लिया जो उन्हें देखते ही दंग रह गए और फिर सब जगह खोजबीन होने लगी। बिरसा नहीं मिले परंतु कोमता, भरमी और मोइना पकड़े गए।

यह सारा काम इतने आराम से, बिना किसी परेशानी से हुआ कि एसपी को हालात को समझने में मुश्किल हो रही थी। तीनों बाग़ी उसके सामने थे और उनके बिना बिरसा को घुटनों पर आते देर नहीं लगती परंतु वे पूरी ढिठाई से सामने खड़े, उसे ताक रहे थे। एसपी ने सिर हिलाया। जब वे जेल से चले थे तो उसने सोचा नहीं था कि उन्हें इतनी क़ामयाबी मिल जाएगी। उन तीनों का एक साथ मिल जाना अपने-आप में बड़ी बात थी। उन तीनों में से कोई भी साथ नहीं था, यह बिरसा किधर होगा?

'बिरसा मुंडा किधर है?' उसने क़ैदियों से फिर पूछा पर इतना तो साफ़ था कि उसे कोई उत्तर नहीं मिलने वाला था। उसने अपने आदमियों को कहा कि वे उस डेरे और आसपास के इलाक़े की अच्छी तरह तलाशी लें पर बिरसा कहीं नहीं मिला।

'इन्हें अच्छी तरह से बाँध लो और वापस चलने की तैयारी करो।' एसपी ने अपने लोगों से कहा और डेरे की ओर कोने में चल दिया ताकि अपने दिमाग़ को थोड़ा ठंडा कर सके। तभी उसे झोपड़ियों के झुंड से परे, एक छोटी-सी झोपड़ी दिखाई दी। वह इतनी बड़ी भी नहीं थी कि उसमें एक आदमी जा सके।

'महुआ सिंह!' उसने हेड कांस्टेबल को पुकारा और अपना हथियार निकाल कर झोपड़ी को देखने लगा।

वह आदमी भागता हुआ आया।

'जी, साहब?'

'क्या उस झोपड़ी को देखा?' उसने पूछा।

'नहीं, नहीं साहब।' वह लड़खड़ा-सा गया। 'वह तो कोठार जैसा है।'

एसपी पूरा जवाब सुने बिना ही झोपड़ी की ओर जाने लगा। उस झोपड़ी के आसपास अजीब-सा सन्नाटा था जो उसे उस ओर खींच रहा था। जब उसने दरवाज़ा खोला तो अंदर का दृश्य देख कर चुप हो गया।

उसके बाद आजन्म, जब भी एसपी थॉमस रोश यह सोचता कि उस दिन उसके बाद क्या हुआ या कोई उसे घटना बताने को कहता तो उसे अपनी यादें एकदम ताज़ा लगती थीं। मानो एक ही पल पहले उसने दरवाज़ा खोला और बिरसा को धरती पर आलथी-पालथी लगाए बैठे देखा। चेहरा उसकी ओर ही था जिस पर भीनी-सी मुस्कान सजी थी। उस चेहरे की चमक देख कर एसपी कुछ पल को अपनी सुध भुला बैठा। वह अभी दरवाज़े के पास खड़ा ही हुआ था कि बिरसा आप ही खड़े हो गए और इशारा किया कि वे हथकड़ी लगवाने को प्रस्तुत थे। उनके बीच एक भी शब्द नहीं कहा गया। तभी एसपी ने अपने हेड कांस्टेबल को आदेश दिया कि बिरसा को हथकड़ी पहना दे। और इस तरह गोरों की महीनों और बरसों की अंतहीन मेहनत पूरी हो गई जो उन्होंने बिरसा को पकड़ने में लगाई थी, एक आदमी, जिसने साम्राज्य के उसके हिस्से की चूलें हिला दी थीं।

23

राँची

फ़रवरी–मई, 1900

लोगों को कानों-कान ख़बर नहीं हो और बिरसा मुंडा को राँची जेल तक लाया जा सके, यह प्रबंध करने में गोरी सरकार को बहुत दिमाग़ लगाना पड़ा। एसपी रोश ने राँची की ओर जाने के लिए लंबा मार्ग अपनाया और दूरदर्शिता दिखाते हुए एक आदमी को पहले ही राँची भेज दिया ताकि वह जा कर डीसीपी को सारी घटना बताए और अपने साथ अतिरिक्त पुलिस बल ले आए। अभी वे आधे रास्ते में ही थे कि डीसीपी खुद अतिरिक्त दस्ता ले कर आ गया। राँची जेल आने तक वे सभी बहुत सचेत रहे, उन्हें पता था कि जेल में जाने के बाद तो बाक़ी सब उनके नियंत्रण में होगा। हालाँकि बिरसा के बंदी बनने की ख़बर छिपी नहीं रही और सारे इलाक़े में जंगल की आग की तरह फैल गई। जैसा कि अपेक्षित था, मुंडा और दूसरे आदिवासियों की भारी भीड़ राँची जेल के बाहर जमा हो गई। वे अपने प्रिय नायक की एक झलक देखना चाहते थे। जेल की ओर जाने वाली गलियों और सड़कों पर लोगों की भारी भीड़ जमा होती जा रही थी।

आदिवासियों की ओर से किसी भी विरोध की आशंका से त्रस्त प्रशासन ने उन्हें दबाने के भारी प्रबंध किए, उनकी भीड़ रोज़ बढ़ती जा रही थी। पूरे राँची में पुलिस की उपस्थिति तीन गुना कर दी गई और उसे कहा गया कि लोगों के आक्रामक होते ही गोलियाँ चला दी जाएँ। पर लोग लड़ने नहीं आए थे, वे तो अपने बिरसा भगवान की झलक भर पाना चाहते थे।

बिरसा के जेल जाने के कुछ दिन बाद उनके मुक़दमे की तारीख़ रखी गई। यह सत्ता का दंभ और पाखंड से भरा दिग्भ्रमित नज़ारा था। कमिश्नर फ़ोर्ब्स ने तय कर लिया था कि बिरसा को हथकड़ियों में जकड़ कर जेल से अदालत तक ले जाया जाएगा। यह काम जोखिम भरा था क्योंकि बिरसा के स्नेही जन और बाग़ियों की ओर से विरोध हो सकता था पर कमिश्नर यह जोखिम उठाने को भी तैयार था। उनके पास बाग़ियों से लड़ने के लिए हथियारों और सिपाहियों की कमी नहीं थी। कमिश्नर चाहता था कि लोगों को बिरसा की दुर्दशा दिखाई जाए, उन्हें अहसास हो कि उनका नायक किस तरह अपमानित हो रहा है, वह यह मौक़ा छोड़ना नहीं चाहता था। यह उनके लिए एक तगड़ा सबक़ होता।

मुक़दमे वाले दिन, कमिश्नर फ़ोर्ब्स अदालत के कमरे में आगे वाली बेंच पर बैठा। उसके साथ ही डीसीपी ब्राउन भी था। अपने सहकर्मियों और वरिष्ठों को देखते हुए उसके चेहरे पर विजयी मुस्कान झलक रही थी, वे सब भी उस ऐतिहासिक फ़ैसले के गवाह बनने आए थे। फ़ादर हॉफ़मैन भी अन्य दर्जन मिशनरियों के साथ मौजूद थे। बिरसा के पकड़े जाने की ख़बर पक्की होने के बाद ही वे छिपने के स्थान से बाहर आए थे। फ़ादर ने कमिश्नर से यह भी कहा था कि वे बिरसा के ख़िलाफ़ अदालत में गवाही देना चाहेंगे।

'उनके आने में क्या देर है?' कमिश्नर ने डीसीपी से पूछते हुए आसपास देखा। सभी बेंचों पर लोग ठसाठस भरे थे और जज किसी भी समय आ सकता था।

'वे लोग जेल से एक घंटा पहले रवाना हुए थे। किसी भी समय आते ही होंगे।' ब्राउन ने बॉस को तसल्ली दी।

फ़ोर्ब्स गुर्राया। चिंता झलक रही थी चेहरे पर। सड़क के दोनों ओर खड़े बाग़ी और बीच में पैदल चलता बिरसा, कहीं उनकी यह योजना उन्हें ही भारी नहीं पड़ जाए!

कुछ देर की असहज-सी ख़ामोशी के बाद बाहर से कोलाहल सुनाई दिया।

'मैं देख कर आता हूँ, सर।' ब्राउन ने कमिश्नर के कुछ कहने से पहले ही कहा और बाहर की ओर लपका। उसने देखा कि गेट के बाहर बौराई भीड़ उलगुलान और आज़ादी के नारे लगा रही थी। फिर उसने भीड़ के बीच चालीस सशस्त्र पुलिसवालों के बीच बिरसा को आते देखा। वे लोग घुड़सवार सिपाहियों के दोहरे घेरे से सुरक्षित थे। जब वह सारा नज़ारा देख रहा था तो डीसीपी को भूल का अहसास हुआ। उन्हें लगा था कि यह दृश्य उनके लिए चेतावनी बनेगा परंतु यह तो बिरसा के लिए लोगों के स्नेह और श्रद्धा का प्रदर्शन हो गया था। वही बिरसा, जिसे गोरे सज़ा देने जा रहे थे। बिरसा मुंडा कोई अपराधी नहीं थे, जिन्हें गोरों की दी हुई सज़ा का कोई

डर हो। वे एक क्रांतिकारी थे जो यह जानते थे कि शहीद होना ही उनकी नियति थी और वे उससे मिलने को तैयार थे।

जब वे कोर्ट के प्रागंण में आए तो डीसीपी ने ध्यान दिया कि बिरसा अपने रक्तरंजित पैरों से घसीटते हुए चल रहे थे, पूरा शरीर बेड़ियों में था, उन्हें बुरी तरह से मारा-पीटा गया था, शरीर पर कोड़ों के निशान थे पर इसके बावजूद उनके चेहरे पर पीड़ा का निशान तक नहीं था। उनके चेहरे पर एक धवल मुस्कान थी मानो उन्हें पता था कि भले ही उनके लिए आगे रास्ता नहीं था पर उनके लोगों ने विरोध में आवाज़ उठाना सीख लिया था और अपने एक जीवन में वे इससे अधिक और क्या चाह सकते थे।

कोर्टहाउस के गेट के पास; मर्द, औरत और बच्चों ने देखा कि पुलिस बिरसा को अदालत में ले जा रही थी। अब वे शांत हो गए थे, चेहरों पर आँसू छलक आए थे, उनके हाथ आकाश की ओर उठे थे। वे अपने भगवान से प्रार्थना कर रहे थे कि वह उनके नायक पर अपनी कृपा दिखाए।

'मानो ईसा पीठ पर सलीब उठाए यरुशलम से जा रहे हों।' डीसीपी ने बिरसा के पीछे चलते हुए, अपने-आप से ही कहा।

अदालत की कार्रवाई तेज़ी से पूरी हुई और निष्कर्ष निकाला गया। बिरसा मुंडा पर लूटमार, हत्या और हिंसा के पंद्रह मामले दर्ज़ हुए। वे सभी मामलों में प्रमुख अपराधी थे। अंग्रेज़ों के मन में उन्हें ज़ल्दी छोड़ने की कोई मंशा नहीं थी इसलिए वे उन पर एक के बाद एक सज़ा लगाते गए ताकि उन्हें लंबे समय तक जेल में रखा जा सके। जहाँ तक दूसरे सरदारों और बाग़ियों की बात थी, उन पर अलग से मुकदमे हुए और प्रशासन की कोशिश रही कि उन्हें लंबे से लंबे समय तक जेल में ही रखा जाए ताकि उनका आंदोलन, जितना भी बचा था, वह स्वाभाविक रूप से ही मर जाए।

24

राँची जेल
20 मई – 9 जून, 1900

'बधाई हो! तुम्हें तुम्हारा आदमी मिल ही गया।' राँची जेल के सुपरिटेंडेंट एंडरसन ने डीसीपी ब्राउन को देख कर अर्थ भरी मुस्कान दी।

'थैंक्स!' डीसीपी ने कहा और वहीं एक कुर्सी पर बैठ गया। 'एंडरसन, यह आदमी ख़तरनाक है। बेहतर होगा कि तुम इस पर नज़र रखो।'

'चिंता मत करो ब्राउन। वह आदमी पूरी तरह से अकेला है। वह मेरी जेल में कोई क्रांति नहीं कर सकता। तुम निश्चिंत रहो।' एंडरसन ने कहा।

डीसीपी ने हामी भरी पर वह सुपरिटेंडेंट से सहमत नहीं लगा। बिरसा के सौ से अधिक अनुयायी जेल में ही थे और किसी भी समय बलवे की आशंका से इंकार नहीं किया जा सकता था। वह तो पहले ही देख चुका था कि बाग़ी अपने काज और नेता के लिए किसी हद तक जा सकते थे। इसके अलावा उसने सुना था कि कलकत्ता से भी नाराज़गी के स्वर उठ रहे थे। पुलिस ने सईल रकब वाली घटना में चीज़ों को जिस तरह अंज़ाम दिया, वह उन्हें पसंद नहीं आया था। अभी बिरसा की जेल और रिहाई से जुड़े औपचारिक अदालती आदेश भी नहीं मिले थे और ब्राउन को डर था कि कहीं उसका बुरा सपना सच नहीं हो जाए : बिरसा रिहा हो कर जेल से बाहर हो।

'यह पहले ही बाहर बहुत उत्पात मचा चुका है एंडरसन।' ब्राउन ने चेतावनी दी। 'कलकत्ता से आने वाला दबाव इतना अधिक है कि हम कोई जोखिम नहीं उठा

सकते। कमिश्नर फ़ोर्ब्स नहीं चाहते कि बिरसा इतनी ज़ल्दी जेल से बाहर आ सके। दरअसल वे तो यही चाहते हैं कि यह हमेशा जेल में ही रहे।' ब्राउन ने सावधानी से सुपरिटेंडेंट की नज़रों को तोला।

'सचमुच?' एंडरसन आगे की ओर झुका, उसकी आँखें सिकुड़ आई थीं। उसने सोचा कि फ़ोर्ब्स उसका पुराना दोस्त था। फिर वह कुछ देर सोच कर बोला, 'पता है, ब्राउन, अगर फ़ोर्ब्स की मर्ज़ी है तो यह मामला चुपचाप रफा-दफा भी हो सकता है।'

'क्या तुम उसे जेल में ही मारने की बात कर रहे हो?' ब्राउन ने कुर्सी पर सीधा बैठते हुए पूछा। वह चाहता था कि सारी बात खुल कर ही सामने आ जाए।

'और क्या, पूछताछ का खेल चालू करें? छोड़ो भी ब्राउन। कम से कम तुम्हें तो पता होना चाहिए कि इन मामलों को ज़रा अलग तरह से निपटाया जाता है। अगर कीचड़ में पत्थर फेंकना हो तो पहले देख लो कि कहीं छींटे तुम पर नहीं आ जाएँ।'

ब्राउन ने सिर हिलाया, 'ठीक है, तुम्हारे दिमाग़ में क्या है?

'मेरा विश्वास करो, ब्राउन। तुम्हारे लिए इसे नहीं जानना ही बेहतर होगा।' एंडरसन मुस्कराया। और फ़ोर्ब्स से कहा कि यह काम होने के बाद, उसे भी मेरा एक काम करना होगा।

'केवल कमिश्नर ही नहीं, मैं भी तुम्हारा अहसानमंद रहूँ, एंडरसन।' ब्राउन ने उठते हुए कहा और हाथ मिलाए।

डीसीपी और राँची जेल के सुपरिटेंडेंट के बीच हुई बातचीत, बिरसा मुंडा के आसपास घटनाओं का सिलसिला चालू करने के लिए काफ़ी थी। सबसे पहले बिरसा की कालकोठरी में एक विशेष आदमी को नियुक्त किया गया। वह आदमी अनौपचारिक रूप से, राँची जेल में सुपरिटेंडेंट के आदेश पर काम करता था।

◆

बिरसा के पिछले जेलप्रवास में कालकोठरी का प्रावधान नहीं था इसलिए अभी वे इसके अभ्यस्त नहीं थे। वे पिछले कुछ महीनों से उसी में रह रहे थे। जेल अधिकारियों ने उन्हें किसी से मिलने की अनुमति नहीं दी और वे कालकोठरी से बाहर तभी निकल पाते थे जब उन्हें रोज़ पिछले बरामदे की चारदीवारी के बीच एक घंटा बाहर ले जाया जाता ताकि उन्हें थोड़ी धूप मिल सके। काल कोठरी से उन्हें लाना और ले जाना भी ऐसे समय पर किया जाता कि उन्हें किसी कैदी को देखने या सुनने का अवसर नहीं मिल सके। इस एकांतवास अभ्यास ने उन्हें हड्डियों का ढाँचा बना दिया था, भूख लगभग मर गई थी। वे अक्सर अपने-आप से ही अकेले बुदबुदाते और घंटों अपनी कालकोठरी में चक्कर लगाते। कई सप्ताह बीत गए, बिरसा अपने हालात की इस

गंभीरता तले कुचले जाने लगे। बरसों इसी तरह जीने की सोच ही प्राण कँपा देने के लिए बहुत थी।

इस दौरान मानवीय संपर्क के नाम पर केवल एक व्यक्ति दिखता था जो दिन में दो बार, बिना कुछ कहे, उनकी धातु की थाली में दाल और भात परस कर, कोठरी के फ़र्श पर रख कर चला जाता था। बिरसा ने कई बार उससे आग्रह किया कि वह उनसे बात करे परंतु उसने कभी उत्तर नहीं दिया। बिरसा अक्सर उसकी चुप्पी से चिढ़ जाते, 'तुम मेरी दशा नहीं समझते। मैं खा नहीं सकता। मैं सो नहीं सकता। मैं साँस नहीं ले सकता। मेरा मुँह कड़वा हो गया है। यह खाना कड़वा लगता है। मेरे गले में जैसे आग जल रही है।'

पर हर बार, वह एक व्यक्ति उन्हें अनदेखा कर निकल जाता।

काल कोठरी प्रवास में तीन माह हो चुके थे। एक सुबह बिरसा सो कर उठे तो उन्हें तेज़ ज्वर था। ऐसा लग रहा था जैसे किसी ने देह में सैकड़ों गर्म सलाखें दाग दी हों। उन्होंने धूप में बिताने वाले एक घंटे के लिए भी इंकार कर दिया। दिन रात में और फिर रात दिन में बदली पर बुखार नहीं उतरा। आँखें धँस गई थीं, गले में दर्द था और पानी तक नहीं निगल पा रहे थे। ठोस आहार लेना तो बहुत दूर रहा। सहायक ने जेल सुपरिटेंडेंट को बता दिया और उसने कहा कि वह देख लेगा पर बेशक़ उसने कोई परवाह नहीं की। बिरसा अपनी कोठरी में पड़े तड़पते रहे, एक के बाद एक बेसुधी के दौरों में, ख़ून उगलते हुए; हर बीतते घंटे के साथ देह और दुर्बल होती गई।

अचानक बुखार से बोझिल दिमाग़ को बीते समय की यादें जगमग कर देतीं। उन्हें माई करमी की याद आई और सूखी चमड़ी वाली जीभ पर उसके हाथ से बने खाने का स्वाद उभर आया। वे चंपा की आवाज़ सुन सकते थे जो बाबा सुगना से उनकी शिकायत कर रही थी। उन्होंने देखा कि सोमा और मोइना उनकी प्रतीक्षा में थे ताकि वे मिल कर खाना खा सकें। उन्होंने देखा कि नन्हा भूरा उनके लिए रो रहा था, पण्डित बाबा अपनी झोपड़ी के बाहर बैठे संस्कृत की कोई पांडुलिपि पढ़ रहे थे। उन्होंने अपने भरोसेमंद सरदारों - डोंका, मझिया, भरमी, गया और मोइना से बात की और उनसे विनती की कि वे आगे बढ़ते रहें और कभी उस पथ से नहीं डिगें जो उन्होंने अपने लिए चुना। उन्होंने अपने भाई कोमता को अपने पास खड़ा देखा जो उन्हें फिर से पैरों पर खड़ा होने के लिए मना रहा था। वे मुस्कराए और फिर जब दिमाग़ की धुंधलाती यादों के बीच दूर और पास के चेहरे बनने और ओझल होने लगे तो उनके माथे पर बल आए और वे कराहे। वे जा चुके थे, मन और आत्मा से जा चुके थे, अपनी नश्वर देह के त्याग से भी पहले!

बिरसा मुंडा ने अपने पच्चीस वर्ष के जीवन अस्तित्व में अनेक जीवन जी चुके थे। वे उन चुनी हुई संतानों में से थे जो प्रश्न पूछना और सत्ता को चुनौती देना जानते थे, ऐसे विद्वान भिक्षु जिन्होंने लोगों की भटकी हुई आत्मा को उनके घर का रास्ता दिखाया। जैसा पहले कभी किसी ने नहीं किया था। उन्होंने अपने उस छोटे से जीवनकाल में ही जैसे एक अनंतकाल को सहेज लिया था। मृत्यु की ओर इंच दर इंच खिसकने पर भी, वे किसी ऐसे सितारे की तरह जगमगा रहे थे जो तूफ़ान में भटके जहाजों को राह दिखाता हो।

अपनी अंतिम घड़ियों में, हृदयहीन जेल सहायक ही उनका एकमात्र साथी था, जब वे कुछ क्षणों के लिए होश में आए तो उन्होंने अपने अनुयायियों के लिए संदेश छोड़ा :

'मैं केवल एक देह नहीं... मैं जंगलों का पैतृक दावेदार हूँ। जंगल नहीं मर सकते। मैं जंगल हूँ... मुझे कोई मेरे जंगलों से अलग नहीं कर सकता... उलगुलान... यह जारी रहेगा।'

सौ वर्ष पश्चात...

बिरसा मुंडा, सभी आदिवासियों के प्रिय नायक ने 9 जून, 1900 को अपनी आख़िरी साँस ली।

राँची जेल अधिकारियों के कड़े निर्देशों के अनुसार, जेल के डॉक्टर ने बिरसा की मृत्यु का अधिकृत कारण हैज़ा दर्ज़ किया। जेल में बिरसा की मौत का साक्षी और भोजन ले जाने वाला व्यक्ति दोबारा पूरे राँची में कभी नहीं देखा गया। उसके अचानक ओझल होने के कारण बिरसा के समर्थकों में संदेह की हलचल दौड़ गई, परंतु वे इस विषय में कुछ नहीं कर सकते थे। अधिकतर समर्थकों का यही मानना था कि बिरसा को जेल में धीमा ज़हर दे कर मारा गया। जेलर ने बिरसा की गिरती सेहत को देखते हुए भी कोई चिकित्सीय सुविधा प्रदान नहीं की, इससे उनका शक़ और भी मज़बूत हुआ।

बिरसा अन्याय और दमन की इस लड़ाई के लिए ही जिए और मरे। वे अपने लोगों को प्रकाश की ओर ले जाने के लिए स्वयं अंधेरे में चलने को तैयार थे। वे अपने रास्ते से कभी नहीं हटे और ना ही अपनी सलामती की चिंता की। उन्हें मारा-पीटा गया, यातनाएँ दी गईं पर वे अपने विश्वास और ध्येय के लिए सच्चे बने रहे। उनकी मृत्यु के बाद, उलगुलान भले ही शांत हो गया परंतु विद्रोह की चिंगारी सुलग चुकी थी।

एक सौ वर्ष बाद, 15 नवंबर, 2000 बिरसा मुंडा की 125वीं जन्मशती के अवसर पर भारत के तत्कालीन प्रधानमंत्री अटल बिहारी वाजपेयी ने बिहार के दक्षिणी जिलों से, झारखंड राज्य की स्थापना की। झारखंड शब्द का अर्थ है, 'जंगल' यह उस इलाक़े की आदिवासी जनता के नाम एक श्रद्धांजलि थी, जो वर्तमान में राज्य

की कुल जनसंख्या का छब्बीस प्रतिशत है। इस राज्य के निर्माण के साथ, वाजपेयी ने बिरसा मुंडा के 'अबुआ दिशोम, अबुआ राज' के सपने को साकार किया। और फिर जनसंख्या का यह हिस्सा इतना संवेदनशील रहा है कि इसे आज भी उसी तरह ईसाई धर्म अपनाने को विवश किया जाता है, जैसा आज से सौ बरस पहले होता था। आदिवासियों के लिए रोज़गार पाने के अवसरों की लड़ाई और अपनी सामाजिक पहचान के गौरव का संघर्ष आज भी जारी है।

ऐसी परिस्थितियों में, जब अन्याय का सामना करते हुए आदिवासियों के लिए आज भी बिरसा मुंडा साहस और प्रेरणा का स्रोत बने हुए हैं तो यह उम्मीद रखना उचित ही होगा कि उनकी इस विरासत को बनाए रखने के लिए उन्हें भारत रत्न से विभूषित किया जाए। इस प्रकार वे यह प्रतिष्ठित उपाधि पाने वाले पहले आदिवासी हो जाएँगे। यह एक ऐसे व्यक्ति के लिए उपयुक्त सम्मान होगा जिसने लोगों के दिल और दिमाग़ में क्रांति और स्वराज के विचार के बीज अंकुरित किए।

अनुवादक परिचय

रचना भोला 'यामिनी,' पिछले 24 वर्षों से मौलिक लेखन व अनुवाद के क्षेत्र में कार्यरत हैं। मौलिक लेखन में जीवनी साहित्य, धर्म, पत्रकारिता, समाज, अध्यात्म, सामान्य ज्ञान, साहित्य, महिलोपयोगी, बाल साहित्य, पेरेंटिंग आदि विविध विषयों पर पचास से अधिक पुस्तकें प्रकाशित। इनमें लघुकथा संग्रह प्रयास, द्रौपदी पर आत्मकथात्मक शैली में लिखा गया उपन्यास *याज्ञसेनी* तथा वर्ष 2018 में प्रकाशित रूहानी इश्क़ की इबादत में रचे गए लव नोट्स *मन के मंजीरे* उल्लेखनीय हैं।

वे अनुवाद के क्षेत्र में राष्ट्रीय तथा अंतरराष्ट्रीय ख्यातिनाम लेखकों की लगभग 170 से अधिक कृतियों का अंग्रेज़ी से हिंदी में अनुवाद कर चुकी हैं। उन्होंने खुशवंत सिंह, देवदत्त पटनायक, आनंद नीलकंठन, किरण बेदी, सुधा मूर्ति, शिल्पा शेट्टी, ट्विंकल खन्ना, नेपोलियन हिल, ज़िग ज़िगलर, अगाथा क्रिस्टी, डेल कारनेगी, राधाकृष्णन पिल्लै, ऑर्थर ऑसबोर्न, निक वुई चिक, डॉ. जोसेफ़ मर्फ़ी, डॉ. डेविड जे. श्वार्ट्ज़, डॉ. वेन डायर, रयुहो ओकावा, महात्रया रा, जेवियर मोरो, विक्टर ई. फ़्रैंकल, श्री श्री रविशंकर, सिस्टर शिवानी, ब्रैंडा बार्नबी, नमिता गोखले, दुर्जोय दत्त, डोमिनीक लापियर, विनोद चौधरी, टी लोबसांग रम्पा, डान मिग्युअल रूइज़, अनीता रैना थापन, स्वामी राम, रॉबिन शर्मा, रूज़बेह एन.भरूचा व ब्रायन ट्रेसी, सोग्याल रिंपोचे आदि अनेक लेखकों की कृतियों का अनुवाद किया है।

रचना भोला 'यामिनी' की अनूदित कृतियों में *चार परम रहस्य, रमण महर्षि के अनमोल वचन, सीता, देवलोक-2, देवलोक-3, अजेय, कलि का उदय, असुर, असीम आनंद की ओर, रहस्य से परे, आकर्षण के नियम से आगे, फ़क़ीर, अधिकतम से अधिक, तिरुपति : एक जीवन दर्शन* व *ध्यान साधना का सरल अभ्यास* आदि उल्लेखनीय हैं।

उनके लिए उनका लेखन कार्य पैशन से प्रोफ़ेशन और मेडिटेशन तक जाने की एक अद्भुत यात्रा रहा है, जिसे वे अनवरत जारी रखना चाहती हैं। लेखन व पठन-पाठन के अतिरिक्त वे पर्यटन, संगीत की विविध विधाओं, विश्वस्तरीय सिनेमा व लोक परंपराओं के अध्ययन में विशेष रुचि रखती हैं।

संपर्क : rachnabhola25@gmail.com